JASON ANSPACH

NICK COLE

ANGRIFF DER SCHATTEN

BUCH 1

BAND IV

GALAXY'S EDGE

TEIL I

KAPITEL 1

Schwarze Flotte
Flaggschiff Imperator
Jenseits von Tarrago Prime

Tief im Schatten verborgen dachte er über die kommende Schlacht nach. Plante die Bewegungen. Die Abläufe. Die unmittelbar bevorstehende, katastrophale Zerstörung, die allem Bekannten ein Ende setzen würde. Das Ende der Republik. Er konnte es alles schon sehen.

Ganz wie es ihm gefiel.

Allein in einem Raum auf einem Deck, zu dem nur die wenigsten Zugang hatten — nur diejenigen in seinem inneren Kreis und die Eliteeinheiten, die ihn rund um die Uhr umgaben —, saß er auf einem schlichten, im Boden des Decks verankerten Sitz, von dem aus er als Kommandant des mächtigen Raumschiffs zu seinen Füßen die Befehle erteilte, in Finsternis gehüllt. Vor ihm befand sich ein mattgraues, mit Impenetrastahl vergittertes Fenster, das ihm den Blick auf den Nepenthes des dunklen Weltraums jenseits von Tarrago Prime ermöglichte. Der Ausblick auf die kommende Schlacht.

Im Angesicht des Todes.

Endlich, dachte er, als er in der tröstlichen Dunkelheit saß, die finsterer war als nur die bloße Abwesenheit von Licht. Endlich waren die letzten Tage dieser schwachen und dahinschwindenden Republik gekommen. Endlich würde alles so sein, wie es immer hätte sein sollen.

Endlich.

Die Schwarze Flotte war vor zwei Tagen bei Tusca in den Hyperraum gewechselt, einem Ort am Rand der Galaxie. *Seine* Flotte. Eine Flotte, die er aus allen zusammengesucht hatte, die die Galaxie gebrochen oder für unwichtig gehalten oder deren Wert sie nicht begriffen hatte. Drei gigantische Schlachtschiffe. Sie waren in ihrer beeindruckenden, furchterregenden Pracht ganz funktional gehalten - ein deutlicher Kontrast zu den schlanken, ordentlichen, fast schon dürren Raumschiffen der Republik. Es fühlte sich fast so an, als ob die Raumschiffe der Republik das unbezwingbare Bedürfnis hatten, immer und überall deutlich zu machen, dass Gewalt keine Lösung war.

Und das fasste das Wesen dieser überalterten, sterbenden Republik gut zusammen, die er gleich vernichten würde, dachte er. Kriegsschiffe, die keine Bedrohung darstellen sollten. Anführer, die niemals anführten. Und Bürger, die in Wirklichkeit Sklaven waren.

All das würde er zerstören.

Seine Flotte, die im Augenblick den Namen Schwarze Flotte trug, war schlagartig jenseits des Monds von Tarrago Prime aufgetaucht. Er hatte keine andere Bezeichnung als Tarrago-Mond, denn er diente den Mittleren Kernwelten und dem erwartungsvollen Herzen der sterbenden Republik lediglich als Wachposten. Natürlich war die Flotte weit außerhalb der ungewöhnlichen Reichweite der riesigen republikanischen Festung aus dem Hyperraum aufgetaucht, die den Zugang zur weitläufigen Kesselverks-Flottenwerft auf dem Planeten unter ihnen bewachte.

Die drei Raumschiffe waren größer als alles, was die Republik seit einer sehr, sehr langen Zeit gesehen hatte.

Sie schwenkten nach Steuerbord und schlugen einen Kurs ein, der die Aufmerksamkeit der todbringenden Orbitalabwehrwaffen nicht erregen würde. Die Verteidigungsfähigkeiten von Festung Omikron verdienten angemessen Respekt.

Terror. Revenge. Imperator. Drei riesige, dreieckige Raumschiffe mit doppeltem Rumpf, die sich nicht einmal die besten Ingenieure der Republik hätten vorstellen können. Nicht für den Krieg gebaut, sondern für die *Eroberung*. Die Galaxie hatte so etwas seit über hundert Jahren nicht mehr gesehen. Natürlich hatte die Republik nie daran gedacht, etwas so Großes, so Tödliches oder Gefährliches zu bauen. Oder gar etwas so Funktionsfähiges. Diese Raumschiffe waren für Kämpfe gedacht, die schnell für eine Seite gewonnen werden sollten.

Tatsächlich kannten sie nur eine Aufgabe — Kriege zu beginnen und sie zu gewinnen.

Alles, was sich ihnen in den Weg stellte, würde in jedem Fall ausgelöscht. Sie besaßen die modernsten Waffensysteme, ganz im Gegenteil zu den billig und in Masse produzierten Korvetten, die nur den Eindruck vermitteln sollten, man würde es auch militärisch ernst meinen. In Auftrag gegeben von der Galaktischen Republik, die sich überall einmischen wollte. Die Schwarze Flotte war nicht nur dazu gedacht, Kriege zu beginnen, sie würde auch dafür sorgen, dass diese sehr schnell wieder endeten. Ihr ging es nicht darum, irgendeinen Burgfrieden aufrechtzuerhalten.

Die drei Schlachtschiffe, die eine Kampfformation eingenommen hatten, in der sie sich jederzeit gegenseitig unterstützen konnten, verlangsamten ihren Flug, um den Gegner zu flankieren und endlich mit dem Einsatz in diesem System zu beginnen. Elegante, modernste Jäger rasten von mehreren Decks aus den gigantischen Hangars ins Weltall.

Die erste Angriffswelle war unterwegs.

Viele weitere in schwarz gekleidete Piloten eilten aus ihren Einsatzbesprechungen hinüber in die riesigen Hangars, wo die Besatzung umhereilte und ihre Jäger auf den Abflug vorbereitete. Stoßtruppen in schwarz lackierten Panzerungen, auf denen blutrote Spritzer ihren Rang verrieten, holten ihre Waffen aus den ganz nüchtern und perfekt geführten Waffenkammern und gingen in ordentlichen Reihen auf die klotzigen schiefergrauen Transporter und Landungsschiffe zu, wo mürrisch dreinblickende Offiziere ihre Umgebung musterten und dafür sorgten, dass sie sich alle für das Kommende wappneten. All dies lief nach Plänen ab, die schon vor langer Zeit festgeschrieben worden waren.

Der Einsatz hatte begonnen.

Erneut würde die Galaxie in Krieg versinken.

Operation Untergang würde in wenigen Augenblicken ihren Lauf nehmen. Gigantische Alarmhörner ertönten auf den vielen großen Hangardecks, während weitere Jäger aus ihren Wartepositionen in Abflugbereitschaft gebracht wurden. Natürlich würde es Verluste geben, und diese mussten so schnell wie möglich aufgefangen werden. Ihr Erfolg hing von diesem Überraschungsangriff ab, der Festung Omikron im Großen und Ganzen jede Fähigkeit zur Verteidigung nehmen sollte.

In diesem organisierten Chaos war kein Platz für Optimismus. Stattdessen hätte man die Atmosphäre mit ›kühler Entschlossenheit‹ beschreiben können. Ein Chaos, das nur ein Ziel kannte. Als ob man einen Würfel geworfen hätte, dessen Augenzahl die nun folgenden Konsequenzen bestimmte. Konsequenzen, die alle tragen mussten. Goth Sullus sah all dies vor sich. Er nahm das elegante, seelenlose Grau der beiden Geschwisterschlachtschiffe wahr, die sich direkt hinter der *Imperator* befanden. Auf allen Decks funkelte die Beleuchtung wie die Sterne des Universums. Seine Stoßtruppen bewegten sich auf ihre Angriffsjäger zu. Die Piloten erhielten die letzten Anweisungen. Admirale erfassten die Situation vor sich mit einer Anspannung, die ihre Kiefermuskulatur anstrengte und sich in ihren müden Augen widerspiegelte, während auf den beiden mehrstöckigen Brücken Bereitschaftsrückmeldungen eintrafen.

Aber hier, in diesem totenstillen Heiligtum, wo man die Seelen der Verdammten brüllen hören konnte, hier in dieser Privatkammer an Bord der *Imperator*, umgeben von zehntausend Besatzungsmitgliedern, herrschte absolute Stille an einem Ort, an dem es kein Leben gab. Und dennoch konnte er hören und spüren, wie sie alle, wie sich alle drei riesigen Raumschiffe auf ihren Einsatz gegen Tarrago Prime vorbereiteten.

Der Untergang nahm seinen Lauf.

Er war schon seit langer Zeit vorhersehbar gewesen. Er hatte ihn seit langer Zeit vorbereitet.

Niemand, der heute noch lebte, hätte sich vorstellen können, wie lange er Zeit gehabt hatte.

Goth Sullus kehrte in die Republik zurück.

Endlich.

Und die Galaxie würde nun endlich das werden, was sie schon seit langer Zeit hätte sein sollen.

Goth Sullus, der früher viele verschiedene Menschen gewesen war, war nach vielen Jahren in der Finsternis nun endlich zurückgekehrt. Er hatte jenseits des Randes der Galaxie gelebt, wo alle Dinge seltsam waren und allgemein akzeptierte Gesetze nicht immer Anwendung fanden. Dort draußen, jenseits des Randes, waren die Dinge ganz anders. Sie waren makellos und finster.

Nun kehrte er als Eroberer zurück.

Kehrte zurück, um die Ordnung wiederherzustellen.

Kehrte zurück, um die Dinge so zu lenken, wie sie schon immer hätten sein sollen.

Goth Sullus musste sich nicht der Kommunikationskonsole bedienen, die im Stuhl des Kommandanten integriert war und sich direkt neben seiner Hand befand. Er flüsterte einfach. Ein Flüstern aus den schattenhaften Tiefen seines Verstands, und einem vergessenen Ort, den er vor langer Zeit entdeckt hatte, weit jenseits des Randes der Galaxie.

»Admiral Rommal...«, flüsterte er. »Sie dürfen mit dem Angriff beginnen.«

Haus der Vernunft
Utopion

Abgeordneter Orrin Kaar ging neben dem hellen Aussichtsfenster in seinem Büro im Haus der Vernunft auf und ab. Der Ausblick war atemberaubend: Er sah auf den dunkelblauen Fluss Eebris und die Zwillingswasserfälle hinab, die in eine Lagune stürzten und diese in einen blubbernden Kessel verwandelten. Der mächtige Strom wurde von einem großen Felsen geteilt, der den Namen *Tugend* trug. Die flache Lagune teilte sich anschließend in mehrere Flüsse, die etliche Grünstreifen bewässerten, die das Haus der Vernunft und das Senatsgebäude umschlossen. Es handelte sich um ein Wunder republikanischer Ingenieurskunst, und der Ausblick war eines Planeten mit dem Namen Utopion würdig.

Um diesen Ausblick zu bekommen, versuchte es jeder einzelne Abgeordnete des Hauses der Vernunft mit jedem erdenklichen Trick. Nur um diese Spitze der Macht zu erreichen, die Kaar für sich beanspruchen konnte. Um ein solches Büro sein Eigen nennen zu können — und das damit verbundene Prestige.

In einem nahegelegenen Park mit quadratischem Umriss genossen unzählige republikanische Bürger den Feiertag. Im Nebel des Wasserfalls zeichnete sich ein Regenbogen ab.

Kaar bemerkte ihn kaum.

Man hatte die heutigen Termine des Abgeordneten alle storniert. Alle Pflichtbesuche abgesagt, Besprechungen verschoben, Abendessen auf Eis gelegt. Kaars Ehefrau wusste, dass sie ihn heute Abend erst sehr spät zu Hause erwarten konnte, wenn überhaupt. Er hatte verlauten lassen, dass er sich auf eine baldige Anhörung vorbereiten musste, ob die Trykteps, eine Spezies winziger Insektoiden, ihren Status als eine der galaktischen Minderheiten verlieren sollten. Sie waren zwar nichtmenschlich, bildeten statistisch betrachtet aber die bevölkerungsreichste Spezies der Galaxie. Wenn sie sich Flügel an Flügel stellten, konnten Tausende von ihnen in einem Kubikmeter Raum Platz finden. Dieses Thema wurde heftigst diskutiert, und viele Gruppen demonstrierten für oder gegen sie. Doch das Schwarmdenken der Trykteps selbst war sich dieser Debatte vermutlich nicht bewusst. Sie befolgten einfach die Anweisungen ihrer Königin und breiteten sich auf der

Oberfläche ihrer Heimatwelt aus. Seit ihrer Entdeckung durch Wissenschaftler der Republik war ihr Reich um fast einen Kilometer im Durchmesser gewachsen.

Kaar hatte versprochen, sich intensiv mit dieser Problematik zu beschäftigen. Und so seinen Ruf als Abgeordneter des Hauses der Vernunft aufrechtzuerhalten, dessen Intellekt — er besaß vier Doktortitel — zu einem Werkzeug geschmiedet worden war, mit dem er das Recht in der Galaxie verteidigte und allen zu Reichtum zu verhelfen versuchte.

Tatsächlich würde er die nächsten Umfrageergebnisse abwarten, um die für ihn politisch vorteilhafteste Entscheidung zu bestimmen und sich dann in dieses Lager zu begeben.

Ehrlich gesagt wusste Kaar, dass dieses Thema morgen früh nicht mehr auf den Holobildschirmen zu sehen sein würde.

Morgen früh würde der Republik allmählich klar werden, dass der Angriff auf Tarrago Prime mehr war als nur ein weiterer Terrorakt der Rebellen der Mittleren Kernwelten. Es gab nicht den geringsten Zweifel, dass die Kampfaufnahmen-Süchtigen und die Watchdog-Journalisten, die allerdings kaum Reichweite hatten, bereits Amateur-Holovideos der beginnenden Schlacht sichteten, denn die einheimische Bevölkerung hatte sie über die Kommunikationsrelais geschickt. Aber die großen Netzwerke interessierten sich nicht dafür. Ein immerwährender Krieg kam nur an die Spitze der Zuschauerrankings, wenn es einen saftigen Skandal gab, ein Kriegsverbrechen oder irgendeine andere Form von Desaster. Und von denen hatte es in letzter Zeit nicht wirklich viele gegeben.

Kaar blieb vor der Plakette stehen, die er voller Stolz an der Wand hatte anbringen lassen. Der Orden des Zenturion. Verliehen an Orrin Kaars berühmtesten Ernannten, Admiral Silas Devers. Der Admiral hatte Kaar die Auszeichnung zum Dank überreicht, vor laufenden Kameras, was immer gut für die Presse war. An Kaar, einen wahren Helden der Republik, der ihr seit Jahrzehnten treu diente. Ein Holovideo dieser Präsentation lief direkt neben der Plakette in einer Dauerschleife. Etwas, was sich seine Gäste anschauen konnten, während sie darauf warteten, dass sich der bedeutende Staatsdiener Zeit für sie nahm.

Kaar drehte die Lautstärke hoch, und Admiral Devers' Stimme ertönte laut und deutlich.

»Ich bin bloß ein Krieger, der in den Kampf zieht, wenn es notwendig ist. Und in Anbetracht der Macht der Republik sind solche Kämpfe nicht sehr zahlreich.« Die anwesenden Würdenträger und die Presse lachten herzlich, während Devers die Auszeichnung mit tiefer Verbeugung überreichte. »Abgeordneter Kaar kämpft jeden Tag für die Bürger der Republik. Er ist mein Mentor und mein bester Freund.«

Die Perspektive des Holovideos wechselte von Devers' gut aussehendem Gesicht auf sein eigenes. Er schaltete den Ton stumm, anstelle seiner eigenen Stimme zuzuhören.

»Warum lassen Sie mich dann warten, Admiral?«, sprach Kaar ins Nichts und gab einen frustrierten Seufzer von sich.

Der Kampf hatte begonnen. Devers hätte eigentlich Kontakt aufnehmen sollen, bevor er seinen Platz in diesem ausgeklügelten Plan einnahm. Und nun war er zu spät.

Kaar warf einen Blick auf die Kommunikationskonsole auf seinem Schreibtisch. »Ruf an, verdammt. Ruf an!«

Der Klingelton der Kommunikationsleitung klang beinahe wie eine Entschuldigung, überlegte Abgeordneter Orrin Kaar. Das musste Devers sein. Musste. Niemand sonst konnte ihn über diese Kommunikationskonsole erreichen.

Kaar hatte ein Programm im Gegenwert von mehreren Milliarden Credits unterstützt, das die Republik mit einer eigenen Version des L-Kanals versorgt hatte, zu dem die Legion niemand anderem Zugang erlaubte. Er hatte argumentiert, dass wenn die Legion es für notwendig hielt, ein eigenes sicheres Kommunikationssystem zu besitzen, und sich selbst für zu wichtig hielt, es mit anderen zu teilen, dann sollten die Streitkräfte der Republik dasselbe haben. Er hatte die Finanzierung sicherstellen können. Den größten Teil dieses Geldes hatte Kaar darauf verwendet, eine Grotte auf seinem Privatmond zu bauen, und einen winzigen Teil hielt er noch zurück, um die Räder der politischen Maschinerie schmieren zu können.

Für das öffentliche Wohl.

Aber bevor das Projekt beendet wurde, weil die Kosten explodiert waren, hatten sie einen Prototypen erhalten. Er galt als hundertprozentig sicher. Kaar hatte ihn für sich behalten, um Dinge sagen zu können, die die Öffentlichkeit besser nicht hören sollte. Selbst die Republik kannte Grenzen in dem, was sie erlauben würde. Zumindest in aller Öffentlichkeit.

Kaar öffnete den Kommunikationskanal. »Silas, mein Junge. Wie läuft die Schlacht?«

»Abgeordneter Kaar«, meldete sich Devers in starrer Haltung — ganz der stattliche, republikanische Admiral.

»Es ist mir eine Freude, wieder mit Ihnen sprechen zu können.«

»Wie oft muss ich Ihnen sagen, dass Sie mich Orrin nennen sollen? Wir sind Freunde, Silas.«

»Wie immer, wenigstens noch ein Mal, Abgeordneter Kaar.«

Kaar lächelte. Devers war ein Mann, der wusste, was sich gehörte. Das hatte er schon bemerkt, als der Admiral noch ein vielversprechender Bursche gewesen war, der aufgrund des Einflusses seiner Familie in der Republik auf eine Ernennung gehofft hatte. Deswegen würde er sich als die perfekte Galionsfigur der neuen Republik erweisen. »Ich werde mich nicht mit Ihnen streiten, Admiral. Aber ich werde mich gerne wiederholen. Wie läuft die Schlacht?«

Devers' Gesicht verfinsterte sich. »Sie hat noch nicht mal begonnen. Und ich bedaure sehr, sagen zu müssen, dass ich nicht weiß, wann dies der Fall sein wird, Abgeordneter Kaar.«

Kaar beugte sich vor und musterte die Kommunikationskonsole besorgt. »Warum nicht?«

»Goth Sullus hält meine Flotte noch zurück. Meine Befehle lauten, ins System zu springen, eine Nachricht über den Kanal zu schicken, in dem ich das als Teil einer Trainingsübung bezeichne, bei der es um Ausweichsprünge geht, mehrere Shuttles mit Sullus' Stoßtruppen abzusetzen und wieder aus dem System zu springen.«

»Aber... der Plan! Wenn Ihre gesamte Flotte dort auftaucht, völlig unbedrängt, kann eine Einsatztruppe auf Tarrago Prime landen und den planetaren Gouverneur gefangen nehmen, bevor sie überhaupt begreifen, was da los ist.«

Devers nickte. »Ja, Abgeordneter Kaar. Ich habe den Plan übermittelt, wie Sie ihn entwickelt haben. Sullus war anderer Meinung. Er sagte, dass die Legion die Orbitalwaffe nicht einmal dann übergeben würde, wenn der gesamte Planet unterworfen würde.«

»Also beabsichtigt Sullus in einem ersten Schritt Omikron zu erobern?«

»Ja, Abgeordneter Kaar.«

Kaar rieb sich das Kinn. »Ich nehme an, dass zu diesem Zeitpunkt eine Rückfrage keinen Sinn ergibt?«

»Zu diesem späten Zeitpunkt können die Pläne nicht mehr geändert werden.«

Kaar blickte finster drein. »Ich hätte es sehr zu schätzen gewusst, wenn Sie mich früher darüber informiert hätten, Admiral.«

»Ich habe mich so schnell gemeldet wie möglich.« Devers hielt inne, als ob er mit sich selbst beratschlagte.

»Sie... haben mir noch etwas mitzuteilen, nehme ich an?«

»Goth Sullus' Armee ist, soweit ich das beurteilen, bestens ausgebildet. Sie erinnert mich an die Legion. Seine Flotte...«

»Ja! Erzählen Sie mir von der Flotte. Ich bin neugierig zu erfahren, was aus den Credits geworden ist, die ich für ihn abgezweigt habe. Männer wie Scarpia halten, was sie versprechen, aber es ist verdammt teuer.«

Devers nickte. »Die Flotte besteht aus drei Raumschiffen, Abgeordneter Kaar.«

»Drei?«

»Aber die sind gigantisch. Größer als ein Superzerstörer. Er nennt sie seine Schwarze Flotte.«

Kaar gefiel das nicht. Sullus hatte immer schon diese aufsässige, unabhängige Ader gezeigt. Dass Sullus'

Stoßtruppen nur ihm ergeben waren, das wusste Kaar bereits. Aber die Credits, die er ihm gegeben hatte, sollten eigentlich dafür genutzt werden, eine überarbeitete Kopie der modernen, republikanischen Flotte zu kaufen und nicht etwas vollkommen Neues zu entwickeln. Sie befanden sich in einer unklaren Lage. Eine, in der Kaar sein gesamtes politisches Fingerspitzengefühl einsetzen musste, wenn er sich in der neuen Republik an der Spitze der neuen Hackordnung wiederfinden wollte.

»Admiral, es scheint mir so, dass Sullus entschlossen ist, es auf seine Art zu erledigen. Wir müssen sicherstellen, dass er sich uns verpflichtet fühlt, wenn dieser Sieg gewonnen ist. Ich möchte, dass Sie Ihre Streitkräfte dafür einsetzen, die Verteidigungsflotte von Tarrago Prime komplett zu zerstören. Und dann Admiral Landoos Flotte, sollte sie reagieren. Locken Sie sie aus der Reserve und vernichten Sie sie. Sie ist keine Anführerin. Sie hat nie am Rand gedient. Sie ist bloß ein politischer Schützling, den man durch die Akademie durchgewunken hat.«

Kaar sprach nicht aus, dass Devers aus genau demselben Holz geschnitzt war.

»Wollen Sie, dass ich meine Befehle missachte?«, fragte Devers. Allein der Gedanke schien ihn nervös zu machen.

Kaar bedachte Devers mit einem gönnerhaften Blick, von dem er hoffte, dass er auch am anderen Ende der Leitung zur Geltung kam. »Wir wissen beide, dass dies wohl kaum das erste Mal wäre, dass Sie einen Befehl missachten. Sie haben während Ihres Dienstes auf Kublar Ihre gesamte Karriere auf einer Lüge aufgebaut und darauf gewettet, dass der alte Legionärsmajor stirbt, bevor er die Gelegenheit bekommt, die Sache richtigzustellen. Ich frage mich immer noch, ob Ihnen eigentlich klar ist, wie viele Fäden ich ziehen musste, um Sie aus der Legion herauszubekommen — wo man Fragen gestellt hätte —, und in der Navy unterzubringen.«

»Abgeordneter Kaar, ich wollte damit nicht—«

»Das ist schon in Ordnung«, sagte Kaar, den Devers' schnelle Entschuldigung zufriedenstellte, und winkte ab. »Goth Sullus ist nicht Ihr Befehlshaber. Sie sind ihm gleichgestellt. Sie kämpfen an seiner Seite, nicht für ihn. Besorgen Sie uns diesen Sieg, Silas. Sie haben mein volles Vertrauen.«

»Vielen Dank, Abgeordneter Kaar.« Devers sah sich in seiner Unterkunft um. »Ich sollte auf die Brücke zurückkehren. Ich werde alle flottenweiten Befehle und Lageberichte über diesen Kanal weiterleiten.«

Kaar nickte. »Ja, aber bevor Sie gehen... Ist irgendetwas an den Gerüchten dran, dass Tyrus Rechs tot ist?«

»Mehrere Offiziere der Schwarzen Flotte haben mir mitgeteilt, dass Rechs Sullus zum Zweikampf herausgefordert und Sullus ihn getötet hat.«

Kaar hob die Augenbrauen. »Beeindruckend. Ich denke, ich werde diese Information weitergeben, wenn das Haus der Vernunft aufheitert werden muss. Was ohne jeden Zweifel noch vor Tagesende der Fall sein wird.«

KAPITEL 2

Der Mechaniker wich von der Luke des Tri-Jägers zurück, der für den Bodenangriff optimiert war, und salutierte Lieutenant Haladis, als diese sich auf ihrem Sitz anschnallte.

»Viel Glück und gute Jagd, Lieutenant!«

Die Pilotin erwiderte den Gruß und streifte dabei ihren Flughelm kurz mit ihrem Handschuh. Wieder machte sich die vertraute Mischung aus Gänsehaut und Aufregung breit, während sie sich in die Lebenserhaltung des Jägers einstöpselte. Als die Deckbesatzung ihren Jäger von der *Terror* und ihrer Stromversorgung abkoppelte, wechselte sie vom Hilfsstrom auf die interne Energieversorgung.

Ein Mitglied des Bodenpersonals zog außerhalb des gläsernen Cockpits direkt vor ihr seine Leuchtstäbe hervor und gab ihr Zeichen. Sie bestätigte seine Anweisungen mit einem Doppelklick. Während sie darauf wartete, dass die Turbinen Betriebsbereitschaft erreichten, warf sie einen Blick auf die restlichen Maschinen. Ihre Staffel und etliche andere im riesigen Hangar waren für den Einsatz bereit.

Sie schloss die Vorflugkontrolle ab und warf nochmal einen Blick auf die Waffen. Sie hatten auf ihrem Tri-Jäger neue Systeme installiert. Die Standardblaster waren zwei 30-mm-Maschinenkanonen gewichen, die automatisch ihre Ziele erfassen konnten.

Echte Projektilwaffen.

Sie packte Schubhebel und Steuerhorn und platzierte die Füße auf dem Steuerruder.

»Viper Two, hier spricht Viper Lead«, ertönte die Stimme des Geschwaderführers über den internen Kanal. »Rollt auf Position und bereitet euch auf den sofortigen Start vor. Sobald wir das Deck verlassen haben, sammelt euch um mich, damit wir das Ziel angreifen können.«

Genau so wie es in unzähligen Besprechungen geplant worden war. Sie hatten dies bereits seit Monaten trainiert. Es schien fast so, als wäre sie ihr gesamtes Leben lang auf diesen Punkt in ihrem Leben zugesteuert.

Sie bestätigte den Befehl. »Roger, Viper Lead.«

Die Repulsoren unter ihr meldeten sich, und ihr Tri-Jäger erhob sich aus seiner Haltevorrichtung. Sie bewegte den Schubhebel minimal vorwärts und flog langsam auf die Mittellinie der Startbahn zu. Direkt vor ihr befand sich Viper Lead. Andere Jäger schlossen sich ihnen an und bewegten sich auf die Startposition zu. Das geisterhafte Aufheulen ihrer Maschinen hallte durch den Hangar.

Der Tri-Jäger war eine gefährliche, wendige Maschine. Die Republik hätte sich nicht mal vorstellen können, so etwas ins Feld zu führen. Drei unabhängige Deflektorpaneele, schwarz lackiert und wie bösartige, in Flottengrau gehaltene, ungleichseitige Dreiecke nach vorne ausgerichtet, verdeckten die zentrale Pilotenkanzel und das Antriebssystem. Der Pilot sah aus der nach vorne blickenden, verstärkten Cockpitkuppel, die zu beiden Seiten und auch über ihr von Deflektoren geschützt wurde. Das schränkte die Sicht erheblich ein und reichte nur zur Landung. Was dieses Raumschiff zu etwas Besonderem machte, war das Augmented-Reality-Steuerungssystem. Damit konnte Haladis die Schlacht um sich herum toben sehen, während sie sich immer noch der üblichen Flugsteuerungselemente bediente. Es brauchte ein wenig Zeit, sich daran zu gewöhnen, aber war das erst mal der Fall, dann erkannte man die unzähligen Vorteile gegenüber normalen Jägern, die sich allein auf die Augen eines Piloten verlassen musste.

Sie ging die Vorflug-Checkliste der Deflektoren durch und prüfte die Inverter auf Standardbetrieb. Die Deflektoren ließen sich auch als Manövriertriebwerke verwenden, was sie wesentlich beweglicher in der Handhabung machte als die üblichen, schweren Jäger der Republik, die die Richtung in etwa so schnell wechseln konnten wie ein Großkampfraumschiff. Alles schien für den Abflug bereit zu sein.

»Pit Vipers… Abflugerlaubnis ereilt«, war von der Flugsicherung zu hören, die sich weit oberhalb des Hangars in dem wuchtigen Tower befand, der von der Decke des höhlenartigen Hangars herabhing. »Schnappt sie euch, Schlangen!«

»Voller Schub voraus«, murmelte Viper Lead.

Haladis konnte ihm nicht anhören, ob er nervös war. Er schien so ruhig wie immer zu sein. Großartiger Pilot. Ein ruhiger Anführer. Er erledigte dich in einem Luftkampf einfach durch schiere Geduld. Was er mit ihr Dutzende Mal im Simulator getan hatte, zu Hause auf Tusca. Sie war froh, dass er sie im Laufe der intensiven und manchmal brutalen Ausbildung, die sie im letzten Jahr durchlaufen hatten, auch beim Posten des Staffelführers geschlagen hatte. Im Grunde ging es ums Überleben.

Im Gegensatz zur Republik waren alle Besatzungsmitglieder an Bord ausgebildet worden, den Gegner zu töten. Sie hatten alles gelernt, von den Übungen für die leichte Infanterie bis hin zur Legionärsausbildung, Ausweich- und Fluchttraining... alle waren Kämpfer — ob sie nun Koch waren, LKW-Fahrer oder Piloten. Die sadistischen Ausbildungsoffiziere hatten das von ihnen allen verlangt.

Doch der Befehlshabende zu sein... das war eine ganz andere Geschichte.

Ein harter Job.

Einen Jäger in den Kampf zu steuern war auch hart.

Aber beides zu übernehmen war mehr, als sie sich gewünscht hatte.

Sie wollte einfach nur...

Sie bewegte den Schubhebel vorwärts und bemerkte, dass sie den Atem anhielt. Plötzlich schoss das, was vom Hangar und Flugdeck noch übrig war, an ihr vorbei, als sie den Rumpf des riesigen Kampfschiffs hinter sich ließ.

Atme, Kat.

Sagte die Stimme ihres Bruders.

Einfach atmen.

»Das ist für dich, Dasto«, flüsterte sie.

Und dann waren sie im Weltall, und ihr gesamtes Geschwader raste auf den Mond von Tarrago zu.

Schwarze Flotte
Brücke der Imperator
Oberhalb des Monds von Tarrago
1.54 Uhr, Systemortszeit.

»Admiral«, meldete sich der Flugsicherungskontrolloffizier. »Erste Angriffswelle unterwegs. Fünf Minuten bis zum ersten Zielkontakt.«

Admiral Rommal musterte die interaktive Karte mit Echtzeitdarstellung der laufenden Schlacht, die sich auf dem unteren Deck der zweistöckigen Brücke befand und im Augenblick das Tarrago-System anzeigte. Alle Ziele waren rot hervorgehoben. Befreundete Einheiten waren in einem geisterhaften Blau gehalten. Zielerfassungsdaten und Countdown-Balken zogen auf dieser Karte hin und her und lieferten in Echtzeit die Daten für jedes Ziel in den drei wichtigsten Einsatzgebieten.

Festung Omikron auf dem Mond von Tarrago würde als Erstes angegriffen werden.

Die Verteidigungsstreitkräfte im Orbit von Tarrago Prime würden reagieren und sich dadurch vom Planeten entfernen — wenn sich der Verräter der Republik an den Plan hielt.

Und schließlich... läge die Kesselverk-Flottenwerft ungeschützt da und könnte erobert werden.

Das war der eigentliche Grund für den Einsatz. Wenn die Flotte erst einmal über eine automatisierte und eigenständig arbeitende Flottenwerft verfügte, konnten sie mit dem Bau weiterer Schlachtschiffe und Zerstörer beginnen.

Der dritte Einsatzbereich war das Weltall selbst. Die Siebte Flotte der Republik würde natürlich in den Kampf eingreifen, was zu einer Schlacht führen würde, wie sie seit einer Generation niemand mehr erlebt hatte. Ein offener Schlagabtausch würde folgen, und Menschen würden sterben. In der Vorstellung des Admirals war all dies schon so gut wie sicher.

Andere Stabsoffiziere in ihren gepflegten schwarzen, fast schon spartanischen Uniformen und polierten schwarzen Stiefeln mit kleiner schwarzer Schirmmütze hatten sich auf dem unteren Brückendeck versammelt. Ihre Datenpads hielten alles nach und berichteten über laufende, bevorstehende und einsatzbereite Einsatzabschitte. Sie hatten sich in respektvollem Abstand um den Admiral versammelt und warteten darauf, dass er ihnen mögliche Änderungen mitteilte.

»Zweite Angriffswelle auf Deck und bereit zum Abflug«, rief der Stabsoffizier der Operationszentrale oder CIC, wie sie ihn mittlerweile alle nannten und wie sie dieselbe Position auch schon in der Republikanischen Navy abgekürzt hatten. Admiral Rommal kannte den Mann von früher. Ein ehemaliger Navy-Offizier der Republik, der es nie geschafft hatte, die Beförderung zu bekommen, die er verdiente, weil er sich nie darum gekümmert hatte, die richtigen Beziehungen aufzubauen. »Zu rechts«, flüsterten sie in den verantwortlichen Abteilungen der heiligen Hallen des Hauses der Vernunft hinter vorgehaltener Hand.

Dass er unglaublich fähig war, hatte für sie keine Rolle gespielt.

Rommal nickte dem Mann zu und wandte sich wieder den Echtzeitdaten zu, die ihnen aus verschiedenen Quellen aus dem gesamten System zugespielt wurden. Draußen in der Dunkelheit versorgten Tri-Jäger-Aufklärer mit aktivierter Tarnung, unbemannte Drohnen und Aufklärungs-Stoßtruppen am Boden die Systeme der

Flotte in den noch verbleibenden Augenblicken vor dem Einsatz mit so vielen Informationen wie möglich.

Dem Angriff.

Der Rebellion.

Der neuen... *was immer* sie auch am Ende dieses langen Tages sein würde... Was immer es auch sein würde, es wäre neu und anders. Und alles Unrecht würde wiedergutgemacht.

Glaubst du das wirklich?, fragte sich Admiral Rommal im leise simmernden Kochtopf seiner eigenen Gedanken. Ein Verstand, der von tausenden Zweifeln und der noch größeren Verantwortung für all dies geplagt wurde. Ein Verstand, der die vielen schmerzlichen Erinnerungen und die vor ihm liegenden Realitäten im Griff zu behalten versuchte.

Glaubst du es?

Das Dritte Geschwader war nur noch drei Minuten vom Ziel entfernt, und es war ganz offensichtlich von der Republik noch immer nicht entdeckt worden. Die Aufklärer im gesamten System legten die republikanischen Sensoren lahm, so gut sie konnten. Es schien, dass sie damit erfolgreich waren. Und wenn dieser abtrünnige republikanische Admiral ihnen die versprochene Beute liefern konnte...

Rommal traute dem Mann nicht. Es gab nichts Schlimmeres als ihn, denn er war alles, was so typisch war für alle vom Haus der Vernunft Ernannten: Er war zugleich inkompetent und ehrgeizig. Aber selbst er sollte in der Lage sein, diese Aufgabe zu erledigen. Unten auf Tarrago Prime würden sie nicht einmal ahnen, was als Nächstes geschehen würde. Tatsächlich freuten sie sich auf eine weitere anlasslose Feier.

»Wirklich, Tag der Galaktischen Einheit«, murmelte der Admiral.

Noch eine weitere, vom Haus der Vernunft inszenierte Gelegenheit, um sich vor der Arbeit zu drücken, und die nur ein Teil des fast schon durchgängigen Versuchs war, sich für nicht vorhandene Leistungen zu belohnen. Um den Leuten den Eindruck zu vermitteln, sie wären Teil von etwas Größerem. Dabei handelte es sich bloß um eine Show professioneller Profitmacher, die nicht müde wurden, für die Macht und die Macht allein jeden Unsinn zur Schau zu stellen. Lügner, die ständig logen, um an ihrer Macht festzuhalten, die alles aufgeben würden, nur um diese Macht ein wenig länger behalten zu dürfen. Und oft gaben sie das auf, wofür andere gearbeitet und geblutet hatten. Die dafür gestorben waren.

Wie sehr bist du in diese Geschichte verwickelt, fragte sich der Stratege in seinem Kopf, *weil sie dir etwas genommen hatten? Und wie viel hängt davon ab, dass dies der richtige Schritt ist, dass es richtig ist, diesen Schritt heute für die Galaxie zu gehen?*

Die Galaktische Republik war eine Sklavenrepublik. Sklaven und sonst nichts. Nur den wenigsten war bewusst, dass sie sich in einer Vertragsknechtschaft befanden. Sie bezeichneten dies als ›Steuern‹. Endlos zu bezahlende Steuern, die alle leisten mussten, außer denjenigen, die auf den Fluren der Macht flanierten. Es gab immer irgendwo eine Ausnahmeregelung oder eine bevorzugte Behandlung für das Haus der Vernunft und für die Familienmitglieder der Abgeordneten.

Wie die ärztliche Betreuung, die sie hätte retten können?, fragte wiederum der andere Teil seines Verstands, während er vor seinem inneren Auge immer und immer wieder die Szene sah, in der seine Frau auf der Station verstarb.

Sie hatten ihm Blumen geschickt, als sie schließlich tot war. Mehr Mühe hatten sie sich nicht gemacht. Zwei Monate zu spät. Das war für ihn wie das Aufreißen einer alten Wunde gewesen. Sodass der Schmerz wieder von vorne begann.

Er schob den Gedanken beiseite und sah zu, wie die digitalen Symbole auf ihre Ziele zusteuerten. Außenposten im gesamten System, die gleich unter Beschuss genommen und ausgelöscht werden würden. Auch die im System befindlichen Frachtschiffe würde man zerstören, damit die Geheimhaltung bewahrt und ihnen der Vorteil der Überraschung erhalten blieb. Irgendwann würde es den Streitkräften der Republik dämmern, dass plötzlich der Tag gekommen war, auf den sich niemand vorbereitet hatte. Dass sie alle ihr Schicksal ereilen würde, egal, für wen sie gestimmt hatten. Und manchmal, weil sie immer und immer wieder für jemanden gestimmt hatten, aller Beweise zum Trotz.

Auch du, dachte er, während er all die Symbole verfolgte, die das Dritte Geschwader auf seinem Weg zum Mond von Tarrago darstellten. *Auch du warst mal ein Sklave im Dienst der Eliten einer Republik, die sich herzlich wenig dafür interessierten, ob du überlebst oder stirbst.*

Die Eliten. Wie schmutzig sich das Wort nun anhörte, wo es für die Menschen doch früher das angestrebte Ziel schlechthin gewesen war. Selbst Admiral Rommal hatte dieses Ziel angepeilt. Ja, er wusste, dass er verbittert und wütend war. Aber er war kein Lügner. Er belog sich nicht einmal selbst. Weder in den finstersten Stunden seines Daseins noch in diesem letzten Augenblick vor dem Beginn der Revolution. Bevor die Würfel geworfen wurden. Er hatte früher auch nach dem gegiert, was so wenige ihr Eigen nennen konnten. Auch er hatte sich gewünscht, sich der Elite anschließen zu dürfen.

Er hörte, wie sich Schritte näherten, die er überall wiedererkennen würde. Ein Stiefel, der von dem Bein, an dem er sich befand, nur leicht über den Boden geschlurft wurde. Die Folge einer Verletzung aus einem der unendlichen Befreiungskriege der Republik.

»Wir müssen diese Orbitalwaffe ausschalten, Rommal. Der Erfolg des heutigen Tages hängt davon ab. Unser Leben vermutlich auch.«

Admiral Crodus. Der Leiter des Flottengeheimdiensts.

»Ich bin mir bewusst, dass wir erfolgreich sein müssen, Admiral Crodus. Und darf ich Sie daran erinnern... Ein Großteil unseres Erfolgs hängt von Ihren Spionen und Meuchelmördern ab. Es läuft alles nach Plan, nehme ich an? Unsere Teams haben bisher alles bestätigt.«

Crodus nickte und musterte, was ihnen als Echtzeitdaten zur Verfügung stand.

Aber er hatte recht... Wenn das Dritte Geschwader die gigantische Orbitalwaffe, die den Zugang zu Tarrago Prime sicherte, nicht ausgeschaltet werden konnte... Nun, sie würde mit den drei technologischen Wundern, aus denen die Schwarze Flotte im Augenblick bestand, kurzen Prozess machen. Nicht einmal ein Schlachtschiff konnte dieser Art Feuerkraft widerstehen.

Aber wenn sie die Flottenwerft auf Tarrago Prime eroberten... Wer wusste schon, was danach alles möglich wäre.

231. Artilleriebataillon des Orbitalverteidigungskommandos Festung Omikron 01.55 Uhr, Systemortszeit.

Captain Thales marschierte um Mitternacht durch die Korridore Omikrons. Als diensthabender Wachoffizier war das seine Aufgabe, und es war eine langweilige Aufgabe. Er musste die verschiedenden Außenposten und Wachdienste innerhalb der Festung patrouillieren, die das Kanonenrohr der Orbitalwaffe umgaben, inmitten der Verteidigungsanlagen, die praktisch den gesamten Mond umfassten. Seine undankbare Aufgabe war es sicherzustellen, dass alle auf einen Angriff vorbereitet waren, der niemals geschehen würde. Niemals. Es gab in der Galaxie keine andere Macht, die groß genug war, um die Republik anzugreifen. Es galt allgemein als Tatsache, dass nichts und niemand jemals den Einsatz der Orbitalwaffe notwendig machen würde, die den Zugang zu Tarrago Prime und der weitläufigen Kesselverks-Flottenwerft bewachte.

Nichts.

Diesen Posten antreten zu müssen ähnelte in vielerlei Hinsicht dem Fegefeuer.

Es stimmte natürlich, dass es sich um ein beachtliches Waffensystem handelte. Allem Anschein nach war es absolut hervorragend. Aber man hatte es nur errichten lassen, um den Arbeitern ein Einkommen zu ermöglichen, auf deren Stimmen das Haus der Vernunft baute. Es galt als eine der größten und prachtvollsten

Arbeitsbeschäftigungsmaßnahmen der letzten Rezession, die eigentlich eine Wirtschaftskrise gewesen war, aber die die Medien immer mit Worten umschrieben, die nicht ganz so furchtbar klangen. Tausende Bürger der Kernwelten waren plötzlich dazu gezwungen worden, Regierungsaufträge zu erfüllen, nur damit ihre Familien auch weiterhin den gewohnten Luxus genießen konnten, mit dem sie die republikanische Wohlstandskultur immer noch zu verführen vermochte. Alles musste getan werden, um den unweigerlichen Zusammenbruch zu verhindern, von dem einige behaupteten, er wäre unausweichlich.

Denk einfach nicht dran, Rogg!, befahl sich Captain Thales, als er Turm Vier nach einer unangekündigten, mitternächtlichen Inspektion wieder verließ. Wer so dachte, würde auf keinen Fall von diesem Felsen wegbefördert werden.

Und Rogg Thales wollte weg von diesem Felsen.

Die für ihn perfekte Aufgabe wäre Artilleriebeobachter für die Legion. Oder wenigstens die Aufgabe als Verbindungsoffizier zur Legion.

Die Tiefenraum-Erkundung, sein nächster Kontrollpunkt, war nur dreißig Meter entfernt. Die Abteilung befand sich in einer riesigen Halle, die man in das tote Gestein des leblosen Monds gebohrt hatte. Er würde kurz einen Blick auf die Wachen werfen und sich dann vielleicht einen Kaffee in der Dienststelle dahinter besorgen. Es würde mal wieder eine lange Nacht werden.

Im Augenblick war das ›östliche‹ Rohr als einziges Kanonenrohr auf den Zugang zu Tarrago Prime ausgerichtet. Die drei anderen Waffenrohre, die man bis in den Kern des Monds getrieben hatte — die aus Bequemlichkeitsgründen fälschlich als Nord—, Süd—

und Westrohr bezeichnet wurden —, galten als außer Dienst gestellt, aber sie konnten binnen fünf Minuten in Gefechtsbereitschaft versetzt werden und jedes Ziel ins Visier nehmen, das sich ihnen näherte.

Ziele, die es natürlich niemals geben würde. Alle wussten das.

Welche Regierungen gab es denn außer der Galaktischen Republik? Welche andere Flotte sollte dort draußen in der Dunkelheit des Tiefenraums existieren, die es mit nur einem einzigen der fünfzehn Flottenverbände aufnehmen konnte, die die Republik zu jedem beliebigen Zeitpunkt in allen Bereichen der Spiralarme im Einsatz hatte?

Jede Flotte hatte einen Superzerstörer. Eine Trägergruppe. Zehn Zerstörer und zahlreiche aufgabenspezifische Korvetten und Versorgungsschiffe. Jeder Träger konnte seine über hundert Jäger zu einem Großangriff entsenden. Und falls das noch nicht ausreichen sollte, konnten die Zerstörer der Flotte, der Superzerstörer und die Trägertruppe den sagenhaften Omega-Angriff ausführen — zweihundertdreißig Jäger, von allen Raumschiffen entsandt, die in der Lage waren, jedem in der Galaxie bekannten Raumschiff oder Flotte einen vernichtenden Schlag zu versetzen. In der Vergangenheit hatte man diesen Angriff eingesetzt, um kleine Diktaturen am Rand zu zerstören. Eine ernüchternde Mahnung an alle, warum man sich am besten keinen Ärger mit der Republik einhandelte.

Da draußen existierte keine Flotte, die einem solchen Angriff standhalten konnte. Wer also sollte Tarrago Prime dann angreifen?

Niemand.

Er war gerade dabei, sich wieder zu ermahnen, *denk einfach nicht dran*, als er die Tiefenraum-Erkundung betrat und die beiden toten Sensorentechniker bemerkte. Beide waren über ihren Konsolen zusammengebrochen. Zuerst dachte er noch, er hätte sie schlafend erwischt. Dann entdeckte er die Brandspuren des Blasterfeuers oben an ihrem Rücken. Sie hatten keine Chance gehabt, sich umzudrehen. Sie hatten beide nicht bemerkt, dass sie sterben würden. Was bedeutete —

Es sind mindestens zwei, kommentierte irgendein Teil von Captain Thales' Verstand. Jemand, der verhindern wollte, dass die Sensoren etwas aufzeichneten — und der verhindern wollte, dass die beiden Techniker die Basis warnten. Also hatten beide Meuchelmörder gleichzeitig schießen müssen. Aber auch ein sehr geschickter und schneller Killer hätte diesen Job erledigen können. Aber das war natürlich viel komplizierter, und Leute, die derartige Einsätze planten, mochten es in der Regel nicht, wenn man alles auf ein Pferd setzte. Das hatte er in der Republikanischen Führungsakademie gelernt, während seines wenig kometenhaften Aufstiegs zum Major.

Er zog seine Dienstwaffe, ein Ding, von dem er niemals erwartet hatte, sie als Artillerieoffizier zücken zu müssen, und zog einen der toten Sensorentechniker von seinem Stuhl und ließ ihn zu Boden gleiten. Sein Blick huschte kurz über die Anzeigen verschiedener Bildschirme, und er konnte schnell feststellen, dass alle Sensoren mit einer Art Schadprogramm infiziert waren, das man vermutlich hier eingespeist hatte. Wer immer das getan hatte — und nicht vergessen, es mussten zwei sein —, hatte erst die Techniker ausgeschaltet und anschließend ein Virus hochgeladen, um den Zugriff auf die Tiefenraum-Erkundung zu verhindern. Sensoren, die die Waffe und die Festung benötigten, um mögliche Ziele angreifen zu können, die sich als Bedrohung erwiesen.

Denn die Orbitalwaffe mochte zwar eine riesige Arbeitsbeschäftigungsmaßnahme gewesen sein, aber sie war trotzdem für jedes Großkampfschiff tödlich, das sich ihr näherte. Wenn das Orbitalwaffensystem entschied, eine gesamte Flotte zu vernichten, dann konnte es das tun. Wenn es für einen solchen Zweck eingesetzt wurde, in diesem spezifischen und unvorstellbaren Fall... dann wäre das ein Leichtes.

Aber es gibt keine andere Flotten, dachte Captain Thales, als er mit der Hand auf den Knopf des Sicherheitsalarms schlug und eine sofortige Reaktion des Verteidigungskommandos erhielt. Während er fieberhaft gedanklich alle Möglichkeiten durchspielte, musste er feststellen, dass keine Einzige davon gut war.

Gab es wirklich keine anderen Flotten?

Wirklich?

»Verteidigungspunkt Sechs hier, Sir... Was für ein Problem gibt es? Ich sehe, Sie befinden sich im Tiefenraum —«

»Gehen Sie sofort auf Gefechtsstation!«, befahl Captain Thales. »Wir werden angegriffen!«

Und während sein Mund dies in die Kommunikationskonsole brüllte, dachte er noch, *entweder habe ich recht, und wir sind alle tot, oder ich liege falsch, und meine Karriere ist am Ende.*

Und dann rannte er zur Gefechtsstellung am Turm Vier zurück. Wenn die Republik Werbung für die Navy machte und auf zahllosen Plakaten gut aussehende Offiziere präsentierte, wäre Captain Rogg Thales niemals in die engere Auswahl für eins der Bilder gekommen. Er war kleiner als die meisten, rund wie eine Tonne und neigte zur Glatze. Aber er war ein hervorragender Offizier, und er wusste, dass sich die Republik in Schwierigkeiten befand.

An diesem Tag würde er viele Leben retten.

**Brücke der Korvette Audacity
Kesselverks-Flottenwerft, Trockendock.
1.57 Uhr, Systemortszeit.**

Trockendock.

Wie lange noch?

Captain Desaix machte sich auf den Weg zur Korvettenbrücke. Er hatte mit seinen untergebenen Stabsoffizieren ordentlich einen gebechert und Karten gespielt, und er war sich absolut sicher, dass sie in diesem Augenblick in ihren Kajüten rumheulten. Weil sie so brutal verloren hatten, und wegen des Katers, den er allen verpasst hatte, um sie zu besiegen. In gerade mal sechs Stunden würden sie sich wünschen, die Offiziersmesse niemals für einen netten Drink und ein schnelles Kartenspiel betreten zu haben. Tatsächlich würden sie sich wünschen, niemals der Navy beigetreten zu sein.

Aber er hatte gewonnen.

Das war kein Schummeln... Er hatte lediglich dafür gesorgt, dass sie nicht mehr in der Lage waren, mit den ihnen ausgeteilten Karten die richtigen Entscheidungen zu treffen.

Und wie er so gerne sagte, wenn du nicht schummelst... dann versuchst du's auch nicht wirklich. Das hatte er in einigen, ziemlich brenzligen Situationen entlang der Raumschifffahrtswege der Galaxie lernen müssen. Gleich bei seinem ersten Dienst an Bord einer Aufklärungskorvette tief im Maldarras-Becken.

Jetzt wissen sie Bescheid, dachte sich Desaix. Er war einsatzbereit, obwohl er die ganze Nacht durchgesoffen hatte, und sah immer noch aus wie der perfekte Korvetten-Captain. Er mochte den Witz, dass neunzig Prozent seines Jobs darin lag ›fesch auszusehen.‹

Ein Bot mit weißem Keramiküberzug und einer Gestalt, die entfernt an eine menschliche Frau erinnerte, huschte herbei, um den Captain abzufangen. KA8 war sein neuer persönlicher Verwaltungs- und Protokoll-Bot, den er gerade nach der Überholung abgeholt hatte. Sein letzter Bot war von Jaberwotha-Händlern gefressen worden, nachdem eine ihrer Verhandlungen schiefgelaufen war. Aber so richtig.

»Captain Desaix«, schnurrte KA8.

Es hatte ihn schon immer fasziniert, dass die Republik diesen Typ Bot so sehr verweiblicht hatte, dass ihn seine Stimmprogrammierung an ein catarianisches Showgirl erinnerte, mit dem er ... mal zusammen gewesen war. Zumindest ein bisschen. Damals, er noch Ensign auf dem Träger *Freedom* gewesen war. Aber hey, die Galaxie war ein seltsamer Ort. Manchmal musste man die Dinge einfach nehmen, wie sie waren. Das war auch der beste Weg beim Zocken.

»Kate, du kannst mich einfach Captain nennen. Das haben wir doch schon besprochen. Du musst nicht immer Desaix hinzufügen. Ich bin der einzige Captain an Bord dieses Raumschiffs. Wenn du das Wort ›Captain‹ benutzt, werde ich der Einzige sein, der darauf reagiert. Ist das eine gute Idee?«

»Wahrscheinlich, Captain Desaix?«, lautete die unschuldige Frage des Bots mit seinen weit auseinanderstehenden, optischen Sensoren.

Er seufzte, als sie erneut seinen Versuch parierte, die unzivilisierten Protokolle der republikanischen Navy in ihr umzuprogrammieren. Er wusste nicht, warum... aber er fraß sich daran einfach fest.

»Es tut mir sehr leid, Captain... Desaix. Aber republikanische Standards und Protokolle für persönliche Verwaltungsspezialisten wie mich halten fest, dass wir immer Namen und Rang nennen müssen, um mögliche Missverständnisse zu vermeiden. Immerhin... verfügen wir Bots über keinerlei Mienenspiel. Die unendliche Reihe an möglichen Katastrophen, die an Bord eines hochmodernen Raumschiffs wie der Korvette *Audactiy* geschehen können, könnten sich als tödlich erweisen. Das wäre für unsere nächste Erfolgskontrolle nicht optimal, wenn es um Ihre Beförderung und zukünftige Aufrüstungen geht.«

Sie hatten die Brücke der Hammerkopfkorvette fast erreicht.

»Ich würde die *Audacity* nicht als hochmodern bezeichnen...«, setzte der Captain an.

»Oh, ich schon, Captain Desaix. Sie hat die letzten technologischen Aktualisierungen erhalten, und obwohl wir vom Haus der Vernunft das Verbot erhalten haben, solche umgangssprachliche Begriffe wie ›Krieg‹ zu verwenden, ist dieses Raumschiff für Materialschlachten in Kriegszeiten optimal vorbereitet. Einsatzstrategie gehörte zu den nachrangigen Unterprogrammen, die ich mir mittels einer Ausnahmeregelung bei meinem letzten Upgrade habe herunterladen dürfen. Dieses Upgrade bringt die *Audacity* statistisch betrachtet in direkte Konkurrenz zur neuen Orion-Klasse. Und sollte die Besatzung getötet werden, dann kann dieses Raumschiff–«

»Dieses Raumschiff ist zwanzig Jahre alt! Sie würde auseinanderfallen, wenn wir nicht die Hälfte seiner Systeme andauernd zusammenbasteln würden.«

Aber es ist mein Raumschiff, dachte Captain Desaix im selben Augenblick. *Und das Alter spielt keine Rolle. Es gehört mir allein.*

»Dessen bin ich mir natürlich bewusst, Captain Desaix. Die Etatkürzungen durch das Haus der Vernunft haben viele technologische Neuerungen unmöglich gemacht. Aber dank unseres neuen Mehrfach-Torpedowerfers und in Anbetracht der Tatsache, dass es sich bei unseren Gegnern in der Regel um Piratenfrachter handelt, die mit Müh und Not als raumtüchtig bezeichnet werden können und schlecht bemannt sind, sind wir eins der besten Raumschiffe in der Galaxie... gegen solche Gegner... statistisch betrachtet, Captain... Desaix.«

Auf halbem Wege entlang des Hauptkorridors fiel eine der Wandplatten unter lautem Krachen zu Boden, was den Bot kurz hüpfen ließ.

»Ganz entspannt, KA8. Wir bauen sie ja gerade erst wieder zusammen, nachdem wir die Tour nach Garrumala hinter uns gebracht haben. Dreh nicht gleich durch. Wann ist der abschließende Test für die neuen Torpedowerfer angesetzt?«

Der Bot riss sich zusammen. »Das System ist jetzt einsatzbereit. Wir haben nur das Problem, dass die Torpedos noch nicht mit den richtigen Sprengkopfgehäusen ausgestattet sind. Die bekommen wir erst nächste Woche. Die gestern um 18 Uhr festgestellte Effizienzrate der Besatzung bedeutet, dass die Montagezeit weniger als die minimal veranschlagten zwei Stunden betragen wird.«

Desaix zuckte mit den Achseln. Mehr für sich selbst als für den Bot. Er hätte diesen Punkt auf der Liste gerne abgehakt.

»Wir haben einen langen Tag vor uns wegen des Umbaus und um raumtüchtig zu werden, Kate. Schick mir den neuen Dienstplan für die Besatzung bis sechs Uhr morgens. Ich werde den größten Teil des Tages im Maschinenraum sein, um die Schubverlagerer auf Backbord zu kontrollieren.«

Und in diesem Augenblick ertönte im gesamten Raumschiff das Warnsignal für ›Alle Mann auf Gefechtsstation‹.

Jeder an Bord erstarrte an Ort und Stelle.

Gefechtsstation? Im Trockendock?

Alle in der Nähe stehenden Besatzungsmitglieder starrten den Captain an. Als ob sie ihn um Erlaubnis bitten wollten, dies als eine weitere Systemfehlfunktion zu behandeln. Die traten während eines Umbaus im Trockendock häufig auf.

Desaix zuckte mit den Achseln und rannte zur Brücke, um herauszufinden, was nun schiefgelaufen war und dafür sorgen würde, all seine Zeit zu verschwenden.

Schwarze Flotte
Drittes Geschwader, Erste Staffel. »Pit Vipers«
Waffen einsatzbereit, kurz vor dem Mond von Tarrago
1.59 Uhr, Systemortszeit.

Tri-Jäger zischten über die Schattengrenze des gebundenen, luftleeren Monds und tauchten in der plötzlichen Erhellung auf, die der ferne Stern ermöglichte.

»Höhe auf 500 über Boden einstellen«, befahl Viper Lead über den Kommunikationskanal des Geschwaders. »Verschafft euch ein wenig Platz, Vipers. Bergkette voraus. Dreißig Sekunden bis zu den äußeren Verteidigungslinien.«

Lieutenant Haladis stellte im Terrainfolgeradar die genannte Höhe ein und heizte die Blasterkanonen vor. Sie überflog den grauen und leblosen Horizont des winzigen Monds und sah nicht viel mehr als die zerklüfteten bleifarbenen Berge und flachen Einschlagskrater, überzogen von einer endlosen, luftleeren Staubschicht. Direkt vor und über ihr erhob sich Tarrago Prime. Selbst von hier aus konnte Kat Haladis die glitzernd funkelnden Städte auf der Nachtseite der tropischen Welt sehen.

Es war ein wunderschöner Planet. Der gleich einer neuen Weltordnung zum Opfer fallen würde.

Einer, in der jeder eine Chance bekommen würde.

Sie verdrängte die Gedanken an Tarrago Prime. Einsatzgruppe N war dafür verantwortlich. Die Verteidigungsanlagen von Festung Omikron auszuschalten war die Mission des Dritten Geschwaders. Ihre Mission.

Erledige das, und dann bekommst du deine nächste Mission.

Während sie mit hoher Geschwindigkeit über die verwüstete Oberfläche des Mondes flog, entdeckte Kat vor sich auf dem Kamm einiger niedriger, zerklüfteter Berge den einsamen Überwachungsturm der Republik. Er war in das typisch republikanische, strahlende Weiß gehüllt und wirkte wie ein Leuchtfeuer inmitten des endlosen, leblosen grauen Regolith des Monds und des mitternächtlichen Hintergrunds, den die dahinter liegende Galaxie darstellte.

»Viper Zwei! Ziel entdeckt!«, warnte Nova Lead über den Staffel-Kommunikationskanal.

»Übernehme ich«, antwortete Kat nüchtern, während sie die Steuerruder des Tri-Jägers dazu nutzte, ihren Anstellwinkel leicht zu verändern. Mit ihrem behandschuhten Daumen klappte sie die Schutzhülle des Auslöseknopfs zurück und schaltete die Waffen scharf.

**Republiksarmee, 213. Artilleriebataillon
Festung Omikron, Äußerer Perimeter,
Überwachungsturm 16
1.59 Uhr, Systemortszeit.**

Sergeant Durmmond Mactay mochte es, wenn die Dinge rundliefen. Und rundlaufen bedeutete reibungslos. Und reibungslos bedeutete nach Vorschrift. Wer seinem Befehl unterstand, der hatte das schnell und oft lernen müssen, denn unter seiner Anleitung fanden ständig überraschende Kontrollgänge und völlig übertriebene Brandschutzübungen statt — seine absolute Spezialität. Sie wussten, dass er hart mit seinen Leuten umging, aber er war auch stets fair. Tja, dieser Posten galt in der gesamten Republik als absolute Karriere-Sackgasse, egal, ob man nun Unteroffizier oder Offizier war. Aber es war Durmmond Mactays Posten, und selbst am Tag der Galaktischen Einheit mit all den albernen Vorstellungen des Hauses der Vernunft würden seine Männer ordentlich Haltung annehmen.

Sie befanden sich hier auf Überwachungsturm Sechzehn inmitten eines dreißigtägigen Schichtbetriebs. Wenn sie dann schließlich nach Omikron und Tarrago Prime zurückkehrten, wäre der Tag der Galaktischen Einheit längst vorbei. All seine kleine Bumsköppe würden traurig sein in dem Wissen, dass sie ein weiteres Zechgelage, das alle anderen Zechgelage beenden sollte, verpasst hatten. Bis das nächste von der Republik bezahlte Zechgelage anstand. Sie würden später saufen gehen können. Gelegenheit dazu würden sie schon bald wieder bekommen. Das Haus der Vernunft würde sich so lange Anlässe dafür ausdenken, bis es das eines Tages nicht mehr konnte. Mactay war schon lange genug dabei und wusste daher, dass das Haus der Vernunft bereits einen weiteren Feiertag vorbereitete, um irgendetwas Lächerliches zu zelebrieren und die Leute einen weiteren Tag von der Schinderei zu befreien, der glorreichen Republik zu dienen. Irgendetwas Historisches gab es immer zu feiern, selbst wenn sie sich das ausdenken mussten.

Immer.

Sein Lieblingsversuch, Einheit durch Vielfalt herbeizureden, war der Revisionstag gewesen. Eine Woche lang wurde die Geschichte gefeiert, wie sie das Haus der Vernunft verstanden haben wollte. Er hatte im Wesentlichen aus riesigen Festzugswagen bestanden, die die Ereignisse in den Barbarischen Kriegen darstellen sollten. Festzugswagen, bei denen die Darstellung vermeintlicher historischer Fakten lächerliche Ausmaße angenommen hatten. Mactay hatte so viele der alten Schlachtfelder besucht, wie es ihm im Lauf von zwanzig Jahren und Dutzenden verschiedener Posten möglich gewesen war. Daher wusste er nur zu genau, dass kein einziger Zhee je an einer der entscheidenden Schlachten der Barbarischen Kriege teilgenommen hatte. Aber wenn man sich die bunten Festzugswagen mit ihren Digitalanzeigen am Revisionstag anschaute, hätte man glauben können, sie hätten die Kriege im Alleingang gewonnen.

Als ob diese dummen, wilden Esel zu etwas anderem in der Lage wären, als sich im Namen ihrer Götter gegenseitig in die Luft zu jagen.

Absolut lächerlich, dachte er, während er sich einen weiteren Schluck schwarzen Kaffees gönnte und zusah, wie die restlichen Männer selig in ihren Kojen schlummerten. Er war schon vor zwei Stunden aufgestanden, um die nächste Wache zu übernehmen. Das Konditionstraining hatte er schon hinter sich. Und bereits alle notwendigen Unterlagen ausgefüllt. Hatte zwei einfachen Soldaten, die er vor einigen Minuten schlafend im Überwachungsturm erwischt hatte, einen ganzen Tag in voller Ausrüstung aufgebrummt. Das würde ihnen nicht nochmal passieren.

Er hatte sie nach allen Regeln der Kunst zusammengestaucht.

»Was zur Hölle!«, hatte er sie kurz nach Mitternacht angebrüllt. »Wir sind hier auf einem Beobachtungsposten. Wir beobachten. Wir beobachten, damit wir in der Lage sind, die Orbitalwaffe verteidigen zu können. Wir schlafen nicht. Schlafen ist das Gegenteil von dem, was wir während unseres Dienstes tun. Beobachten. Ansonsten würden wir das hier einen Schlafposten nennen, und der wäre für die Republik völlig nutzlos!«

Er schrie sie an, er knurrte wütend, und es blieb nicht bei diesen Worten, während die Männer das einnehmen mussten, was einige Liegestützhaltung nannten, die Republiksarmee und Legion aber bevorzugt als nach vorne gebeugte Ruhestellung bezeichneten. Dies wechselte er dauernd mit anderen Übungen ab. Mehr als zwanzig Minuten lang hatte er ihre gesamte Aufmerksamkeit, um ihnen ihre Unzulänglichkeiten als Kanoniere, aber auch als Menschen deutlich zu machen. Er sah zu, wie ihre Muskeln zu zittern begannen und sich unter ihren zuckenden Körpern die Schweißtropfen sammelten, und der Anblick wärmte ihm das Herz.

Was jetzt dringend notwendig war, war ein ganztägiger Drill im Vakuum des Weltraums, direkt nach dem Frühstück. Das würde ihnen allen den Kopf zurechtrücken und klarmachen, was auf einem Beobachtungsposten zu passieren hatte, der das modernste Waffensystem in der gesamten Galaxie schützte. Was dachten die sich eigentlich, worum es hier überhaupt ging? Und wenn er dann die Luftschleusen öffnete, würden sie feststellen, dass alles, was nicht ordentlich befestigt war — ganz nach Standardarbeitsanweisung —, sich ganz schnell verabschiedete und ... wahrscheinlich und hoffentlich in den Tiefen des Weltraums verschwinden würde.

Er aalte sich in der Vorfreude auf diesen Augenblick des Chaos und den Verlust ihrer persönlichen Habe.

Das würde ihnen einen Dämpfer verpassen.

Klar, dachte Mactay, dies war der schlimmste Posten im System. Aber es war sein Posten, und seine Jungs würden vernünftig Haltung annehmen, bis die Uhrzeiger 6 Uhr anzeigten. Er hatte schon in der gesamten

Republik bescheuerte und langweilige Überwachungs- und Artillerieposten übernommen. Er hatte seinen Sold erhalten, er würde irgendwann seine Rente kriegen, und er würde so lange sein beschissenes Bestes geben, bis er den letzten Dienst hinter sich hatte. Das —

In der halben Sekunde, die Sergeant Mactay noch lebte, bemerkte er, wie die Kaffeetasse in seiner Hand plötzlich explodierte. Er mochte vielleicht sogar gehört haben, wie die schweren Glasplatten des Beobachtungspostens über ihm in tausend Scherben zersplitterten. Vielleicht hatte er das. Alles geschah so plötzlich und gewaltsam. Vielleicht hörte er sogar das ferne, hohle Dröhnen zweier schwerer Maschinengewehre, die über viertausend 30-mm-Geschosse abfeuerten und die Aufbauten des Beobachtungsturms auf seinem Bergkamm zerfetzten. Sie durchschlugen nicht nur die Panzerung, die Kanoniere und die beiden Beobachter, die bereits wieder eingeschlafen waren, sondern auch die Tasse und den Kaffee ...und Sergeant Mactay.

Schall breitet sich sehr wohl im Weltall und der unteren Atmosphäre aus. Das war einer der Mythen, mit denen man ständig aufräumen musste, wenn man für die republikanische Navy arbeitete. Die Sterne sangen sogar, wenn man nur wusste, wie man ihnen zuzuhören hatte.

Doch eine Sekunde später gab es nur noch das Heulen entweichenden Sauerstoffs, der in das Vakuum jenseits der Wände strömte, die mit einem Schlag von einem vollautomatischen Railgun-System in Löcherkäse verwandelt worden waren. Die Republik mochte vielleicht an den Festungsschutzwänden das Geld für einen Atmosphärenschild rausrücken, aber nicht hier draußen. Mactay wurde sofort von den Füßen gerissen und von drei Überschallgeschossen durchbohrt, die sich mit mehr

als anderthalbtausend Kilometern die Stunden vorwärts
bewegten. Es war eine sehr plötzliche und furchtbare Art
zu sterben.

Aber es ging schnell.

KAPITEL 3

Lieutenant Kat Haladis hielt die Luft an, während der Tri-Jäger unter ihr bockte und vom Kurs abzuweichen versuchte, während die 30-mm-Überschallmunition abgefeuert wurde. Projektile. Projektile der alten Schule aus den Barbarischen Kriegen, die praktisch keinen Stein auf dem anderen ließen, und die an Raumschiffen und Ausrüstungsteilen, die für das Aufrechterhalten künstlicher Atmosphäre im Vakuum notwendig waren, katastrophale Schäden anrichteten.

Das Resultat war grausam.

Blasterkanonen ließen sich leichter anbringen, aber ihre Feuergeschwindigkeit war wesentlich geringer. Oft versiegelten sie den Schaden, den sie anrichteten, indem sie interne Systeme oder Panzerungselemente miteinander verschmolzen. Ein Schadenskontrollteam kam mit dieser Art Zerstörung wesentlich leichter zurecht. Denn genau auf diese Aufgabe waren sie vorbereitet.

Aber die Löcher, die viertausend Projektile verursachten, konnten selbst von den eifrigsten, fähigsten und bot-gestützten Schadenskontrollteams nicht geflickt werden. Zu viele kleine Löcher an zu vielen Stellen. Ganz davon abgesehen, dass die explosionsartige

Dekompression alle in die unerbittliche Leere des Weltraums schleuderte — einschließlich des kostbaren Sauerstoffs, den man zum Überleben brauchte.

Eine der Folgen der verhängnisvollen Barbarischen Kriege war, dass das Haus der Vernunft Projektilwaffen als Massenvernichtungswaffen eingestuft und ihren Gebrauch, ihre Herstellung und den Besitz geächtet hatte. Wer mit irgendeiner Form dieses Waffensystems gefunden wurde, dem drohten zwanzig Jahren in den Gasminen des nächsten Riesenplaneten. Ein erzwungenes Dasein, in dem das Leben nichts anderes war als die Hölle.

Als der schwarzgraue Tri-Jäger an dem zerstörten Beobachtungsturm vorbeiflog, nur wenige hundert Meter von seinen explodierten achteckigen Sichtfenstern entfernt, aus denen Leichen, Trümmer und Flammen gen Himmel und über die Oberfläche des toten Mondes schossen, begriff Kat, warum die Schwarze Flotte solche Einschränkungen vermied.

Ein einziger Angriff mit diesen Waffen auf Dauerfeuer hatte das Problem schnell gelöst.

Die üblichen Doppelblasterkanonen, mit der ein Tri-Jäger normalerweise ausgestattet war, hätten bei dieser Geschwindigkeit nur ein paar Treffer landen können. Stattdessen hatte sie den Turm dank der Zielerfassungshilfe komplett mit Treffern eingedeckt. An tausend Stellen entwich nun Luft ins Vakuum des Weltalls. Keine Schadenskontrolle konnte das mehr in Ordnung bringen. Vor allem, wenn das Ziel nur leicht gepanzert war. Alle da unten in dem Beobachtungsturm waren tot. Der Rest der Staffel gratulierte ihr über den Kanal mit schnellen Doppelklicks.

Flieg einfach dein Raumschiff, Kat.

Flieg es einfach.

»Sauberer Schuss, Viper Zwei«, murmelte Viper Lead über den rauschunterdrückten Äther.

Hinter ihnen folgte der Rest des Geschwaders. Hunderte Tri-Jäger, die wie schwarze Dämonen gefärbt waren, huschten über den Bergkamm, auf dem der zerstörte Beobachtungsturm stand, und lösten sich aus der Formation. Sie alle drehten nun ab, um so viele Beobachtungstürme und Hilfsstromanlagen wie möglich auszuschalten. Direkt vor ihnen erstreckte sich das lange Mondtal, in dem dieses Kanonenrohr von Festung Omikron lag, und sie konnten die ersten Gebäude der äußeren Verteidigungsanlagen erkennen, die die legendäre Orbitalwaffe schützten.

Im besten Fall, dachte Kat, als sie auf den Wegpunkt zu ihrem sekundären Ziel umschaltete, können wir ein paar Angriffe fliegen, bevor die Geschütztürme um das Hauptkanonenrohr vollautomatisch das Gegenfeuer eröffneten. In diesem Augenblick würde irgendein Techniker von dem Beobachtungsturm, den sie gerade pulverisiert hatte, ein Systemwarnsignal erhalten. Sie würden eine Systemfehlerkontrolle durchführen, das nochmal kontrollieren und schließlich per Funk eine Bestätigung anfordern. Aber bis dahin wäre die Sache schon längst erledigt.

Im schlimmsten Fall... nahm jemand seinen Job ernst, und die Verteidigungsanlagen waren online, die Geschütztürme einsatzbereit und schon auf die richtige Entfernung eingestellt. Wenn das der Fall war... dann waren sie praktisch wehrlos wie die Ziele in einer Schießbude.

Brücke der Korvette *Audacity*
Kesselverks-Flottenwerft
02.01, Systemortszeit.

»Captain... wir erhalten einen Alarmierungsbefehl von Admiral Bula. Bestätigung angefordert.«

Desaix beugte sich über die Navigationskonsole und aktivierte die Kommunikationskonsole. Sowohl der Pilotensitz als auch der Co-Pilotensitz waren leer — ein klarer Verstoß gegen die Standardarbeitsanweisung, die festlegte, dass mindestens ein Pilot im Dienst sein musste, und das jederzeit. Die Kommunikationsoffizierin befand sich ein Deck über ihm, und sie war die Einzige, die im Augenblick ihre Aufgabe wahrnahm.

Und dennoch war Desaix nicht sicher, dass alles in Ordnung war. Ja, natürlich bummelten alle am Tag der Galaktischen Einheit. Alle wussten, dass sie nur eine halbe Schicht arbeiten mussten, und an die Arbeit würde sich am Nachmittag bis in den Abend ein wildes Saufgelage anschließen. Aber das Warnsignal kam nicht von einer internen Quelle. Es stammte nicht von der *Audacity*. Der Befehl war vom Commander der Schiffswerft ausgegangen, der für die Umbauten und Neubauten verantwortlich zeichnete.

»Stellen Sie mich zum Diensthabenden durch«, bat Desaix die Kommunikationsoffizierin.

Er aktivierte die Startsequenz für die Flugsteuerung. Laut bestehenden Befehlen musste das Raumschiff innerhalb von drei Minuten abflugbereit sein, wenn ein solches Warnsignal eintraf. Seine Finger huschten über die Antriebskonsole und legten die Hauptschalter um, die für die Kaltstartsequenz notwendig waren. Er fluchte leise, als er sich den Backbordmanövriertriebwerken zuwandte. Sie waren immer noch deaktiviert und brauchten ihre Laufruheprüfung, bevor sie für den Einsatz wieder freigegeben werden konnten.

»Ich komme nicht durch, Captain!«, ertönte die eindringliche Antwort der Kommunikationsoffizierin. Die Signalleuchte für die Einsatzbereitschaft der Haupttriebwerke wechselte auf Grün. Desaix drehte sich nach hinten, um auf seinem Stuhl Platz zu nehmen, aber dann fiel ihm ein, dass der noch gar nicht eingebaut worden war. Also beugte er sich über die Flugsteuerung und aktivierte den Kommunikationskanal des Piloten für eine schiffsweite Ankündigung.

»Hier spricht der Captain. Vorbereiten für Abflug. Alle Leinen los. An alle Besatzungsmitglieder, Gefechtsbereitschaft. Wir sind noch nicht sicher, ob dies eine Übung ist.«

Ich *hoffe*, das ist eine Übung, fluchte er leise, als er das Zittern spürte, das der startende Antrieb des riesigen Raumschiffs immer hervorrief.

Desaix wusste, dass die Kommunikationsoffizierin alle Nachrichten auf der Flottenwerft mithörte, sowie die gesamte Orbitalanflugkontrolle. Sie würde einen guten Eindruck von dem haben, was da draußen *wirklich* los war. Wenn überhaupt was los war.

»Worum geht's hier eigentlich, Lieutenant?«, blaffte er verärgert. Er hätte vielleicht ein paar Stunden Schlaf einplanen sollen.

Eine längere Stille folgte.

»Captain, Sensoren im niedrigen Orbit bestätigen, dass sich drei nicht identifizierte Raumschiffe innerhalb der Atmosphäre befinden. Die Anflugkontrolle sagt, dass sich eben noch nichts neben der Verteidigungsstaffel befunden hat, und dann sind sie plötzlich aufgetaucht. Moment... jetzt bestätigt sie Tausende Kontakte, die auf die Flottenwerft zurasen. Könnte Flächenbombardement durch eine abtrünnige Flotte der RMK sein, die gerade ins System gesprungen ist. Keiner weiß irgendwas Genaues.«

Und wir haben keine Deflektoren, bis wir uns aus dem Dock bewegt haben, dachte Desaix finster.

Schwarze Flotte, Stoßtruppen, Dritte Gruppe
Atmosphäre über Tarrago Prime, Höhe 33.695 Meter,
schnell fallend
02.02, Systemortszeit.

Sergeant Bombassa gefiel es gar nicht, durch die Atmosphäre zu fallen. Nein, das mochte er überhaupt nicht. Er bevorzugte den Kampf an Boden. Er bevorzugte es, seinen Blaster auf Dauerfeuer zu stellen. Wenn es ein Nahkampf sein musste, dann bevorzugte er sogar ein Messer.

Vor allem, wenn man bedachte, dass der Sturz von einem republikanischen Zerstörer, nur wenige Sekunden, nachdem er in das System gesprungen war und die Atmosphäre flüchtig berührt hatte, noch viel schlimmer war als ein regulärer Sprung, trotz der neuen Panzerung, die man ihm verpasst hatte. Es fühlte sich an, als ob man in die Leere des Weltraums gesaugt und dann länger auf den Kopf gestellt wurde, als man sich das überhaupt vorstellen konnte. Und vor allem viel länger, als einem lieb sein konnte. Das Gefühl war genau wie bei einem Loch im Rumpf eines Raumschiffs im Tiefenraum, wenn während einer Schlacht in einer explosionsartigen Dekompression alle Luft hinausgesaugt wurde.

Was ihm bisher nur ein einziges Mal passiert war.

Und das wollte er auf keinen Fall ein zweites Mal erleben.

Aber du hast eine Menge Dinge getan, die dir nicht gefallen haben, bloß um von Kimschana wegzukommen, ermahnte er sich in dem Versuch, seinen Verstand vom scheinbar endlosen Fall auf dem Planeten unter ihm abzulenken. Und du hast sie einfach weiter getan, weil du niemals wieder auf diese heiße, stinkende Dschungelwelt zurückkehren wolltest, die einer der Vorfahren nur deswegen besiedelt hat, weil er Hoffnungen und Träume gehabt und einen alten Groll gepflegt hatte. Also bist du der Legion beigetreten. Und alles, was du verdient hast, hast du deiner Familie geschickt und der erweiterten Familie, damit sie ihr kleines Zurück-zur-Natur-Experiment fortführen konnten. Ein Experiment, das praktisch nicht mehr vorzuweisen hatte als eine erschreckende Anzahl an Todesopfern durch die Graue Pest — was die selten auftauchenden Virologen als ›Hypermalaria‹ bezeichneten —, oder durch die Bisse von irgendeiner der vierhundert verschiedenen, einheimischen und extrem giftigen zweiköpfigen Schlangenarten, die diese Welt ihr Zuhause nannten, bevor deine Truppe dort auftauchte. Mal ganz abgesehen von diesem ganzen, abergläubischen Gehabe und der Notwendigkeit deiner Vorfahren, ständig da draußen den starken Mann markieren zu müssen — auf einer Welt, deren Tagesdurchschnittstemperatur im ›Winter‹ über fünfunddreißig Grad lag.

Alles war besser als Kimschana.

Als Mitglied der Legion hast du es dir daher ab und an erlaubt, dich hinten aus einem Angriffsshuttle schmeißen zu lassen. Denn so schlimm dieser Augenblick des freien Falls auch sein mochte… er war nicht so schlimm wie Kimschana.

Aber das hier war ja auch nicht die Legion, ermahnte sich Bombassa, während er die Zähne zusammenbiss und die Höhe von 27.500 Meter unterschritt und dabei laut brüllte wie ein brennender Komet, der sich durch die Atmosphäre quälte. In diesem Augenblick fielen Tausende gemeinsam mit ihm nach unten, und so wie die Statistiken aussahen, wusste Bombassa sehr wohl, dass es einige von ihnen nicht sicher zum Boden schaffen würden. Sie würden auf ihrem Weg nach unten in Flammen aufgehen und brutal abstürzen. Die Zahlen setzten voraus, dass eine bestimmte Menge ›X‹ genau das tat.

Er konnte diesen Gedanken nie aus seinem Kopf bekommen, egal, wie oft er sprang.

»Bombassa!«, knurrte der Zugführer über die S-Frequenz. Auch er ein ehemaliger Legionär. »Ranrücken. Sie verabschieden sich gerade aus dem Bereich für die Landezone. Halten Sie die Position zu Ihrem Zielfenster gemäß Head-up-Display. Wir haben's fast hinter uns, großer Mann. Nur noch ein bisschen.«

Bombassa verlagerte sein Gewicht in der besonderen Panzerung, die sie während ihrer letzten Ausbildungstage auf den Ödflächen Tuscas ausgeteilt bekommen hatten. Wie eine moderne Legionärs-Panzerung, nur besser. Die Ausrüstung, die er jetzt trug, war für den Fall aus der oberen Atmosphäre bei niedriger Öffnungshöhe optimiert, und sie war schwarz wie seine Haut. Eine Haut, an der ihm der kalte Schweiß hinablief, während er den riesigen Planeten durch sein Head-up-Display auf sich zurasen sah. Er befand sich noch so weit oben, dass er die Rundung des Planeten in allen Richtungen erkennen konnte. Wenn er ehrlich zu sich selbst war, dann erschreckte ihn das auf eine Art und Weise, der er sich nicht stellen konnte, ohne völlig auszuflippen.

Er ermahnte sich, dass dies nicht gerade die optimale Arbeitsumgebung war. Die befand sich am Ende seines Falls.

»TSZ, Sir«, flüsterte Bombassa, als er sich wieder innerhalb der digitalen Toleranzgrenzen ihres Sinkflugs befand, genau auf sein Ziel ausgerichtet: die Kesselverks-Flottenwerft auf Tarrago Prime.

Er hörte einen Doppelklick zur Bestätigung.

Neben den zehntausend Stoßtruppen in dieser Gruppe fielen noch weitere auf die Hauptstadt selbst hinab, die Legionskasernen und andere hochrangige Ziele auf der dicht bevölkerten Halbinsel. Aber die Dritte Gruppe führte die entscheidende Mission an: die Flottenwerft zu erobern und sie vor Gegenangriffen zu schützen. Und sie brachten ziemlich schweres Material mit, um genau das zu erreichen. Bombassa bemerkte, wie neben ihm ein leichter Mech herabfiel, der sich im Augenblick noch in seinem kastenförmigen Transportmodus befand, und an einer Sprunggruppe Stoßtruppen vorbeirauschte. Seine modularen Manövriertriebwerke korrigierten seinen Fallwinkel auf die vorher eingegebene Landezone.

General Nero hatten ihnen befohlen, die riesige Flottenwerft einzunehmen... oder bei dem Versuch zu sterben. Denn wenn ihnen das nicht gelang, dann wäre das, was sie zu erreichen versuchten, schon gescheitert, bevor es eigentlich begonnen hatte. Und sie alle hatten den Satz zurückgebrüllt, den man ihnen eingetrichtert hatte, den Satz, der jeden Befehl dieser neuen Legion bestätigte. Dieser neuen... *Schwarzen* Legion, sozusagen.

»Tod der Republik!«, brüllte der General auf dem Wüstenboden Tuscas, wo der Wind wie die verlorenen Geister der Vergangenheit heulte.

Und die achtzigtausend Männer der Schwarzen Flotte hatten zurückgebrüllt: »TOD DER REPUBLIK!«

Eigentlich war die Republik gar nicht so schlimm gewesen, dachte sich Bombassa während er fiel. Wenn sie ihn nicht aus der Legion geworfen hätten, dann wäre er bestimmt dort geblieben, bis er es zum Sergeant Major gebracht hätte. Und dann wäre er auf irgendeinem netten, kleinen Planeten mit jeder Menge Wasser und winzigen Inseln in Rente gegangen.

21.000 Meter, und er fiel immer noch wie ein Stein.

»Tod der Republik!«

15.000 Meter, und Bombassa fiel ein alter Witz ein, den die Sprungmeister der Legion gerne in den Minuten vor dem Sprung erzählten. In den Minuten, in denen die Angst Bombassa stocksteif werden ließ und in ihm den Wunsch aufkommen ließ, sich zu übergeben — oder noch besser, sich ganz woanders zu befinden.

»Wenn sich mein Fallschirm nicht öffnet, große, weite Welt, dann komme ich auf der anderen Seite wieder raus!«

Das sangen sie gerne, während sie vor dem Sprung bei jedem die Ausrüstung kontrollierten.

Ganz schön witzig.

Naja, nicht wirklich.

»Nein, Sir«, flüsterte Bombassa in seinem tiefen Bass in den Äther seiner schicken, neuen Panzerung, die ganz frisch und nach neuester Technik roch. Nach Plastik, nach Polsterung, direkt aus der Fabrik. »Der Fallschirm wird sich wie geplant öffnen!«

Positives Denken. Genau so wie man es ihm auf der Unteroffiziersschule der Legion beigebracht hatte. Wenn es dich nicht stört, dann stört es die anderen auch nicht.

Bombassa liebte Tricks. Vor allem die Tricks, mit denen er sich selbst ein Schnippchen schlagen und dazu bringen konnte, Dinge zu tun, die er nicht tun wollte.

»Was sagen Sie da, Sergeant?«, fragte der Lieutenant über den Kanal.

Bombassa hatte sich immer noch nicht an die neue Software gewöhnt, mit der die Panzerung gesteuert wurde. Sie nannten sie S-Frequenz anstelle der L-Frequenz der Legion. Sie glich der Software der Legion in ihren Panzerungen fast bis aufs Haar, war aber nicht ganz so verlässlich.

»Ich meinte—«

Bei 12.000 Metern wurde er plötzlich von einer Turbulenz erfasst, die ihn in seiner Panzerung hin- und herschleuderte. Bombassa sah sich schnell nach seiner Sprunggruppe um. Die restlichen Männer, die hinter ihm zurückgeblieben waren — tatsächlich schienen sie ins Nicht über ihm gesaugt worden zu sein —, tanzten wie Spielbälle über den Himmel und bemühten sich mit aller Kraft, die korrekte Fallrichtung und ihr Ziel wieder in den Blick zu bekommen. Diese Turbulenz geht auch vorüber, ermahnte sich Bombassa. Das hatte die Einsatzbesprechung deutlich gemacht. Das waren nur das Wetter und die verschiedenen Temperaturschichten, die sich einen Spaß mit ihnen erlaubten.

»Ich sag's ja«, setzte Bombassa erneut an, und seine Stimme zitterte leicht, während er hin- und hergeworfen wurde. Er hoffte, dass sein Kompakt-Blastergewehr immer noch an seiner Panzerung befestigt war. Das Zittern wurde jetzt immer heftiger. »TSZ, Sir.«

»Das sagen wir nicht mehr, Sergeant«, lautete die Antwort über die S-Frequenz. »Aber ich bestätige das trotzdem. Und... verstanden. TSZ, Sergeant.«

Bei dreihundert Metern schrie Bombassa laut und glaubte, er müsste auf irgendeinem Hochhauskran oder einem Baugerüst zerschellen, wenn er auch nur noch eine Sekunde wartete — und das selbst *wenn* sich sein Fallschirm öffnete. Dreihundert Meter über der riesigen Flottenwerft war in Bombassas Kopf viel zu tief, als dass die Dinge nicht schiefgehen würden. Eine Sekunde lang sah es auch so aus, als ob er geradewegs auf dem Boden aufklatschen oder von einer der großen Korvetten abprallen würde, die sich dort im Bau befanden. Vielleicht würde er sich sogar in einen Rumpf bohren.

Aber in diesem Augenblick öffnete sich der aus Graphenmikrofasern bestehende Fallschirm automatisch.

Und sie wurden von den Flugabwehrgeschützen empfangen.

Während Tausende schwebende Stoßtruppen auf die mitternächtlich dunkle Flottenwerft herabfielen, wurden die Männer um Bombassa herum auf einmal durch hochintensive Feuerstöße aus allen Blasterrohren gegrillt, die mit einem Mal von allen Seiten zu kommen schienen. Verbrannte Fallschirme fielen in sich zusammen und ließen die gepanzerten Stoßtruppen auf die schweren Kräne und im Bau befindlichen Raumschiffe hinabstürzen. Jupiterlampen suchten mit ihrem blendenden Licht nach Zielen, und Luftschutzsirenen setzten zu ihrem hektischen Heulton an, um alle vor dem drohenden Angriff zu warnen.

Na gut, dachte Bombassa. Und damit vergaß er all die furchtbaren Ernannten, die sich selbst zum Helden machten und dafür sorgten, dass gute Männer aus der Legion geworfen oder schlicht getötet wurden, nur damit sie ihre armseligen Karrieren verfolgen konnten. Und das furchtbare Kimschana. Und den möglichen Tod in der Atmosphäre. Den möglichen Tod im Weltall.

Sobald er den Boden erreichte, würden alle den Preis bezahlen, der nötig war, damit er das Leben leben konnte, das er sich wünschte.

Er legte eine perfekte Landung auf einer großen, freien Stelle am Rumpf einer halb bemalten Korvette hin. Er rollte sich geschickt ab, doch der Aufprall der Panzerung führte zu einem lauten, metallischen Gongschlag. Die Aufprallabsorbierer in seiner Panzerung gaben sich alle Mühe, die Brutalität der physikalischen Tatsachen möglichst gut abzufangen. Bombassa schlug mit dem Handschuh auf den Trennkarabiner des Gurtes, drehte sich davon weg und kam mit seinem Kompakt-Blastergewehr im Anschlag auf die Beine, bereit dem Gegner entgegenzutreten. Bereit, sich den Weg freizutöten bis zum nächsten Tag.

Er vergaß alle Ängste, die ihn bisher belastet hatten, und stellte seinen Kopf darauf ein, ab jetzt einfach nicht zu sterben. Und um dieses Ziel zu erreichen, musste er jeden töten, der sich ihm in den Weg stellte.

»T...S...Z«, sagte er langsam, während er nach Zielen in der mitternachtsschwarzen Flottenwerft suchte.

Haus der Vernunft
Utopion

Orrin Kaar sah mit ernster Miene in den Holobot, die Hände auf dem Schreibtisch. »Natürlich stimme ich zu, dass ein Treffen des Haus-Sicherheitsrats gerechtfertigt erscheint, aber nicht zum jetzigen Zeitpunkt.«

Aletha A'lill'n, stellvertretende Vorsitzende des Sicherheitsrats, wiederholte ihre Argumente. »Abgeordneter Kaar, alle Hinweise, die wir bisher erhalten haben, machen deutlich, dass der Angriff auf Tarrago weit über das hinausgeht, was die Rebellen der Mittleren Kernwelten leisten können.«

Kaar schenkte ihr ein mattes Lächeln. »Wann habe ich das denn schon mal gehört? War das bei Kublar?«

A'lill'n wich leicht zurück. »Ich meine das nicht im Hinblick auf die militärische Bedrohung. Ich verstehe, dass jeder Angriff mit Risiken behaftet ist. Aber diese Berichte...« Die Abgeordnete hob ihr Datenpad hoch und las vom Bildschirm ab. »Legionärsähnliche Bodentruppen in schwarzer Panzerung. Starfighter von unbekannter Bauart...«

»Abgeordnete A'lill'n —«

»Wenn eine Bedrohung für die Werft besteht, dann sollten wir eine Schlachtflotte mit voller Unterstützung durch die Legion zusammenrufen, und das können wir nicht tun, wenn nicht zuerst der Sicherheitsrat tagt.«

»Abgeordnete A'lill'n...«, setzte Kaar erneut an.

»Über die militärischen Kanäle erhalten wir keine Berichte, was vermuten lässt, dass alle Verbindungen vor Ort unterdrückt werden. Vielleicht durch eine Flotte mit einer uns unbekannten politischen Zugehörigkeit, die sich auf den Mond und die Fabriken auf dem Planeten konzentriert. Oder es handelt sich um Sabotage der Kommunikationsrelais oder—«

Kaar sprach mit leiser und verständnisvoller Stimme. »Aletha. Wir wissen beide, dass es in der gesamten Galaxie keine Streitkraft gibt, die es mit der Macht der Republik aufnehmen könnte.«

»Und was ist mit den Berichten, dass sich republikanische Zerstörer gegenseitig beschießen?«

»Ein terroristischer Angriff führt zur Verwirrung, und es ist daher für diejenigen, die sich dort befinden, oft schwer, verlässliche Informationen zu erhalten. Und sollten sich die Streitkräfte irrtümlich gegenseitig unter Beschuss genommen haben, was natürlich immer tragisch ist, so ist das doch wohl kaum ein Grund, eine Krisensitzung des Sicherheitsrats einzuberufen.«

Die stellvertretende Vorsitzende des Sicherheitsrats gab sich ihm mit einem Seufzer geschlagen. »Du hast natürlich recht, Orrin.«

Kaar lächelte. »Dass die RMK in der Lage sind, ab und zu einen koordinierten Angriff durchzuführen, ist die traurige und bleibende Realität. Nach Kublar hätten sie ja beinahe den terroristischen Bombenangriff auf das Haus der Vernunft selbst hinbekommen. Warten wir ab und schauen, ob die Legion den Angriff abwehrt. Wenn die RMK weitere Großkampfschiffe besorgt haben, dann sollen sie halt ihr Glück versuchen und am eigenen Leib erfahren, was unsere Orbitalwaffen dagegen ausrichten.«

Abgeordnete A'lill'n nickte langsam, und sie schien mit jedem Augenblick überzeugter zu sein. »Vielen Dank, Abgeordneter Kaar.«

»Es war mir ein Vergnügen, liebe Aletha. Wenn Tarrago uns nicht innerhalb von« — Kaar warf einen Blick auf die Chrono-Anzeige — »zwei Stunden bestätigt, dass sie die Lage unter Kontrolle haben, dann werde ich eine Sitzung anberaumen, und wir werden dafür sorgen, dass die Legion und die anderen Streitkräfte ihre Aufgabe erledigen, nämlich die Republik zu beschützen.«

Die Übertragung wurde beendet, und Kaar lehnte sich in seinem Sessel zurück. Das Leder machte ein leises, knarzendes Geräusch, als er sein Gewicht verlagerte. Er tippte sich zweimal ans Kinn und beugte sich dann vor, um einen sicheren Kanal zu aktivieren.

Kaar hob eine Augenbraue, als das Gesicht einer jungen Frau mit platinblonden Haaren auftauchte. Sie schien sich von zwei blauen Augen zu erholen.

»Sentrella«, sagte Kaar und vermied damit die Diskussion, woher sie die hatte. »Besorgen Sie mir Ihren Arbeitgeber. Sofort, wenn möglich.«

Schwarze Flotte
Drittes Geschwader, Erste Staffel. »Pit Vipers«
Mond über Tarrago, über der Festung Omikron
02.05 Uhr, Systemortszeit.

Die Geschütztürme, die das gigantische Kanonenrohr umgaben, eröffneten das Feuer auf die Tri-Jäger, die aus dem dunklen Weltall oberhalb des Stützpunkts herabfielen.

»Auf den Nordturm achten, Viper Six«, rief der Staffelführer über den Kanal.

Seine Warnung kam zu spät.

Das zielgenaue Geschütz fand sein Opfer. Der wuchtige Vierlingsturm eröffnete mit seinem charakteristischen *Domm-domm*-Stakkato das Feuer auf Katazzo, einen Kerl, den Kat kaum gekannt hatte. Der Tri-Jäger explodierte und hinterließ eine rauchende Trümmerspur, die sich irgendwo im grauen Staub des langen Mondtals verlor.

Jemand rief die neuesten Zielbestimmungen über den Kanal aus.

Kat tat alles, um dem konzentrierten Dauerfeuer der Geschütze auszuweichen, das sich als grüne Striche im Raum vor ihr abzeichnete, um anschließend zu einem weiteren Angriff auf egal welchen Turm anzusetzen, der sich ihr bot. Aber das erwies sich als fast unmöglich. Eben noch hatte völlige Stille geherrscht, und nun war nach wenigen Sekunden der gesamte Raum vor ihr mit Blasterblitzen erfüllt.

Sie schloss sich Viper Lead als Flügelmann an, während er quer über die Basis dahinraste und versuchte, das Geschützfeuer auf sich zu ziehen, damit die anderen angreifen konnten.

»Abbrechen, abbrechen, abbrechen!«, rief er ihr noch zu, als der Deflektor an der Oberseite seines Jägers getroffen wurde und er vom Kurs abkam. Er schrie noch kurz auf, bevor sein Raumschiff in die riesige graue Mauer krachte, die die Festung unter ihr umgab.

Das hatte er nicht überleben können.

Einen Augenblick lang tat Kat nichts. Fühlte nichts. War wie betäubt und leer. Sie ließ ihren Tri-Jäger über die leblose Mondoberfläche fliegen. Weg von der Schlacht.

Jemand aus der Staffel versuchte sie zu kontaktieren.

Mit der Bitte um Befehle.

Der Bitte um Hilfe.

»Wie lauten die Befehle, Viper Two?«

In diesem Augenblick wurde es ihr schlagartig klar.

Sie hatte nun das Kommando.

Sie riss sich zusammen und ihren Tri-Jäger in einer engen Kurve herum, um direkt auf die Festung am Horizont zuzufliegen. Sie stellte die Zielerfassungshilfe der 30-mm-Maschinenkanone, die direkt unter ihrem Raumschiff hing, auf breite Streuung ein.

Streuen und beten, dachte sie, während sie auf Angriffsgeschwindigkeit wechselte. Sie war gerade über die Außenmauer der riesigen Festung hinweggerast, als sie den Jäger wieder hin- und herreißen musste, um dem Gegenfeuer zu entkommen. Sie tat alles dafür, den schlimmsten Punkten des Kreuzfeuers mehrerer Geschütztürme um sie herum auszuweichen.

Die Läufe der 30-mm-Maschinenkanone begannen sich zu drehen und feuerten in schnellen, tief brummenden Stößen riesige Mengen ihrer Geschosse aus abgereichertem Uran ab. Sie sah kaum noch, wie ihr wilder Angriff einen der Geschütztürme in kleinste Teile zerfetzte, hörte aber die Explosion in der Ferne durch den Rumpf ihres Jägers und bemerkte, wie es in ihrem dunklen Cockpit kurz taghell aufleuchtete.

»Hab einen erwischt!«, grunzte sie in den Äther. Warnsignale meldeten lautstark auf allen Konsolen, dass ihr Jäger als Ziel erfasst worden war, und sie riss ihn zur Seite und gab gleichzeitig vollen Schub, um den Blastern zu entkommen. Die Geschütze rechneten ihre Geschwindigkeit bei der Zielerfassung bereits ein, und zielten direkt vor oder hinter sie, sollte sie irgendeinen Trick versuchen.

Über den Kanal ertönten die Schreie der Sterbenden. Sie sah, wie andere Tri-Jäger zerfetzt wurden oder gegen den Festungskomplex krachten. Einige stiegen gen

Weltall, um den sie verfolgenden grünen Blasterblitzen zu entkommen. Das würde ein Massaker werden.

Ein Teil von ihr wollte alles hinschmeißen und flüchten. Wollte alle hier rausbringen oder zumindest so viele, wie es ihr möglich war. Der Überraschungsangriff hätte für sie der entscheidende Vorteil sein sollen, und jetzt wurden sie einfach nur wie hin- und herhuschende, nervige Insekten vom Himmel geholt wie in einer hell erleuchteten Schießbude.

Erneut befand sie sich über den leblosen grauen Ödflächen des Monds. Sie leitete Energie auf die Deflektoren um und suchte Schutz hinter einer Reihe niedriger, zerklüfteter Hügel jenseits des Gebäudekomplexes.

»Viper Two!«, rief jemand über den Kanal. »Böse Buben auf dem Weg. Angriff abbrechen?«

Sie warf einen kurzen Blick auf den Kommunikationsverkehr und wie viel Munition ihr noch zur Verfügung stand. Dann drehte sie ihren behelmten Kopf zur Seite, um durch das Glas der Cockpitkuppel nach Steuerbord zu schauen und die Ziele mit eigenen Augen zu identifizieren. Sie entdeckte mehrere Lancer, die sich auf dem Weg zu den Tri-Jägern befanden, die immer noch die Geschütztürme aufs Korn nahmen. Sie waren weniger als noch eben zuvor, aber ein Teil ihrer Staffel war noch einsatzbereit. Immer noch auf Mission.

Eine Mission, die vor weniger als einer Minute begonnen hatte.

»Negativ, Viper Five. Formation wieder einnehmen und die Türme in Wellen angreifen. Wir müssen sie erledigen, bevor die Bomber eintreffen. Ansonsten ist dieser ganze Einsatz ein Flop. Die Flotte verlässt sich auf uns, Jungs. Sorgt dafür, dass jeder Schuss zählt.«

Sie riss das Raumschiff in einen steilen Steigflug und verschaffte sich einen Überblick über die Schlacht unter ihr.

»Viper Two... Warlord-Einsatzleitung.« Der Führungsdienstoffizier, der der Einsatzleitung direkt unterstand, meldete sich — der Flugchef. »Bomber auf dem Weg. Geplante Ankunft zwei Minuten. Statusbericht zu den Geschütztürmen?«

»Noch im Einsatz, Warlord. Aber wir erledigen sie gleich.«

Es gab keine Antwort. Sie wusste, dass der Führungsdienstoffizier sofort den Einsatzleiter informiert hatte. Sie hatten noch genügend Zeit, die Bomber zurückzurufen.

Was bedeuten würde, dass sie versagt hätten.

Und ein Versagen kam heute nicht in Frage.

»Sprich mit mir, Dasto«, flüsterte sie.

Schwarze Flotte
Zweiter Bomberverband, Neunte Staffel, »Black Jacks«
Mond über Tarrago, auf dem Weg zur Festung Omikron
02.08 Uhr, Systemortszeit.

»Geschwindigkeit reduzieren auf Zielerfassung«, sagte ihr Anführer über den Kanal.

Du hast ja leicht reden, dachte Lieutenant Fasio. Du hast ja leicht reden... als ob dies was anderes wäre als ein echter Kampfeinsatz, und du sitzt gemütlich im Führungsbomber. Ich, ich sitze hier unten in der Bomberkanzel fest, nur ein paar Meter unter deinem Hintern. Ich werde sehen, was passiert. Ich werde den Blasterblitz sehen, wenn er auf uns zukommt. Der Blastertreffer, der uns erwischen wird.

»Du hast leicht reden.«

Das waren die Gedanken, die durch Bordschütze Fasios Kopf gingen, und die er tatsächlich leise vor sich hin murmelte, während er auf die pockennarbige Mondoberfläche weit unter ihnen starrte. Und auf die Schlacht um die Festung, die in der Ferne tobte.

»Ich kann dich über die Bordkommunikation hören, Fasio.«

»Ich mein ja bloß... Wenn die Geschütztürme nicht ausgeschaltet sind, können wir denen nicht mal ein bisschen ausweichen und bieten uns wie die Hühner auf der Stange als Ziel an und können kaum einen Treffer landen. Nur meine Meinung, Sir.«

Bravo One ignorierte seinen reizbaren Bordschützen und konzentrierte sich darauf, sein Raumschiff für den Angriff auszurichten. Wenn sie die Orbitalwaffe, die den Zugang zu Tarrago Prime bewachte, nicht erwischten, dann war die Flotte erledigt. Und jeder wusste, dass es schlimmere Dinge gab als zu versagen. Wenn die Gerüchte stimmten, wer eigentlich hinter all dem steckte, dann reichte das völlig als Motivation aus, seinen Job ordentlich zu machen, nur um ihm nicht begegnen zu müssen.

Dem Mann in Schwarz.

Sie alle hatten eine Geschichte zu ihrer Rekrutierung zu erzählen. Am Ende waren alle auf Tusca gelandet und hatten mit der Ausbildung zum Krieg begonnen, den sie mit der Republik führen würden. Sie hatten das Datenpad unterschrieben, den Eid geleistet und sich dort eingelebt.

Aber während dieses Jahres ihrer Ausbildung hatten sie nicht viel darüber erfahren, wer eigentlich das Sagen hatte jenseits der Leute, die ihnen direkt vorgesetzt waren und den großen Inspektionen, die von den Admiralen abgenommen wurden.

Aber natürlich gab es Gerüchte.

Alle nannten ihn ›den Mann in Schwarz‹. Wenn einige, vorsichtig über die Schulter geflüsterte Worte ernst genommen werden konnten. Es gab Leute, die etwas gesehen hatten. Einige waren sogar verschwunden — was nicht immer daran lag, dass sie bei einer Aufgabe versagt oder das harte Training nicht vertragen hatten.

»Fasio, stell die Abwurfhöhe auf die aktuelle Flughöhe ein. Wir sollten den Zielpunkt jetzt schon festzurren, bevor wir uns über dem Ziel befinden, Roger?«

Der Bordgeschütze maulte eine kaum hörbare Bestätigung und machte sich an seine Geräte. Gleich würde er die Bomben scharf schalten. Dann der Abwurf. Und anschließend sollten sie sich schnellstens aus dem Staub machen.

Wenn die Geschütztürme aber nicht ausgeschaltet waren... tja, dann war sowieso alles egal, oder?

Geheimer Unterschlupf
Irgendwo am Rand der Galaxie

Aldo Kimer schwitzte am ganzen Leib, als das Gespräch mit Orrin Kaar endlich vorbei war. Er hatte alles umgezogen, um der Rache von Goth Sullus zu entkommen, nur um festzustellen, dass sein bester

Kunde mit dem Mann zusammenarbeitete. Hatte ihm das das Leben gerettet, als Sullus ihn das erste Mal aufgesucht hatte mit dem Auftrag, den Aufenthaltsort von Kael Maydoon herauszufinden? Würde ihm das auch jetzt das Leben retten? Oder hatte Wraith Kimers Namen aus der Sache rausgehalten?

Die Fragen machten die bohrenden Kopfschmerzen nur noch schlimmer. Zu viel Stress, begleitet von einem furchtbaren Kater. Er musste sich bei seinen Gelagen zum Ende der Nacht mäßigen, das wusste er, aber das ständige Gefühl seit seinem letzten Treffen mit dem Kopfgeldjäger, immer über seine Schulter blicken zu müssen, zehrte an ihm. Er brauchte ein paar Drinks, um seine strapazierten Nerven zu beruhigen.

Vielleicht würde dieser Job die Lage ja wieder stabilisieren. Immerhin würde der Betrag für diese beiden Aufgaben ausreichen, um ihn in einem Gewerbegebiet auf einer der Kernwelten unterzubringen, und er konnte kaum abschätzen, welches Wachstumspotenzial ihn dort erwartete.

»Sentrella«, rief Kimer.

Seine Empfangsdame/Leibwächterin betrat sofort sein behelfsmäßiges Büro, als ob sie draußen direkt neben der Tür gewartet hätte. Was vermutlich zutraf.

»Wir vermitteln einen Job für den Abgeordneten Kaar. Er will, dass das gesamte Kommunikationsnetzwerk um Tarrago heruntergefahren wird. Keinerlei Datenverkehr zum Planeten oder vom Planeten weg. Ich denke, Sanatole Krenz ist der richtige dafür... in Anbetracht der Umstände.«

Sentrella nickte. »Es dürfen weder Kosten noch Mühen gescheut werden, Mr Kimer?«

»Weder Kosten noch Mühen«, wiederholte Kimer.

Orbit über Levenir
Die Galaktischen Kernwelten

Das Kommunikationssignal stammte von Utopion. Cade Thrane war sich dessen sicher. Der Hacker hatte die Nachrichten, die mit höchster Verschlüsselungsstufe verschickt worden waren, über das Kommunikationsrelais nachverfolgen können. Wann immer auch was ankam oder abgeschickt wurde, einer der Nutzer saß auf Utopion.

Aber wer konnte es sein?

Thrane ging im Salon seiner Orbital-Weltraumjacht auf und ab. Niemand würde dieses uralte Luxusraumschiff mit einer der Mega-Jachten verwechseln, die die reichsten Persönlichkeiten der Kernwelten besaßen, aber es *war* ein Luxusraumschiff, egal wie alt, und damals war es heiß begehrt gewesen. Wer wusste schon, was für ausschweifende Partys hier stattgefunden hatten? Für Thrane war es ein Symbol. Als freiberuflicher Hacker hatte er sich geschworen, im Luxus zu schwelgen, auch wenn das bedeutete, alles Schritt für Schritt anzugehen.

Jetzt befand er sich im Orbit der Kernwelt Levenir, denn die Mieten auf den Kernwelten waren einfach zu hoch, aber eine Satellitenverbindung befand sich in Reichweite. Er lebte in einem Raumschiff, das nur noch einen Hauch früherer Dekadenz zum Ausdruck brachte. Aber irgendwann... eines Tages würde er auf dem Planeten leben. Und sein Raumschiff würde funkeln, weil es direkt aus dem Verkaufsraum kam.

Thrane trommelte zur Hintergrundmusik auf seinem imaginären Schlagzeug, Nova-Metal. Musik, bei der sich gut nachdenken ließ. »Okay, also, das Kommunikationssignal beginnt als ganz normaler, republikanischer Holostrang«, sagte er und machte sich einige Notizen auf dem Lightboard, das sich in der Mitte seines Salons befand. Er trat einen Klamottenberg zur Seite und betrachtete seine Notizen. »Weiter würden die meisten Leute gar nicht schauen. Aber dann wechselt es auf MV...«

Maximalverschlüsselung. Zeug, wie es sonst nur bei der L-Frequenz vorkam. Absolut unknackbare Programmierung, obwohl Thrane sich gerne einbildete, dass er es ein oder zwei Mal fast geschafft hatte, in die sich stets verändernde L-Frequenz einzudringen.

Aber das *war keine* L-Kanal-Übertragung. Das war etwas, was er noch nie gesehen hatte. Bis heute. Und das ging Thrane extrem auf die Nerven. Es ging ihm so sehr auf die Nervern, dass er seine Erwerbsarbeit vernachlässigte — und jetzt musste er die Nacht durcharbeiten, um eine MV-Entschlüsselung für einen seiner Klienten durchzuführen, irgendeinen Militärheini mit Verfolgungswahn, der glaubte, dass sich seine untergebenen Offiziere gegen ihn verschworen hatten. Nicht gerade die schwierigste Aufgabe auf der Welt — man musste sich nur in ein paar Datenpads hacken, um zu sehen, was drauf war —, und es waren genügend Credits, um sich die Mühe zu machen. Wenn er sich denn endlich mal dransetzte.

Thrane warf einen Blick auf seinen Rechner. Er sollte sich wirklich um diesen Job kümmern...

Ein Bordsignal ertönte leise. Eine weitere Nachricht, die über diesen geheimnisvollen Kanal geschickt wurde. Sie hatten sich schon den ganzen Tag Nachrichten hin- und hergeschickt. Da war definitiv was los.

Thrane kehrte ans Lightboard zurück, um seine Gedanken zu diesem Rätsel aufzuschreiben. Der Brotjob konnte noch ein wenig warten.

Schwarze Flotte
Dritte Geschwader, Erste Staffel. »Pit Vipers«
Mond über Tarrago, über der Festung Omikron
02.09 Uhr, Systemortszeit.

»Negativ... keine Treffer auf Turm Vier, Viper Two. Wir müssen noch eine Runde drehen.«

Viper Three war Kat über ihr Ziel hinweg gefolgt und hatte Treffer vermeldet. Von den vier riesigen, wuchtigen Geschütztürmen, die den weitläufigen Gebäudekomplex der republikanischen Orbitalwaffe schützten, waren drei zerstört und verloren Sauerstoff. Aber einer war noch einsatzbereit und schoss auf die Tri-Jäger, die ihn auszuschalten versuchten, einschließlich Kats. Sie hatte sich an zwei von drei ihrer Deflektoren Treffer eingefangen und sich nur mit Müh und Not und einem beschädigten Ionenantrieb in Sicherheit bringen können.

Aber für einen letzten Angriff hatte sie noch genügend Munition.

Und die Bomber mussten jeden Augenblick hier sein.

»Ich drehe noch eine Runde«, sagte sie, während die Maschine um sie herum laut aufheulte. Sie passte ihre Geschwindigkeit an und rief weitere Energiereserven ab, um die Bugdeflektoren zu verstärken. Das gewaltige Triebwerk ihres Tri-Jägers schrie wie eine gehorsame Todesfee aus den Tiefen irgendeines Albtraums.

»Viper Two... absolut sicher damit?«

»Wir müssen, Viper Three. Unsere Bomber sind leichte Beute, wenn wir es nicht schaffen.«

»Direkt hinter dir, Viper Two... da kommen sie!«

Sechs republikanische Lancer huschten von der Mondoberfläche zu ihnen hinauf und verteilten sich für den direkten Angriff von Jäger zu Jäger. Ihre leistungsstarken Doppelantriebsmodule machten sie zwar schneller, aber auch schwieriger zu manövrieren.

»Ich gehe auf Anfluggeschwindigkeit und richte die Waffen aus!«, brüllte Kat über den Kanal, während das Blasterfeuer der Lancer über ihr Raumschiff hinwegzuckte. »Halt sie mir bitte vom Hals.«

»Verstanden, Two«, antwortete Viper Three.

Kat ließ ihren Tri-Jäger elegant über die Mondoberfläche tänzeln. Das Zischen und Kreischen von Blasterblitzen, die ihren Rumpf um nur wenig verfehlten, ließen ihr winziges Raumschiff erzittern, während sie sich auf den einen Geschützturm hinabfallen ließ, der immer noch unaufhörlich auf alle Ziele in seinem Bereich feuerte... Sie lockerte die Schultern und beugte sich zum sanft rötlich glühenden Zielkreis vor. Sie betätigte den Abzug und feuerte auf die Bodenstellung ohne vom Kurs abzuweichen. Die Hochgeschwindigkeitsgeschosse fanden ihren Weg zum Fundament wie ein Schwarm wütender Mumienbienen und zerfetzten die Aufbauten.

Sie führte einen leichten Bremsschub durch, der die Nase des Tri-Jäger hochkommen ließ, und dann feuerte sie erneut mit ihrer Maschinenkanone und erwischte den Geschützturm frontal.

Unglaublicherweise erwiderte der Geschützturm weiterhin das Feuer.

Direkt neben ihr löste sich Viper Three in einer Trümmerwolke auf, und die Explosion des Ionenantriebs riss ihr Raumschiff hart nach Backbord. Und dennoch behielt sie ihr Ziel im Auge und feuerte auch noch ihre letzten Geschosse auf den hartnäckigen Geschützturm, was hunderte Treffer in nur einer Sekunde bedeutete. Sie konnte sehen, wie die Panzerung und die Anlage auseinanderfielen, als interne Kühlsysteme der Doppelblasterkanonen Leck schlugen und plötzlich explodierten.

Und der verdammte Kanonier schoss *immer* noch auf sie.

»Stirb endlich!«, brüllte sie wem auch immer in diesem Geschützturm entgegen.

Dann erwischte es ihr Raumschiff richtig. Ein lautes, schrilles Kreischen ertönte aus dem Bugdeflektor, und er brach in sich zusammen. Plötzlich verlor Kat die Kontrolle über ihren Jäger, der hart ins Schlingern geriet.

Kat hörte sich selbst kreischen und kämpfte dann dagegen an, während sie sich bemühte, das beschädigte Raumschiff wieder unter Kontrolle zu bekommen. Mehrere interne Systeme fielen aus, und die Brandschutzeinrichtung wurde aktiviert. Ihr Bedienfeld blinkte kurz und schaltete sich dann ab. Einen Augenblick flog sie blind, und das Einzige, was ihr noch Orientierung verschaffte, war das metallverstärkte Cockpitglas direkt vor ihr. Sie bemerkte, wie sich der Mond schlagartig auf die Seite drehte und sie kurz darauf gegen die Decke ihres Raumschiffs krachte.

War es so ungefähr so, Dasto?

Sie grunzte mit zusammengebissenen Zähnen, und sie sah ihren toten Bruder vor sich, während sie am widerstandslosen Steuerhorn zerrte in der Hoffnung, dass es ihr gehorchen würde. Jetzt war ihr Antrieb ausgefallen, und als Nächstes käme nur noch der Weg in das Gravitationsfeld des Monds.

Ein Lancer schoss mit laut surrendem Antrieb an ihr vorbei. Einen Augenblick lang hatte sie die perfekte Zielerfassung für den größeren Jäger. Absolut leichte Beute für ihre Waffen. Einen Augenblick lang... bevor der Mond nach ihr greifen und sie in seine Umarmung ziehen würde, eine Umarmung, die mit ihrem Tod endete. Bis in alle Ewigkeit.

Die KI des Jägers stellte die Kontrolle über die Steuerung wieder her und übertrug sie auf ihr Head-up-Display.

Kat verließ sich ganz auf ihre Ausbildung. Sie ließ den Antrieb für den Augenblick ruhen, während sie das Steuerhorn wieder fest mit ihren Handschuhen umfasste und sich gegen den instinktiven Wunsch wehrte, das Raumschiff aufzurichten und ihr Leben zu retten. Wenn sie das tat, war ihr der Tod gewiss, denn sie befand sich oberhalb eines Himmelkörpers ohne ausreichenden Abstand und ohne jede Schubkraft. Während sich ihr die Mondoberfläche rasend näherte, richtete sie das Raumschiff aus und brachte den Antrieb wieder online. Dann schob sie den Schubhebel bis zum Anschlag nach vorn, raste auf den Horizont zu und ging in den Steilflug gen Weltall über, sobald sie genügend Geschwindigkeit erreicht hatte. Ein Steilflug zu einer weit entfernten Flotte, in einem schwer beschädigten Raumschiff ohne Biss.

**Schwarze Flotte
Zweiter Bomberverband, Neunte Staffel, »Black Jacks«
Auf dem Weg zur Festung Omikron
02.08 Uhr, Systemortszeit.**

Der Offizier im ersten Bomber hatte die Zeit, seine Bombenladung abzuwerfen — zwei STG-Splitterbomben —, bevor der einsam verbliebene Geschützturm sich daran machte, die noch fliegenden Bomber einen nach dem anderen zu erledigen. Einige andere der Tri-Jäger-Bomber-Varianten schafften es auch noch, ihre Bomben loszuwerden. Die meisten erwischte es aber vorher.

Fasio sah zu, wie die Splitterbomben nach unten fielen und die internen Strahltriebwerke zündeten, um ihr Ziel anschließend erfassen zu können. Sie würden auf den gigantischen Schlund des Hauptkanonenrohrs in der Mitte der Festung zurasen, und sich in seine dunklen Tiefen stürzen, wo die Hilfsmechanismen des Schienenkanonensystems seine verheerenden Schüsse möglich machten. Irgendwo innerhalb des Rohrs würden die Bomben explodieren — und hoffentlich würden sie die wichtigen Magnetkomponenten ausschalten, mit denen diese Waffe jedes sich nähernde Großkampfschiff vernichten konnte. Ein anderer guter Treffer wäre es, wenn die Bomben die Leitsysteme ausschalteten, mit denen die Waffe ihre Ziele erfasste. Wenn man die Waffe nicht ausrichten konnte, dann war sie praktisch nutzlos.

Einen Augenblick später versuchte Fasio hektisch, so weit zurückzuweichen, wie es ihm sein Rückhaltesystem innerhalb der engen Bomberkanzel unterhalb seines Tri-Jägers erlaubte. Er versuchte sich mit schierer Willenskraft in den Sitz hinter sich zu bewegen. Alles in dem Versuch vor den Blasterblitzen zurückzuweichen, die der Geschützturm ihnen entgegenjagte.

Aber innerhalb der Bomber-Variante der Tri-Jägers war für so hektische Bewegungen kaum Platz.

Der erste Blasterblitz verpasste sie noch, aber der zweite traf den Bomber direkt — und tötete sowohl Fasio als auch seinen Offizier.

Von den gesamten Black Jacks kehrten nur drei Raumschiffe zur Flotte zurück.

Die Orbitalwaffe war noch immer einsatzbereit.

KAPITEL 4

Brücke der Korvette Audacity
Kesselverks-Flottenwerft
1.14   Uhr, Systemortszeit.

Die *Audacity* löste sich langsam aus ihrer Haltevorrichtung, umgeben von taghellen Suchscheinwerfern und pulsierenden Alarmsirenen. Desaix beugte sich über die Schulter des Steuermanns und starrte auf die im Dunklen liegende Schiffswerft unter ihnen. Schattenhafte Gestalten huschten zwischen den Gerüsten und langen Plattformen umher, die die verschiedenen Raumschiffe voneinander trennten. Überall war das unverkennbar helle Leuchten von Blasterfeuer zu sehen.

»Hundert Meter erreicht, Captain«, bestätigte der Steuermann. Der Co-Pilot des Raumschiffs suchte hektisch die örtlichen Navigationsinformationen zusammen und schien wenig von dem verstehen zu können, was sie über das Kommunikationsnetzwerk erreichte.

»Captain«, ertönte die verzerrte Stimme der Kommunikationsoffizierin auf der Brücke, begleitet von statischem Rauschen. »Admiral Bula auf dem Bildschirm. Botschaft höchster Priorität. «

Da Desaix ohne den Stuhl des Kommandanten auskommen musste, ging er zu einem Bildschirm in der Wand, der sich neben dem Steuermann befand. Er hielt sich an den Haltegriffen an der niedrigen Decke fest, und als das gesamte Raumschiff erzitterte, fragte sich Desaix, welche der sehr wichtigen Reparaturen man wohl vor ihrem Abflug nicht mehr hatte durchführen können. Sie hatten eigentlich noch dreißig weitere Tage für den Umbau vor sich gehabt.

Und jetzt waren sie auf dem Weg in die Atmosphäre und schienen angegriffen zu werden.

Der tennarianische Admiral Bula tauchte auf dem winzigen Bildschirm auf. Ton und Bild passten nicht zusammen, so dass er die Worte, die das Tintenfischwesen mit seinem lippenlosen Mund von sich gab, erst drei Sekunden später hörte.

»Captain Desaix!«, brüllte der humanoide Tintenfisch, offensichtlich nicht sicher, ob die Übertragung ihn erreichte. Einer der Tentakel des Admirals wischte Schweiß oder Blut von seiner Uniform.

»Hier Desaix. Admiral?«

Es war offensichtlich, dass sich Admiral Bula an Bord des Flaggschiffs der Sektorenverteidigungsflotte befand. Hinter ihm konnte er die Notbeleuchtung erkennen, die alles in stufenweise wechselnde Rottöne tauchte, und Desaix konnte die unglücksverheißend plärrenden Warnsignale auf der Brücke hören, wie auch den automatisch wiederholten Warnhinweis, dass ein Hüllenbruch vorlag.

Die Übertragung wurde für einige Sekunden unterbrochen, kehrte dann aber klarer zurück, sodass die Worte des Admirals nun lippensynchron waren.

»... halten Ihrem Raumschiff einen Sprungkorridor frei, Captain. Verschwinden Sie von Tarrago und treffen Sie sich mit Admiralin Landoo und ihrer Flotte. Ich schicke Ihnen die Koordinaten. Informieren Sie... Lage... ernst. Alle Systemübertragungen werden blockiert.«

Plötzlich hörte er den Navigator der *Audacity* lauthals fluchen.

»Captain! Kollisionswarnung! Da fällt ein riesiges Trümmerstück aus dem Orbit herab und zwar genau auf uns zu. Sieht wie irgendein Raumschiff aus. Eins von unseren. Gebe einen Ausweich--«

»Ich seh's!«, brüllte der Co-Pilot.

»Es kommt direkt auf uns zu!«, kreischte der Steuermann, während er verzweifelt den Abflugwinkel der *Audacity* zu verändern versuchte, den sie auf dem Weg in den Orbit eingeschlagen hatten.

Als Desaix sich umdrehte, sah er wie das, was wie die brennende Antriebssektion eines republikanischen Zerstörers aussah, aus dem Himmel direkt auf sie hinabstürzte. Eine Spur aus dichtem weißem Rauch zog sich hinter ihr bis in die silbernen Wolken über ihnen und die Nacht dahinter. Rettungskapseln setzten sich ab, und sowohl Besatzungsmitglieder als auch Trümmer stürzten vom brennenden Rumpf herab.

»Notenergie auf die Bugdeflektoren!«, brüllte Desaix in dem Wissen, dass das bei einer Kollision mit einem anderen Raumschiff kaum helfen würde. Vor seinem inneren Auge tauchte plötzlich das finstere Bild auf, wie das Wrack direkt gegen seins prallte und sie alle mit in die Städte unter ihnen riss.

»Festhalten!«, brüllte der Steuermann.

»Nicht die Steuerbordschubverlagerer benutzen. Sie sind -«

»Ich weiß!«, schrie der Pilot sichtlich genervt.

Die *Audacity* wich mit einer kurzen Bewegung nach Steuerbord aus, und die brennenden Weltraumtrümmer zischten um Haaresbreite an ihr vorbei. Das gesamte Flugdeck sah zu, wie weitere Trümmer und Besatzungsmitglieder an ihnen vorbeischwebten.

Desaix wandte sich wieder dem Bildschirm und dem Admiral zu.

»Wir werden angegriffen, Captain!«, sagte der Admiral. »Alarmieren Sie die Flotte und bringen Sie sie so schnell wie möglich hierher. Wir halten sie so lange auf, wie wir können.«

»Wer greift uns an, Admiral?«

»Kann ich zu diesem Zeitpunkt nicht sagen, Captain. Der Angriff scheint von drei unidentifizierten und sehr großen Raumschiffen der Großkampfschiffsklasse auszugehen, die sich auf der anderen Seite des Tarrago-Monds aufhalten. Sie halten ausreichend Abstand, wahrscheinlich wegen der Orbitalwaffe. Aber Raumschiffe, die vorgaben... Repub... gesprungen... Angriffe im niedrigen Orbit. Wir übertragen Zielerfassungsdaten von allem, was wir haben finden können.«

Kleinere Trümmer krachten gegen den Rumpf der *Audacity*, während das Raumschiff in die obere Atmosphäre eindrang.

»Wir schicken jetzt unsere Jäger los, damit Sie ein Sprungfenster haben, Captain«, fuhr Admiral Bula fort. »Viel Glück und gute Jagd.«

Dann war der Admiral fort.

Orbitalplattform, Tiefenraum
Tarrago-System

Sanatole Krenz konnte sein Glück gar nicht fassen. Er hätte nie gedacht, dass Aldo Kimer ihm nochmal einen Job anbieten würde, nach dem, was auf Boccy passiert war. Aber jetzt würde er mehr Geld mit dieser einen Sache verdienen als mit allen Jobs der letzten zehn Jahre zusammen. Zumindest theoretisch. Die Zeit drängte. Er würde nur dann den kompletten Betrag erhalten, wenn er seine Aufgabe innerhalb von fünfzehn Minuten nach Auftragserteilung erledigte. Mit jeder darauf folgenden Minute würde der Auszahlungsbetrag exponentiell abnehmen.

Krenz ging davon aus, dass er innerhalb von zehn Minuten in seinen Overall als Wartungsmitarbeiter der Republik schlüpfen und den richtigen Mitarbeiterausweis finden konnte. Dann noch zwanzig Minuten Flugzeit, vielleicht acht Minuten um durch die Kommunikationsrelaisstation zu kommen. Acht Minuten zurück... immer noch ein ansehnlicher Zahltag, wenn er das Relais in dieser kurzen Zeit herunterfahren konnte.

Mehr Geld, als er brauchen konnte.

Der Gedanke ließ Krenz lächeln.

So etwas gab es natürlich nicht - mehr Geld zu haben, als man brauchen konnte.

Haus der Vernunft
Utopion

Die Leuchte an Orrin Kaars Kommunikationskonsole blinkte auf und kündigte eine eingehende Botschaft an. Admiral Devers. Kaar verlagerte das Gewicht auf seinem Sessel und richtete den Blick wieder auf Abgeordnete A'lill'n. Die stellvertretende Vorsitzende des Sicherheitsrats hatte schon wieder versucht, ihn dazu zu bewegen, eine Sitzung einzuberufen. Mittlerweile hatte man auf Utopion gehört, dass Tarragos Verteidigungsflotte und der Mond selbst angegriffen wurden. Er konnte es nun nicht mehr aufschieben. Wenn er diese Sitzung noch länger hinauszögerte, könnte er selbst unter den Verdacht eines der jungen, aufstrebenden Abgeordneten geraten, der sich in dieses Amt mogeln wollte.

»Abgeordneter Kaar?«, hakte A'lill'n nach, weil sie immer noch auf eine Antwort zu ihrer Frage wartete. Obwohl Kaar sich nicht erinnern konnte, was sie ihn gefragt hatte.

»Es tut mir leid«, sagte Kaar und gab sich alle Mühe, verwirrt zu wirken, als ob sich die Ereignisse und sein Alter gegen ihn verschworen hätten. »Das Ausmaß dessen, was vor uns liegen könnte... ließ mich kurz in Gedanken versinken. Wir haben so hart dafür gearbeitet, unserer Republik ein weiteres Kublar zu ersparen, und jetzt...«

Kaar ließ den Satz unbeendet, sodass ein Zuhörer ihn frei interpretieren konnte.

»Sie stimmen also zu, dass eine Sitzung des Rats notwendig ist?«, ermunterte ihn A'lill'n.

»Ja«, sagte Kaar und sprach plötzlich mit Entschlossenheit in seiner Stimme, eine Erinnerung an seine herausragenden rednerischen Fähigkeiten, die ihm die ständige Wiederwahl ermöglicht hatten.

»Bitte informieren Sie die anderen Mitglieder, dass wir uns in dreißig Minuten treffen werden. Ich habe viel zu tun. Ich werde schauen, ob ich die Einschätzung von Legions-Kommandant Keller einholen kann, da ich davon ausgehe, dass er über die Lage informiert ist. Admiral Devers' Flotte befindet sich in der Nähe des Systems. Ich werde auch seine Meinung einholen.«

»Admiral Landoos Siebte Flotte sollte auch in der Nähe von Tarrago stationiert sein.«

»Ja«, sagte Kaar ein wenig gedankenverloren. »Wir werden dafür sorgen, dass sich alle Figuren auf der richtigen Stelle des Spielbretts befinden.«

A'lill'n verabschiedete sich, und Kaar nahm sofort Devers' Anruf entgegen. »Sie haben Neuigkeiten?«

»Ich habe Tarragos Verteidigungsflotte angegriffen und ihr vernichtenden Schaden zugefügt. Sie werden nicht lange durchhalten.«

Kaar nickte grimmig. »Ich frage mich, was passiert, wenn Berichte eintreffen, dass *republikanische* Zerstörer den Planeten angreifen...«

Devers strotzte vor Selbstbewusstsein. »Zu diesem Zeitpunkt ist mein Superzerstörer durchaus in der Lage, alle Kommunikationsrelais zu verschlüsseln. Ich habe vor, über alle republikanischen Kanäle eine Ansage zu machen, in der ich behaupte, dass die Verteidigungsflotte gemeutert und dass man mich ausgeschickt hat, um die Ordnung wiederherzustellen.«

»Gut. Diese Botschaft muss galaxieweit gezeigt werden. Ich werde sie bei der Sitzung des Sicherheitsrats ankündigen.«

Devers lächelte. »Das wird ausreichen, bis neue Berichte des Angriffs Utopion erreichen.«

»Ich habe dafür gesorgt, dass alle Kommunikationsrelais auf Tarrago vorübergehend abgeschaltet werden. Die Wahrheit wird Utopion niemals erreichen. Sie sind der Held der Republik, Silas. Schicken Sie Ihre Botschaft, und dann erinnern Sie sich an die Lektion aus Ihrer Zeit in der Legion: Töten Sie alle, und töten Sie sie zuerst. Lassen Sie niemanden am Leben, der Ihrer Darstellung der Dinge widersprechen könnte.«

»Verstanden, Abgeordneter.«

Kommunikationsrelais-Leitstelle
Tarrago-System

Sanatole Krenz pfiff vor sich hin, während er durch die Kommunikationsrelais-Leitstelle des Tarrago-Systems ging. Jedes System verfügte über mindestens eine bemannte Kommunikationsrelais-Leitstelle oder auch mehr, je nach Größe. Tarrago hatte nur eine und mehrere Satellitenverbindungen. Natürlich waren sie alle redundant ausgelegt, und das Netzwerk war so gestaltet, dass es selbst dann noch funktionierte, wenn bis zu sechzig Prozent der Satelliten und sogar die bemannte Relaisstation ausgeschaltet wurden.

Das republikanische Kommunikationssystem - ob privat, öffentlich oder militärisch - war ein Wunder der Ingenieurskunst. Aber es war nicht frei von Fehlern.

Krenz stand außerhalb des sicheren Kontrollraums. Im Raum würde sich ein republikanischer Angestellter befinden, der einen Blick auf die Kommunikationsrelais hatte. Mit Sicherheit war er unbewaffnet.

Das Sicherheitsprotokoll des Kontrollraums wurde aktiviert, als Krenz sich näherte. Es gab einen leisen, melodischen Ton von sich. *Die-daa*. Das bedeutete, dass Krenz zehn Sekunden Zeit hatte, um als Antwort darauf die korrekten sechs Noten zu summen. Die Genialität hinter dieser Sicherheitsabfrage war, dass sie so einzigartig war. Natürlich besaßen einige Spezies in der Galaxie Dialekte, in denen das Summen von Tönen oder das Singen vorkam, die meisten aber nicht. Eindringlinge ohne die notwendige Ausbildung, Stimmschulungen und dem Wissen, über das man als Angestellter der Abteilung für Kommunikation der Republik verfügen musste, würden einfach nicht wissen, was sie zu tun hatten, wenn der Sicherheitston ertönte.

Und dann würden sie von Partikelwaffen, die in den Wänden eingelassen waren, pulverisiert.

Man konnte der Republik ja einiges vorwerfen, aber nicht, dass sie ihre Kommunikationsrelais nicht zu sichern wusste. Deswegen wurde dieser Job ja auch so gut bezahlt – seine Spielleidenschaft fraß allerdings eine ganze Menge von seinem Gehalt –, und darum war Krenz auch gezwungen gewesen, mehrere psychiatrische Untersuchungen, Hintergrundüberprüfungen, Bio-Stimmungs-Scans und eine standardmäßige, achtzehnmonatige Wartezeit über sich ergehen zu lassen, nur um diesen Job zu bekommen.

Aus diesem Grund kam außerdem ein unabhängiger Prüfer mindestens zweimal im Jahr vorbei, um alle Angestellten des Kommunikationsnetzwerks dieses Sektors zu untersuchen.

Als Krenz das erste Mal zu Aldo Kimers Angebot Ja gesagt hatte, richtig viel Geld für wenig Arbeit zu bekommen – bei seiner ersten Aufgabe hatte er Nachrichten zwischen dem Referenten eines unbedeutenden Senators und seiner Geliebten weiterleiten müssen -, war er sich noch sicher gewesen, dass gleich jemand die Tür zum Kontrollraum aufreißen und ihn ein Mordkommando wegbringen würde. Niemand würde jemals wieder von ihm hören. Was er damals noch nicht gewusst hatte, war, dass er ein viel zu kleiner Fisch war, um ein Mordkommando auf sich aufmerksam zu machen. Aber als ihn niemand dabei bemerkte, glaubte er Aldo Kimer. Die Integritäts-Prüfer in der Nähe von Tarrago waren alle faul, und niemand von ihnen machte sich mehr Mühe, als ein kurzes Gespräch zu führen.

»Bist du dieses Jahr brav gewesen, Sanatole?«

»Oh, ja, Sir.«

»Hervorragend.«

Ende des Gesprächs.

Und daher liefen die Dinge einige Zeit lang richtig gut. Krenz half dabei, gewisse Nachrichten aller Art weiterzugeben, selbst Handelsvereinbarungen über den schwarzen Kanal, und bekam jedes Mal seinen Anteil. Hätten sie sich damals auf Boccy nicht alle missverstanden... Nein. Das lag in der Vergangenheit. Kimer hatte ihn hierfür gebucht, und dass bedeutete, dass die guten Zeiten - und die Credits - auch weiter kein Ende nehmen würden.

Krenz sang die Melodie, um den Alarm zu deaktivierten und gab dann sein Passwort ein. Die Tür öffnete sich mit leisem Zischen, und der Kontrolleur im Dienst, ein echter Familienmensch namens Larios, drehte sich gelangweilt auf seinem Stuhl um.

»Oh, he, Sanatole, ich dachte, du hättest am Tag der Galaktischen Einheit frei?«

Krenz schenkte ihm den griesgrämigen Blick, den er auf dem gesamten Weg hierher geübt hatte. »Hätte ich ja eigentlich, aber Victor meinte, es würde zusätzlichen Netzwerksverkehr geben, und da ich nichts zu tun hätte, sollte ich gefälligst auftauchen und helfen. Wie sieht's denn aus?«

»Kommunikationslevel?« Lariot drehte sich wieder um. »Tatsächlich sieht das alles ziemlich sprunghaft aus. Irgendwas läuft da unten auf der Flottenwerft, aber ich habe keine Ahnung, was das ist. Vermutlich die RMK, die ein paar Schüsse abgeben und wieder verschwinden.«

»Interessant«, sagte Krenz, während er eine Betäubungspistole aus seinem Gürtel zog. Er zielte mit der winzigen Waffe auf seinen Kollegen und schoss ihm einen Pfeil in den Nacken.

Lariot schlug mit der Hand auf die Wunde, als ob er von irgendetwas gestochen worden wäre, und brach dann bewusstlos auf der Kontrollkonsole zusammen. Wenn er aufwachte, würde er sich an die letzten fünfzehn Minuten nicht mehr erinnern. Und wenn Krenz erst mal alle Aufzeichnungen und die Holocams verfälscht hatte...

Krenz schob Lariot zur Seite und runzelte die Stirn. Lariot war ein guter Kerl. Er hatte eine Familie. Wahrscheinlich würde er hierfür gefeuert werden.

Krenz zuckte mit den Achseln und machte sich am Rechner an die Arbeit. Er würde dem Mann die Hypothek bezahlen, wenn er erst mal sein Geld bekommen hatte.

Sanatole Krenz eilte durch die Relaisstation, denn er war fertig mit seiner Arbeit. Bevor die Kommunikationsrelais von Tarrago für den Rest der Galaxie verstummt waren, hatte er noch eine Nachricht von Aldo Kimer empfangen. Ein Nimbus-Rover-Hochleistungs-Raumschiff wartete bereits an der Backbordandockrampe auf ihn. Kimer hatte betont, dass er weder Kosten noch Mühe gescheut hatte. Und mit einem solchen Schiff wurde deutlich... er hatte nicht gelogen.

Krenz hüpfte praktisch die enge Andockröhre entlang, die sich von der Relaisstation zum wartenden Schiff schlängelte, und sah schließlich die leuchtend gelbe Lackierung des Raumschiffs vor sich. Es war atemberaubend. Und hoffentlich besaß es eine vernünftige KI. Krenz war nicht gerade ein guter Pilot.

Seine Befürchtungen wurden zerstreut, als ihn ein sympathischer Bot mit einem Pilotenabzeichen auf seiner Brustplatte an der Kabinentür begrüßte. »Hallo, Sir. Wohin sollen wir fliegen?«

»An irgendeinen Ort mit weißen Sandstränden und schönen Humanoiden«, sagte Krenz und schob sich am Bot vorbei.

»Ich werde dem Schiffsnavigationscomputer diese Parameter nennen«, sagte der Bot, als er die Kabinentür versiegelte. »Wenn Sie mich kurz entschuldigen würden, wir müssen uns beeilen.«

Krenz entließ den Bot mit kurzer Geste. Der Roboterpilot betrat das Cockpit, und Sekunden später begann das Raumschiff, leise zu summen.

Krenz ließ sich auf einen gemütlichen Plüschliegesessel fallen und suchte in einer Kältemaschine nach einer Flasche Chamblisy. Er entdeckte eine, ließ den Korken knallen und goss sich ein Glas mit der magentafarbenen schäumenden Flüssigkeit ein.

Das Raumschiff löste sich sanft von seiner Andockrampe und glitt in das Weltall hinaus, bevor es die Repulsoren aktivierte. Krenz rutschte leicht zur Seite, was ausreichte, um ein wenig Chamblisy auf seine Uniform zu verschütten. »Sollte ich mich anschnallen?«, fragte er den Piloten. »Oder wirst du die Trägheitsdämpfer auf eine Stufe einstellen, die auch für Menschen akzeptabel ist?«

»Das wird nicht notwendig sein«, ertönte die Stimme des Bots über die Schiffslautsprecher. »Ich werde versuchen, die Trägheitsdämpfer anzupassen. Sie waren in letzter Zeit ein wenig unkooperativ.«

»Wunderbar. Sicherheitsgurte fand ich noch nie angenehm.« Krenz nahm einen Schluck und bekam sofort einen Hustenanfall. Das war um einiges stärker, als was er sonst gewohnt war.

»Mr Kimer bat mich, Ihnen eine Nachricht zu übermitteln, Sir«, sagte der Bot.

»Oh, echt? Was denn?«

Irgendwo im Heck des Raumschiffs war ein lautes, klackendes Geräusch zu hören - und dann ein Poltern, das Krenz in seinem Liegesessel wackeln ließ. Auf der Suche nach einem Sicherheitsgurt tastete er mit den Fingern in den Ritzen des Sessels umher, konnte aber keinen finden.

Ein lautes Alarmsignal ertönte, und Krenz spürte, wie sich der Kabinendruck schlagartig veränderte. Ein Windstoß fegte an ihm vorbei, und er wurde aus dem Liegesessel gerissen, zusammen mit allen anderen nicht angeschnallten Gegenständen. Als er durch die offene Kabinentür in das Vakuum des Weltalls geschleudert wurde, hatte er Chamblisy in seinen Augen.

Aldo Kimer hatte weder Kosten noch Mühen gescheut. Und gemäß Orrin Kaars Anweisungen hatte er keine Zeugen hinterlassen.

Nebelwolken-Apartments
Tarrago Prime

Während Vigdis sich die Holonachrichen des Lokalsenders anschaute, legte sich eine schwere Last auf ihre Schultern in Anbetracht dessen, was hätte passieren können. Bild um Bild blitzte auf. Republikanische Angriffsshuttles, die an wichtigen Nachschubdepots und in der Flottenwerft selbst landeten. Heftiger Schusswechsel zwischen Legionären in einer seltsamen schwarzen Panzerung und den hiesigen Sicherheitskräften. Tote Betrunkene auf den Straßen. Es schien, als ob der gesamte Planet unterworfen werden sollte. Und die Journalisten-Bots berichteten von noch weiteren Opfern - Bürgern, die ins Kreuzfeuer geraten oder von republikanischen Panzern überrollt worden waren.

Eigentlich hätten Vigdis und ihr Ehemann vor fast einer halben Stunde ihren Dienst auf der Flottenwerft antreten sollen. Das Paar hatte sich sehr darüber geärgert, dass sie am Tag der Galaktischen Einheit arbeiten mussten, obwohl sie schon vor fast einem Monat Urlaub beantragt hatten. Aber dieser Job auf der Flottenwerft, Impenetrastahl auf Unreinheiten zu kontrollieren, hatte ihr das Leben gerettet. Das ihres Ehemanns auch. Wären sie nicht zu Hause gewesen, um sich auf ihre nächste Schicht vorzubereiten, als die Kämpfe begonnen hatten...

Vigdis lief es kalt über den Rücken.

»Hast du Glück gehabt damit, eine Nachricht aus dem System schicken zu können?«, rief Vigdis' Ehemann Edward ihr vom Fenster zu. Er hielt ein Einzelladerblastergewehr in einer Hand, während er vorsichtig durch eine Lücke in den elektromagnetischen Rollläden blickte, um zu sehen, ob sich ihnen Gefahr näherte. »Deine Mutter wird krank vor Sorge sein.«

»Nein. Ich bekomme nichts außerhalb von Tarrago rein, und der Großteil dessen, was wir empfangen, sind aufgezeichnete Nachrichten, die darauf hinweisen, dass die Kommunikationskanäle nur für den Notfall genutzt werden sollen.«

»Bin mir nicht sicher, wie wir das hier sonst nennen sollen...«

Vigdis lächelte. Edward fand in jeder Situation etwas Witziges zu sagen. Das war der Grund, warum sie sich in ihn verliebt hatte.

Alle Holobildschirme in der bescheidenen Wohnung des Ehepaars zeigten mit einem Mal das Wappen der Republik. Vigdis schnappte nach Luft, als ein gut aussehender Mann auf den Bildschirmen erschien: Admiral Devers, der größte, lebende Held der Republik.

Aus der Stimme des Admirals sprachen Selbstbewusstsein und Autorität. »Hier spricht Admiral Silas Devers von der republikanischen Navy, Dritte Flotte.« Er hielt kurz inne, als ob er die Bedeutung seiner Position sacken lassen wollte. »Ich bin vom Rat des Senats und dem Haus der Vernunft entsandt worden, um einen terroristischen Aufstand mit dem Ziel, die Kesselverks-Flottenwerft zu erobern oder zu zerstören, niederzuschlagen. Die Rebellen der Mittleren Kernwelten haben die hiesigen Sicherheitskräfte und die planetare

Verteidigungsflotte unterwandert und kämpfen mit aller Kraft gegen die republikanischen Einheiten. Machen Sie sich wegen der Legionäre in den schwarzen Panzerungen keine Sorgen. Sie stellen eine Weiterentwicklung für die Soldaten der Dritten Flotte dar. Sie werden Ihnen nichts tun. Bürger der Republik, ich bitte Sie dringend, zu Hause zu bleiben, bis die Republik die Ordnung wiederhergestellt hat. Und den Aufständischen sage ich: Heute werden Sie keinen Sieg erringen.«

Die Nachricht war zu Ende, und die Bildschirme wechselten auf das Wappen zurück. Sie wurde alle fünf Minuten wiederholt.

»Tja«, sagte Edward. »Das heißt dann wohl, dass wir an Ort und Stelle bleiben.«

Vigdis nickte und spielte mit der Halskette, die auf ihrer Brust lag. »Ja. Jetzt fühle ich mich schon viel besser, wo ich weiß, dass der Admiral hier ist und für uns kämpft.«

Schwarze Flotte
Brücke der *Imperator*
Oberhalb des Monds von Tarrago
02.16 Uhr, Systemortszeit.

In Admiral Rommals Magen machte sich langsam ein flaues Gefühl breit. Und um ehrlich zu sein... Dieses Gefühl war schon da, solange er sich erinnern konnte. Eine Art unausgesprochener Angst und Sorge, die ihn bereits sein ganzes Leben begleitet hatte.

Natürlich passierten bei jedem Einsatz Fehler. Aber dieser Blödmann Devers hatte gerade alles ruiniert.

»Wir werden ihn… informieren müssen«, hatte Admiral Crodus geflüstert, während sie die Statusmeldungen durchgegangen waren.

Ja, dachte Admiral Rommal, als er von den Tischen mit den holografischen Echtzeitdarstellungen wegtrat und zu seiner persönlichen Kommunikationskonsole ging. Die Schuld wird bei dir liegen. Du hast schließlich… das Sagen.

Er aktivierte den Kanal und versuchte das Bild aus dem Kopf zu bekommen, wie Devers drei Zerstörer herbeispringen ließ, um die Sektorenverteidigungsflotte zusammenzuschießen. Sie hatten direkte Treffer gelandet und lebenswichtige Systeme ausgeschaltet. Aber das war nicht der Plan gewesen. Der Plan hatte vorgesehen, einen bis zum Anschlag mit Stoßtruppen vollgepackten Zerstörer in einem Überraschungsangriff ins System springen und direkt oberhalb der Flottenwerft seine Ladung absetzen zu lassen. Dann wäre dieser Zerstörer zurückgesprungen, um sich dem Rest von Devers' Flotte anzuschließen - einfach nur ein republikanisches Raumschiff auf seiner vorgesehenen Route -, anstelle des Versuchs, alles über den Haufen zu schießen und damit die restlichen, im System befindlichen Einheiten zu warnen.

Devers hatte all ihre Trümpfe zu früh auf den Tisch gelegt. Der Idiot. Versuchte er sich als eine Art erfolgreicher Kavallerieoffizier aufzuspielen, der die Schlacht mit einem schnellen Angriff entscheiden kann? Stattdessen hatte sein Handeln sämtliche Verteidigungsanlagen innerhalb des Systems in Gefechtsbereitschaft versetzt, einschließlich der Geschütztürme um Festung Omikron - die wiederum die Bomber ihrer Flotte aufgehalten hatten.

Für einen Narr in unseren eigenen Reihen haben wir keinen Platz, dachte er.

Goth Sullus tauchte auf dem Bildschirm auf – soweit das eben möglich war. Was man tatsächlich sehen konnte, waren nur blaue Schatten und Finsternis und mit Müh und Not den Umriss der unteren Hälfte seines schattenhaften Gesichts. Der Rest blieb immer verborgen dank des Kapuzenumhangs, den er stets trug.

Verhüllt.

Der Mann in Schwarz. So nannten ihn alle, wenn sie davon ausgingen, dass einem niemand zuhörte.

Rommal wusste, was unter seinen Leuten geflüstert wurde.

»Ich habe einen aktualisierten Lagebericht für Sie... mein Lord.« Admiral Rommal war sich nie ganz sicher, wie er Goth Sullus nennen sollte. Nichts schien zu passen. Nichts schien natürlich genug. Nichts war ihnen vorgegeben worden. Was als respektvoll zu gelten hatte, schien sich dem Führungsstab, der mit diesem Geist interagierte, bisher zu entziehen.

»Sprechen Sie«, flüsterte die Grabesstimme von Goth Sullus.

Rommal spürte, wie ihn jetzt die gesamte Brückenbesatzung der *Imperator* beobachtete. Obwohl sie das nicht tun sollten. Und dennoch wurden heimliche, verstohlene Blicke gewagt und Ohren wurden gespitzt, um Dinge zu hören, die sie wahrscheinlich nicht hören sollten. Dinge, von denen sie sich in den nächsten Jahren wünschen würden, sie niemals gehört zu haben.

Admiral Rommal nahm Haltung an und räusperte sich. »Unser Angriff gegen die Orbitalwaffe ist gescheitert. Die hier im Orbit befindliche Flotte kämpft gerade gegen drei von Admiral Devers' Zerstörern. Bis jetzt haben wir noch nicht die absolute Überrumpelung erreicht, die wir geplant hatten. Und ich befürchte, dass wir diese auch nicht erreichen werden.«

Eine längere Stille folgte.

»Das ändert nichts an meinem Plan, Admiral«, antwortete Goth Sullus. »Fahren Sie mit der Landung jenseits der Verteidigungslinien des Hauptkanonenrohrs fort.«

Das Display schaltete sich wieder ab.

Und Rommal atmete wieder.

Schwarze Flotte
Flaggschiff *Imperator*
Jenseits von Tarrago
02.30 Uhr, Systemortszeit.

Mit einer Geste wurden die wuchtigen Riegel entsperrt, und die Tür öffnete sich. Dahinter lag die achteckige Kammer, in der sie wartete. Hier herrschte eine ehrfürchtige Atmosphäre. Fast wie an einem heiligen Ort. Der vor Kraft nur so pulsierte.

Sullus betrat den Raum und trat an den Entwurfstisch, wo die Panzerung erneut geschmiedet, verbessert und gänzlich wiederhergestellt worden war.

Die Panzerung von Tyrus Rechs.

Wo sie hart getroffen und verbrannt gewesen war, eingedellt und aufgerissen, aber immer noch prächtig, war sie nun instand gesetzt oder fast wie neu und wirklich... viel gefährlicher, als sie es je gewesen war. Sie glänzte in der Dunkelheit wie der Körper eines schlafenden Monsters aus längst vergessenen Mythen, der aus dunklem Stahl geschmiedet worden war, und glänzte wie ein Spiegel, der die seelenlose Leere der finstersten Regionen der Galaxie wiedergab.

Goth Sullus legte eine Hand darauf.

Er war nicht davon ausgegangen, sie heute zu benötigen... aber die Dinge änderten sich. Und wenn es nötig war, dann würde er sie anziehen und in die Schlacht eingreifen, genau so, wie Tyrus es so oft und so unermüdlich getan hatte. Nur würde diesmal das Ergebnis ein ganz anderes sein. Viel schrecklicher.

Unter seiner Hand spürte er Macht... und er spürte, dass es gut war. Die Macht, die in ihm schlummerte, verlangte nach all dem und nach so viel mehr.

Die mythische Panzerung war für Goth Sullus ein Gegenstand gefährlicher Schönheit. Und ein Werkzeug, ein Mittel zum Zweck dessen, das so lange auf sich hatte warten lassen.

Wo Tyrus gescheitert war, würde er nicht versagen.

Brücke der Carramo, Flaggschiff der republikanischen Sektorenverteidigungsflotte Oberhalb des Monds von Tarrago 02.17 Uhr, Systemortszeit.

Admiral Bula wirbelte herum, als sich um ihn herum die Brücke in ihre Einzelteile auflöste. Das konzentrierte Feuer der drei ›feindlichen‹ Zerstörer zerfetzte sein Raumschiff. Er hatte keinerlei Hoffnung, gegen zwei republikanische Zerstörer und einen Superzerstörer zu bestehen. Ohrenbetäubende Sirenen warnten auf allen Decks vor einer nahenden Kollision und rieten allen Besatzungsmitgliedern, sich anzuschnallen und für den Aufprall zu wappnen.

In dem Augenblick, bevor das Dach der Kommandobrücke einstürzte, zerrte Admiral Bulas Yeoman ihn aus dem Raum und in den Flur jenseits der Sprengtür, die die Sterbenden und die Toten auf der Brücke einsperrte. Brandschutzteams rannten an ihnen vorbei, um zu retten und zu reparieren, was noch möglich war.

»Sind die Jäger alle raus?«, keuchte der Admiral, in dessen Kopf sich alles drehte.

Der Yeoman nickte, während er den Admiral den Korridor entlang zur nächsten Sprengtür weiterdrängte.

»Befehlen Sie Commander Luq, der *Audacity* ein Sprungfenster freizuhalten. Um jeden Preis«, sagte der Admiral und hustete schwer. »Er muss einen Weg freihalten, damit die Korvette da durchkommt!«

Wie hatte das bloß geschehen können? Diese drei Zerstörer waren republikanische Raumschiffe. Raumschiffe, die er selbst kannte. Die alle Admiral Devers und seiner Dritten Flotte unterstanden.

Die Carramo taumelte nach Steuerbord, und das Geräusch von zwei kollidierenden Rümpfen setzte sich im gesamten Schiff fort. Bula und sein Yeoman stürzten zu Boden.

Der Bug des Zerstörers Triumph hatte den vorderen Teil der Brücke des Flaggschiffs abgerissen und alle Decks ab dem dritten Schott dem Tiefenraum preisgegeben – aber dies waren Details, die Bula in diesem Leben nicht mehr erfahren würde.

Er sah entsetzt zu, wie sich entlang des Hauptkorridors zur Brücke die Sprengtüren zu schließen begannen. Das heulende, kreischende Geräusch, mit dem Sauerstoff ins Weltall gesaugt wurde, hallte in seinen Ohren.

Seine letzten Gedanken waren... wie ist das bloß passiert?

Erste Staffel, »Gray Wolves«
Unter dem Befehl des Republikanischen Kreuzers Carramo
Oberhalb von Tarrago
02.17 Uhr, Systemortszeit.

Staffelführer Luq riss den Sidestick zu sich heran, um durch die schmale Lücke zu fliegen, die dadurch entstanden war, dass die beiden Zerstörer gegeneinander gekracht waren. Einen Augenblick später riss das Brückenmodul der Carramo ab, und auf allen Decks kam es im Rumpfinneren zu Explosionen.

Er hatte keinen feindlichen Jäger vor sich. Nur riesige Raumschiffe, die sich aus nächster Nähe ein Artillerieduell lieferten. Die Bordschützen mittschiffs deckten die gegnerischen Geschütze mit brutalen Breitseiten ein. Wie es die beiden Raumschiffe geschafft hatten, ineinander zu krachen, würde auf ewig ein Rätsel bleiben. Allerdings geschahen solche Dinge halt, wenn sich Raumschiffe in die direkte Auseinandersetzung begaben.

Drei der Hilfskorvetten der Sektorenverteidigungsflotte waren bereits in die Atmosphäre gestürzt. Eine weitere brannte lichterloh, ein Bild, das sich ihm ins

Gedächtnis brannte. Rettungskapseln schossen in allen Richtungen davon.

Mieser Tag, dachte Luq, als ein weiteres Raumschiff aufflammte und explodierte und sein Cockpit für einen Augenblick hell erleuchtete. Er warf einen Blick auf das Nahstreckenradar und suchte nach dem Transpondersignal der *Audacity*. Von seiner Staffel hatten es nur drei Wolves aus der Carramo herausgeschafft.

Drei Raptoren gegen den einen, noch verbliebenen aufständischen Zerstörer.

Mieser Tag, dachte er erneut und drehte seinen Kopf hin und her, um sicher zu sein, dass seine Flügelleute auf Position waren.

»Wolf Staffelführer an Wolf-Staffel... Formiert euch um die *Audacity*... sie ist jetzt auf dem Weg. Ihr Sprungfenster ist in euren Head-up-Displays markiert. Versucht ihr genügend Platz zu verschaffen, damit sie es auch wirklich schafft, Leute.«

Die Hammerkopfkorvette tauchte aus der Atmosphäre von Tarrago Prime auf und ging auf vollen Schub. Luq flog hinter ihr vorbei und rollte sich nach Steuerbord. Sie sah gut aus - kein offensichtlicher Schaden.

»Captain der *Audacity*... hier spricht Wolf-Staffelführer. Wir bringen sie zum Sprung. Behalten sie Kurs und Richtung bei. Und behalten sie die Geschwindigkeit bei.«

»Roger, Staffel. Wir geben gerade die Sprungdaten ein. Unsere Sensoren zeigen, dass Abfangjäger unterwegs sind.«

»Darum kümmern wir uns«, antwortete der Wolf-Staffelführer. Er riss den Schubhebel nach vorn, um sich vor das wesentlich langsamere, riesige Raumschiff zu setzen.

Mit einem Mal raste eine Gruppe von Jägern auf sie zu, die mit drei Deflektorschilden ausgerüstet waren. Sie glichen den Todesfeen aus den schrecklichsten Albträumen, als sie kreischend aus der Unterwelt des Alls auftauchten.

Mieser Tag, dachte Luq erneut.

Brücke der Korvette *Audacity*
Oberhalb von Tarrago Prime, auf dem Weg zum Sprung.
02.19 Uhr, Systemortszeit.

»Ich habe die Sprungdaten... reiche sie jetzt an den Steuermann weiter«, verkündete der Navigator. Er sprach mit ruhiger Stimme, aber Desaix konnte dennoch seine Angst hören. »Wird ganz schön knapp. Der Zerstörer da versucht, sich uns in den Weg zu stellen. Wenn er das schafft...«

Desaix hielt sich mit einer Hand an den Haltegriffen an der Decke fest, und klopfte dem jungen Mann mit der anderen auf die Schulter. »Bleiben Sie tapfer, Mr Taun. Wir haben schon Schlimmeres erlebt.«

Vor ihnen schossen drei der eleganten Raptor-Abfangjäger entlang, die das Neueste vom Neuesten im Arsenal der republikanischen Navy darstellten. Ihre Triebwerke glühten wie das Höllenfeuer. Ihre Rümpfe waren im Weiß der Republik gehalten und mit den grauen Streifen ihrer Einheit verziert.

»Feindliche Einheiten!«, brüllte jemand von der Sensorenstation.

»Ich höre«, rief Desaix, während er zusah, wie der Pilot die Sprungkoordinaten eingab. Er warf aus dem Augenwinkel einen Blick auf die Schadenskontrollkonsole. Sie leuchtete und funkelte wie ein bunt geschmückter Weihnachtsbaum. Ein Großteil dieser Warnsignale lag am nicht fertiggestellten Umbau.

»Mehrere... schnelle Einheiten auf Abfangkurs. Sie sind aus dem Tiefenraum aufgetaucht. Sie versuchen uns abzufangen.«

Desaix beugte sich nach unten und warf einen Blick aus dem Brückenfenster. In der Ferne konnte er einen Schwarm jägerähnlicher Schiffe schnell auf sie zukommen sehen. Schneller, als er es jemals zuvor bei einem Jäger gesehen hatte.

»Zeit bis zum Sprung?«, fragte er.

»Zwei Minuten, siebenunddreißig Sekunden«, lautete die Antwort.

Erste Staffel, »Gray Wolves«
Republikanischer Kreuzer Carramo
Oberhalb von Tarrago
02.19 Uhr, Systemortszeit.

»Jasings, Merca, Tragflügel in Angriffsposition, bereitet euch auf den Kampf vor. Verteilt euch und schnappt euch so viele, wie ihr könnt. Wir werden versuchen, sie vom direkten Angriff auf die Korvette abzulenken!«

Eine Sekunde später hörte er von beiden die Antwort.

»Wird gemacht, Wolf Leader.«

»Gute Jagd, Wolf Leader.«

Luqs Head-up-Display zeigte ihm mindestens zwölf Abfangjäger an. Wirklich keine guten Aussichten. Wer immer die Leute auch waren, sie hatten definitiv eine Art militärischer Ausbildung erhalten. Das waren nicht einfach nur Piraten oder Rebellen der Mittleren Kernwelten.

Er ließ die Tragflügel seines Raptors auf Angriffsposition schwenken und warf einen Blick zur Seite, um festzustellen, ob seine Flügelleute dasselbe getan hatten. Die nach vorne gerichteten Flügel seines pfeilförmigen Jägers hatten sich nun nach hinten gezogen, was den Blasterkanonen, die an den Flügelspitzen angebracht waren, eine größere Reichweite und bessere Zielabdeckung gab.

»OU7«, sagte Luq über die schiffsinterne Leitung.

Sein Bot an Bord piepste und bestätigte seine Aufmerksamkeit mit einem leisen Klicken.

»Blockiere ihre Leitungen und versuche irgendwelche Signale zu finden, bei denen du dich einhacken kannst. Wenn du das hinbekommst... lass was über ihre Deflektorschilde laufen. Dann sähe das Ganze schon ein wenig ausgeglichener aus.«

Der Bot antwortete mit einer munteren 8-bit-Melodie, deren melancholischer Klang dem Staffelführer klarmachte, dass diese Aufgabe nicht so leicht gelöst werden konnten.

»OU7«, sagte Luq über die schiffsinterne Leitung Wir müssen's versuchen, kleines Kerlchen.«

Der Bot mochte es nicht, wenn man ihn ›kleines Kerlchen‹ nannte.

Zwei Sekunden später raste die Welle aus seltsam geformten Jägern wie die gierigen Tentakel eines Tyrannokalmars auf sie zu. Eben noch hatte sich die samtene Finsternis des Weltraums vor ihnen erstreckt, und jetzt plötzlich waren sie von feindlichen Jägern umgeben. Luq riss den Raptor hart zur Seite und versuchte, sich einen der Gegner zu schnappen. Er feuerte einige Schüsse mit seinen Blastern ab, sobald er ein kurzes Zielbild vor sich hatte. Zwei Schüsse gingen daneben, aber einer traf einen der Deflektoren. Das Raumschiff erzitterte kurz, raste dann aber davon. Luq tauchte ab und hinter ihm her, obwohl zwei andere an ihm dranhingen, wie ihm sein Bot mitteilte.

»OU7«, sagte Luq über die schiffsinterne Leitung Radartauschkörper los!«, befahl er dem Bot.

Aus dem Augenwinkel bemerkte er, wie Merca einen der feindlichen Jäger unter Druck setzte. Der Junge landete mehrere Treffer, bis das Ding explodierte. Zwei weitere folgten ihm auf dem Fuß, und er tauchte ab.

Luq ließ den Jäger fahren, den er gerade noch gejagt hatte, und machte sich auf den Weg, Merca zu retten. Die beiden feindlichen Jäger schossen mit Dauerfeuer auf den Jungen, und Mercas Heckdeflektoren bekamen ordentlich was ab.

»OU7«, sagte Luq über die schiffsinterne Leitung Wolf Three, »Kurs halten für zwei Sekunden... ich bin an ihnen dran.«

Er schoss im rechten Winkel zu ihrer Flugrichtung an ihnen vorbei und betätigte den Abzug. Der erste bekam mehrere Treffer ab und musste die Formation verlassen. Dann reduzierte er seinen Schub und setzte sich hinter den verbliebenen Verfolger. Einen Augenblick später traf er den Antrieb. Die Explosion des Raumschiffs schleuderte seine Deflektoren und andere Trümmer in alle Richtungen.

OU7 jubelte vor 8-bit-Freude.

»Das ist jetzt nicht so wichtig! Du musst mir den Zugang zu ihren Systemen verschaffen.«

»Drei von ihnen haben abgedreht... sie machen Jagd auf die Korvette!«, verkündete Wolf Two.

Haus der Vernunft, Räumlichkeiten des Sicherheitsrats
Utopion

»Ich möchte Ihnen allen danken, dass Sie hier sind.« Orrin Kaar nickte jedem der fünf Mitglieder des mächtigen Sicherheitsrats der Republik zu. Er hielt bei der Abgeordneten A'lill'n inne und schenkte ihr ein Lächeln. »Mein besonderer Dank gilt der Abgeordneten A'lill'n, die diese Sitzung so kurzfristig koordiniert hat.«

»Vielen Dank, Abgeordneter Kaar«, sagte A'lill'n. »Senator Jasu Hendrexyln ist über Holokomm mit zugeschaltet wie auch Legions-Kommandant Keller von der Mercutio.«

»Gut«, sagte Kaar. »Ziel dieser Sitzung ist es, die angemessene Reaktion auf die aktuellen Geschehnisse in der Nähe von Tarrago Prime festzulegen.«

Kaar wandte sich an die Abgeordnete Tye, die mit großer Erfahrung den republikanischen Geheimdienst leitete. »Was hat Nether Ops zu diesem Thema zu sagen?«

Sie schüttelte langsam den Kopf. »Offiziell nichts. Es ist möglich, dass einige Agenten diese Geschehnisse untersucht haben, aber keiner hat im Vorfeld einen bevorstehenden Angriff angekündigt. Es gibt von unserer Seite keine Einschätzung, und die Agenten im

Tarrago-System und den nächsten Systemen können im Augenblick nicht kontaktiert werden.«

»Ich bedaure, aber das scheint auf jegliche Kommunikation nach Tarrago zuzutreffen«, sagte Kaar und sah dabei angemessen betrübt aus. »Das Kommunikationsrelais scheint unterbrochen zu sein.«

Ein jüngerer Abgeordneter stand überrascht auf. »Aber wie -«

Kaar unterbrach den Mann mit sanft. »Das wissen wir nicht. Das Kommunikationsrelais sollte so redundant ausgelegt sein, dass dies unmöglich ist. Wir haben einen sehr intelligenten Feind.«

»Sie glauben also, dass es sich um das Werk der Rebellen der Mittleren Kernwelten handelt?«, warf Senator Hendrexyln über seine Holoverbindung ein.

Kaar schenkte ihm ein mattes Lächeln. »Ich glaube, er ist ein Feind der Republik. Aber ich würde davon abraten, die RMK dafür verantwortlich zu machen. Ich habe eine Botschaft von einem unserer besten Ernannten erhalten, Admiral Devers.«

Die anderen Ratsmitglieder beugten sich vor. »Was sagt er in seiner Botschaft?«

»Sie ist nur für diesen Rat gedacht, aber ich denke, sie werden zustimmen, dass der Senat und Legions-Kommandant Keller diese Botschaft ebenfalls hören sollten.«

Die Zustimmung wurde erteilt, und Kaar spielte die Nachricht ab, die der Admiral für die Mächtigen auf Utopion aufgezeichnet hatte.

»Abgeordneter Kaar, sehr geehrte Ratsmitglieder«, setzte Devers an. Die lauten Warnsignale und die hektische Betriebsamkeit auf der Brücke, wo der Admiral seine Nachricht aufzeichnete, machten deutlich, dass sich Devers' Raumschiff im Kampf befand. »Ich habe nicht viel Zeit. Ich hatte gerade Trainingseinheiten durchführen lassen, als ich einen Notruf von Festung Omikron erhielt. Ich sprang ins System und stellte fest, dass Tarragos Verteidigungsflotte auf den Mond im Orbit feuerte, und die Streitkräfte von Tarrago Prime die Flottenwerft erobert hatten.«

»Und das am Tag der Galaktischen Einheit!«, rief eine Abgeordnete aus. Sie schlug mit der Faust auf den Tisch, denn die Dreistigkeit eines Angriffs an so einem Tag war für das Mitglied des Hauses der Vernunft anscheinend einfach zu viel.

»Ich habe drei meiner Raumschiffe zwischen die Verteidigungsflotte und den Mond manövriert im Versuch, die Legionäre auf ihrem Posten bei Omikron zu schützen. Es sieht aus, als ob Bodentruppen auf dem Mond von Tarrago abgesetzt worden sind, und ich schicke gerade meine Soldaten und Marineinfanteristen von Bord, um die bei Omikron stationierte Truppe zu verstärken. Allem Anschein nach werden die Angriffe von Raumschiffen durchgeführt, die von der Republik gebaut wurden, und von Soldaten der Republik. Ich kann die Siebte Flotte nicht erreichen, aber wenn sie Admiral Landoo erreichen können, sagen sie ihr, sie soll zu meinem Flaggschiff kommen und ihre Einheiten um mich herum in Stellung bringen. Der Feind hat einen beträchtlichen Vorteil, wenn man bedenkt--«

Das Holo brach ab, und die Nachricht war zu Ende.

»Wenn man bedenkt - was?«, fragte Abgeordnete A'lill'n in die Stille der Leitung.

»Meine Berater glauben, dass die Nachricht unterbrochen wurde, als das Kommunikationsrelais gestört wurde«, sagte Kaar. »Zu diesem Zeitpunkt können wir nichts über die aktuelle Lage herausfinden. Wir wissen nur das, was der Admiral gesagt hat.« Er senkte bekümmert den Blick. »Wir wissen auch nicht, ob der Admiral den Überraschungsangriff überlebt hat, in den er geraten ist, auch wenn er sich sicherlich tapfer wehrt.«

Legions-Kommandant Keller meldete sich von seinem Raumschiff. »Dies deckt sich mit den Informationen, die die Legion von ihren Legionären erhalten hat, die in der Festung Omikron stationiert sind. Bevor das Relais zusammengebrochen ist, haben wir Nachrichten aus dem Tiefenraum erhalten, dass es Vorfälle mit Beschuss durch die eigene Seite gab. Diese Berichte wurden bald aktualisiert, und es wurde betont, dass dies mit aller Absicht geschah.«

Die Verachtung auf den Gesichtern der Abgeordneten war nicht zu übersehen.

»Es stellt sich die Frage«, sagte Kaar und sprach damit für alle, »wann die Legion vorhatte, uns diese Informationen zur Verfügung zu stellen.«

Keller antwortete gänzlich unbeeindruckt: »In Anbetracht des Ausmaßes dieses Angriffs und unter den gegebenen Umständen hatte die Legion dies offenbar überhaupt nicht vor. So wie es aussieht, stehen wir am Beginn eines Bürgerkriegs, Abgeordnete.«

Der Sicherheitsrat nahm diese Ankündigung mit fassungslosem Schweigen zur Kenntnis.

A'lill'n ergriff als Erste das Wort. »Und welche Schritte wird die Legion einleiten, um diesen Geschehnissen Einhalt zu gebieten?«

Kellers Antwort kam erneut im nüchternen Ton. »Ich habe einem Mordkommando die Aufgabe erteilt, Tarrago Prime zu infiltrieren und die Flottenwerft zu zerstören.«

Die Abgeordneten gerieten in Aufruhr. Selbst Senator Hendrexyln beschwerte sich so lautstark, dass es über die Leitung zu hören war. »Das ist entsetzlich!«

»Tarrago Prime ist eine Welt, die komplett auf den Bau von republikanischen Großkampfschiffen ausgerichtet ist.«

»Diese Flottenwerft zu zerstören, würde unsere Fähigkeit -«

»Warum können Sie das verdammte Ding nicht zurückerobern, Keller? Solltet ihr Legionäre nicht Kämpfer sein?«

Keller wartete in aller Ruhe, bis sich die Proteste wieder gelegt hatten. »Ich vertraue den Berichten meiner Legionäre. Sie sind hoffnungslos unterlegen, und die Sicherheitsstreitkräfte auf Tarrago Prime sind ein Witz. Wer immer diese Flottenwerft zu seinem Ziel gemacht hat, er will sie intakt haben. Es bestand die Möglichkeit, sie durch ein Orbitalbombardement auszulöschen, diese Chance wurde nicht genutzt. Die andere Seite will Raumschiffe.«

Kaar schlug mit beiden Handinnenflächen gegen den Tisch. »Das ist unannehmbar. Ihre Lösung ist unannehmbar, Legions-Kommandant Keller. Ich glaube, ich spreche für alle hier, wenn ich sage, dass Sie dieses Mordkommando sofort zurückrufen müssen.«

Keller musterte ihn grimmig. »Wenn dies der Wille des Hauses der Vernunft ist - obwohl ich zu Protokoll gebe, dass es sich strategisch gesehen um Wahnsinn handelt. Die Schlacht um Tarrago ist bereits verloren, egal, was Admiral Devers oder Admiral Landoo darüber denken. Aber wenn dies die Entscheidung des Hauses der Vernunft ist... dann werde ich schauen, was ich machen kann. Das Kommunikationsrelais in diesem System ist allerdings... wenig kooperativ.«

Die Holoverbindung zu Keller wurde deaktiviert, aber Kaar hatte das Gefühl, dass er ein Grinsen auf dem Gesicht des Legionskommandanten gesehen hatte, bevor das Bild zu zittern begann und dann verschwand. Kaar musste unbedingt Admiral Devers erreichen, um ihn vor dem drohenden Mordkommando zu warnen. Er dankte Oba, dass sein Prototyp des Kommunikationssystems selbst dann noch funktionierte, wenn kein Relais zur Verfügung stand. Die Republik hätte dieses Projekt wirklich weiter finanzieren sollen.

Brücke der Korvette *Audacity*
Oberhalb von Tarrago Prime, auf dem Weg zum Sprung.
02.20 Uhr, Systemortszeit.

»Zeit?«, fragte Desaix.

»Da sind sie!«, rief der Co-Pilot.

»Aktivieren Sie die Punktverteidigungs-Geschütze. Kanoniere, Feuer frei«, befahl Desaix über das Chaos hinweg, das sich auf der schmalen Brücke breitmachte. Und dann wiederholte er seine unbeantwortete Frage. »Zeit zum Sprung?«

»Eine Minute, fünfzehn Sekunden, Sir.«

Jenseits des Monds konnte er gerade so die drei riesigen Großkampfschiffe ausmachen, die das waren, was sie als... den Feind bezeichneten. So etwas hatte er noch nie gesehen. Sie waren gigantisch. Dies war der galaxieweite Krieg, den niemand jemals erwartet hatte. Und Desaix begriff in diesem Augenblick, dass die *Audacity* die Hauptflotte erreichen musste, wenn Tarrago auch nur die geringste Chance haben sollte.

»Wir werden beschossen! Hilfsgeschütze offline!«, verkündete jemand vom Schadenskontrollteam.

»Ist nicht wichtig!«, rief Desaix. »Die waren noch nicht darauf eingestellt, sich mit den neuen Energieverlagerungsdämpfern zu verbinden. Die Deflektoren halten das aus.«

Nur kurze Zeit später rasten die feindlichen Jäger um sein Raumschiff herum.

»Der Zerstörer setzt dazu an, uns abzufangen. Noch dreißig Sekunden, und er wird unser Sprungfenster blockieren!«

»Kurs und Richtung beibehalten«, befahl Desaix ruhig. »Bereithalten zum Sprung!«

»Das schaffen wir nicht«, flüsterte der Steuermann.

KAPITEL 5

**231. Artilleriebataillon des
Orbitalverteidigungskommandos
Festung Omikron
01.55 Uhr, Systemortszeit.**

Zwanzig Minuten vor dem Sprungversuch der *Audacity*...

Nachdem er die beiden toten Techniker gefunden und das ganze System in Gefechtsbereitschaft versetzt hatte, sah das Protokoll vor, dass Captain Thales sich beim nächsten Geschützstand melden sollte, um die Verteidigung zu koordinieren. Also rannte er los. An allen Ecken blinkten die Notbeleuchtungen entlang der grauen Wände, die man tief in das tote Mondgestein getrieben hatte.

Als er eine Waffenkammer erreichte, kam er quietschend zum Stehen und ging hinein. Er zog die Standardkampfpanzerung der republikanischen Navy an, die für Einsätze im Vakuum gedacht war. Das glich in keiner Weise dem, was die Legionäre geliefert bekamen, aber das Ding reichte aus, um dem Vakuum des Weltalls zu widerstehen und vielleicht auch einem Kind mit einem Plastikmesser.

Eine Verbindung des Stützpunktkommandanten, General Daalro, tauchte auf seinem Datenpad auf. Er klickte sie an und zuckte schon mal zusammen in Anbetracht des Gewitters, das gleich auf ihn niedergehen würde. Was auch deswegen schon nicht gut aussah, weil er gerade versuchte, sich seine Panzerung überzuziehen.

»Ich hoffe, Sie haben einen verdammt guten Grund, warum Sie gerade den gesamten Stützpunkt aus dem Bett geholt haben, Captain!«, brüllte der wütende General.

Thales konnte sehen, dass sein befehlshabender Offizier noch im Bett war. Sitzend im Bett. Normalerweise sorgten sein eisengraues Haar und sein gepflegter Schnurrbart dafür, dass er den Inbegriff eines republikanischen Generals darstellte, aber jetzt wirkte er völlig zerzaust.

»Ich bin mir ziemlich sicher... Sir«, grunzte Thales, während er sich abmühte, seine Stiefel anzuziehen. Ein anderer Teil seines Verstands ermahnte ihn, dass er damit aufhören musste, nachts ganze Bücher zu verschlingen und stattdessen wieder mehr Zeit im Fitnessstudio verbringen sollte. »Dass wir vermutlich gleich irgendwie angegriffen werden. Die beiden im Dienst befindlichen Techniker für die Tiefenraumsensoren sind tot. Es sieht so aus, als wären sie umgebracht worden. Dann hat jemand unsere Systeme mit etwas verschlüsselt, was nach einer Art Malware aussieht, die dazu entwickelt wurde, dass wir nicht sehen, was da auf uns zukommt.«

»Mumpitz!«, blaffte der General. »Hören Sie mal, Captain... ähm?«

»Thales«, warf Thales ein.

»Das stimmt. Thales. Der Denker. Tja, Holzkopf, wenn das kein Großangriff ist, dann ist Ihre Karriere vorbei. Und mal ganz ehrlich, mein Junge, wir haben nie große Hoffnungen für Sie gehabt. Sie sehen ja nicht mal wie ein Offizier aus.«

Genau in diesem Augenblick erwiderte einer der Kanoniere in seinem Geschützturm das Feuer auf die Welle heranrasender Tri-Jäger, die über den Stützpunkt huschten. Das Gesicht des Generals wechselte in einem

Augenblick von angewiderter Empörung zu Entsetzen und Grauen.

Thales unterbrach die Verbindung und stülpte sich den lächerlich wirkenden, weil sehr breit geratenen Helm für die Kanoniere über – seine merkwürdige Form sollte angeblich einen besseren Hörschutz für diejenigen gewährleisten, die die Vierlingstürme bedienten – und schnappte sich ein Blastergewehr von einem Waffenständer. Als er die Waffenkammer wieder verließ, rannten bereits zahllose Kanoniere und Offiziere durch die Flure, auf dem Weg zu ihren Stationen. Thales bemerkte, dass nur die wenigsten gemäß Artillerie-Abwehr-Standardarbeitsanweisung ihre Panzerungen angelegt hatten.

Sie verlassen sich auf die Sprengtüren, dachte er. Er hatte sich lautstark gegen das blinde Vertrauen in etwas ausgesprochen, das nicht verhindern konnte, dass alle auf der falschen Seite der Tür vom Vakuum getötet würden. Viele hatten dem entgegnet, dass die Republik nun über Kraftfeldtechnologien verfügte, die fest in alle Raumschiffe eingebaut werden konnten, sodass jeder Hüllenbruch sofort versiegelt wurde. Thales Antwort hatte gelautet: »Ja, das stimmt.« Nur war, erstens, keine dieser Technologien tatsächlich umgesetzt worden, stattdessen gab es nur eine Werbekampagne des Hauses der Vernunft, die besagte, dass das bestimmt alles bald kommen würde, und zweitens, wenn die Energie auf dem Raumschiff ausfiel oder auch nur in dem entsprechenden Abschnitt, dann konnten sich auch keine Kraftfelder aktivieren. Und ausreichend Energie war während einer Schlacht eine ziemlich fricklige Angelegenheit, vor allem, wenn man bereits in den internen Systemen Schaden genommen hatten. Leider hörten ihm nur wenige zu, und sein ständiges Generve - und er wusste das, weil er sich selbst gegenüber, was seine Karriere betraf, ehrlich war - hatte seine Chancen auf irgendeine Beförderung negativ beeinflusst. Jetzt rannte er mit aller Kraft, um zum Geschützturm Vier zurückzukommen, den er eben erst inspiziert hatte, bevor er dieses Horrorszenario in der Tiefenraum-Erkundung entdeckt hatte.

Er erreichte die Leiter, die nach oben in den Turm führte, auf dem sich der plumpe, achteckige Geschützturm drehte und das Feuer erwiderte. Er konnte das Rumpeln und Zischen der Kühlmittel hören, was bedeutete, dass der Geschützturm so funktionierte, wie er sollte. Und über all dem konnte er das gedämpfte Kreischen und Wimmern der vier Blastergeschütze hören, die mit ihrem rhythmischen *Domm-Domm* unter Beschuss nahmen, was auch immer sie angriff.

Das Klettern in den Turm dauerte recht lange, und er schwitzte in seiner Panzerung. Als er ein seltsames, unglücksverheißendes *BRRRRRRRRRP* aus dem luftlosen Himmel über dem Mond hörte, machte es das nicht einfacher. Und weil er ein Hobbyhistoriker der Barbarischen Kriege war - er hatte seine Abschlussarbeit an der Universität über die historischen Geschützabwehrtechniken in den Barbarischen Kriegen geschrieben und glaubte fest an die Lektionen, die er bei der Beschäftigung mit diesem apokalyptischen Konflikt gelernt hatte -, erkannte er das Geräusch einer Waffe wieder, die zu der damaligen Zeit passte.

Projektilwaffen.

Wenn das Piraten wären, würden sie alle auf jeden Fall hängen.

Er hatte noch eine Sprosse vor sich, bevor er den Sicherheitsabsatz erreichte, der ihm den Zugang zum

Geschützturm ermöglichte, und sein unaufhörlich nachdenkendes Gehirn hatte nun einige der Hinweise zu einem vollständigeren Bild zusammengesetzt. Konnte dies vielleicht ein weiterer Barbaren-Angriff sein?

Es gab keine andere Erklärung.

Er hatte schon immer vermutet, dass so etwas wieder passieren konnte. Obwohl das Haus der Vernunft sich alle Mühe gab, alle wissen zu lassen, dass das unmöglich war. Dass dies niemals wieder passieren würde. Niemand wusste, wie viele dieser alten Kolonieschiffe von der legendären Erde da draußen in der Dunkelheit bei Unterlichtgeschwindigkeit verlorengegangen waren, vor der Erfindung des Hyperraumantriebs. Da draußen in der Finsternis, wo sie Jahr um Jahr Zeit gehabt hatten, ihre völlig wahnsinnigen Gesellschaften zu vervollkommnen...

Natürlich, es musste ein weiterer Angriff dieser Wilden sein.

Tja, ziemlich dumm für sie, dachte Thales, denn sie waren gerade mitten in einen der am besten bewaffneten, republikanischen Raumhäfen jenseits des Flottenhauptquartiers auf Baltrado Maroon gelatscht.

Die Sicherheitstür zum Geschützturm stand weit offen. Während eines Kampfs hätte diese verschlossen und von innen verriegelt sein sollen. Der Zutritt hätte nur per Codeeingabe und Bestätigung möglich sein dürfen, und der diensthabende Sergeant hätte sein Blastergewehr tragen müssen. Nichts von dem fand er vor, als er die pneumatische Luke öffnete und die letzte, schmale, mit Plastik ausgekleidete Röhre in den eigentlichen Geschützturm hinaufkletterte.

Was er vorfand, waren drei Besatzungsmitglieder, die das riesige Flugabwehrgeschütz bemannten. Der Kanonier saß auf seinem Platz, der Beobachter an seiner

Sensorenstation, und der Sergeant hatte alles im Blick - aber nichts in seinen Händen. Kein Blastergewehr wie nach Standardarbeitsanweisung. Tatsächlich steckten seine Hände in seinen Taschen.

Dann hörte Thales das unglücksverheißende Heulen eines feindlichen Jägers im Anflug, und dieses plötzliche, tödliche *BRRRRRRRRRP BRRRRRRRRRP*, das intimer und persönlicher klang als alles, was Thales bisher in seinem Leben gehört hatte.

Hunderte Geschosse durchschlugen den Geschützturm. Eins krachte durch den Sergeant, der sofort zum Dach gesaugt wurde. Der Kanonier wurde zwar nicht getroffen, starb aber trotzdem, weil er keine Panzerung trug und ebenso aus seinem Stuhl gerissen wurde - einem Stuhl, in dem er sich laut Protokoll hätte anschnallen sollen.

Und das war das Letzte, was Thales sehen konnte, bevor er sich wieder in die Zugangsröhre fallen ließ, um nicht durchlöchert zu werden. Seine Panzerung warnte ihn davor, dass er sich im Vakuum befand, und er wusste, dass alle in diesem Geschützturm tot waren. Keiner von ihnen hatte Panzerung getragen.

Irgendein Teil von ihm selbst ermahnte ihn, die Röhre sofort wieder entlangzukriechen und sich in Sicherheit zu bringen. Und dann war da dieser andere Teil, der ihn ermahnte, dass er ein Artillerieoffizier der Republikanischen Navy war. Selbst wenn sein Team getötet worden war, war es seine Aufgabe festzustellen, ob das Flugabwehrgeschütz noch einsatzbereit war - und wenn dem so war, dieses Geschütz so gut wie möglich zu bedienen, bis er abgelöst wurde.

Widerwillig und immer noch schweißgebadet kletterte er entschlossen wieder in den Geschützturm zurück. Er kam mühsam auf die Beine, taumelte zum Kanonierssitz und ermahnte sich erneut, dass er dringend wieder trainieren musste.

Als er Platz nahm, führte er kurz einen Systemtest durch. Abgesehen von einem Kühlmittelleck, das aber keine Bedrohung für den weiteren Einsatz bedeutete, war der Geschützturm vollständig einsatzbereit. Er verband seine Zielerfassungssoftware mit der schlichten KI des Geschützturms und fuhr die Waffe hoch.

Er hatte zwar seit seiner Offiziersausbildung und einem Artilleriegrundkurs kein Geschütz mehr bedient, aber er wusste, was zu tun war. Und er erinnerte sich an die ätzenden Worte eines Unteroffiziers, der allen frisch ernannten Offiziersanwärtern klarmachte, dass selbst ein Kleinkind ein Geschütz bedienen konnte.

Zielerfassung aktiviert.

Geschütz einsatzbereit.

Er erfasste mehrere Ziele und erlaubte sich einige Sekunden lang, die seltsamen, in seinem holografischen Display herumfliegenden, fremden Jäger zu betrachten. Praktisch alle normalen Informationen, die bei solchen Zielen in der Regel dargestellt wurden, fehlten, und stattdessen blinkten ihm elektronische Fragezeichen entgegen. Thales war immer noch überzeugt, dass es sich um irgendeine Art Barbarische Flotte aus der tiefen Dunkelheit handelte. Irgendein Kolonieschiff, das in seinem tausendjährigen Flug durch das Weltall andere Technologien entwickelt und sich ein anderes Aussehen gegeben hatte.

Dann zielte er auf eins von ihnen und begann zu schießen. Er schob alle möglichen Konsequenzen, die ihm die Geschichte in seinem Kopf präsentierte, zur Seite und entschloss sich, einfach so viele zu töten wie möglich.

Er schoss in relativ kurzer Folge drei der Raumschiffe ab. Das war genau wie die Spiele, die er als Junge gerne gespielt hatte. Spiele über Mathematik und Flugbahnen, verbunden mit Einfühlungsvermögen. Er hatte sich immer gefragt, warum man ihn nach der obligatorischen Einstufung durch die Republik zur Artillerie eingeteilt hatte. Insgeheim hatte er sich immer gewünscht, ein Offizier der Legion zu sein, obwohl er wusste, dass er nicht wirklich das Zeug dazu hatte. Aber jetzt verstand er, warum diese Einstufung korrekt gewesen war.

Drei Minuten später erhielt er eine Nachricht von der Feuerkontrolle der Hauptkanone.

»Captain Thales. Hier spricht Lieutenant Charu aus der Einsatzzentrale Hauptkanone. Wir haben keinen Kontakt zum General. Sie sind der einzige Diensthabende, den ich erreiche, und ich muss Ihnen mitteilen, dass wir mindestens drei Raumschiffe der Schlachtschiff-Klasse auf den Sensoren haben.«

Einer der feindlichen Jäger kam auf den Geschützturm zugerast und feuerte aus allen Rohren. Thales nahm ihn aufs Korn und versuchte, ihn vor sich herzutreiben, aber das Raumschiff sprang wie wild hin und her. Er konnte hören, wie sich die Panzerplatten um ihn herum in Einzelteile auflösten, während sie von tausenden Geschossen durchlöchert wurden.

Ein recht ferner Gedanke ermahnte ihn, dass er jeden Augenblick sterben könnte. Aber er wusste, dass das RF-D77 Geschützturmsystem den Kanonier vor Blastertreffern bewahrte, selbst vor Projektilwaffen aus den Barbarischen Kriegen. Wenn der Kanonier seine Panzerung und sich angeschnallt hätte, dann wäre er nicht tot.

Eine der nachladbaren Batterien des Geschützturms hatte einen Kurzschluss und explodierte mit einem schrecklichen, knisternden *KRAAAAAAACK.*

Muss was abbekommen haben, dachte Thales. Er setzte kurz die Zielerfassung aus, um ausreichend Geschützenergie aus den Hilfssystemen unter ihnen umzuleiten.

Der Lieutenant aus der Feuerkontrolle unter ihm wollte immer noch Befehle von ihm hören. »Sir! Sagen Sie mir, was ich tun soll. Hier sind überall Jäger. Der General wird vermisst, und ich mache da keinen Witz. Das ist die Wahrheit!«

Als genügend Energie umgeleitet war, aktivierte Thales die Zielerfassung wieder und betete, dass der Geschützturm um ihn herum nicht in die Luft flog. Mittlerweile hatten sich einige Lancer-Abfangjäger in die Schlacht geworfen. Das war gut. Er markierte sie entsprechend und wies den Geschützturm an, sie nicht anzugreifen, wenn sie seinem Fadenkreuz zu nahe kamen.

»Sir! Haben Sie mich gehört?«, schrie der Lieutenant, um das Zischen und Wimmern der Geschützturmkanonen zu übertönen.

»Sagen Sie's nochmal«, grunzte Thales, als er versuchte, einen der sehr schnellen Jäger aufs Korn zu nehmen, der gerade einen der Lancer erledigen wollte. Er feuerte drauflos, und das Ziel stürzte wirbelnd in den Staub des Monds. Thales ließ den Geschützturm auf der Suche nach weiteren Zielen rotieren.

»Wir haben hier drei republikanische Zerstörer, die unsere Sektorenverteidigungsflotte komplett auseinandernehmen«, sagte der Lieutenant. »Ich markiere sie jetzt. Es könnten Raumschiffe sein, die

die RMK gekapert haben. Admiral Bulas Raumschiff fackelt gerade in der Atmosphäre ab. Sir, wie lauten meine Befehle?«

Thales hatte nicht genügend Zeit oder Köpfchen, um gleichzeitig diesen Geschützturm zu bedienen und sich Gedanken über die allgemeine Strategie zu machen. Er erledigte gerade im wahrsten Sinne des Wortes den Job des Kanoniers. Und den Job des Generals. Der einzige Job, den er nicht machte, war sein eigener.

»Hören Sie mal, Lieutenant... Sagen Sie mir gerade, dass ich der ranghöchste Diensthabende bin?«

»Das ist korrekt, Captain«, antwortete der Junge nervös.

Thales wartete. Er zielte und feuerte auf weitere der seltsamen, fremden Jäger. Das war eine Entscheidung, die er nicht treffen wollte.

Aber er hatte damals in der Offiziersausbildung gelernt, dass eine schlechte Entscheidung besser war als gar keine.

Er hatte immer an sich selbst gezweifelt.

Aber in diesem Augenblick erinnerte er sich an diese Lektion von damals, und sie half ihm, sich von seinen ständigen Zweifeln zu befreien. Es gab ihm die Erlaubnis, alles zu tun, solange er etwas tat. Nichts zu tun bedeutete, sich dem Tod hinzugeben.

»Warnung!«, war eine automatische Ansage über den allgemeinen Kanal zu hören. »Unidentifizierter Bomber im Anflug.«

»Lieutenant, markieren Sie diese Starfighter, die auf uns zufliegen, als Bomber?«

»Jawohl, Sir. Die Verteidigungs-KI sagt, dass sie entsprechend konfiguriert sind.«

Okay. Du triffst eine Entscheidung. Immerhin.

»Na gut... geben Sie mir die Koordinaten für jedes nicht identifizierte Großkampfschiff. Sagen Sie mir, wen wir in den nächsten beiden Minuten angreifen können.«

Eine längere Stille folgte.

»Sir... reden Sie davon, dass wir die Hauptkanone abfeuern sollen?«

»Ja.«

Eine noch längere Pause. Thales ließ den Geschützturm Richtung Himmel schwenken und begann, die sich nähernden Bomber anzuvisieren, lange bevor sie ihre Last abwerfen konnten. Sein Geschützturm war der einzige im gesamten, riesigen Stützpunkt, der noch einsatzbereit war. Denk nicht drüber nach, schrie er seinen eigenen Verstand an, als er die ersten Bomber ins Fadenkreuz nahm und ihre schlanken Rümpfe mit schwerem Blasterfeuer eindeckte.

»Bombenangriff bevorstehend«, verkündete die Geschützturm-KI. Einen Augenblick später markierte sein Head-up-Display zwei Bomben, die direkt auf den Stützpunkt hinabfielen. Auf ihn. Und ein Teil von ihm wollte ganz schnell aus dem Sitz des Kanoniers weg und Deckung suchen. Aber sein Körper weigerte sich, dieser Aufforderung zu gehorchen und reagierte mit so viel Gegenfeuer wie möglich.

TSZ, dachte er. Wie bei den Legionären. Und wenn er keinen Helm getragen hätte, hätte jeder zufällige Beobachter das knallharte Grinsen eines echten Killers gesehen, der versuchte, in der ihm verbleibenden Zeit so viele Jägerbomber wie möglich auszuschalten. Selbst als die beiden Bomben direkt auf seine Position herabfielen.

TSZ.

»*Töte sie ZUERST!*«, brüllte er in den Äther der Leitung.

Die erste Bombe erwischte die Festung etwa einen halben Kilometer vom Geschützturm entfernt. Mondstaub und -sand wurden in alle Richtungen geschleudert, und selbst der hartgesottene Geschützturm, der auf mehreren, mit Kreiselstabilisatoren versehenen und hydraulisch gestützten Plattformen ruhte, erbebte so brutal, dass das Ende allen Daseins gekommen zu sein schien. Im gesamten Stützpunkt flogen Militärfahrzeuge durch die Luft, und kleinere Gebäude wurden von der Druckwelle dem Erdboden gleichgemacht.

Die andere Bombe verschwand im klaffenden Maul des Hauptkanonenrohrs, das in den Mondboden getrieben worden war. Eine Sekunde später gab es eine gigantische Explosion tief unter allem, und der Boden begann sich zu bewegen.

Und Thales schoss immer noch Bomber aus dem Himmel. Am Ende gaben sie auf und zerstreuten sich, wobei einige ihre Bomben völlig unkontrolliert jenseits des Stützpunkts fallen ließen. Eine krachte in die Außenwand und zerstörte einen großen Teil der Verteidigungslinien.

Und dann Stille.

Am Himmel waren keine Ziel mehr zu sehen.

Absolute Ruhe.

Thales aktivierte die Kommunikationskonsole und stellte die Verbindung zur Feuerkontrolle her.

»Sprechen Sie mit mir, Lieutenant.«

Nichts.

»Was ist da unten bei euch los?«

Nichts.

»Wie schlimm ist es?«

Wenn die Orbitalwaffe ausgeschaltet war, dann war alles vorbei. Für den Stützpunkt und für Tarrago.

»Ich bin hier, Sir. Wir sind okay.« Der Junge hörte sich mitgenommen an. Und gleichzeitig ganz außer sich. »Wir haben zwar Schaden genommen, aber wir haben die Zielkoordinaten für alle Raumschiffe. Die Schlachtschiffe sind zu weit weg. Aber die abtrünnigen Zerstörer können wir erledigen.«

Thales kletterte aus seinem Geschützturm. Sein ganzer Körper fühlte sich an, als ob er aus hartem Eisen gemacht wäre und sich mit einem Schlag in warmes Gel verwandelt hätte. Und dann begann sein Körper wie wild zu schwitzen, während er unkontrolliert zitterte.

Das ist einfach nur Angst, sagte er zu sich selbst, als er sich im Geschützturm auf den Boden setzte, um nach Luft zu schnappen. Das geht vorbei.

»Sir«, setzte der Lieutenant in der Feuerkontrolle an. »Wir brauchen doch eine Form der Autorisation, um tatsächlich angreifen zu können, oder? Ich meine, wir feuern das Ding doch nur einmal im Jahr ab, und dafür kommt das gesamte Haus der Vernunft vorbei, um sich das anzuschauen.«

Das stimmte nicht ganz, dachte Thales. Aber der Junge hatte recht. Die Hauptkanone abzufeuern war eine ziemlich große Sache.

Und dann ermahnte ihn ein Teil von sich selbst, dass der Stützpunkt gerade bombardiert worden war, und dass sich feindliche Raumschiffe im System befanden, die so groß waren, wie man sie seit über einer Generation nicht mehr gesehen hatte. *Und* - und das war vermutlich der absurdeste Aspekt dieser ganzen Situation - die eigenen Raumschiffe der Republik griffen die Systemverteidigungsflotte an.

Er stellte wieder eine Verbindung her. »Kontaktieren Sie Admiral Bula und lassen sie sich bestätigen, dass er von unbekannten feindlichen Truppen angegriffen wird. Klären Sie vor allem, ob das die Zerstörer beinhaltet, die seine Einheiten angreifen.«

»Mache ich, Sir.«

Guter Junge, dachte Thales.

Er hatte Schwierigkeiten mit dem Atmen. Er lehnte sich an den Geschützturm. Er fühlte sich besser. Er atmete tief durch.

Einen Augenblick später hatte er den Lieutenant wieder in der Leitung.

»Admiral Bulas erster Offizier bestätigt, dass sie angegriffen werden, und er hat unsere Ziele bestätigt. Er fordert außerdem Feuerunterstützung an. Admiral Bula ist tot. Der erste Offizier befindet sich in einer Rettungskapsel. Die Carramo ist abgestürzt.«

Thales spürte, wie sich seine Augen schlossen. Er war so müde. Es war kurz nach zwei Uhr morgens hier, Ortszeit.

»Zielen Sie auf den vorderen Zerstörer und feuern Sie.«

Brücke der Korvette *Audacity*
Oberhalb von Tarrago Prime, auf dem Weg zum Sprung.
02.21 Uhr, Systemortszeit.

»Wir haben die Deflektoren verloren, Captain. Geschütze sechs und sieben sind offline. Wir haben Verluste im Maschinenraum.«

Desaix ignorierte den Bericht und konzentrierte sich auf den Sprung. Der war jetzt ihre einzige Hoffnung.

»Können wir ein Sprungfenster nutzen, solange der Zerstörer im Weg ist?«

»Negativ«, antwortete der Navigator.

»Es kommen noch mehr feindliche Jäger!«, rief jemand von der Sensorenstation, um den Lärm zu übertönen.

»Wenn wir den Kurs auch nur minimal ändern, müssen wir das Sprungziel noch einmal völlig neu berechnen«, schloss sich der Navigator an. »Sir?«

Eine Kollisionswarnung meldete sich mit lautem Sirenenton. Der Zerstörer befand sich nun genau in ihrem Weg.

»Festhalten!«, brüllte der Pilot. »Er schießt auf uns!«

Vor ihnen eröffneten die großen Geschütze mittschiffs des Zerstörers das Feuer auf die Korvette. Ein Raptor raste auf der Jagd nach einem feindlichen Jäger quer über ihr Cockpitfenster hinweg, und seine Blasterblitze verfolgten sein Opfer, um ihm ein Ende zu bereiten.

»Zeit zum Sprung?«, fragte Desaix und hörte die stille Verzweiflung in seiner eigenen Stimme.

Das Geschoss aus der Orbitalwaffe, das den Zerstörer direkt vor der *Audacity* erwischt hatte, war von einem Schienenkanonensystem beschleunigt worden. Es handelte sich um geschmiedeten Impenetrastahl von der Größe eines großen Baumstamms, der durch die Beschleunigung im Magnetfeld bis fast auf Lichtgeschwindigkeit gebracht wurde. Die Magneten, die die Größe von ganzen Straßenblöcken hatten, sorgten zu Beginn auch für den richtigen Kurs, bis die unabhängige, interne Zielerfassung und Steuerung diese Aufgaben übernahm.

Das Geschoss traf den Zerstörer ein ganzes Stück unterhalb der Kommandobrücke am Bug, aber direkt backbords. Der Lieutenant in der Feuerkontrolle hatte es so geplant, mit der Unterstützung der Zielerfassungscomputer - einer Reihe zusammengeschalteter Systeme, die drei Stockwerke hoch waren und sich irgendwo tief im toten Kern des Monds befanden. Und da Schwerkraft kaum eine Rolle darin spielte, die Abgabe des Geschosses vom Schienensystem zu verlangsamen, setzte sich der mühelose Flug einfach fort, mitten durch den Antriebsbereich am Heck des Zerstörers.

Im Grunde wurde das Raumschiff vom Bug bis zum Heck entkernt.

Die Besatzung der *Audacity* sah in den wenigen Augenblicken vor der Explosion des größeren Raumschiffs, wie sich das ballistische Geschoss in einer diagonalen Linie durch den gesamten Zerstörer bohrte. Erst erwischte es die Bugtorpedos. Dann zerfetzte es die Decks zweiundzwanzig bis vierundzwanzig komplett, den Steuerbordhangar, wo alle sofort starben, und das Geschoss flog weitere dreihundert Meter weiter, wobei es Munitionsmagazine und Zielerfassungssysteme erwischte, was entlang des gesamten Rückgrats zu riesigen Explosionen führte. Es schlug durch - nicht ein - in den Maschinenraum, wo es den Reaktor traf, der erst explodierte, als die Geschütztürme eine Pikosekunde später in die Luft flogen. Schließlich raste das Geschoss an der Rückseite des riesigen Raumschiffs wieder ins Weltall und zog eine Trümmerspur hinter sich her.

All das dauerte etwa anderthalb Sekunden, aber für die Brückenbesatzung der sich dem Feind nähernden

Audacity schien es alles langsamer abzulaufen, damit das Grauen noch größeres Ausmaß annehmen konnte.

Das Raumschiff flog direkt vor ihnen brutal in die Luft. Trümmer schossen in alle Richtungen, einschließlich des Wegs der sich nähernden Hammerkopfkorvette. In dem Augenblick, bevor Captain Desaix den Sprung mit den Worten »sofort springen!« anordnete, sahen sie auf beiden Seiten weitere Jäger auf sie zurasen, eine Welle der Zerstörung.

Eine halbe Sekunde später führte die *Audacity* einen unkontrollierten Sprung aus, und das mit nur teilweise vollständigen Koordinaten. Dies wurde allgemein als tödlicher Vorschlag abgetan, der niemals vollzogen werden sollte, außer die Umstände waren wirklich katastrophal.

Aber welche andere Wahl hatten sie?

Haus der Vernunft
Utopion

Orrin Kaar wartete auf den Rückruf von Admiral Devers. Der Berater des Admirals hatte Kaar versichert, dass er Devers innerhalb von zehn Minuten von der Brücke holen würde.

Unter normalen Umständen hätte sich Kaar geweigert mit jemanden außer den wichtigsten Personen dieser Intrige zu sprechen. Aber die gesamte Dritte Flotte war Devers treu ergeben war. Er konnte sich der Loyalität jedes ernannten Offiziers und jedes angeworbenen

Manns an Bord sicher sein. Sie würden das Rockgrat der Neuen Republik bilden.

Und an ihrer Spitze würde Kaar stehen.

Ein Klingelton ertönte, und Devers kam online. »Abgeordneter Kaar –«

»Ich habe mit einiger Besorgnis gehört, dass die ersten Angriffswellen schlecht gelaufen sind«, sagte Kaar. Tatsächlich kochte der Abgeordnete vor Wut. Devers und Sullus hatten sowohl die Initiative wie das Überraschungselement auf ihrer Seite gehabt, doch die weitergeleiteten Berichte hatten ihm gezeigt, dass der erste Angriff als erfolglos bezeichnet werden musste.

»Der Angriff meines Raumschiffs auf die Verteidigungsflotte verläuft gut«, antwortete Devers. »Ihre Hyperraumantriebe waren unser erstes Ziel, und die Verlaufsprognose macht deutlich, dass sie demnächst zerstört sein werden. Sullus' Jäger- und Bomberstaffeln wurden von Verteidigungsanlagen des Stützpunkts zerfetzt.«

»Aber wenigstens ein Bombenangriff muss doch erfolgreich gewesen sein?«, fragte Kaar. »Ist die Hauptkanone ausgeschaltet worden?«

Devers sah sich in seinem Raum um, als ob er nach Antworten suchte. »Das weiß niemand genau. Alle Raumschiffe bleiben außer Reichweite, bis Omikron erobert worden ist. Der Plan lautet nun ein Angriff mit Bodentruppen.«

Kaar dachte darüber nach. Ein Bodenangriff gegen eine Einheit verschanzter Legionäre war kein Spaziergang. Der Aufwand an Männern und Material konnte heftig ausfallen. Und wenn das Mordkommando nicht zurückgepfiffen werden konnte – wenn sie die Flottenwerft zerstörten…

»Silas, ich habe mit Legionskommmdandant Keller gesprochen. Ein Mordkommando ist unterwegs, um die Flottenwerft auf Tarrago Prime zu zerstören. Das… darf nicht passieren.«

Devers lächelte. »Wird es auch nicht. Ich werde Goth Sullus persönlich von diesen Plänen berichten. Zwischen der Zerstörung der Verteidigungsflotte und der Nachricht vom Mordkommando… die Dinge werden sich so entwickeln, wie Sie es geplant hatten, Abgeordneter Kaar.«

Kaar fühlte sich da nicht so sicher, wie er es noch vor Beginn des Tages gewesen war.

Orbit über Levenir
Die Galaktischen Kernwelten

Admiral.

Die maximal verschlüsselte Übertragung, die Cade Thrane gerade entpackt und zum Teil entschlüsselt hatte, enthielt »Admiral«. Entweder das oder »ich werde mir borgen.« Die Qualität war… nicht gerade ideal. Es war, als würde man jemandem beim Sprechen zuhören, der sich drei Zimmer weiter mit lautem Räuspern den Schleim aus der Kehle holen wollte.

Aber der Hacker konnte etwas hören. Und ›Admiral‹ ergab am ehesten Sinn. Wer außer dem republikanischen Militär würde über eine derart aufwändige Verschlüsselung verfügen? Und warum sonst sollten alle Nachrichten mit Utopion zu tun haben?

Thrane sah sich die grob hingeworfene Karte der Galaxie an, die er auf das Lightboard gekritzelt hatte. Die

Übertragungen stammten alle aus der republikanischen Hauptstadt oder gingen dort hin. In mindestens zwei Fällen wurden sie auf einen Planeten am Rande der Galaxie geschickt, einem echten Kaff, aber die meiste Zeit reisten sie zwischen Utopion und dem Tarrago-System. Das war faszinierend. Weil Tarrago - irgendwie - nicht erreichbar war. In diesem Sektor funktionierte keins der Kommunikationsrelais. Die Republik behauptete, so etwas wäre nicht möglich - aber das war wahrscheinlich nur republikanische Propaganda. Thrane konnte sich mindestens fünf theoretische Möglichkeiten vorstellen, wie man ein Kommunikationsrelais auf Sektorenebene ausschalten konnte.

Eine weitere verschlüsselte Nachricht, diesmal auf dem Weg nach Utopion, knisterte bei ihm vorbei.

»Na gut, dann mal wieder ran an die Arbeit«, flüsterte Thrane und gab weitere Entzifferungsschlüssel in sein Datenpad ein. »Ich kann deine Stimme hören. Schauen wir doch mal, ob ich dich dazu bringen kann, etwas deutlicher zu sprechen...«

TEIL II

KAPITEL 6

**Östliches Kanonenrohr
Festung Omikron
03.02 Uhr, Systemortszeit.**

Die JL-PZ-Mechs marschierten langsam auf die östliche Verteidigungsmauer der Festung Omikron zu, waren aber noch einige Kilometer entfernt. Ihnen schlossen sich schwere Kampfpanzer an, gefolgt von schnelleren Kampfgleitern als Nachhut.

»Oba.« Der Legionärs-Captain senkte seinen Feldstecher und bereitete sich darauf vor, seine Beobachtungen an das Herz der Festung weiterzugeben, tief im Mond verborgen. Das war etwas, das die meisten Leute nicht richtig verstanden. Sie sahen vier Verteidigungsmauern, die alle jeweils hinter einem der riesigen Kanonenrohre errichtet worden waren, und nahmen an, dass Festung Omikron eigentlich die *Festungen* Omikron war. Aber die Mauern waren im Grunde nur Feuerstellungen, Beobachtungsposten und die letzte Verteidigungslinie, die mögliche Bodentruppen davon abhalten sollten, das eigentliche Herz der Festung Omikron zu erreichen — den unterirdischen Gebäudekomplex.

»Omikron Kommando, hier Outlaw One, kommen.«

»Hier Omikron Kommando, kommen.«

Der Captain befeuchtete seine Lippen und übertrug die Aufnahmen, die sein Helm gemacht hatte. »Ich bestätige

Sichtkontakt mit mehreren JL-PZ-Mechs, Kampfpanzern und Kampfgleitern. Geschätzte Ankunftszeit ist in zwanzig Standardminuten.«

Eine Pause folgte, die wahrscheinlich der Zeit entsprach, die man in der Einsatzzentrale benötigte, um zu überprüfen, was er gerade weitergeleitet hatte.

»Bestätigt, Outlaw One. Bereiten Sie Ihre Männer darauf vor, die östliche Mauer zu verteidigen.«

»Verstanden. Outlaw One, Ende.«

Das war es dann. Wer immer auch den Tarrago-Mond angriff, war nun hier, um die Sache zu Ende zu bringen. Die Luftangriffe waren gescheitert, und praktisch keiner der Bomber hatte seine Bomben loswerden können, bevor er abgeschossen worden war. Ein Bodenangriff, der außerhalb der Reichweite der Luftabwehrstellungen in Bewegung gesetzt wurde, war die einzige noch verbliebene Möglichkeit. Nun, abgesehen von einem Orbitalbombardement. Aber niemand wäre dumm genug, nahe genug an die große Waffe heranzukommen, um so etwas zu versuchen.

Mechs, Panzer und Kampfgleiter. Dieselben gepanzerten Fahrzeuge, mit denen Outlaw One gemeinsam während seiner Einsätze am Rand der Galaxie gedient hatte. Und jetzt waren sie hier, um ihn und seine Männer anzugreifen.

Bürgerkrieg. Das war es dann also. Was sonst sollte es sein? Und warum auch nicht? Die gesamte Galaxie hatte seit den Barbarischen Kriegen gegen die Republik gekämpft. Es war an der Zeit, dass die Republik endlich mit sich selbst Krieg führte. Und Outlaw One wusste, auf welcher Seite er stand.

Auf der Seite der Legion.

Schwarze Flotte, Angriffstruppe Scythe.
Mond von Tarrago
03.05 Uhr, Systemortszeit.

Der Sergeant fand es amüsant, dass sein erster echter Einsatz als Stoßtruppler mit einem Sitzplatz in einem Kampfgleiter begann. Er hatte endlose Stunden in solchen Fahrzeugen verbracht, als er noch in der Legion gedient hatte. Er hätte einen Kampfgleiter immer noch mit geschlossenen Augen steuern können. Und er wusste, dass die Männer in seiner Truppe ziemlich genau dasselbe konnten.

Einige von ihnen hatten sich wie er selbst von der Legion verabschiedet. Berufssoldaten, denen klar geworden war, dass, so wie die Dinge standen, es keine Zukunft in dem geben konnte, in das sich die Legion verwandelt hatte. Zumindest keine langfristige Zukunft. Andere hatte man aus dem Dienst ausscheiden lassen. Unehrenhafte Entlassungen. Von denen viele wahrscheinlich unbegründet waren. Einfach nur Legionäre, die man zugunsten eines ahnungslosen Ernannten geopfert hatte. Der Sergeant hatte es selbst gesehen. Hatte es selbst *erlebt.*

Jeder neuer Ernannte, den man der Legion aufgezwungen hatte, war wie ein einzelner Wassertropfen, der auf eine Sandsteinplatte fiel. Irgendwann hinterließen die Tropfen eine Spur. Sie spalteten den Stein und ritzten Schluchten ein, wo einst Felswände gestanden hatten. Das war der Zustand der Legion heute. Hoffnungslos unterwandert durch die Republik und ihr System, das unqualifizierte Männer aus rein politischen Gründen ins Militär einschleuste.

Der Sergeant lächelte vor sich hin. Jeder, der jemals aus der Legion geworfen worden war, machte einen Ernannten dafür verantwortlich. Es war wie im Knast — niemand war jemals schuldig. Aber der Sergeant wusste es besser. Einige der Männer, die Goth Sullus' als Stoßtruppen dienten, besaßen Kenntnisse, die nicht zu ihrem Temperament passten. Killer, die nach einem Schlachtfeld suchten. Diese Typen scharten sich normalerweise um die Ernannten. Sie dienten den Ernannten als gnadenlose Schläger, selbst bei den dümmsten Entscheidungen. Und im Gegenzug dazu sahen die Ernannten weg, wenn wirklich schlimme Dinge passierten. Oder sie machten sogar mit.

Aber nicht in dieser Armee. Der Sergeant liebte die Legion, und er würde es nicht zulassen, dass seine Stoßtruppen etwas anderes wären als die *wahre* Legion. Er kämpfte gegen seine Brüder, um seine Brüder zu *retten*. Denn manchmal musste man sich mit seiner Familie streiten, um zu zeigen, wie wichtig einem die anderen sind.

Und dem Sergeant waren sie alle wichtig.

Im Kampfgleiter der Schwarzen Flotte ertönte ein heller Warnton, und das Bild von General Nero tauchte vor ihnen auf.

»Stoßtruppen!«, blaffte Nero. »Dies ist der Augenblick eures Sieges. Ihr seid dazu ausgebildet und mit der Ausrüstung versehen worden, um das zu tun, was getan werden muss. Nehmt Festung Omikron ein und bereitet der Schwarzen Flotte den Weg, um das Tarrago-System zu erobern — und danach die gesamte Republik.« Nero breitete die Arme aus. »Tod der Republik!«

Niemand im Kampfgleiter wiederholte diese Worte. Das taten sie nie. Niemand sagte sie, außer den wahren Gläubigen, und in diesem Kampfgleiter gehörte niemand dazu. Dafür hatte der Sergeant gesorgt.

Die Nachricht wurde beendet, und der Sergeant stand von seinem Notsitz auf. »Glaubt ihr Jungs, dass der wahre Name des Generals Nero lautet? Wer macht so was? Wer nennt sich nach an einem wahnsinnigen Alten?«

Nervöses Lachen waberte durch die Reihen der Stoßtruppen. Gut. Sie würden sich noch schnell genug Sorgen machen. Sollten sie das Leben genießen, solange sie es konnten.

»Hört zu. Nero — er hat mit euch allen recht. Ihr seid Profis. Ihr wart früher in der Legion. Ihr wisst, gegen was ihr zu kämpfen habt, und ihr wisst, was uns zur Verfügung steht. Wir stürmen rein und TSZ.«

Einer der Männer hob den Kopf. Er trug noch immer seinen Helm. Alle mussten ihre Helme tragen, wenn die Soldaten sich nicht in der Kaserne befanden. »Sergeant, wir haben die Anweisung, die Ausdrücke der Legion nicht zu benutzen.«

»Scheiß drauf«, antwortete der Sergeant. »Hört mal, ich weiß nicht, wie das bei euch ist, aber ich bin *wegen* der Legion hier. Mir ist vor einiger Zeit klar geworden, dass man den Wundbrand in der Republik rausschneiden muss. Man kann ohne ein Schwert nichts amputieren, und wir sind das Schwert, das das Leben der Legion retten wird.«

Das war eine spontane Rede. Eine Rede, von der der Sergeant wusste, dass sie ihn vors Kriegsgericht bringen konnte, wenn auch nur ein Wort davon diesen Kampfgleiter verließ. Im Offizierskorps der Schwarzen Flotte galt es als entscheidend, dem Kommando gegenüber hundertprozentig loyal zu sein. Aber obwohl sie Lichtjahre fähiger waren als all die Ernannten, die die Legion versaut hatten, glaubte der Sergeant, dass die echten Legionärs-Offiziere immer noch besser waren, wenn es darauf ankam. Die Offiziere der Schwarzen Flotte beherrschten ihre Strategien, hatten aber Angst. Angst vor dem Mann in Schwarz.

»Ich sag's also noch mal«, fuhr der Sergeant fort und hob die Arme, als wollte er ein Publikum für seine Worte begeistern. »TSZ?«

»TSZ!«, brüllten die Stoßtruppen.

»Wuah!« Der Sergeant marschierte im Gang des Kampfgleiters auf und ab. »Okay, hört zu. Ihr wisst, wogegen wir kämpfen. Die Legios werden sich nicht kampflos ergeben. Aber dieser Mond wird von einer einzigen Kompanie bewacht. Sie werden sich ordentlich eingegraben haben, aber am Ende sind es zweihundert Legios gegen zweitausend Stoßtruppler. Das läuft also nach dem Lehrbuch ab. Die JL-PZs werden uns ein Loch in diese Mauer schießen, wir fahren rein und steigen aus, die Kampfpanzer nehmen die anderen Verteidigungssysteme auseinander, und dann war's das.«

Einer der Männer hob seine Hand. »Wie sieht es mit Gefangenen aus?«

Der Sergeant hatte lang und gründlich darüber nachgedacht. Glücklicherweise dachte sein Lieutenant genauso wie er, und die Einsatzleitung hatte nichts Gegenteiliges dazu gesagt. »Wenn es sich um einen Legio handelt, behandelt ihr ihn mit Respekt und nehmt ihn lebend gefangen. Wir erobern Tarrago Prime, geben Goth Sullus —«

Ein Flüstern erhob sich in den Reihen, als der Name des Oberbefehlshabers fiel.

»Ja, ich habe ihn gesagt«, prahlte der Sergeant. »Goth. Sullus. Nichts Schlimmes dran. Wie auch immer, wenn er erst mal damit anfängt, Raumschiffe im Dutzend zu bauen — denn warum sonst sollten wir eine Flottenwerft erobern? —, und wir die Leute da draußen wissen lassen, dass die Legion in uns lebt, ich sag's euch... dann wechseln sie alle die Seiten. Wir haben einen Eid geleistet, die Republik vor äußeren und inneren Feinden zu beschützen. Wir haben jede Menge äußere Gefahren beseitigt. Jetzt machen wir der Bedrohung im Inneren ein Ende, dem verbrecherischen Regime aus Haus der Vernunft und Senat.«

Darauf gab es keine Widerworte im Kampfgleiter des Sergeants.

**Einsatzzentrale
Festung Omikron
03.14 Uhr, Systemortszeit.**

»Könnte das ein Täuschungsmanöver sein?«, fragte der Stabsmajor des Kompanieführers. Er deutete auf die Reihe der JL-PZ-Mechs, die auf dem Weg zum Angriff auf die östliche Mauer waren. Mechs, die im Anmarsch waren.

Commander Yoon, leitender Offizier für die gesamte Hotel Company der 80. Legion, betrachtete das Holo, bevor er den Kopf schüttelte. »Nein, das glaube ich nicht, Major. Und ich erkläre Ihnen gerne warum. Die Flotte da draußen, abgesehen von den republikanischen Zerstörern im Kampf zwischen uns und Tarrago Prime, hat nur einen Anflugvektor. Sie haben alles drangesetzt, nicht in die Reichweite unserer Hauptkanone zu kommen. Ihre Bomberangriffe haben uns nur oberflächlichen Schaden zugefügt, und sie selbst haben schwere Verluste erlitten.«

Yoon ließ seine Hand über das Holodisplay gleiten, was das Bild herauszoomte und nun eine 3D-Echtzeitdarstellung des Monds zeigte und die drei Schlachtschiffe, die sich gerade außerhalb ihrer Reichweite befanden. Eine Reihe von roten Pfeilen zeigte von den Raumschiffen weg zum Planeten.

»Das ist die direkteste Route für Angriffsshuttles, um mechanisierte Infanterie und Begleitfahrzeuge abzusetzen.«

Die KI des Holodisplays folgte Commander Yoons Worten, und ihre Prozessoren zeigten ihm, was sie in Anbetracht der Einsatzbesprechung für die beste Empfehlung hielt. Die Pfeile schlugen auf der Mondoberfläche auf, und der Blickwinkel wechselte auf eine mögliche Landezone.

»Von hier aus haben sie zwei Optionen: entweder bewegen sie sich auf die östliche Mauer und das Kanonenrohr zu — was etwa sechzig Minuten Fahrzeit bedeutet —, oder sie versuchen auf die westliche Verteidigungsmauer zu wechseln. Dieser Mond ist klein, aber die Variante würde trotzdem fast vier Stunden dauern, was uns reichlich Zeit geben würde, unsere Verteidigung zu organisieren.«

»Also findet der Kampf an der östlichen Mauer statt?«, fragte der Major.

»Dessen bin ich mir sicher«, antwortete Yoon. »Wenn sie genügend Ressourcen hätten, um mehr Einheiten zu schicken als das, was schon hier unten ist, dann würden sie sie mitten unter uns landen lassen. Das ist die beste Strategie, die sie zur Verfügung haben, und sie können es sich nicht leisten, diese Chance zu verlieren, indem sie zu nah an unsere Luftabwehrstellungen kommen.«

»Soll ich die östliche Mauer verstärken?«

Yoon nickte. »Ich will, dass jede Mauer mir hundert Legionäre schickt. Damit hat die östliche Mauer fünfhundert Männer. Das sollte ausreichen, um das aufzuhalten, was auf uns zukommt. Wir müssen ja nur so lange durchhalten bis die Verstärkung von der Siebten Flotte eintrifft. Oder bis sie etwas Dummes tun und unser großes Kaliber zu schmecken bekommen.«

»Schön wär's.« Der Major hielt inne. »Darf ich offen sprechen, Sir?«

Commander Yoon nickte.

»Sind wir mit der Republik im Krieg? Ich meine, ist das ein Bürgerkrieg? Ich weiß, dass das, was da auf uns zukommt, republikanische Mechs, Panzer und Kampfgleiter sind. Aber warum?«

Yoon hatte sich schon dieselbe Frage gestellt. Es war ein offenes Geheimnis, dass das Haus und der Senat die Legion verachteten. Wenn man die Legion fragte, dann beruhte dieses Gefühl auf Gegenseitigkeit. Aber Legions-Kommandant Keller hatte sich immer für das größere Wohl der Republik eingesetzt. Ein Bürgerkrieg war völkermörderischer Irrsinn. Wenn man ein paar der Ernannten entgegenkommen musste, um diesen Konflikt abzuwenden... na gut.

Yoon dachte über all das nach, aber er bekam nicht die Gelegenheit, diese Gedanken auszusprechen, denn ein kanalweiter Alarm ertönte, und das Holo von Admiral Devers von der Dritten Flotte erschien.

Yoon hielt von dem Admiral als militärischem Führer ziemlich wenig. Er hatte mit der Dritten ein paar Einsätze in den Mittleren Kernwelten hinter sich und hatte feststellen müssen, dass die strategischen Fähigkeiten und die Urteilskraft des Admirals ... zu wünschen übrig ließen. Aber wenn seine Flotte hier war, um sie zu unterstützten, dann hatte Yoon nichts dagegen.

Das Holo des Admirals begann zu sprechen. »Hier spricht Admiral Devers von der republikanischen Navy, Dritte Flotte.«

Die Aufgeblasenheit, die Yoon unter dem Befehl vom Admiral bereits kennengelernt hatte, war deutlich zu sehen. Devers trug seine Notfallmitteilung in Kriegszeiten vor wie eine Rede bei einer Wahlkampftour.

»Ich bin vom Rat des Senats und dem Haus der Vernunft entsandt worden, um einen Terroristischen Aufstand mit dem Ziel die Kesselverks-Flottenwerft zu erobern oder zu zerstören niederzuschlagen.«

Terroristen. Aber wie konnte jemand so viele republikanische Waffen bekommen, ohne dass die Legion einen entsprechenden Steckbrief herausgab? Nicht einmal die Zhee konnten das.

Devers sprach weiter. »Die Rebellen der Mittleren Kernwelten haben die hiesigen Sicherheitskräfte und die planetare Verteidigungsflotte unterwandert und kämpfen mit aller Kraft gegen die republikanischen Einheiten. Machen Sie sich wegen der Legionäre in den schwarzen Panzerungen keine Sorgen. Sie stellen eine Weiterentwicklung für die Soldaten der Dritten Flotte dar. Sie werden ihnen nichts tun. Bürger der Republik, ich bitte Sie dringend, zu Hause zu bleiben, bis die Republik die Ordnung wiederhergestellt hat. Und den Aufständischen sage ich: Heute werden Sie keinen Sieg erringen.«

»Stellen Sie das ab«, sagte Yoon, obwohl die Nachricht bereits zu Ende war.

»Was halten Sie davon, Sir?«

»Sind Sie mit den RMK im Bunde, Major?«, fragte Yoon.
»Nein, Sir!«

»Ich auch nicht. Und wenn Admiral Devers anderer Meinung ist, und das da Truppen unter dem Befehl irgendeines Ernannten sind, die sich auf unsere östliche Mauer zubewegen...« Yook lockerte seinen Hals, bis einer der Wirbel knackte. »Dann werden wir sie das teuer bezahlen lassen.«

**Östliches Kanonenrohr
Festung Omikron
03.19 Uhr, Systemortszeit.**

»Ja, Sir«, antwortete der Legionärs-Captain über die L-Frequenz. »Wir werden den Beschuss auf uns lenken.«

Die Verstärkungen von den anderen Mauern strömten bereits herbei, um die östliche Mauer zu unterstützen. Und während die Majore und Lieutenant Colonels die Schlachtpläne entwarfen, dachte der Captain über seine Aufgabe in dieser Schlacht nach. Er hatte den Befehl erhalten, die feindlichen Angriffsformationen aufzumischen. Die Frage war nur, wie er das bewerkstelligen sollte, ohne schwere Verluste hinzunehmen.

In der Repulsorgarage standen zwölf der fünfzehn Kampfgleiter dieses Mauerabschnitts, und nur die Hälfte davon war mit Raketenwerfern ausgestattet, mit denen sie den Feind angreifen konnten. Der Rest von ihnen verfügte über die allgegenwärtigen Zwillingsgeschütze, die gegen Mechs nicht viel ausrichten konnten. Die

Kampfgleiter waren schnell und wendig, aber sie würden einen gut gezielten Schuss von einem der Mechs oder einem der Kampfpanzer nicht überleben.

»Das würde ihnen so passen«, murmelte der Captain vor sich hin.

In den Tiefen seines Verstands ging ihm ein Licht auf. Das *würde* ihnen so passen.

Der Captain sah sich nach seinem Kommunikationsoffizier um. Der Second Lieutenant war genau, wo er sein sollte. »Können Sie es hinbekommen, dass ich mit Commander Yoon sprechen kann?«

Ein Legions-Captain an der Front hatte nicht die geringste Chance, direkt mit dem Kompanieführer sprechen zu können, und der Captain hatte nicht die Absicht, seine Überlegungen über den L-Kanal zu teilen. Aber der Second Lieutenant hatte vielleicht ein paar Freunde in der Kommunikationsabteilung der Einsatzzentrale. Vielleicht konnte er ja etwas arrangieren.

»Ich denke schon...«, sagte der Second Lieutenant, wenn auch zögernd. »Ich werde dann aber einigen Leuten einen Gefallen schuldig sein...«

»Ich sorge dafür, dass Sie alles bekommen, was sie brauchen«, antwortete der Captain. »Verschaffen Sie mir einfach die Gelegenheit, mit Commander Yoon zu sprechen.«

**Schwarze Flotte, Angriffstruppe Scythe.
Mond von Tarrago
03.22 Uhr, Systemortszeit.**

Der JL-PZ-Mech-Fahrer warf einen Blick auf seinen Chronometer. Fünf Minuten. In fünf Minuten wären sie in Nahkampfreichweite.

Die riesige, zweibeinige Maschine machte einen weiteren, schwankenden Schritt vorwärts, was den Fahrer in seinem Sitz hin- und herrutschen ließ. Diese Monster waren langsam und schwerfällig — aber die Feuerkraft! Es gab nichts in der Galaxie, was mit ihnen mithalten konnte. Captains auf ihren Zerstörern konnten Orbitalangriffe anordnen, und Dummköpfe konnten Lenkflugkörper abfeuern oder mit ihren Blasterkanonen um sich schießen. Aber das reine Gefühl der Macht, das sich immer dann einstellte, wenn man alles in seinem Weg vernichtete mit Hilfe der Blasterkanonen, die an jedem Arm des Mechs befestigt waren und die sich problemlos durch Raumschiffsrümpfe fressen konnten... der Lärm und die Wucht der Energie, die jedes Mal zu spüren war, wenn der Raketenwerfer, der auf der Schulter des Mechs montiert war, ein weiteres Mal feuerte — eine Wucht, die einen ungeübten Fahrer dazu zwang, einige Schritte zurückzuwanken... all das war Ausdruck wahrer Macht. Und das war belebend.

Der Fahrer bewegte seinen Mech vorwärts und hielt Schlachtformation wie aus dem Lehrbuch ein. Die Mechs teilten sich nun auf, um mögliche Kollateralschäden durch Artilleriebeschuss zu begrenzen — auch wenn es auf diesem Mond keine nennenswerte Artillerie gab. Das zumindest hatten die Bomber erreicht. Die Panzer brachten sich in Stellung, mit den Kampfgleitern als

Nachhut, um jederzeit die Öffnungen zu nutzen, die die JL-PZs ihnen verschaffen würden.

Die S-Frequenz wurde aktiviert. »Giant Three, hier Giant Four, seht ihr auch, was ich auf uns zukommen sehe?«

Die Frage wurde begleitet von einer händisch übermittelten Koordinatenangabe, die Giant Four an alle weiterleitete.

Der Fahrer von Giant Three kniff die Augen zusammen, um einen Blick durch das bewaldete Gelände und über die Hügel zwischen seinem Mech und der östlichen Mauer werfen zu können, und folgte der Koordinatenangabe, bis er eine Bewegung bemerkte. »Ich sehe etwas, Giant Four«, sagte er und wechselte auf Wärmebild. »Irgendeine Vorstellung, was das ist?«

»Versuchen Sie es mit Kampfgleitern, Giant Three.«

Kampfgleiter? Die Legion entsandte Kampfgleiter gegen eine Mech-Phalanx mit Kampfpanzerunterstützung? Der Fahrer war sich nicht sicher, ob sie verrückt oder einfach nur dumm waren. »Machen Sie Witze?«

»Negativ«, antwortete Giant Four. »Ich wollte meinen eigenen Augen nicht trauen und brauchte von Ihnen die Bestätigung, bevor ich die Zielvergabe organisiere.«

»Tja, ich sehe sie auch. Ich habe die Waffen aktiviert, für den Fall, dass sie sich noch weiter vorwagen...«

Giant Four gab den Feindkontakt an die anderen Fahrer weiter. »Giant Four an Giant Team, wir haben bestätigte Sichtung mehrerer republikanischer Kampfgleiter. Ich wiederhole, mehrere republikanische Kampfgleiter kommen auf uns zu.«

»Verstanden, Giant Four«, antwortete der Gruppenführer. »An alle Mechs: Feuer frei auf die

Kampfgleiter, aber lasst sie euch nicht davon abhalten, diese Mauer einzureißen.«

Dies war eine willkommene Entwicklung, dachte sich der Fahrer. Die Gelegenheit, die Höllenkräfte zu entfesseln, bevor sie die östliche Mauer erreichten. Alles schien auf einen guten Tag hinzudeuten.

»Ich sehe noch ein paar Gleiter auf der rechten Flanke«, ertönte die warnende Stimme eines anderen Fahrers.

Alarmsignale ertönten, und der Fahrer von Giant Three konnte sehen, wie sich Raketenrauchspuren in Richtung der Mechs bewegten. »Panzerabwehrmaßnahmen!«

Die Kampfgleiter, die sich auf dem Präsentierteller gezeigt hatten, waren eine Ablenkung gewesen.

Giant Three wirbelte in seinem Stuhl herum und sah, wie eine ganze Raketensalve auf den Mech von Giant One zuraste — sie mussten koordiniert per Zielerfassung gesteuert sein, um aus so vielen verschiedenen Richtungen ihr Ziel finden zu können. Der führende JL-PZ feuerte Hitze- und Sensorentäuschkörper ab, aber die Waffen der Legion ließen sich nicht so leicht veralbern. Nur einige der Raketen rasten gen Himmel oder schossen harmlos in den Boden oder den naheliegenden Wald. Die meisten fanden ihr Ziel.

Giant One explodierte in einem Feuerball. Der Fahrer des Mechs konnte sich nicht einmal mehr per Schleudersitz retten. Sie hatten ihren Anführer verloren.

Der Fahrer von Giant Three richtete seine Aufmerksamkeit wieder auf die Schlacht direkt vor ihm. Sein Head-up-Display zeigte, dass die Panzer angehalten hatten wie auch ihre eigenen Kampfgleiter. Aber die republikanischen Kampfgleiter zischten wie ein Schwarm Stechmücken zwischen ihnen hin und her. Er verfolgte einen der Gleiter, der mit einem Zwillingsgeschütz ausgestattet war, und hob den riesigen Arm seines Mechs. Das Blasterfeuer sorgte für den sofortigen Tod, als die Blitze in Spiralen auf den Gleiter zuschossen, ihn durchschlugen und das Fahrzeug in zwei Teile zerlegten. In der Nähe ging ein weiterer Gleiter in Flammen auf; ein anderer Mech hatte mit seiner auf der Schulter montierten Gausskanone sein Ziel gefunden.

Zwei Kampfgleiter erledigt, mindestens ein Dutzend waren noch im Einsatz.

Die Gleiter schafften es, eine weitere Raketensalve abzufeuern. Diese traf das Bein von Giant Two und zerfetzte es beinahe. Diesmal konnte sich der Fahrer über den Schleudersitz retten, wurde aber kurz darauf von einem der Legionäre, der an seinem Zwillingsgeschütz bereitstand, in kleine Stücke geschossen.

Die konzentrierte Feuerkraft all dieser Kampfgleiter erwies sich als den Mechs ebenbürtig. Und ihre Strategie war eindeutig: Sie beabsichtigten, den jeweils führenden Mech zu erledigen und danach alle anderen, die in der Hierarchie aufrückten.

Wer hatte jetzt den Befehl über die Mechs inne?

Giant Three wurde klar, dass er das war.

Er schüttelte den Kopf. Er würde sich doch nicht von einem Haufen Legios erledigen lassen, die in ihren Kampfgleitern durch die Gegend rasten wie Teenager, die sich die Renngleiter ihrer Eltern ausgeliehen hatten. Der Fahrer schob alle Hebel nach vorn, was seinen schwerfälligen Mech auf Hochtouren laufen ließ. Dadurch wurde zwar der Treibstoffvorrat auf beängstigende Weise geleert, aber sie waren schon so nahe an den Mauern, dass er es sich erlauben konnte. Solange kein Rückzug angeordnet wurde, würde der Fahrer nicht aussteigen und zu Fuß gehen müssen.

»Ergreift wieder die Initiative«, rief Giant Three über die S-Frequenz. Er eröffnete das Feuer mit seinen Armkanonen und zerstörte einen Gleiter nach dem anderen. Die anderen Mechs taten es ihm gleich, und bald schon schlossen sich die Kampfpanzer der Verfolgung an. Das felsige Gelände ließ sie auf ihren Repulsoren auf- und abhüpfen.

Die republikanischen Gleiter wussten, dass sie verloren hatten, und versuchten die Sicherheit der östlichen Mauer zu erreichen. Sie brachten Abstand zwischen sich und die vorderste Linie aus Mechs und Panzern, aber nicht ohne dafür zu bezahlen. Weitere Kampfgleiter explodierten in gewaltigen Feuerbällen, während die Mechs hinter ihnen hersprinteten und die Repulsoren der Panzer laut brüllend ihre Belastungsgrenzen erreichten. Diese Schweine würden ihnen nicht entkommen.

Giant Three sah zu, wie die Gleiter auf die Strecke abbogen, die am schnellsten um die Aushöhlung des riesigen Kanonenrohrs führte. Es war der kürzeste Weg, um die noch offenstehenden Impenetrastahltore an der östlichen Mauer zu erreichen.

»Wir erreichen die Atmosphärenschilde der Mauer.« Der Mech-Fahrer rammte die Schubhebel so weit nach vorn, dass er glaubte, sie könnten unter dem Druck zerbrechen. »Ihr kommt mir nicht davon«, rief er den fliehenden Kampfgleitern hinterher. »Ich kriege euch. Ich kriege euch.«

Östliches Kanonenrohr
Festung Omikron
03.34 Uhr, Systemortszeit.

Der Legionärs-Captain beobachtete, wie seine Gleiter nach Hause rasten, die Mechs und Panzer dicht auf ihren Fersen. Sie hatten nicht genügend Zeit, die Kampfgleiter in die sichere Festung zu bekommen und die Tore zu schließen, bevor die feindlichen Fahrzeuge in der Lage wären, eine tödliche Raketensalve innerhalb der östlichen Mauer zu entfesseln.

Das war aber auch nicht nötig.

»Jetzt!«, brüllte der Captain in sein Funkgerät.

Es dämmerte ihm, dass er noch nie einen Kompanieführer angebrüllt hatte. Und wahrscheinlich würde er diese Chance auch nie wieder bekommen.

Einsatzzentrale
Festung Omikron
03.51 Uhr, Systemortszeit.

Commander Yoon hörte, wie die Stimme eines seiner Captains den Befehl erteilte. Dies war eine Vertrauenssache, und Yoon vertraute seinen Legionären an der Front blind.

»Ostkanone abfeuern«, befahl Yoon.

»Ostkanone wird abgefeuert«, bestätigte der Kanonier.

Der Boden erzitterte, als die Orbitalwaffe ein abgeschirmtes Projektil abschoss, das dazu gedacht war, ein Großkampfschiff mit einem einzigen Treffer zu zerfetzen.

Schwarze Flotte, Angriffstruppe Scythe.
Mond von Tarrago
03.52 Uhr, Systemortszeit.

Der Sergeant der Stoßtruppen beobachtete den Kampf auf seinem Holobildschirm, der in seinem Kampfgleiter an der Wand befestigt war. Die Mech- und Panzerfahrer schienen im Blutrausch zu sein, und wenn es einen Offizier gab, der den Befehl hätte erteilen können, sich zurückzuhalten, dann hatte man nicht auf ihn gehört.

»Sie lassen sich ranlocken«, sagte der Sergeant zu niemand Bestimmtem. »Wir müssen langsamer werden und diese Kampfgleiter entkommen lassen. Wir werden heute nicht gewinnen oder verlieren, bloß weil ein paar Kampfgleiter nicht zerstört werden.«

»Außer natürlich, wenn's uns erwischt«, meldete sich ein weiterer Soldat.

»Wuah«, antwortete der Sergeant. Aber geistesabwesend. Sein Verstand versuchte nachzuvollziehen, was sich da vor ihm abspielte. Die republikanischen Kampfgleiter fuhren mit Höchstgeschwindigkeit auf den Eingang zu, durch den Fahrzeuge den Schutz der östlichen Mauer erreichen konnten. Der Sergeant brauchte seinen Helm nicht, um ihm zu bestätigen, dass die Mechs in der Lage waren, mehrere Raketensalven in diesen Eingang zu feuern, bevor die Legios auf der anderen Seite in der Lage wären, ihn ordentlich zu versiegeln. Das sah nach einem unglaublichen, strategischen Fehler der Legion aus. Und das wäre genau das, was ein Ernannter tun würde.

Genau darin lag für den Sergeant das Problem. Ein Ernannter würde Kampfgleiter gegen Mechs kämpfen lassen und einen solchen Unsinn von sich geben wie ›Geschwindigkeit triumphiert über Feuerkraft.‹ Ein Ernannter würde außerdem die Hintertür sperrangelweit offen stehen lassen, was unzählige Legionäre das Leben kosten würde. Was ein Ernannter *nicht* tun würde, wäre einen Raketenangriff anzuordnen, der mit koordinierter Zielerfassung die eigene Feuerkraft maximierte. Zwei JL-PZ-Mechs koordiniert mit präzisionsgesteuerten Abwehrlenkwaffen zu erledigen, das waren ein paar richtig beeindruckende Treffer.

Also, hatte der Ernannte einfach nur Glück gehabt... oder war das eine Falle?

Der Sergeant hörte das *ratt-tatt-tatt-tatt-tatt* des Zwillingsgeschützes auf seinem Kampfgleiter. Sie hatten sich dem Kampf angeschlossen. Im Gegensatz zu den republikanischen Modellen besaßen die Gleiter der Schwarzen Flotte automatisch gesteuerte Zwillingsgeschütze, die vom Cockpit aus kontrolliert wurden. Was dem Sergeant überhaupt nicht gefiel. Kein Fahrer konnte wie ein Legio schießen — wie ein Stoßtruppler.

Der Sergeant nahm über S-Frequenz den Kontakt zu seinem Fahrer auf. »Was ist da draußen los, Kumpel?«

»Wir sind auf dem Weg, in den Kampf gegen den Feind einzugreifen«, antwortete der Fahrer. »Giant Three hat eine Öffnung an der östlichen Mauer identifiziert. Allen Kampfgleitern wurde befohlen, in diese Lücke zu feuern.«

In die Lücke zu feuern? Bevor die Mechs und die Panzer die Verteidigungslinien der Legios richtig unter Beschuss nehmen konnten? Eine ziemlich schwierige Aufgabe.

»Hör mal«, sagte der Sergeant in der Hoffnung, dass er endlich gelernt hatte, seine Worte mit Bedacht zu wählen. »Ich habe schon in der ganzen Galaxie gedient, und ich erkenne eine mögliche Verarschung, wenn sie mir ins Gesicht springt. Das hier ist so ein Fall. Diese Öffnung wird sich nicht schließen lassen, so wie die Mechs und Panzer im Augenblick positioniert sind. Aber das bedeutet nicht, dass die Legion unsere Kampfgleiter nicht in die Hölle schicken wird, wenn wir's zu eilig haben. Fahr ein bisschen langsamer und lass die schweren Jungs erst mal ein bisschen Schaden anrichten. So haben meine Jungs wenigstens eine Chance, wenn die Tür aufgeht. Hast du den Befehl, jetzt sofort anzugreifen?«

Der Kampfgleiter wurde langsamer, was ihm schon Antwort genug war, bevor der Fahrer wieder das Wort ergriff. »Kein Befehl, nur die Anfrage von Giant Three. Ich glaube aber, du hast recht. Ich glaube —«

Wenn der Fahrer seinen Satz zum Abschluss gebracht haben sollte, dann konnte der Sergeant es auf jeden Fall nicht mehr hören. Er wurde erst hart auf das Deck und dann gegen die Stoßtruppen geschleudert, die noch auf ihren Notsitzen angeschnallt waren, weil der Kampfgleiter plötzlich wild ins Schwanken und außer Kontrolle geriet. Über den S-Kanal war nicht viel mehr als statisches Rauschen zu hören, eine einzige katastrophale Verzerrung.

Während das S-Kanal-System einen Neustart durchführte, verwandelte sich das Fiepen über die Leitung langsam in hektische Diskussionen zwischen ihren Einheiten. Der Sergeant deaktivierte sie kurzfristig und stellte den direkten Kontakt zum Fahrer her. »Was ist passiert? Sind wir getroffen worden?«

»Nein! Aber praktisch alle unsere gepanzerten Fahrzeuge!«

»Was?«

»Sie haben die Hauptkanone abgefeuert! Die Mechs und die Panzer waren direkt am Rand des Kanonenrohrs. Sie wurden einfach — pulverisiert.«

Der Sergeant kam mühsam auf die Beine und starrte auf den leeren Holobildschirm. »Kannst du mir die Direktübertragung geben?«

»Ich denke schon...«

Der Bildschirm flackerte kurz, bevor er das absolute Chaos auf dem Schlachtfeld zeigte. Der Sergeant ließ die Holocam zur Seite schwenken. Es schien kein einziger Mech mehr vorhanden zu sein. Und von den Kampfpanzern war auch nur noch eine Handvoll übrig. Wenigstens waren die meisten Kampfgleiter der Schwarzen Flotte noch einsatzbereit, da sie sich noch nicht im Schussfeld befunden hatten, bevor die Legion die Höllenkräfte entfesseln konnte.

Eine Falle also.

Der Sergeant sah, wie Legionäre auf der Mauer über ihnen Gefechtsbereitschaft herstellten. Die noch verbliebenen Fahrzeuge wurden nun beschossen. Die Legios feuerten die schultergestützten Abwehrlenkwaffen ab, mit denen sie schon Bekanntschaft gemacht hatten. Im Augenblick zielten sie vor allem auf die Panzer, aber das würde nicht lange so bleiben.

»Bring uns an die Mauer ran!«, brüllte der Sergeant seinen Fahrer an. »Wir sind hier draußen leichte Beute, und du weißt genau, dass wir hier nicht mehr wegkommen. Fahr einfach nicht zu nah ans Kanonenrohr!«

Der Kampfgleiter raste vorwärts, und die anderen Kampfgleiter taten es ihm gleich. Ein Rückzug kam nicht in Frage. Das hatte man ihnen bei der Ausbildung in der Schwarzen Flotte klar gemacht, die sie vor diesem Angriff erhalten hatten. Kämpfen bis zum Sieg. Es gab keine Alternative. Der Sergeant wusste, dass das bloß das alberne Gelabere von Idealisten war... aber die Legion musste gerettet werden. Dieser Preis war jeden Kampf wert.

Die Besatzungen in den Kampfpanzern kämpften bis zum Letzten. Sie konzentrierten ihr Feuer auf hochrangige Ziele, schossen auf befestigte Positionen und sorgten dafür, dass das Leben der Legionäre in diesen Positionen viel zu früh endete. Aber die Abwehrlenkwaffen regneten weiter auf sie herab. Irgendwann gingen den Panzern die Täuschkörper und Abfang-Bots aus. Sie setzten zu Ausweichmanövern an und konzentrierten ihr Feuer auf Antipersonenwaffen wie die N50-Nester. Und wenn sie es hinbekamen, dann deckten sie das Tor in der Mauer mit hochexplosiven Geschossen ein. Die allerdings kaum mehr als faustgroße Dellen hinterließen.

Der Sergeant beobachtete all dies auf seinem Holobildschirm.

»Dreißig Sekunden«, rief der Fahrer, während der Kampfgleiter hin- und hersprang, um dem gnadenlosen, feindlichen Feuer auszuweichen.

»Macht euch bereit, Leute«, rief der Sergeant seinen Männern zu. »Wir werden keine Zeit haben, uns ordentlich nach draußen zu bewegen. Wenn ich die Rampe zu Boden fallen lasse, dann kennt ihr eure Positionen. Raus mit euren Ärschen und Gefechtsposition einnehmen. TSZ! Denn darauf könnt ihr verdammt noch mal wetten, dass die Brüder auf der anderen Seite genau das mit uns vorhaben!«

Der Kampfgleiter schleuderte ein letztes Mal hin und her und kam dann plötzlich zum Stehen. »Wir sind da!«, brüllte der Fahrer.

Der Sergeant schlug auf den Öffnungsknopf. »Marsch! Marsch! Marsch!«

Östliches Kanonenrohr
Festung Omikron
04.11 Uhr, Systemortszeit.

Alles lief richtig gut. Besser, als es sich der Legions-Captain hätte erhoffen können. Die hektisch hin- und herrasenden Kampfgleiter hatten die Mechs und Kampfpanzer gefährlich nahe an das Kanonenrohr geführt, und die Legion hatte sie teuer bezahlen lassen. Aber die Schlacht war noch lange nicht vorbei. Die feindlichen Kampfgleiter nutzten nun ihre Geschwindigkeit und Wendigkeit, um die Mauer zu erreichen, und einige der feindlichen Kampfpanzer waren immer noch einsatzbereit.

»Dafür wird man Sie zum Major machen, Sir«, sagte der Kommunikations-Lieutenant, während der Captain seinen Blick über das Schlachtfeld schweifen ließ.

»Erst mal müssen wir überleben«, lautete die Antwort des Captains. Aber insgeheim hatte er Hoffnung, dass sie das schaffen konnten. Das Schicksal hatte ihm — einem Captain — die Befehlsgewalt über den Abschnitt von Omikrons Verteidigungsmauern erteilt, den der Feind sich als Angriffsziel ausgesucht hatte. Und er hatte sich der Situation gewachsen gezeigt.

Doch jetzt hatten die Kampfpanzer Priorität. Mit jedem gut platzierten Treffer aus ihren schweren Kanonen verlor der Captain eine weitere Verteidigungsstellung, die er dringend brauchte. Mehrere seiner schweren Geschütze waren bereits zerstört, was sich zu einem echten Problem entwickeln konnte, wenn sich jemand zu einem weiteren Bombardement entscheiden sollte.

Der Captain rief seine in Echtzeit aktualisierte Materialliste auf und lächelte. Sie hatten immer noch reichlich Abwehrlenkwaffen. Solange er über Legionäre verfügte, die diese abfeuern konnten, konnten sie auf jeden Fall dafür sorgen, dass, wer immer auch sie aus der Luft angriff, kein Rückflugticket brauchte.

»Statusbericht zu den noch verbliebenen, feindlichen Kampfpanzern«, befahl der Captain über die L-Frequenz. Die nördliche und westliche Mauer hatten ihren eigenen Panzer, und der Captain wünschte sich, er könnte sie gegen ihre mechanisierten Rivalen ausschicken.

»Wir haben noch fünf feindliche Kampfpanzer in Sicht«, lautete die Antwort. »Wir glauben, dass sie ihre Raketenabwehrmittel aufgebraucht haben, aber sie haben sich in der Umgebung Deckung gesucht, damit sie keinem direktem Raketenbeschuss ausgesetzt sind. Wir versuchen, sie jedes Mal zu erwischen, wenn sie sich für einen weiteren Schuss rauswagen. Katz-und-Maus-Spiel, Sir.«

»Alles klar, behaltet sie im Visier.«

Der Captain widmete seine Aufmerksamkeit nun den Kampfgleitern unterhalb der Mauer. Die Soldaten in den Gleitern trugen schwarze Rüstungen. Fast wie Dark Ops, nur hatten sie andere Helme, und die Panzerung war hochglanzpoliert. Das und die blutrote Farbe zeichneten sie wirklich aus. Dark Ops würde sich niemals für so etwas entscheiden. Diese dunklen Soldaten tauschten kleinkalibriges Feuer mit den Legios auf der östlichen Mauer aus. Der Helm des Captains teilte ihm mit, dass der Feind über etwa fünfzehnhundert Mann verfügte — das Dreifache, von dem, was ihm zur Verfügung stand, selbst nachdem die anderen Mauern Verstärkung geschickt hatten. Der Feind war ihnen zahlenmäßig überlegen, aber die Legion konnte die Mauer halten. Und im Augenblick bedeutete dies eine Pattsituation.

Nicht mehr lange, dachte der Captain bei sich.

Die Legionäre auf der Mauer mussten sehr vorsichtig sein, wenn sie ihre Position preisgaben. Der Beschuss von da unten war treffsicher und tödlich. Wer immer die Typen waren, sie hatten die Ausbildung der Legion erhalten. Das echte Zeug, nicht die ›Legionärs-Killerkommandos‹ voller ernannter Speichellecker, die die Republik aussandte, um Steuern einzutreiben. Diese Soldaten waren ehemalige Legionäre. Dunkle Legionäre. Und sie waren hier hergekommen, um gegen ihn zu kämpfen.

Die geschützten Blasterkanonenstellungen oben auf der Mauer und den Beobachtungstürmen waren entweder von den Kampfpanzern zerstört worden oder schossen einfach nicht, sodass sie die dunklen Legionäre nicht ins Visier nehmen konnten. Und die Waffenstellungen, die in die Mauer selbst eingelassen waren, die auf die Horden unter ihnen hätten feuern können, galten dem Feind als wichtigste Ziele. Jedes Mal, wenn ein Legionär diese Stellung zu bemannen versuchte, wurde er nach wenigen Sekunden erschossen.

Trauer überkam den Captain, und das aus zwei Gründen. Erstens würde er unter Umständen niemals erfahren, welchen Grund es für diesen Kampf unter Brüdern gab. Für diesen Bürgerkrieg, so wie die Sache aussah. Und zweitens, weil er gewinnen würde. Und in einem solchen Kampf — vielleicht in jedem Kampf irgendwo in der Galaxie — würde der Sieg Legionäre das Leben kosten.

Doppelt so viele Legionäre wie sonst.

»Sucht all eure Splittergranaten und Rucksackladungen zusammen, die ihr finden könnt«, befahl er über den L-Kanal. »Es wird Zeit, es regnen zu lassen. TSZ.«

KAPITEL 7

»Sergeant Gutierrez! Command Sergeant Major Caleb Gutierrez!« Ein Stoßtruppler, der irgendwie seinen Helm verloren hatte, kam auf den Sergeant zugerannt.

»Das bin ich!«, sagte Gutierrez und sah zu dem Ding hoch, das seine Stoßtruppen vor dem Vakuum des Monds schützte — genau wie die Legionäre auf der Mauer. Dieser Soldat hatte Glück, dass er ohne seinen Helm noch lebte.

»Sir«, keuchte der helmlose Bote, »ich bin von First Sergeant Bule geschickt worden, um die Befehlskette zu klären.«

Die S-Frequenz, das hatte Sergeant Gutierrez schon festgestellt, war bei Weitem nicht so verlässlich wie der L-Kanal der Legion. Da sie sich sehr nah an der Mauer befanden, wurde ihr Signal von der Legion blockiert, und sie konnten bloß in einem Fünf-Meter-Radius untereinander kommunizieren.

Sergeant Gutierrez bemerkte, dass ein Legionär versuchte, eine der N50-Stellungen zu bemannen und seine Einheit aufs Korn zu nehmen. Er gab drei kurze Feuerstöße aus seinem Blastergewehr ab und sah zu, wie der Legionär von der Stellung hinabstürzte. Auf jeden Fall Punkte für ihre Hartnäckigkeit. »Wie lautet denn die Nachricht zur Befehlskette?«

»Sie stehen an der Spitze!«, antwortete der Soldat.

»Was ist mit Lieutenant Mercer?«

»Tot«, antwortete der Mann. »Sie sind alle tot oder vermisst. Sie haben den Rang, und die Truppen haben Sie gewählt. Wenn Sie Ihren Fahrer nicht überzeugt hätten, die Kampfgleiter langsamer fahren zu lassen, dann würde von uns keiner mehr leben.«

Sergeant Gutierrez hatte so ziemlich alles gemacht, was man in der Legion tun konnte. Er hatte unzählige Kampfeinsätze überlebt. Hatte sogar mal einige Zeit als Mitglied eines Mordkommandos verbracht. Aber er hatte noch nie den Befehl über mehr als eine Gruppe gehabt.

Aber dennoch war er darauf vorbereitet.

»Ich muss wissen, was wir an Material haben, um die da auseinanderzunehmen zu können«, sagte er ohne Umschweife. »Gegen Blasterfeuer sind wir ganz gut geschützt, aber wir müssen da rein und der Legion die Kontrolle über die Festung entreißen.«

Als sein Verstand vom Gruppenführer auf Einsatzleiter wechselte, ereignete sich eine Reihe kleinerer Explosionen zwischen den Männern, die am Fuß der Mauer Schutz gesucht hatten. Was war da los?

»Splittergranaten!«, brüllte jemand. »Sie werfen sie auf uns!«

Mist. Das konnte sich als echte Behinderung erweisen, und sie konnten nichts dagegen tun.

Aber eins nach dem anderen. Gutierrez brauchte eine Möglichkeit, mit seinen Stoßtruppen zu kommunizieren, und dann musste er die Flotte möglicherweise um Luftunterstützung anbetteln. Er ging die Optionen in seinem Helm durch und änderte einige Suchparameter, um herauszufinden, woher die Störmanöver kamen. Wenn er sie finden und ihre Frequenzen ändern konnte…

Moment mal. Da war etwas Unerwartetes. Er konnte deutlich eine Sigmar-A3-Black-Box erkennen, die oben auf der Mauer stand. Vielleicht zweihundert Meter entfernt.

»Jemand soll mir den Raketenwerfer bringen!«, rief Gutierrez und stellte seine Außenlautsprecher um einiges lauter in der Hoffnung, dass ihn jemand hörte, weil der S-Kanal im Augenblick völlig nutzlos war.

Einer der Stoßtruppler brachte ihm die Waffe. »Es sind nur noch zwei Raketen übrig, Sergeant Major.«

»Ich brauche nur eine.« Gutierrez positionierte die Waffe auf seiner Schulter und schaltete die automatische Zielerfassung aus. Die würde sich von den Störmaßnahmen nur ablenken lassen.

»Moment«, widersprach der Mann, der wahrscheinlich Gutierrez' Zielerfassung über sein Head-up-Display verfolgte und sah, wie unglaublich klein und weit entfernt das Ziel war. »Sie versuchen die Black-Box ohne Computerunterstützung zu erwischen? Das ist unmöglich.«

»Sie haben recht«, antwortete Gutierrez. »Es gibt niemanden, der gut genug für einen solchen Schuss ist... *außer mir*.«

Der Raketenwerfer zündete, und die Rakete zischte von ihnen weg, verfolgt von einer kerzengeraden weißen Rauchspur. Es hatte nie auch nur einen Zweifel gegeben. Eine zweite Rakete wäre nie notwendig gewesen. Die Black-Box flog in einem Feuerwerk aus Funken in die Luft, das sowohl die Stoßtruppen als auch die Legionäre an die Feierlichkeiten zum Gründertag erinnerte.

Die S-Frequenz war schlagartig wieder online. Es fühlte sich an, als ob man zum ersten Mal wieder hören konnte, nachdem man eine Reizabschirmungskapuze getragen hatte. Alle begannen gleichzeitig zu reden.

Sergeant Gutierrez nutzte seine Kennung, um jeden seiner Männer stumm zu schalten — außer sich selbst. »Command Sergeant Major Gutierrez hier. Ich will, dass sich alle Stoßtruppen vom Eingang zur Festung zurückziehen. Schauen wir mal, ob die Knallköpfe noch ein paar Bomber haben, mit denen sie uns helfen können. TSZ, Stoßtruppen. Für die Legion.«

Schwarze Flotte
Flaggschiff *Imperator*
04.27 Uhr, Systemortszeit.

»Mein Herr...« Admiral Rommal zögerte. Wie oft würde er noch gezwungen sein, Goth Sullus Hiobsbotschaften zu überbringen? »Der Angriff auf den Tarrago-Mond ist zum Stillstand gekommen. Wir kratzen alles zusammen, um Luftunterstützung zu leisten, aber dafür brauchen wir die Unterstützung durch Admiral Devers, der darauf besteht, dass er all seine Jäger für den Kampf gegen die Verteidigungsflotte braucht.«

Goth Sullus warf seinem Assistenten einen Blick zu. »Bereiten Sie mein Shuttle vor.«

Schwarze Flotte
Drittes Geschwader, Vierte Staffel. »Pit Vipers«
Hangardeck Drei an Bord der *Terror*
Oberhalb des Monds von Tarrago
04.29 Uhr, Systemortszeit.

Viper Twelve war schon in Bereitschaft gewesen und sprang nun hektisch in seinen Tri-Jäger. Er gehörte zu einer der Reservestaffeln und wurde nun in die Schlacht beordert.

Jetzt schon.

»Wie lautet die Mission, Ten?«, fragte er, als er sich im Cockpit anschnallte. »Keine Zeit für eine Einsatzbesprechung, hm?«

»Geleitdienst für ein Bombardement auf dem Tarrago-Mond.«

»Gerüchten zufolge haben wir keine Bomber mehr.« Viper Twelve sah sich im Hangar um, während das Triebwerk seines Tri-Jägers brüllend zum Leben erwachte. »Ich sehe keine...«

Viper 10 und 11 hoben auf ihren Repulsoren ab und nahmen Formation ein, um den Hangar zu verlassen. Viper 12 und 13 folgten ihnen auf dem Fuße.

»Wir fliegen zur republikanischen Dritten Flotte, die zu uns übergelaufen ist«, sagte Viper Ten als Erklärung für ihre Mission, während die Tri-Jäger bereits das Hangardeck der *Terror* verließen. »Volle Aufmerksamkeit und zuhören. Eine Staffel republikanischer Tri-Bomber wird gleich von der Dritten Flotte losgeschickt. Wir treffen uns mit ihnen und geleiten sie zum Mond und zurück.«

»Hat die Dritte Flotte keine eigenen Raptoren oder Tri-Jäger, um Geleitdienst zu leisten?«, fragte Viper 13. »Warum müssen wir das machen?«

»Öh, naja, ich weiß nicht, Thirteen«, antwortete Viper Ten. Seine Stimme troff vor Sarkasmus. »Warum kontaktierst du nicht einen der Admiräle und fragst ihn? Jetzt halt die Klappe und kümmere dich um deinen Job.«

»'Tschuldigung, Ten.«

Die Staffel flog schweigend zu den Koordinaten des Treffpunkts.

Es ist doch wohl so, dachte Viper Ten, *dass der Geleitdienst hätte beginnen sollen, sobald sie ihren Hangar in der Dritten Flotte verließen. Hatten sie im Kampf gegen die Verteidigungsflotte all ihre Jagdgeschwader verloren? Lief es wirklich so schlecht für sie?«*

»Ich habe Tri-Bomber im Anflug auf dem Bildschirm«, rief Viper Eleven. »Aber nur zwei. Es sollten doch zehn sein, oder?«

Die Bomber rasten auf die Pit-Viper-Staffel zu und kontaktierten sie über die offene Leitung. »Haltet uns diese Typen vom Hals!«

»Sie werden von drei Vampires verfolgt«, verkündete Viper Twelve.

»Angreifen und Formation wieder aufnehmen, sobald ihr sie erledigt hat«, befahl Viper Ten.

Viper Twelve erfasste den heranrasenden republikanischen Raptor mit seinen Raketen. Der Jäger war so darauf konzentriert gewesen, die letzten, fliehenden Tri-Bomber zu erledigen, dass er aus allen Wolken fiel. Viper Twelve hoffte, dass dies auch auf die anderen Raumschiffe zutraf. Er wollte seine Mission erledigen und in die Kaserne zurück. Niemand in der Vierten Staffel hätte sich jemals als Kriegsheld bezeichnet.

»Rakete los!« Viper Twelve riss seinen Jäger hart nach oben, um der Druckwelle des Gefechtskopfs zu entgehen. Sein Head-up-Display zeigte ihm, dass dieser nur einen Meter vom linken Flügel des Raptors explodierte, in dem Augenblick, als der Feind versuchte, sich mit Vollgas zu retten. Das Raumschiff wurde von der Explosion zerrissen. »Vampire erledigt.«

»Vampire Two erledigt«, meldete Viper Thirteen.

Was bedeutete, dass noch einer übrig war. Viper Twelve sah sich in seinem Cockpit um, um den feindlichen Raptor zu entdecken.

»Vampire Three ist mir auf den Fersen«, verkündete Viper Eleven ruhig. »Ich brauche jemanden, der sich hinter ihn setzt und ihn für mich erledigt.«

»Ich kümmere mich drum, Eleven«, sagte Viper Ten, bevor er seinen Tri-Jäger direkt hinter den Raptor brachte. »Täusche nach Steuerbord an, ich nehme ihn mit den Blasterkanonen aufs Korn.«

Im Gegensatz zur Ersten Staffel besaß die Vierte immer noch die Standarddinger. Vielleicht war Goth Sullus ja das Geld ausgegangen...

»Er hat mich mit den Raketen erfasst!«, rief Viper Eleven, und in seiner Stimme schwang jetzt leichte Panik mit.

Viper Eleven rollte sich wie befohlen hart nach Steuerbord ab. Viper Ten setzte zu einer Blastersalve an, die den letzten Raptor schließlich zerfetzte. Doch in den Trümmern und sich schnell auflösenden Explosionsgasen konnte Viper Ten eine Lenkrakete erkennen, die Viper Eleven mit hoher Geschwindigkeit verfolgte. »Sie ist hinter dir her, Eleven, Täuschkörper los!«

Ein Wolke aus Täuschkörpern explodierte hinter Viper Eleven. Die Rakete ließ sich davon nicht beeindrucken. »Hat nicht geholfen!«, schrie Viper Eleven. »Ich schicke den Abfang-Bot — aaaaah!«

Die Rakete traf den Tri-Jäger und explodierte.

Viper Ten sah der Explosion zu und sah sich dann nach den verbliebenen Bombern und Tri-Jägern auf seinem Bildschirm um. »Formation einnehmen«, befahl er. »Twelve, du fliegst solo Geleitdienst beim ersten Bombardement. Ihr werdet die Überraschung auf eurer Seite haben. Thirteen und ich begleiten den zweiten Angriff.«

»Verstanden, Ten.«

»Verstanden.«

»Okay«, sagte Viper Ten, »dann lasst uns mal der östlichen Mauer einen Besuch abstatten.

Östliches Kanonenrohr
Festung Omikron
04.31 Uhr, Systemortszeit.

Der Legionärs-Captain kam mühsam auf die Beine. Dass die Mauer noch stand, war ein Beweis für die Qualität republikanischer Ingenieurskunst.

Er bekam in schneller Abfolge die Berichte bezüglich des Schadens am Zufahrtstor. Noch so ein Treffer, und die dunklen Legionäre hätten den Zugang, den sie haben wollten. Und er hatte einfach nicht genügend Legionäre, um gegen diese Überzahl zu bestehen.

»Captain«, meldete sich ein Kommunikationsoffizier über den L-Kanal. »Da kommt ein zweiter Angriff auf uns zu. Ein Tri-Bomber, der von zwei uns unbekannten Tri-Jäger-Varianten begleitet wird.«

»Jeder verfügbare Legionär soll mit Abwehrlenkwaffen auf den Bomber schießen.«

»Captain«, sagte der Kommunikationsoffizier leise. »Wenn wir die Raketen abgefeuert haben... ist es schon zu spät.«

»Wir versuchen es trotzdem, Legio«, sagte der Captain mit finsterer Miene. »Wir versuchen es trotzdem.«

»Captain!«, meldete sich eine weitere, dringlich klingende Stimme. »Wir haben ein weiteres Raumschiff auf dem Bildschirm. Ein leichter Frachter der Naseen. Er sendet einen Mordkommando-Code und befindet sich auf einem Kurs, der ihn gleich in die Reichweite von einer unserer Luftabwehrstellungen bringt. Wie lauten die Befehle?«

Es handelte sich um eine Entscheidung, die im Bruchteil einer Sekunde getroffen werden musste. Er hatte heute schon so viele Täuschungen erlebt. So viele Tricks. Dieser Frachter könnte ein weiteres Raumschiff der Republik sein, das gegen die Legion auf Tarrago Prime eingesetzt werden sollte.

»Lasst sie durch«, befahl der Captain. *Und möge Gott ihnen helfen.*

Schwarze Flotte
Drittes Geschwader, Vierte Staffel. »Pit Vipers«
Mond von Tarrago
04.40 Uhr, Systemortszeit.

»Erster Angriff erfolgreich«, verkündete Viper Twelve, als er von der Mauer abdrehte und den Tri-Bomber in seinem Blickfeld behielt, der seine gesamte Ladung abgeworfen hatte.

»Verstanden«, antwortete Viper Ten. »Wir befinden uns jetzt in unserem Angriffsvektor.«

»Einen Augenblick«, rief Viper Thirteen. »Ich habe ein neues Raumschiff auf den Scannern, einen leichten Frachter der Naseen. Oba, der ist aber schnell.«

»Kurs halten«, ordnete Viper Ten an.

Viper Twelve ließ sein Raumschiff eine Position einnehmen, von der aus er den Angriff von oben beobachten konnte. Er sah die Tri-Jäger der Schwarzen Flotte, die den Bomber in enger Formation begleiteten. In der Ferne sah er den Naseen-Frachter direkt über die toten grauen Felsnadeln hinwegrasen, die aus dem Mond ragten, und das mit einer geradezu unwirklichen Geschwindigkeit. »Das Ding könnte uns alle überholen«, murmelte Viper Twelve.

Der Frachter sprang ohne jede Warnung auf sie zu, zog mit den Pit Vipers gleich und entfesselte eine solche Schnellfeuersalve aus seinen Blastern auf den Tri-Bomber, dass es nahezu unvorstellbar schien. Das Raumschiff und seine Bomben explodierten in einem blendenden Lichtblitz, und der riesige Feuerball verschlang auch Viper Ten und Thirteen, was drei zerstörte Raumschiffe auf einen Schlag bedeutete.

Und so wurde nichts aus dem zweiten Bombenangriff.

Aber es war noch nicht vorbei. Der Naseen-Frachter rollte sich elegant ab und schlug einen anderen Kurs ein. Viper Twelve sah noch aus dem Augenwinkel, wie eine Rakete auf den Bomber zuschoss, den er begleitete.

»Seine Rakete hat mich erfasst!«, schrie der Bomberpilot, aber seine Sensoren hatten den Gefechtskopf viel, viel zu spät bemerkt. Seine Stimme erstarb in einem Feuerball. Der Naseen-Frachter richtete sich auf, wackelte aber kurz, als ob er dem letzten Tri-

Jäger einen Gruß schicken wollte, und raste dann flach über die östliche Mauer davon.

»Oh, nein, auf keinen Fall«, sagte Viper Twelve, änderte den Kurs und führte den Schubhebel bis zum Anschlag nach vorn, um ihn einzuholen. Das würde er diesem Frachter auf keinen Fall durchgehen lassen.

Ganz allmählich holte er ihn ein. So schnell war das Ding also gar nicht.

Hab ihn gleich.

Hab ihn gleich.

Das verheerende Blasterfeuer aus den versteckten Heckkanonen des Frachters erreichte nicht einmal Viper Twelves Gehirn. Es zerfetzte ihn in seinem Cockpit, bevor er überhaupt begriff, wie ihm geschah, während sein Daumen nutzlos über seinem eigenen Abzug schwebte.

**Schwarze Flotte, Angriffstruppe Scythe.
Mond von Tarrago
04.46 Uhr, Systemortszeit.**

Sergeant Gutierrez beobachtete diese unerwartete Wendung des Schicksals. So war nun mal der Krieg. Es würde kein weiteres Bombardement geben. Diese Schlacht würde durch die Bodentruppen entschieden werden.

Zu mir.

Gutierrez schlug gegen die Seite seines Helms. Hatte er das richtig verstanden? Blödelte jemand über den S-Kanal herum?

Zu mir.

Gutierrez sah zur östlichen Mauer hoch. Goth Sullus stand dort und schleuderte Legionäre zur Seite, als ob sie Stoffpuppen wären. Das Zufahrtstor begann zu zittern und explodierte dann nach außen, als ob eine Riesenwelle es zur Seite gefegt hätte.

»Stoßtruppen!«, brüllte Gutierrez über die S-Frequenz. »Erobert die Festung!«

Ein Meer aus schwarz gepanzerten Soldaten strömte durch die Öffnung.

Östliches Kanonenrohr
Festung Omikron
04.50 Uhr, Systemortszeit.

Der Legionärs-Captain kämpfte gegen das wachsende Grauen in seinen Eingeweiden an. Ein Monster in Panzerung — etwas, was es sonst nur in Geschichtsbüchern gab — führte einen Trupp dunkler Legionäre in seine Reihen. Es war fast wie ein Legionär in der MK1-Panzerung aus den Barbarischen Kriegen, nur hatte man sie neu geschmiedet. Wer war das?

Und dieses Wesen war aus dem Inneren der Festung Omikron aufgetaucht. Was bedeutete, dass er bereits die Truppen auf einer anderen Mauer überwältigt und sich seinen Weg hierher freigekämpft hatte. Lebte noch einer von ihnen? Commander Yoon? Irgendjemand? Waren der Captain und seine Leute die letzten dieser Kompanie?

Gänsehaut breitete sich auf seinem gesamten Körper aus, gepaart mit einem Gefühl finsterster Verzweiflung, und selbst seine Legionärspanzerung konnte nichts gegen diese unnatürliche Kälte ausrichten. Das Wesen hob Legionäre vom Boden hoch — mit nichts außer seinem Willen, so schien es ihm — und nutzte sie als Schutz gegen das Massenfeuer, das ihm nun entgegenschlug. Selbst als die eigenen Legionäre des finsteren Wesens fielen, ging er noch systematisch auf der östlichen Mauer entlang. Auf den Captain zu.

Ein lautes Ächzen ertönte, und im Helm des Captains wurde ein Durchbruch gemeldet. Das Zufahrtstor war zerstört worden, und auf seinem Head-up-Display wurden ihm Dutzende dunkle Legionäre angezeigt, die in die Festung strömten. Aber für jeden ihrer Schritte hatten sie einen Preis zu zahlen. Zahlreiche feindliche Einheiten wurden schwarz markiert, während die Männer des Captains pausenlos auf den Gegner feuerten. Das konnte die nahende Flut aber nicht aufhalten, und jetzt erkletterten bereits einige von ihnen die Mauerkrone.

Der dunkle Wanderer, das Monster in Schwarz, kam langsam auf den Captain zu — als ob der Captain das einzige Ziel dieses Wesens wäre. Der Captain schoss auf seinen Feind, musste aber bald feststellen, dass jeder seiner Schüsse auf den dunklen Wanderer irgendwie seinen Weg in den Rücken der Männer des Captains fand — also gab er diese Strategie schnell auf. Er würde in seinen letzten Augenblicken so etwas nicht einfach hinnehmen. Stattdessen konzentrierte er sich auf die dunklen Legionäre, die das Monster begleiteten.

Er wich einen Schritt zurück, stolperte über die Leiche eines gefallenen Legionärs und landete hart auf seinem Steißbein. Das Monster kam ihm immer näher, und der Captain versuchte verzweifelt, von ihm wegzukriechen. Das monströse Ding in der MK1-Panzerung hatte ihn praktisch erreicht... und schien eine perverse Befriedigung aus der Angst des Captains zu ziehen.

Und dann fielen alle Legionäre um den Mann in Schwarz herum zu Boden, mit einem Schlag.

Der Mann in Schwarz wirkte ratlos. Er sah sich um, als sei er von der Situation völlig verwirrt.

Der Captain nutzte seine Chance. Seine Hand ertastete eine schwere Blaster-Schrotflinte, die direkt neben dem toten Legionär lag, der sie eben noch verwendet hatte. Er schloss seine Finger um den pistolenähnlichen Schaft, wuchtete sich hoch und rammte den Lauf in die gepanzerten Rippen des Manns in Schwarz.

»Stirb, du Bastard—«

Das laute Krachen der Schrotflinte verschluckte die restlichen Worte des Captains. Der Mann in Schwarz stürzte zu Boden, drehte sich im Fallen und krachte hart auf seinen Rücken. Schwarzer Rauch stieg aus seiner Panzerung hervor.

Dann spürte der Captain, wie ihn eine Ferse im Rücken traf, und sein Gesicht wurde zu Boden gedrückt. Jemand trat die Blaster-Schrotflinte zur Seite, und man band ihm die Arme hinter dem Rücken fest. Er wurde umgedreht und sah hoch. Ein dunkler Legionär hielt sein Blastergewehr auf seinen Kopf gerichtet.

»Seien Sie nicht dumm«, sagte der dunkle Legionär. »Wir sind alle Legion. Schicken Sie mir den L-Frequenz-Zugang, damit wir der Sache hier ein Ende machen können. Es hat keinen Sinn, so viele Legionäre sterben zu lassen, jetzt wo es vorbei ist.«

Der Captain zögerte. Taktisch betrachtet war er nicht mehr kampfbereit, aber seine Männer konnten diese dunklen Legionäre immer noch teuer bezahlen lassen. Aber... wofür? Und wie lange? Sie würden weiterkämpfen, bis es keinen Kampf mehr gab. Bis sie alle tot waren. Und etwas an dem, was der dunkle Legionär gesagt hatte, ließ ihn innehalten. *Wir sind alle Legion.*

Der Captain traf seine Entscheidung. Omikron war verloren.

»Stellen Sie mich vor«, sagte der dunkle Legionär. »Mein Name ist Command Sergeant Gutierrez.«

»Captain Arwen hier«, sagte der Captain über den L-Kanal. »Ich habe die östliche Mauer an Command Sergeant Major Gutierrez übergeben.«

Der dunkle Legionär ergriff nun das Wort. »Hier spricht Command Sergeant Gutierrez von der Stoßtruppen-Angriffstruppe Scythe«, sagte er über die Leitung. »Ich weiß, wie das läuft. TSZ. Kampf bis zum letzten Mann. Ich bin auch Legion. Aber wenn ihr ehrlich zu euch selbst seid, dann wisst ihr genau, dass die Legion schon lange vom Haus der Vernunft angegriffen wird, vom Senat und von all diesen Ernannten, die ihre Ausbildung verpennt haben und dafür verantwortlich sind, dass Legionäre getötet wurden. Heute müssen keine weiteren Legionäre sterben. Die Rettung der Legion beginnt an dieser Stelle. Legt eure Waffen nieder, und ihr werdet ordentlich behandelt. Wuah.«

Arwen meldete sich noch einmal. »Ich weiß, dass einige von euch denken, sie sollten durchhalten. Wenn ihr den Befehl zur Kapitulation braucht, er ist hiermit erteilt. Wenn ihr einen Rat von mir wollt... der Kampf ist vorbei. Und ich habe die Schnauze voll davon, zusehen zu müssen, wie Legionäre abgeknallt werden.«

Der Captain ließ seinen Blick schweifen und sah, dass seine Legionäre begannen, die Waffen zu strecken. Und der Sergeant Major hielt sein Wort. Die Legionäre wurden mit Respekt behandelt. Das Töten hatte ein

Ende. Zumindest auf der östlichen Mauer, wo die Lage hoffnungslos war. Der Captain wusste, dass die restlichen Männer seiner Kompanie noch eine Chance hatten, und dass sie so lange weiterkämpfen würden, bis es keine Chancen mehr gab.

Sergeant Gutierrez packte den Captain unter der Schulter und half dem gefesselten Legionär auf die Beine. »Ich wusste nach dem Trick mit der Hauptkanone, dass Sie kein Ernannter sind. Sie sollten schauen, dass Sie hier wegkommen. Meine Männer werden Sie in Sicherheit bringen, bevor unser Befehlshaber wieder wach wird.« Er warf einen Blick auf das Monster, das sich schon wieder regte. Die Verletzung war nicht tödlich gewesen. »TSZ, Legionär.«

»TSZ«, pflichtete der Captain ihm bei. Er schloss sich seiner Eskorte aus dunklen Legionären an, dann wandte er sich noch einmal kurz zum. »Sergeant Major. Als Sie noch in der Legion waren... wie lautete ihr Rufzeichen?«

»Exo«, antwortete ihm der Soldat.

KAPITEL 8

**231. Artilleriebataillon des Orbitalverteidigungskommandos
Festung Omikron
02.50 Uhr, Systemortszeit.**

Ein Großteil des Stützpunkts war noch intakt, zwei Stunden bevor die Stoßtruppen den Ort in Massen stürmten. Trotz der Bombenschäden an den Bauten an der Oberfläche, und den Schäden, die die feindlichen Jäger am Boden angerichtet hatten, waren die unteren Ebenen versiegelt. Die Sprengtüren im gesamten Gebäudekomplex hatten ihre Aufgabe erfüllt.

Captain Thales kehrte zurück durch die unterirdischen Korridore, die man ins Gestein getrieben hatte, und kam an Männern vorbei, die Verwundete trugen. Sobald er es durch eins der Kraftfelder geschafft hatte, konnte er seinen Helm ausziehen und mit der Feuerkontrolle Kontakt aufnehmen.

»Immer noch keine Informationen zum Admiral?«

»Nein, Sir«, antwortete der einfache Offizier. »Die Kommandozentrale ist von einer der Bomben zerstört worden. In diesem Augenblick haben Sie die Leitung inne, aber der Lieutenant Colonel, der für das Legionärs-Bataillon zuständig ist, ist bereit, den Befehl zu übernehmen, bis ein hochrangiger Navy-Offizier von Tarrago Prime hier eintrifft.«

Thales ließ das einen Augenblick lang sacken, während er sich den Schweiß von der Stirn wischte. Er wusste, dass die Beziehungen zwischen Navy und Legion oft knifflig und problematisch waren... aber sie waren gerade im Kampf. Und die Legion war nun mal im Kampf die Beste. Als Artillerieoffizier war es seine Aufgabe, die Legion zu unterstützen.

Er nickte sich selbst zu, als gerade einer der Sanitäter einen toten Kanonier mit seiner Jacke zudeckte. Die Leichensäcke waren noch nicht angekommen.

»Teilen Sie ihm mit, dass er verantwortlich ist«, sagte Thales. »Sagen Sie ihm außerdem, dass wir vermutlich zwei Spione im Stützpunkt haben. Sie kümmern sich um die Geschütztürme. Ich werde versuchen, diese Nasen ausfindig zu machen, bevor sie noch weiteren Schaden anrichten könnten. Bis dahin wird die Feuerkontrolle komplett versiegelt. Protokoll acht. Niemand kommt rein oder raus. Wenn sie ein Ziel haben, Lieutenant... dann wird es euch treffen. Ich gehe zur inneren Sicherheit.«

»Verstanden, Sir.«

Haus der Vernunft, Räumlichkeiten des Sicherheitsrats
Utopion

»Ist es jemandem gelungen, die Siebe Flotte zu erreichen?«, fragte Orrin Kaar die anwesenden Mitglieder des Sicherheitsrats.

Ein opulentes Mittagsmahl aus gekühlten Bogenkrebsen und Bechiel-Eiern nahm den größten

Teil des Konferenztischs ein. Kaar sah zu, wie einige der fülligeren Abgeordneten die wohlschmeckende Verpflegung auf ihre Teller häuften.

»Niemandem«, antwortete die stellvertretende Vorsitzende A'lill'n, als sie sich eine sozial akzeptable Menge — viel zu wenig — auf einen leuchtend weißen Teller löffelte. »Davon ausgehend, was wir von der Navy erhalten haben, scheint es wahrscheinlich, dass sich die Siebte Flotte irgendwo im Tarrago-System aufhält.«

»Und dadurch ist sie per Funk nicht zu erreichen.« Kaar seufzte, obwohl er dies in Wirklichkeit als gute Nachricht empfand. Da sie direkt zu Beginn ihre Schwierigkeiten gehabt hatten, wäre es überhaupt nicht gut, wenn die Siebte Flotte auf einmal auftauchte. Es war besser, Zeit zu schinden, um den Mond und Tarrago Prime einnehmen zu können, und dann die Flotte in eine Falle zu locken und sie komplett zu vernichten. Das würde ihnen den Weg zu Utopion selbst freimachen und für den Neuanfang für die Republik. Einer Republik, in der Männer, die keine Angst hatten, die Führung zu übernehmen, erfolgreich sein konnten. Männer wie Orrin Kaar.

Kaar ließ seinen Blick über den Konferenztisch schweifen. Jeder Abgeordnete außer ihm selbst stopfte sich mit Essen voll, das sich die meisten Leute in der Galaxie nicht hätten leisten können, selbst wenn sie einen ganzen Monat darauf gespart hätten. Sie waren völlig zufrieden damit, Kaar — und, das musste er zugestehen, auch A'lill'n — alle Entscheidungen im Namen des gesamten Rats treffen zu lassen. Wenn die Neue Republik aus der Asche der alten wieder auferstand, dann würden sie genau das bekommen — Kaar würde für sie alle der Anführer sein.

Und die Galaxie würde eine neue Blütezeit erleben.

»Es sieht so aus«, sagte Kaar zu den Anwesenden, »dass wir zu diesem Zeitpunkt nichts anderes tun können, als auf Nachrichten von Tarrago zu warten. Die Siebte Flotte ist alles, was wir im Moment noch erübrigen können, da Admiral Devers' Dritte Flotte bereits in den Kampf eingegriffen hat. Außer wir wollen den Rand und die Mittleren Kernwelten ungeschützt lassen?«

Die Abgeordneten, die ihm zuhörten, schüttelten den Kopf.

»Legions-Kommandant Keller, ist ihr Mordkommando zurückgerufen worden?«

Kellers Bild flackerte über den Bildschirm. »Der Befehl ist an den Gruppenführer weitergegeben worden.«

Kaar runzelte die Stirn. »Das hört sich für mich nach einer sehr unverbindlichen Antwort an, Kommandant.«

»Es gibt eine Befehlskette, Abgeordneter Kaar. Der Befehl wird an das Mordkommando weitergegeben, aber wie Sie wissen, haben wir Schwierigkeiten bei der Kommunikation mit dem Tarrago-System. Es könnte zu spät sein.«

Die Blicke aller anderen Sicherheitsratsmitglieder wandten sich für eine mögliche Reaktion Kaar zu, aber es war A'lill'n, die das Wort ergriff. »Sie haben Ihren Teil beigetragen, Legions-Kommandant Keller. Wenn aber das Mordkommando diese nicht genehmigte Mission abschließt und einen der wichtigsten republikanischen Aktivposten zerstört... dann wird jemand dafür bezahlen müssen.«

Kellers Miene versteinerte sich. »Verstanden«, sagte er, obwohl sein Tonfall deutlich machte, dass er das anders sah.

231. Artilleriebataillon des Orbitalverteidigungskommandos Festung Omikron 03.00 Uhr, Systemortszeit.

Die Innere Sicherheit lag drei Stockwerke tiefer und auf der anderen Seite des Kanonenrohrs, um das man die Festung errichtet hatte. Thales schaffte es bis dorthin, obwohl ein großer Teil des Kanonenrohrs in dem Bereich durch die eine Bombe schwer beschädigt war.

Es erschien Thales wie ein Wunder, dass die Orbitalwaffe bei dem Schaden überhaupt aus diesem Kanonenrohr feuern konnte. Aber laut dem Lieutenant in der Feuerkontrolle würde sie das können. Schadenskontrollteams arbeiteten bereits hart daran, die riesigen Systemplatinen auszutauschen, die die Verbindung mit den Festkörper-Führungsmagneten herstellten, die in die Tunnelwände eingelassen waren.

An einem Abschnitt lag das Kanonenrohr zum Vakuum hin offen, war aber durch das Schadenskontrollteam mit einem vorübergehend aktivierten Kraftfeld geschützt worden. Thales stülpte sich seinen wackligen Artilleriehelm über und stellte sicher, dass er ordentlich abgedichtet war, bevor er durch das Kraftfeld schritt. Das Team begrüßte ihn kurz, und er schaltete auf ihren Kanal um, nachdem er sie an ihren Schulterabzeichen erkannt hatte.

»Ich werfe nur kurz einen Blick auf das Kanonenrohr, weil ich gerade hier bin. Lasst euch von mir nicht stören.«

Das taten sie nicht und kehrten an die Arbeit zurück.

Er streckte erst seinen Kopf und dann seinen Körper hinaus in den riesigen Hohlraum, der in diesem Quadrant des toten Monds das Orbitalkanonenrohr darstellte.

Es fühlte sich an, als ob man in einen bodenlosen Abgrund blickte.

Der Abstand zur gegenüberliegenden Seite des Kanonenrohrs betrug fast zweihundert Meter, und entlang seines gesamten Umfangs warteten riesige Elektromagnete darauf, die Geschosse zu beschleunigen und auf ihr Ziel zu steuern. Thales lehnte sich noch weiter hinaus und musste einen kurzen Anfall von Höhenangst überwinden, als er nach unten sah. Es war dunkel, obwohl der Tunnel auf seiner gesamten Strecke zum Mondkern beleuchtet wurde.

Man hatte die Detonation der Bombe wahrscheinlich auf eine fixe Höhe eingestellt, und das war der einzige Grund, warum das Kanonenrohr nicht offline gegangen war. Anstelle irgendetwas zu treffen, war die Bombe einfach durch das Kanonenrohr hinabgefallen und mitten in der Luft explodiert.

»Sie hätten sie auf Aufpralldetonation stellen sollen«, murmelte Thales. Das hätte alle vier Kanonenrohre auf einmal ausgeschaltet. Sie hätten die Feuerkontrolle mit einem einzigen Angriff vernichten können.

Aber vielleicht war das ja gar nicht ihr Plan gewesen. Vielleicht hatten sie nur die eine Kanone ausschalten wollen, mit der ihre Flotte angegriffen werden konnte. Um anschließend die Feuerkontrolle mit Gewalt oder durch eine List zu erobern, was ihnen die Möglichkeit bieten würde, die drei anderen Kanonenrohre einzusetzen und auf alles zu schießen, was diese ins Visier nehmen konnten.

Aber da war noch etwas, was ihn störte, und normalerweise war er der Typ, der sich so lange an etwas festbiss, bis er die Lösung gefunden hatte. Er war halt ein Problemlöser, oder — zumindest hatte ihn sein wohl mittlerweile toter befehlshabender Offizier so gesehen — ein Denker. Als ob das in den Augen der hohen, galaktischen Tiere etwas Schlechtes wäre. Jetzt und hier musste er unbedingt zur Inneren Sicherheit, um herauszufinden, wo die beiden Assassinen hin waren. Also riss er sich vom faszinierenden Anblick des bodenlosen Kanonenrohrs los und verabschiedete sich vom Schadenskontrollteam.

In der Inneren Sicherheit lebte niemand mehr.

Sie waren alle tot.

Und auch hier war dasselbe Schadprogramm eingesetzt worden, das alle Bildschirme und Konsolen unbrauchbar machte.

Thales zog seine Blasterpistole und ging vorsichtig in die dunkle Sicherheitsabteilung hinein. Ein Offizier schien sich in seinem Stuhl zurückzulehnen, die Blasterpistole noch an der Hüfte und von seinem Posten weggedreht. Ihm hatte man den Kopf weggeschossen. Mit nur einem Schuss.

Ihn haben sie als Erstes erwischt, dachte Thales.

Rechts von ihm saß ein Techniker, der noch seine Kopfhörer aufhatte. Wahrscheinlich hatte er sich um die Kommunikation hier im Abschnitt gekümmert, ihm hatten sie in den Rücken geschossen. Ob er gewusst hatte, was ihm zustoßen würde, war nicht klar. Der dritte Mann auf diesem Posten hatte wenigstens seine Blasterpistole gezogen. Sie lag ungenutzt einige Meter von seiner Leiche entfernt.

Als er diesen Ort wieder verlassen hatte, wusste er zwei Dinge.

Erstens, er hatte es mit jemandem zu tun — oder *mehreren jemanden* —, die das Töten sehr gut beherrschten. Der Kopfschuss beim Geschützführer war das Werk eines Profis. Und zweitens, sie waren hier hergekommen nach den Tiefenraumsensoren, um diese Abteilung auszuschalten, bevor sie sich ihrem nächsten Ziel zuwandten.

Das nächste Ziel wäre wahrscheinlich die Feuerkontrolle.

Nur war die Feuerkontrolle vollständig abgeriegelt. Protokoll acht. Auf physische Weise nahezu unerreichbar.

Außerdem lag sie ganz weit unten, am Knotenpunkt der vier Kanonenrohre, mitten im riesigen, hohlen Kern des toten Monds. Das war ein Bunker mit nur einem Zugang. Der Zugang bestand aus acht Hochsicherheits-Sprengtüren, die nicht von außen geöffnet werden konnten. Jeder, der das versuchte, würde mit Gas oder von Kriegs-Bots angegriffen oder von zwei vollautomatischen, dreiläufigen N50-Blastergeschützen, die auf Bewegung und Wärme reagierten. Wer die letzte Sperre unbefugt erreichte, würde ins Ziel genommen und erschossen werden, ohne jegliche Vorwarnung.

Und das war bloß die letzte Verteidigungslinie. Die vier Fahrstühle, die von jedem Kanonenrohr nach unten führen, führten alle zu einem Kontrollpunkt, der von einem Trupp erfahrener Legionäre bewacht wurde. Erst wenn man an ihnen vorbeigekommen war, traf man auf das Gas, die Sprengtüren, Kriegs-Bots, weitere Sprengtüren und die tödlichen Blastergeschütze.

Außerdem wussten alle in der Feuerkontrolle, dass er auf dem Weg zu ihnen war. Zu einer Einheit, die die

Autorisation besaß — und damit wurde es nun vollends verrückt, aber Thales war ein Artillerieoffizier, und dieser ganze Mond war praktisch nichts anderes als eine riesige Kanone, daher wusste er das —, ja, die Offiziere der Feuerkontrolle besaßen die Autorisation, den gesamten Mond in die Luft zu jagen, damit die Orbitalwaffe auf keinen Fall dem Feind in die Hände fiel.

Ja.

Den gesamten Mond.

Aber natürlich würde das niemals passieren. Denn niemand würde jemals in die Republik einmarschieren und schon gar nicht die Sektorhauptstadt auf Tarrago angreifen. Außerdem gab es nicht die geringste Möglichkeit, an der Sicherheit vorbei in die Feuerkontrolle zu kommen.

Außer...

Fünf Minuten später war Thales wieder an dem Ort, wo das Schadenskontrollteam seine Arbeit gerade beendete.

»Eine Frage, Sergeant...«, unterbrach Thales das Team.

Der Sergeant des Schadenskontrollteam stöhnte, als sie von ihrer Arbeit aufstand. Sie wischte sich die Hände an ihrer Uniform ab und wartete. Offensichtlich war sie nicht in Stimmung für Offiziere.

»Als ihr Jungs hier unten angekommen seid...«

»Jungs?«

Dafür würde sie ihn melden. Na toll. Egal.

»Okay«, seufzte er. »Entschuldigung. Langer Tag. Ich entschuldige mich. In aller Form«, fügte er mit sarkastischem Ton hinzu. »Okay. Als Ihr Team hier angekommen ist, war der Elektromagnet da noch in seiner Führmagnethalterung?«

Sie schien seine Beleidigung vergessen zu haben, oder schien sie wohl nicht wirklich ernst genommen zu haben. Sie hatte ihm bloß die Hölle heißmachen wollen, und es war ihr offensichtlich völlig egal.

»Nein, Sir. Er war nach innen gefallen. Dieser ganze Bereich lag zum Vakuum hin offen. Die Explosion muss ihn aus der Halterung gedrückt haben, die in die Wände eingelassen ist.«

Thales dachte eine Sekunde lang darüber nach. »Aber das soll ja nicht passieren. Oder?«

»Nein, Sir. Überhaupt nicht. Aber es ist schon passiert. Selten. Als sie nach dem Angriff die erste Bereitschaftsinspektion am Kanonenrohr vorgenommen haben, haben sie das hier entdeckt. Also wurden wir beordert, herzukommen und es in Ordnung zu bringen.« Sie wartete. Offensichtlich wollte sie diese Aufgabe, bei der er sie gerade unterbrochen hatte, zu Ende bringen.

Er sah sich in dem kleinen Raum um, in dem sie gearbeitet hatten. Das Wandstück hinter dem Elektromagnet war nach innen gestürzt. Es war nicht durch die Explosion hier hergeschleudert worden. Es war nicht von der gegenüberliegenden Wand abgeprallt, wo sich entlang der Seite des Kanonenrohrs eine kleine Nische befand.

Er bückte sich und warf einen Blick auf das Wandstück. Nach ein paar Sekunden hatte er gefunden, wonach er suchte.

»Wie macht ihr...« Er wollte schon ›Jungs‹ sagen, fing sich aber gerade noch. »Wie macht ihr das ab? Wenn ihr die übliche Instandhaltung macht?«

Sie deutete auf eine pneumatische Ansaugvorrichtung, die an einem kleinen tragbaren Fahrstuhl in der Nähe angebracht war.

»Damit würdet ihr aber nicht solche Spuren hinterlassen.« Er deutete auf die Kante des Wandstücks, wo es einen Abschluss mit dem Boden bildete. Dort war das Wandstück, das ein wichtiges Element dieser Technik darstellte, beschädigt.

In diesem Augenblick wurde der Sergeant neugierig. Sie fuhr mit ihrem Handschuh über die Beschädigung.

»Von der Explosion?«, fragte sie.

Thales schüttelte den Kopf.

»Das ist auf der Innenseite. Als ob jemand ein Gerät benutzt hätte, um das Wandstück aus seiner Halterung zu ziehen und nach innen fallen zu lassen.«

»Warum?«

Thales richtete sich auf, ging zur Öffnung hinüber und sah in den klaffenden Abgrund hinab.

»Weil sie sich zur Feuerkontrolle fallen lassen wollten.«

»Das ist ein tiefer Fall«, antwortete sie ungläubig.

Und dann rannte er zu den Aufzügen.

Als er die Hälfte der Strecke hinter sich hatte und einen gebogenen Korridor entlanglief, spürte er, wie der Boden unter ihm zu zittern begann. Staub fiel überall herab. Ein lautes Rumpeln ertönte.

»An alles Personal im Stützpunkt. Gefechtsbereitschaft herstellen. Wir werden angegriffen. Feindliche Bodentruppen greifen den Stützpunkt an. Ich wiederhole...«

Selbst mit den Hochgeschwindigkeitsaufzügen dauerte es eine gefühlte Ewigkeit. Auf seinem Weg hatte Captain Thales die Zeit gehabt, mit dem Adjutanten des

Kompanieführers zu sprechen und ihm mitzuteilen, dass sie unten in der Feuerkontrolle ein Problem hatten. Ihm wurde im Gegenzug mitgeteilt, dass die Hauptkanone Schussbefehle bekam, die keinen Sinn ergaben — und dass sie abgefeuert wurde.

Plötzlich war die Leitung tot — der Adjutant hatte das Gespräch beendet. Der Mann hatte sich effizient, aber gestresst angehört, und Thales hatte den Eindruck, dass der Offizier den Ernst der Lage nicht ganz verstanden und sich deswegen entschlossen hatte, sich dringenderen Aufgaben zu widmen. Allerdings wusste der Adjutant wahrscheinlich auch nichts über die beiden Planetenbrecher, die den Mond in weniger als dreißig Sekunden zerstören konnten, wenn die Feuerkontrolle bedroht wurde.

Und er befand sich inmitten einer Invasion. Das spielte natürlich auch eine Rolle.

Wenn man im Kern aus dem Aufzug trat, erreichte man eine harmlos wirkende Plattform mit Schwerkraftplatten. Mehrere Tunnel von den anderen Kanonenrohren endeten an derselben Stelle — dies war der einzige Weg hinein oder hinaus. Zumindest hatte er das bis heute gedacht. Hier unten herrschte praktisch Schwerelosigkeit, und wenn die beiden Assassinen mit einem Mindestmaß an Ausrüstung durch das Rohr hier hinuntergefallen waren, dann wären sie direkt auf dem Feuerkontrollbunker gelandet — ein gerader Fall, ohne den geringsten Schaden zu nehmen.

Thales wurde ganz leicht im Kopf. Vor ihm erwartete ihn der Bunker, der in der Leere des hohlen Kerns schwebte. Eine einsame Brücke führte dort hinaus, und eine befestigte Sicherheitsstation bewachte den Zugang zur Brücke. Die Legionäre wussten, dass er auf dem Weg zu ihnen war.

»Kommen Sie!«, rief ein Legionär mit scharfer Stimme über die Distanz zwischen Aufzug und Sicherheitsstation. Riesige Flutlichter wurden eingeschaltet und tauchten alles, einschließlich Thales, in kühles, leichenblasses Licht.

Thales hob die Hände, und war sich mit einem Mal unangenehm bewusst, dass er eine Blasterpistole an der Hüfte trug. Er konnte sich vorstellen, wie diese eingesperrten Legios das als ausreichende Provokation verstehen konnten, um sein Gehirn quer über die Plattform verteilen zu dürfen.

Und sie würden damit völlig richtig liegen, ermahnte er sich.

Aber er ging auf die Abteilung zu, ohne erschossen zu werden, und der Legionärs-Sergeant trat auf ihn zu.

»Der Grund für Ihre Anwesenheit?«

»Wir haben möglicherweise Eindringlinge hier unten«, sagte Thales. »Ich gehöre zur 231sten. Captain Thales. Befehlshabender Offizier für die Navy. Mit sofortiger Wirkung. Ich werde da jetzt rausgehen, um den Befehl über die Feuerkontrolle zu übernehmen. Sie sollten die Autorisation von Lieutenant...« Thales konnte sich nicht an den Namen von dem Jungen erinnern.

Der Legionärs-Sergeant starrte ihn einfach nur an. Alle Emotionen — Hass, Freundlichkeit, was auch immer — lagen hinter dem legendären Helm verborgen, den sie alle trugen. *Sie nennen das Ding ihren ›Knitterfreien‹ oder auch ›Eimer‹*, meldete sich ein unwichtiger Teil seines Verstandes.

»Tja, hier unten ist niemand gewesen. Und hier kommt auch niemand durch, Sir. Ihr Dienstabzeichen ist in Ordnung. Gehen Sie die Brücke entlang und ignorieren

Sie einfach die Kriegs-Bots. Machen Sie keinen Blödsinn bei den Waffenstellungen, oder die werden das Feuer auf Sie eröffnen. So ernst ist das hier. Die Feuerkontrolle wird Ihnen die Tür aufmachen, und dann können Sie rein.«

Einen Augenblick dachte Thales darüber nach, die Legionäre darum zu bitten mitzukommen. Wenn sich da drinnen zwei Assassinen befanden und versuchten da reinzukommen, hätten sie gegen einen Trupp ausgebildeter Killer wie die Legionäre keine Chance.

Aber diese Männer würden niemals ihren Posten verlassen. Genauso könnte man versuchen, sie dazu zu bringen, zu behaupten, Wasser wäre nicht nass.

»Der letzte Kontakt mit Lieutenant...« Er konnte sich immer noch nicht an den Namen des Jungen erinnern. Er nickte in Richtung Bunker.

»War vor fünf Minuten. Hier unten herrscht Stille.« Und dann fügte der Legionärs-Sergeant hinzu: »Was ziemlich mies ist.«

Es waren gar nicht mal die beiden furchterregenden Kriegs-Bots der neuesten Generation, die Thales nahezu wahnsinnig machten. Die riesigen Tötungsmaschinen schienen ihn einfach ohne jeglichen Kommentar passieren zu lassen. Es waren die Blasterkanonen. Die vollautomatischen, dreiläufigen N50er. Nicht einmal die schmale, durchsichtige, überdachte Brücke — die auf geradezu unmögliche Weise die Verbindung zum Bunker der Feuerkontrolle herstellte, der in der Mitte des

Kerns schwebte — war so furchterregend wie die beiden Tötungsmaschinen mit ihren Blasterläufen.

Vielleicht weil sie von einer KI gesteuert wurden. Thales hatte mit künstlichen Intelligenzen immer seine Schwierigkeiten gehabt. Denn mit ihnen konnte man nicht diskutieren. Es gab ja keine Seele auf der anderen Seite eines sofortigen und brutalen Todes.

Von der Brücke aus konnte er die nächste Nachladekammer der vier Kanonenrohre sehen, die am Bunker angebracht war. Es handelte sich um ein riesiges, glänzendes Impenetrastahlsystem, das den Artilleriefan in ihm unglaublich beeindruckte. An der Nachladekammer befestigt war ein Zylindermagazin von der Größe einer Korvette. Jederzeit einsatzbereit, die Geschosse der Orbitalwaffe zuzuführen, die schneller abgefeuert wurden, als sich das die Leute vorstellen konnten.

Es handelte sich nicht um eine Superwaffe mit nur einem Schuss, wie es die Filme so gerne zeigten. Eine riesige Strahlenwaffe, die einen Planeten in nur wenigen Sekunden zerstören konnte. Dieses Ding konnte innerhalb von einer Minute eine komplette Flotte vernichten und dabei jedes Raumschiff mit einem einzelnen Geschoss treffen. Sie konnte nicht so schnell feuern wie ein vollautomatisches, schweres Blastergeschütz, aber sie kam nah dran. Allerdings feuerte sie auch Geschosse von der Größe eines ausgewachsenen Baums ab. Die alle in diesen riesigen Zylindermagazinen vor sich hinschlummerten.

Das beeindruckte ihn.

Über die Kriegs-Bots machte er sich Sorgen.

Die N50er erschreckten ihn zu Tode.

Warum?

Er wusste nicht, warum. Vielleicht lag es an den warnenden Worten des Legionärs-Sergeants, keinen Unsinn mit ihnen zu treiben. Und dann war da natürlich noch dieses KI-Ding. Vielleicht lag es an der Tatsache, dass sie sich selbst bei dem geringsten Fehler aktivieren und ihn mit einer kurzen Salve aus dreißig Schüssen begrüßen würden.

Und kein einziger dieser Schüsse würde ihn verfehlen.

Es gab auch keine Möglichkeit, sich zu verstecken, denn alles, was er nun tun konnte, war, die schmale Röhre entlangzugehen, die ihn ins Herz des Bunkers führte.

Er war noch nie in seinem Leben so froh gewesen, das Zischen einer sich öffnenden Sprengtür zu hören. Und dann war er durch. Der Lieutenant in der Feuerkontrolle hieß ihn willkommen. Der Junge wirkte besorgt und nervös. Und er schien wirklich froh, dass jemand anderes das Sagen hatte.

Thales musste sich nicht einmal vorstellen, warum. Der Junge hatte ganz allein einen republikanischen Zerstörer vernichtet. Das dicke Ende würde schon noch kommen, und irgendjemand würde dafür bezahlen müssen. So lief es nun mal bei der Navy. Alle wussten das.

»Wir müssen die gesamte externe Beleuchtung zum Bunker einschalten und sowohl die Überwachungskameras als auch die Drohnen aktivieren«, sagte Thales. Ich glaube—«

Das war der Augenblick, in dem die Beleuchtung im Bunker versagte. Einen Moment später schaltete das System auf rote Notbeleuchtung um.

»Jemand hat die Versiegelung des Magazins durchbrochen. Sie sind in der Stromversorgung.« Lieutenant Nayron hatte sein Datenpad gezückt, während er und Thales nahe des Haupteingangs zum Bunker standen. Im Augenblick waren der Hauptkanone nur sechs Besatzungsmitglieder zugeteilt. Die fünf anderen waren im gesamten Gebäude verteilt.

»Können sie von dort aus die Feuerkontrolle erreichen?«, fragte Thales.

Nayron tippte hektisch auf dem Bildschirm herum. Thales sah, dass er die Baupläne aufgerufen hatte.

»Möglich«, sagte er zögerlich. Aber Thales gefiel die fehlende Sicherheit nicht.

»Einer von ihnen muss ein hervorragender Hacker sein«, sagte er. »Das sieht man, wenn man seiner Spur folgt.«

Zum ersten Mal wurde Thales klar, dass das Unvorstellbare geschehen konnte. Eine Bedrohung von außen konnte die Kontrolle über die Orbitalwaffe erlangen.

Und was dann?

Wenn eine Eingreiftruppe reagierte — was wahrscheinlich die Siebte Flotte bedeutete —, dann säße eine komplette republikanische Flotte auf dem Präsentierteller.

»Wir werden diese Einrichtung vielleicht zerstören müssen.«

Der Lieutenant sah den Captain entsetzt an.

Thales, die Blasterpistole in der Hand, lächelte matt. »Ich weiß. Es ist ganz schön übel.«

Dann erklärte er dem Mann seinen Gedankengang. Er hörte ihm zu, schüttelte den Kopf, widersprach ihm aber nicht. Am Ende war sein einziger Kommentar: »Man wird uns umbringen.« Seine Stimme war kaum mehr als ein Flüstern.

»Wenn wir sie aufhalten können, bevor sie die Kontrolle erlangen... dann müssen wir es nicht tun.« Er hielt inne. »Also, wo würden sie wohl hingehen? Wo könnten sie die Kontrolle über die Waffe erlangen?«

Einige Minuten später befanden sie sich in der Zentrale der Feuerkontrolle. Der Offizier rief einen Bildschirm auf. »Die Hauptrechner«, setzte er an. »Wenn er ein Hacker ist, dann kann er von dort aus alles steuern. Und das erklärt auch, warum sie durch die Magazine eingebrochen sind. Diese Röhre da?« Er deutete auf den leuchtend weißen Bauplan auf dem Bildschirm. »Die verläuft direkt darunter. Wir nutzen sie nur, um die Lager der Magazin-Gyroskope zu warten. Sie könnten hier durch die Wand schneiden, dann wären sie direkt bei den Hauptrechnern. Der einzige andere Weg ist durch diesen Raum und dann zurück zur Zielerfassung. Und im Augenblick sind wir in einem Tresorraum eingeschlossen. Solange ich diese Tür nicht öffne... kommt hier niemand rein.«

Thales starrte auf den Bildschirm.

»Das ist ihr einziger Zugang?«

Der Lieutenant nickte.

»Wie sieht's mit der Waffenkammer hier aus?«

»Sechs Blastergewehre. Sechs Blasterpistolen.«

Thales bezweifelte stark, dass ein Haufen Artillerietechniker in der Lage wäre, zwei bestens ausgebildete Killer aufzuhalten.

»Die Luke erreichen wir von da aus?«

Der Lieutenant nickte erneut.

»Wenn wir die Hauptrechner verlieren, können wir dann immer noch feuern?«

Es gab nicht mal einen Sekundenbruchteil des Zögerns. »Auf jeden Fall. Wir können genügend Rechenleistung aus dem gesamten Stützpunkt zusammenlegen. Eine ganz einfache Angelegenheit. Etwa fünf Minuten Arbeitszeit.«

»Wo ist der Feuerlöschschlauch?«

Thales gab den Assassinen nicht einmal die Chance, sich zu ergeben. Sobald die Artillerietechniker die Luke geöffnet hatten, die zu den Hauptrechnern hinabführte, gab er dem Techniker am Durchlaufventil ein Zeichen, warf den großen Feuerlöschschlauch durch die Luke nach unten und schob so viel Schlauch hinterher wie möglich. Er hörte nicht auf, mehr und mehr von dem Schlauch nach unten zu schieben.

Der Schlauch wurde schnell prall, als Wasser hindurchgepumpt wurde. Sie hatten ihn vom Löschschaumsystem abkoppeln müssen, das in der Regel bei Feuern zum Einsatz kam, die von defekten Elektrogeräten ausgelöst wurden, und ihn danach an die Wasserleitung angeschlossen. Jetzt wurden die Hauptrechner unter ihnen mit eiskaltem Wasser überflutet.

Es gab einen lauten Knall. Jemand fluchte laut. Und dann explodierte jeder einzelne Rechner wie ein Böller, kurz und laut, und das alles auf einmal.

Der eisenhaltige Geruch des Wassers wurde durch den Gestank von verbranntem Fleisch ersetzt.

Einer der Techniker ließ das Stromnetz in diesem Bereich herunterfahren, und Thales und der Lieutenant gingen nach unten, Thales mit der Blasterpistole im Anschlag voran.

Sie entdeckten die beiden Assassinen. Beide tot. Durch einen Stromschlag getötet.

Die Republik behielt zumindest vorläufig die Kontrolle über die Orbitalwaffe auf dem Mond von Tarrago.

Der Park der Einstimmigkeit
Utopion

Orrin Kaar spazierte zwischen den Kulturpflanzen einher und nutzte die befestigen Wege, damit seine Schuhe auf dem frisch gesprengten Rasen nicht nass wurden. Der Park der Einstimmigkeit war angelegt worden, um den Abgeordneten des Hauses der Vernunft und den Ratsmitgliedern des Senats als Treffpunkt zu dienen. Als ein Ort, an dem sie ihren Wählerinnen und Wählern zuhören konnten, den Lobbyisten, Würdenträgern, Aktivisten und der Presse. Alles unter freiem Himmel, ganz im Sinne der transparenten Regierungsarbeit.

Die wichtigen Absprachen fanden natürlich hinter geschlossenen Türen statt.

Kaar hatte den Park immer gemocht, auch wenn er natürlich nie die Funktion erfüllt hatte, für die er eigentlich gedacht gewesen war. Hygro-Bots verwendeten unglaubliche Energiemengen darauf, dass das Wetter hier immer perfekt war. Aber jetzt, als Kaar einen Blick auf sein Datenpad warf und es Admiral Devers' Sprachnachricht in Text umwandeln ließ, stellte er fest, dass seine eigene Stimmung alles andere als perfekt war. In ihm tobte ein Sturm der Enttäuschung, während er die Worte auf dem Bildschirm las.

Bodenangriff auf Festung Omikron ist zum Stillstand gekommen. Schwere Verluste. Sieg ist fraglich.

Kaar warf einen Blick hinauf in den wunderschönen, künstlichen Himmel und fluchte.

TEIL III

KAPITEL 9

Orbit über Levenir
Die Galaktischen Kernwelten

»Absolut unglaublich«, murmelte Cade Thrane.

Er hatte keine wirklichen Fortschritte bei der Entschlüsselung der Nachricht gemacht. Klar, er hatte sich an einige zusätzliche Sekunden einer Tonaufnahme heranarbeiten können, aber er konnte nicht verstehen, was er da hörte, und die Computeranalyse schien auch kein Glück damit zu haben. Aber der junge Hacker hatte etwas anderes herausgefunden, das ihn beeindruckte. Und zwar die geniale Weise, in der das Nachrichtensignal auf dem Kommunikationsrelaissystem ›mitschwebte‹. Es vermischte Standardübertragungsprotokolle mit Tiefenraumübertragungsprotokollen und funktionierte... wie ein Lenkflugkörper. Es schoss sich auf sein Ziel ein, und auf dem Weg rekalibrierte es sich nicht nur ständig selbst, sondern berechnete auch die Zielkoordinaten immer wieder neu.

Theoretisch konnte es eine Nachricht empfangen, solange mindestens ein Kommunikationsrelais innerhalb seiner Tiefenraumreichweite funktionierte. Dann verwandelte sich die Nachricht in eine Art örtliches Kommunikationsrelais, um weitergeschickt werden zu können, und änderte außerdem noch seine Markierungen, wenn das notwendig wurde.

Es war ein gekonntes Stück Technik, das einen Evolutionssprung in galaktischer Kommunikation bedeutete. Natürlich, wenn ein großer Teil eines Kommunikationsrelais deaktiviert wurde, wie jetzt gerade im Tarrago-System, so würde es schon seine Zeit brauchen, bis die Nachricht weitergeleitet wurde. Aber sie schaffte es definitiv an ihr Ziel.

Das sollte der Standard jeglicher Kommunikationstechnologie sein. Es war mal wieder typisch für die Republik, dass sie so etwas der gesamten Galaxie vorenthielt.

Dies war eine Technologie, die Thrane zu seinem Vorteil nutzen konnte. Es würde wohl um die zehn Minuten dauern, um sein eigenes Kommunikationssystem wie das ›Geisterrelais‹ funktionieren zu lassen, wie er bei sich nannte. Und dann konnte er jede Person kontaktieren zu einer absolut beliebigen Zeit.

Er wünschte sich bloß, er könnte die Verschlüsselung knacken.

Der Hacker schnippte mit den Fingern. Ein weiteres Augenpaar, das einen Blick auf die Verschlüsselung werfen konnte — jemand, dem er vertraute —, könnte diesen Prozess erheblich beschleunigen. Natürlich musste Thrane vorsichtig sein, nicht zu viel preiszugeben. Einfach nur einige Ideen, einige Meinungen, wie man das am besten angehen konnte.

Es war Garrett Glover, an der in diesem Fall denken musste. Das Wunderkind hatte sich ein wenig zurückgezogen, nachdem er mit Piraten in Schwierigkeiten geraten war, aber wenn ihm jemand helfen konnte, dann Garrett.

Nach zwanzig Minuten hatte Thrane sein Kommunikationssystem umgestaltet und schickte eine

Nachricht mit der üblichen Mouse-Slice-Verschlüsselung. Jeder Hacker, der ein bisschen was draufhatte, konnte das knacken, und er würde sich damit für jeden identifizieren, der wusste, wonach er zu suchen hatte. Jetzt konnte er nur noch hoffen, dass die Kommunikationsadresse, die er von Garrett hatte, noch aktiv war.

Schwarze Flotte
Brücke der *Imperator*
Oberhalb des Monds von Tarrago
04.57 Uhr, Systemortszeit.

»Admiral«, flüsterte der Kommunikationsoffizier, der für die Überwachung des Privatkanals zwischen Goth Sullus und der Flotte verantwortlich war. »Eine Nachricht.«

Admiral Rommal trat sofort heran und bestätigte die Entgegennahme. Es war nur eine Stimme, dieselbe Stimme, mit der er schon die ganze Zeit redete, und die bedrohlich klingende Ruhe machte ihn fertig.

Was hast du denn erwartet?, fragte sich Rommal. *Einen Wutanfall? Blinden Zorn? Die Drohung, Schmerz und Leid zu verursachen?*

Aber die Ruhe in Goth Sullus' Stimme war unverwechselbar. »Admiral... ich werde mich selbst um die Orbitalwaffe kümmern. Schicken Sie die Flotte zur sofortigen Eroberung von Tarrago. Suchen Sie den Kampf mit der Flotte, wenn sie hier ankommt. Das wird bald der Fall sein.«

Und dann wurde die Verbindung getrennt.

Woher wusste er das? Ja, der Plan hatte immer vorausgesehen, dass die Siebte Flotte der Republik auftauchen würde, aber niemand wusste wirklich, ob sie einfach ins System gestürmt käme oder sich in einem der naheliegenden Systeme für einen Gegenangriff sammelte. In ihren Planungen waren sie davon ausgegangen, dass das Tage dauern konnte.

Wie konnte er das also wissen?

Nicht einmal Crodus und seine Spione, die überall zu sein schienen, wussten das.

Also wie?

Admiral Rommal kehrte entschlossen zur Echtzeitdarstellung der Schlacht in der Mitte der unteren Brücke zurück. Eine knappe Minute lang musterte er sie. Sie wirkte lebendig, was ironisch war in Anbetracht all des Todes, den sie darstellte.

Die Situation im System stellte sich wie folgt dar: Sie hatten drei vollständig einsatzbereite Schlachtschiffe. Drei Jägergeschwader mit den dazugehörigen, unterstützenden Einheiten. Und drei komplette Divisionen Stoßtruppen — eine, die beim Kampf auf Tarrago und dem Erreichen des primären Ziels half — die Eroberung der Flottenwerft —, eine, die auf erheblichen Widerstand durch die letzten Verteidiger der Festung Omikron traf, und eine, die sich bereithielt, bei Bedarf eingesetzt zu werden.

In diesem Augenblick hätte Rommal die dritte Division zur Festung losgeschickt, wenn er den Eindruck gehabt hätte, dies diente der Sache. Nur hatte Goth Sullus gesagt, er würde sich selber darum kümmern.

Natürlich war der Plan im Grunde immer eine Falle gewesen: Sie wollten die Siebte Flotte der Republik in den Kampf locken.

Hier und jetzt. Sie würden jetzt kommen.

Laut seinen Worten. Dem Mann in Schwarz.

Denke das nicht. Denke das nicht mal. Goth Sullus. Nenne ihn nicht, wie ihn alle anderen nennen. Denn vielleicht kann er dich hören. Was ein irrer Gedanke war.

Aber laut seinen Worten — Goth Sullus — war die Siebte auf dem Weg.

Das war der Schlüssel zu allem.

Rommals Gehilfen und Adjutanten wichen ihm nicht von der Seite. Beobachteten sein Gesicht. In dem Wissen, dass der Befehl, auf den sie seit Beginn des Einsatzes gewartet hatten... gleich kommen würde.

Und dennoch, er musterte den Plan noch eine weitere Minute lang. Als ob er auf etwas wartete...

Dann...

»Konzentrieren Sie alle Kräfte darauf, jegliche Kommunikation mit der Festung zu unterbinden. Wir können nicht zulassen, dass die Republik von der jetzigen Situation erfährt. Komplette Blockade. Schicken Sie alle Geschwader aus. Lassen Sie die Flotte beidrehen.«

Plötzlich herrschte hektische Betriebsamkeit. Befehle wurden über die Kommunikationskonsolen weitergegeben. Pläne wurden in Bewegung gesetzt. Alles, was sie in Erfahrung hatten bringen können, war bereits bekannt. Sie hatten nur noch den Befehl gebraucht, um endlich anfangen zu können.

Rommal straffte sich, brachte seine Uniformjacke in Ordnung und ließ die digitale Lagedarstellung nicht mehr aus den Augen.

Siebte Flotte der Republik
Brücke der *Freedom*
Hyperraum, auf dem Weg nach Tarrago
05.00 Uhr, Systemortszeit.

Admiral Landoo nahm auf ihrem Stuhl Platz und warf erneut einen Blick auf die Sprunguhr der Brücke. Fünfundvierzig Sekunden bis zum Ziel.

Wenn jedes Raumschiff den Sprung in Formation verließ, dann hätten sie... nun, nach all ihren Informationen eine harte Schlacht vor sich. Die Republik hatte sich nie für einen Kampf solchen Ausmaßes vorbereitet. Zumindest nicht im Lauf ihrer Karriere.

Sie starrte aus der Brückenkuppel nach vorn und sah nichts außer den Rohdaten der drei riesengroßen Raumschiffe, die ihnen der Captain der Audacity hatte zukommen lassen. Die Lagebeurteilung und der Geheimdienst hatten beschlossen, sie als Schlachtschiffe zu markieren.

Oh je, dachte sie. Tatsächlich existierende Schlachtschiffe. Die Republik hatte seit den Barbarischen Kriegen keine Kämpfe mehr gegen diesen Raumschiffstyp geführt. Sie fragte sich, zu was sie fähig waren. Sie hätte sich wesentlich besser gefühlt, wenn sie mehr Raumschiffe auf ihrer Seite gewusst hätte. Vielleicht hätten sie die *Audacity* mit ihnen springen lassen sollen, anstelle ihr den Befehl zu geben, nach Utopion zu fliegen. Aber das Raumschiff funktionierte nur zur Hälfte. Und es wäre gegen diese neuen Feinde und ihre seltsamen Jäger nur von geringem Nutzen gewesen.

Woher waren diese Raumschiffe überhaupt gekommen?

Dreißig Sekunden.

»Wir nähern uns dem Zielpunkt«, rief der Brückenoffizier.

Auf der gesamten, makellos weißen Brücke standen durchsichtige, holografische Displays, die sämtliche taktischen Aufklärungsdaten in Echtzeit darstellten.

»Reduzieren Geschwindigkeit des Sprungs in neunundzwanzig... achtundzwanzig... siebenundzwanzig...«, zählte der Steuermann herunter.

Landoo hatte sich mit dem Oberkommando darüber gestritten, dass sie auf die Möglichkeit vorbereitet sein sollten, dass eine der Flotten in eine Großschlacht geraten konnte. Das hatte sie mehrfach mit ihnen diskutiert. Das konnten sie in den Protokollen nachlesen. Und sie hatten sie ignoriert. Um genau zu sein, hatte das Haus der Vernunft sie ignoriert. »Wir haben fünfzehn komplette Flotten«, hatten sie alle jedes Mal gemurmelt, wenn sie sie darauf festnageln wollte, dass sie Credits in die Hand nehmen mussten. »Es gibt keine andere politische Institution in der Galaxie, die eine Streitmacht von dieser Größe ins Feld führen kann.«

Und dann reagierten sie immer mit der typischen Floskel, bei der es um die Sorge für ihre Sicherheit ging. Verbunden mit einem selbstzufriedenen Lächeln, das deutlich machte, dass sie immer das Richtige zu tun wussten. Dass selbst Flottenadmiräle nicht so viel über militärische Strategien wussten wie sie, die herrschende Klasse.

Auf dem Papier gab es natürlich keine herrschende Klasse. Aber sie existierte trotzdem. Und überlebte immer. Sie überlebte nicht nur, sie gedieh vor allem dann, wenn andere verkümmerten. Also, achten Sie auf Ihr Benehmen und seien Sie eine brave Admiralin. Wir sagen Ihnen schon, was Sie als Nächstes zu tun haben.

Und sie hatte dabei mitgemacht. Hatte mitgemacht, um weitermachen zu können. Hatte es bis zur Flottenadmiralin gebracht, indem sie ihre Lügen geschluckt hatte. Und jetzt flog sie in eine Schlacht gegen eine feindliche Streitmacht, die über mindestens drei Schlachtschiffe verfügte.

Sie schob all diese Gedanken zur Seite.

Sie war zäh wie Schuhleder, ermahnte sie sich. Sie hatte es dank ihrer Intelligenz und ihres Mutes an die Spitze gebracht, nicht weil mal wieder die wöchentliche Lieblings-Außerirdische-der-Woche-Beförderung aus Diversitätsgründen angestanden hatte. Auch wenn sie eine Frau war, und man sie aus einem Gefühl der Selbstgerechtigkeit heraus befördert hatte, um die Geschlechterparität zu unterstützen, so hatte sie dafür gekämpft, sich dieser Vorteile, die man ihr aufgedrängt hatte, auch tatsächlich als würdig zu erweisen.

Wenn diese feindliche Flotte eine Schlacht haben wollte...

»Einundzwanzig... Zwanzig...«

... dann würde sie eine ziemlich große bekommen.

Sie schob ihr Befehlsdatenpad quer über ihren Stuhl, rief die ihr zur Verfügung stehenden Einheiten auf und hielt ihre langen Finger bereit, um die entsprechenden Befehle einzugeben, sobald sie einen Überblick über das hatte, was in Tarrago eigentlich vor sich ging.

Atlantica, der Superzerstörer ihrer Flotte, würde als erster den Sprung vollenden. Dieses riesige Monstrum wurde von sieben Zerstörern begleitet.

Destiny of Purpose.

Liberty.

Die *Arangotoa* schützte ihre Flanke auf Backbord.

Emergent.

Victory.

Bantusu.

Und die *Aressima* bildete die Nachhut.

»Zehn... neun... acht...«

Diesem schloss sich die Trägergruppe an.

Denke voraus, ermahnte sie sich. Sei, wo sie dich nicht haben wollen. Ihre Finger schwebten über dem Datenpad. Sie konnte spüren, wie sich alle Blicke auf der Brücke nach vorne richteten. Das leise Raunen der Kommunikationskonsolen, das sanfte Licht und die unauffällig blinkenden Bereitschaftssignale, all das sollte beruhigend wirken. Landoo fragte sich, wie ruhig alle sein würden, sobald der Kampf begonnen hatte. Sobald sie anfingen, aufeinander zu schießen.

»Fünf... vier... Lichtgeschwindigkeit jetzt verlassen!«, befahl der Brückenoffizier.

Plötzlich standen die an ihnen vorbeihuschenden Sterne still, als die mächtige Siebte den Hyperraum verließ und die unweigerlichen Kollisionswarnungen auf allen Raumschiffen der Flotte aktiviert wurden.

»Alle Jäger los!«, befahl Admiralin Landoo, als die Sensoren ihr die Zieldaten zu den riesigen Raumschiffen übermittelten, die sich ihr entgegenwarfen.

Innerhalb von Sekunden hatten die riesigen Hochleistungsrechner unterhalb der Operationszentrale die Mindestangaben zu Zeit, Geschwindigkeit und Abstand zu allen Raumschiffen berechnet. Die holografischen Überblendungen für die Angriffsreichweiten der verschiedenen Waffensysteme tauchten wenige Sekunden später auf.

»Kontaktiert Omikron — ich will mit dem Kommandant des Stützpunkts sprechen.«

Die feindliche Flotte durchflog den Orbit des Monds von Tarrago auf ihrem Weg nach Tarrago Prime und präsentierte ihnen ihre Steuerbordseite. Aber sie befand sich weit außerhalb der Reichweite der Orbitalwaffe.

Und diese Raumschiffe waren absolut *gigantisch*. Noch viel größer als der Superzerstörer, der sich direkt vor ihrem Träger befand.

»Admiral«, meldete sich der Kommunikationsoffizier. »Kein Kontakt zu Omikron. Es herrscht absolute Stille.«

Landoo fasste die Schlachtschiffe als Ziele zusammen und befahl ihren drei Jägergeschwadern den Angriff. Sie würde sich bald um Omikron kümmern. Aber im Augenblick hatte die Siebte dringendere Aufgaben zu erledigen.

»Landoo an alle Captains der Flotte. Folgen sie den Jägern und suchen sie den Nahkampf. Konzentrieren sie das Feuer auf das Leitschiff. Admiral Nagu, Sie haben das taktische Kommando für alle Einheiten vor der Trägergruppe.«

Admiral Nagu bestätigte ihren Befehl von der Brücke der *Atlantica*.

Siebte Flotte der Republik
Brücke der *Atlantica*
05.02 Uhr, Systemortszeit.

Das modernste Großkampfraumschiff der Republik eröffnete aus maximaler Reichweite das Feuer mit seiner leistungsstarken Bug-Ionenkanone. Diese monströse Waffe war auf den schlanken Superzerstörer montiert, weit vor der bauchigen Antriebssektion und den acht gigantischen Triebwerken am Heck des Raumschiffs. Der erste Schuss zischte über den Rumpf und die vorderen Brückendecks hinweg.

Sekundäre schwere Geschütze wurden bereit gemacht und begannen ebenso zu feuern, direkt unterhalb der schützenden Schichten oberhalb der oberen Decks. Ionisierte Energiesalven zuckten der sich nähernden, feindlichen Flotte entgegen. Die erste Salve traf die Deflektoren der *Imperator* und ließ drei Decks weit alle Kondensatoren offline gehen. Auf fast der Hälfte des Rumpfs flackerte die Innenbeleuchtung, und das Raumschiff krängte von der Salve hart nach Backbord.

Die Besatzungsmitglieder auf der blaugrau erleuchteten Brücke des Superzerstörers brachen in Jubel aus.

Admiral Nagu befahl seinen Geleitschiffen, der riesigen *Atlantica* mitten in die feindlichen Linien zu folgen. In wenigen Augenblicken würde er seine geplante Position erreichen und allen Raumschiffen an seinen Flanken befehlen, die feindliche Flotte zu umzingeln, damit sie ihre maximale Feuerkraft zur Geltung bringen konnten. Hoffentlich konnte die *Atlantica* dem widerstehen, was ihnen diese riesigen Raumschiffe entgegenwerfen würden.

In dieser Schlacht gab es nur unbekannte Variablen, und Nagu mochte es nicht, wenn er die Variablen nicht kannte. Das war der Grund, warum er und andere seiner Spezies nur selten ihren Waldplaneten verließen. Als humanoide Vogelartige waren sie am glücklichsten, wenn sie in ihren Bäumen singen und ihrer Kunst fröhnen konnten. Nur sehr wenige Bewohner dieser Welt hatten sich für den Dienst in der Navy entschieden.

»Ionenkanone lädt wieder auf«, sagte der Waffenoffizier auf dem Deck oberhalb von Nagus Kommandodeck. »Dreißig Sekunden bis zum nächsten Schuss, Admiral.«

Wenn wir noch einen Treffer an ihren Deflektoren vorbeibringen, dachte Nagu, könnten wir tatsächlich was erreichen.

»Nahkampfgeschütze online!«, rief einer der Brückenoffizier mit etwas zu großer Begeisterung. Diese Begeisterung schien ansteckend zu sein, und das tröstete Nagu ein wenig. Es bedeutete, dass sie sich auf die Schlacht freuten, anstatt Angst zu haben. Viele von ihnen hatten noch nie ein Raumschiff unter sich weggeschossen bekommen. Und Nagu auch nicht.

»Deflektoren kurz vor maximaler Leistung!«

Andere Brückenoffiziere ratterten Statusberichte herunter, während sich die riesige *Atlantica* schwerfällig in Waffenreichweite der gewaltigen, feindlichen Schlachtschiffe am stellaren Horizont bewegte.

Schwarze Flotte
Brücke der *Imperator*
05.03 Uhr, Systemortszeit.

»Wir haben Schlagseite!«, rief der CIC, als sich die Brücke des Flaggschiffs plötzlich zur Seite legte.

Rommal hielt sich am Rand der Lagedarstellung fest und sah zur Telemetrie hinüber. Die Steuerleute versuchten verzweifelt, die Kontrolle über das riesige Raumschiff wiederzuerlangen, das immer noch unter den Folgen litt, die das Umlenken einer unvorstellbaren Energiemenge hervorgerufen hatte.

Fast schon ohrenbetäubende Kollisionswarnungen hallten durch die Brücke und andere, weniger aufdringliche Warntöne bettelten ebenso um Aufmerksamkeit.

Der Brückenoffizier, Captain Andrun, stolperte über den auf Hochglanz polierten Boden der sich zur Seite neigenden Brücke und hielt sich an der Lagedarstellung direkt gegenüber von Admiral Rommal fest. Sein Gesichtsausdruck entsprach in etwa dem Gefühl in Rommals Magen.

»Direkter Treffer, Sir. Wir haben die Steuerboardkondensatoren auf den Decks einundvierzig bis dreiundvierzig verloren. Sie sollten aber laut Plan in wenigen Sekunden wieder online kommen. Die Schwerkraftplatten hat es ziemlich erwischt... aber auch die stabilisieren sich wieder. Es ist ein Lernprozess, Sir. Wir sind zum ersten Mal im Kampf.«

Er lächelte hoffnungsvoll.

»Aber es hat gehalten, Sir. Es hat einen direkten Treffer von einer Ionenkanone abbekommen und das überstanden. Wir haben Blut geleckt, Sir! Wir schaffen das heute.«

Es war ein wenig zu früh, jetzt schon zu feiern, dachte Rommal. Aber er ließ dem Mann seinen Augenblick der Freude. Hier und jetzt konnten ein wenig Begeisterung und die entsprechende Motivation nicht schaden.

Rommal nickte, um seine Zustimmung zum Ausdruck zu bringen.

»Sir...«, meldete sich der CIC von der Einsatzzentrale, »unsere Jäger sind zum Einsatz bereit. Staffeln zwei bis sechzehn nehmen Position ein.« Das Raumschiff war auf dem Weg, seine Balance wiederzufinden. »Wir halten zweihundertsiebzig Jäger nach, die von der Siebten kommen. Und zwei zusätzliche Staffeln, die vom Kommando auf Tarrago kommen. Ihre Gesamtzahl beträgt damit dreihundertzehn.«

Rommal wägte diese Zahlen gegen die sechs Staffeln ab, die jedes Schlachtschiff mit sich führte. Und die Zahlen sprachen für ihn. *Jetzt werden wir herausfinden,* so dachte er, *wer den Erstkontakt überlebt.*

Rommal nickte, während die *Imperator* wieder ihren Kurs einschlug und in aller Ruhe in die sich nähernden, republikanischen Formationen donnerte.

»Feuer eröffnen?«, fragte der CIC.

Erneut nickte Rommal und sah zu, wie die beiden Jägergruppen sich von ihren jeweiligen Flotten lösten und auf den sich nähernden Feind zurasten.

**Siebte Flotte der Republik
Erstes Geschwader, »Gray Wolves«
Neuzuweisung an Raumflughafen Oblavia,
Ad-Hoc-Kommandozentrale für Sondereinsätze
Oberhalb von Tarrago
05.09 Uhr, Systemortszeit.**

»Gray Leader, hier Gray Seven, kommen. Wir erhalten jetzt die Analyse auf das Hauptziel, das vorläufig als Schlachtschiff-Klasse zugeordnet ist. Das ist ein Monstrum.«

»Hier Gray Leader, kommen«, antwortete Commander Luq.

Luq und OU7 hatten den direkten Treffer auf den Zerstörer der Rebellen, der den Sprung der *Audacity* aufzuhalten versucht hatte, nur mit Müh und Not überlebt. Die meisten anderen Tri-Jäger und die restlichen Wolves hatte es in der Druckwelle erwischt, nachdem die Orbitalwaffe auf das geheimnisvolle Rebellenschiff geschossen hatte. Luq selbst hatte sich Sekunden nach der Explosion in einem Malstrom aus brennenden Gasen und Trümmerwolken wiedergefunden, der sich in alle Richtungen verteilte, aber er hatte das alles praktisch ohne Kratzer überstanden — obwohl er einige Sekunden lang dachte, dass sein Raumschiff so hart hin- und hergeschleudert werden würde, bis es auseinanderfiel.

Nach einem kurzen Nickerchen an einem Ende eines lauten Hangars auf dem Raumflughafen Oblavia, während man sein Raumschiff reparierte und neu bewaffnete, musste er feststellen, dass er einer besonderen Einsatztruppe zugeteilt worden war. Der Plan lautete Jägergeleit plus einem speziell ausgestatteten EloGM-Lancer, die versuchen sollten, zwei Bomber direkt an die feindlichen Deflektoren zu führen, um dort ›lebenswichtige‹ Raumschiffssysteme auszuschalten. Luq würde diese Einsatztruppe anführen und OU7 wäre sein Geleit. Man hatte an diesem gigantischen, feindlichen Raumschiff noch keine ›lebenswichtigen Systeme‹ identifizieren können, aber jetzt, wo die Aufklärungsfregatte, die die Trägergruppe begleitete, alle drei Schlachtschiffe mit allen nur erdenklichen Sensoren bearbeitete, erhielten sie ständig neue Zieldaten.

»Markierung jetzt auf Head-up-Display«, sagte Gray Seven. »Wenn ihr es schafft, uns an diesem Punkt vorbeizubringen, wo sie jede Menge Luftabwehrstellungen haben, dann können wir unsere Bomben dort abliefern, wo laut der Zielanalyse ihr externer Reaktor steckt. Damit könnten wir einen beachtlichen Teil ihrer schiffsweiten Energie erwischen. Vielleicht ist das Ding sogar in ihre Deflektoren eingebunden. Das wissen wir aber erst dann, wenn wir es getroffen haben.«

OU7 surrte und piepste wütend hinter Commander Luq.

»Mein Bot meint immer noch, dass wir erst die Deflektoren erwischen müssen, bevor wir überhaupt in die Nähe kommen können.«

»Damit hat der Kleine wohl recht«, antwortete Gray Seven. Seine Übertragung wurde verzerrt und knisterte; sie durchflogen gerade Tarragos Ionosphäre. »Unsere Bombenladung wird keine Deflektoren ausschalten, Gray Leader. Aber sobald sie ausgeschaltet sind, haben wir die Chance auf einen Treffer.«

OU7 piepste und klackte, was eine neue Nachricht bedeutete. Luq erteilte die Kommunikationsautorisation und wechselte auf den Kanal des Einsatzleiters.

»Hier Gray Leader, kommen.«

»Gray Leader, hier Bandit Leader. *Freedom*s Flugchef hat ihre Mission für uns bestätigt. Nehmen Sie Formation neben uns ein, und wir bringen Sie an den Jägern vorbei, bis Sie den Angriff durchführen können.«

Siebte Flotte der Republik
Erstes Geschwader, »Bandits«,
Neunundzwanzigster Flügel
Dem Träger *Freedom* zugeteilt
05.11 Uhr, Systemortszeit.

»Das sind einfach zu viele!«

»Zusammenreißen, Bandit Six.«

Bandit Leader versuchte sich von dem Anblick der auf sie zurasenden Wand aus feindlichen Jägern direkt vor ihnen zu lösen — und den drei gigantischen grauen Schlachtschiffen dahinter. Der Feind hatte auf jeden Fall doppelt so viele Raumschiffe. Mindestens. Und wer wusste schon, was der Feind noch so zurückhielt.

Er schloss die Deflektoreinstellungen für seinen Lancer ab und hielt kurz Rücksprache mit seinem Bordschützen.

»Bist du bereit, Junge?«

»Auf jeden Fall, Sir. Bringen Sie sie einfach in aller Ruhe vor mein Fadenkreuz, und ich spicke sie mit Blasterlöchern.«

Ein guter Kerl, dachte Bandit Leader. Und ein guter Bordschütze machte in einer Situation wie dieser vermutlich den Unterschied zwischen ihrer sicheren Rückkehr auf das Flugdeck oder nicht.

»Halt sie uns einfach vom Hals, Junge.«

Bandit Leader wechselte auf den Geschwaderkanal.

»Alle Geschwader, Meldung.«

»Pirate Lead... wir sind bereit.«

»Paladin Lead... Roger.«

»Knight Leader... direkt hinter Ihnen.«

»Hier Storm. Auf geht's, Bandit Leader.«

»Cyclone Leader... wir machen mal mit.«

»Red Leader... Roger. Sind dabei.«

»Blue Leader... verstanden.«

»Hearts Leader... Waffen sind scharf.«

»Spades... wir hören und gehorchen, Bandit Leader.«

»Angel Leader... wir sind dabei.«

»Joker Lead... Auf geht's, Bandit Lead.«

Bandit Leader machte es sich in seinem Sitz bequem und hob die Hand, um die Bug-Blasterkanonen zu aktivieren. Das Gefühl, das dies wirklich passierte, drohte ihn zu überwältigen. Doch er schüttelte es ab und machte sich daran, zu töten und nicht zu sterben.

Die Wand aus diesen seltsamen, feindlichen Jägern mit ihren drei Deflektoren, rasten alle auf einmal auf sie zu, und plötzlich prallten die Massen als ein Wirbelsturm aus Maschinen und Kampf aufeinander.

»Da sind sie, meine Damen und Herren. Lasst sie teuer bezahlen.«

Schwarze Flotte
Drittes Geschwader, Erste Staffel. »Pit Vipers«
Kampf unter Jägern, vor den beiden Flotten
05.12 Uhr, Systemortszeit.

Lieutenant Haladis eröffnete das Feuer auf einen gegnerischen Lancer. Sie wollte das lange, langsame *BRRRRRRRRRP* der Projektilwaffen spüren, die sie an ihrem letzten Raumschiff gehabt hatte, aber das war praktisch zerschossen worden, und sie hatte es nur mit Müh und Not zur *Terror* geschafft.

Bei der medizinischen Untersuchung hatte ihr der Geschwaderraumschiffmeister mitgeteilt, dass sie ihr einen brandneuen Tri-Jäger als Abfangjäger-Variante aus dem Lager geholt hatten. Ihr letztes Raumschiff war eine Abfangjäger-Variante für den Bodenangriff gewesen. Das hier besaß die üblichen Blasterkanonen für den Kampf Jäger gegen Jäger.

Und jetzt steckte sie bis zum Hals im größten Luftkampf der neueren galaktischen Geschichte. Sie war sich absolut sicher, dass dies ein einzigartiger Moment war, der vielleicht nur ein Mal pro Generation vorkam.

Die kommenden Jahre sollten ihr allerdings zeigen, dass sie sich irrte.

Was ihr in diesem Augenblick sicherlich völlig egal war, denn der Kampf und das Bedürfnis zu überleben und das Verlangen zu töten oder getötet zu werden, veränderte sie.

Denn ihr Tod war zu diesem Zeitpunkt ziemlich sicher.

Beide Seiten waren laut schreiend und mit Höchstgeschwindigkeit aufeinander losgegangen. Als sie Blasterreichweite erreicht hatten, hatten sie gleichzeitig brutale Feuersalven auf den Feind abgegeben. Einige Raumschiffe explodierten sofort, während andere ihre Flugrichtung änderten und einem Ziel hinterherjagten. Einige schafften es sogar frontal in den Jäger zu krachen, den sie eigentlich in den wenigen Sekunden, bevor die beiden Seiten aufeinanderprallten, hätten abschießen wollen. Diese Raumschiffe waren schlagartig verdampft, doch nicht ohne Trümmerteile und Rauchspuren in alle Richtungen von sich zu schleudern, und ihre Ionenreaktoren waren in sekundären Explosionen in die Luft gegangen.

Kat hatte einige schnelle Feuerstöße auf einen heranrasenden Lancer abgeben können. Doch ihr Flügelmann, Viper Two, war plötzlich ein Feuerball. Der

Tri-Jäger vor ihr auch. Also hatte sie den Sidestick an sich rangezogen, um aus den Trümmern herauszukommen, und hatte dadurch die Chance auf die nächsten Treffer verpasst.

Ist auch egal, dachte sie, während sie einen Raptor verfolgte, der durch das Gedränge hindurchflog. Sie schob den Schubhebel nach vorn, um sich hinter ihn zu setzen. Einen Augenblick lang deckte sie seine Deflektoren mit mehreren Feuerstößen ein. Der Steuerbordflügel des Raptors löste sich auf, was den Jäger erst schwer ins Trudeln kommen und schließlich auseinanderbrechen ließ. Er war erledigt.

Kat brach die Verfolgung ab und schloss sich einem Tri-Jäger an, den ihr Head-up-Display als Delta Twelve markiert hatte.

»Direkt hinter Ihnen, Delta Twelve.«

»Danke... Viper Lead. Bei dem werde ich richtig nah rangehen.«

»Alles klar.«

Kat passte sich dem anderen Tri-Jäger an, als dieser beschleunigte und mehrere Treffer an einem Lancer landen konnte. Dann reagierte der Heckbordschütze des Lancers, traf die Cockpitkuppel von Delta Twelve, und Delta Twelve verteilte sich in alle Richtungen im Weltraum.

Kat fing sich geringen Schaden an ihren Deflektoren ein. Sie leitete Energie aus den Hilfsbatterien um, um die Deflektoren zu verstärken und suchte nach weiteren Banditen, während sie sich dem Lancer näherte. Sie hatte keine Angst. Sie fühlte sich lebendig. Und Dasto ganz nah.

Sie drehte sich um hundertachtzig Grad, um den Heckbordschützen glauben zu lassen, dass sie abschwenken würde, richtete sich dann aber wieder auf ihr Ziel aus und feuerte auf die dicken Zwillingsionengondeln.

Treffer schafften es durch die Heckdeflektoren, die mit nur wenig Energie versorgt gewesen waren, weil der Pilot geglaubt hatte, der Bordschütze würde schon aufpassen. Eins der Triebwerke explodierte, und das Raumschiff zerbrach.

Kat atmete tief durch und schaffte es gerade noch, einem anderen Tri-Jäger auszuweichen, der auf einem Abfangkurs zu ihr unterwegs gewesen war, um ihr zu helfen.

Sie sah sich um und suchte nach einem neuen Opfer.

KAPITEL 10

Siebte Flotte der Republik
Erste Staffel, »Bandits«
Dem Träger *Freedom* zugeteilt
05.15 Uhr, Systemortszeit.

»Bandit Leader, wir haben gerade Bandit Six verloren. Ich schlage vor —«

Dann war die Leitung tot.

Bandit Leader ging die Liste der Raumschiffe in seinem Head-up-Display durch und blätterte seine eigene Staffel von der *Freedom* durch. Er ließ seinen Lancer hin- und hertänzeln, bekam ein feindliches Raumschiff vor seine Bug-Blasterkanonen und schoss den Gegner ab.

»Drei«, flüsterte er in den Äther des Kanals zu den anderen Raumschiffen.

Bisher hatte er drei Gegner erledigt.

Vielleicht ist es einfach nur das, dachte er. *Ein Spiel, das ich ganz allein mit mir selbst spiele. Denn in Wirklichkeit kann das niemand gewinnen, oder?*

»Alle Staffeln —«

Er riss sein Raumschiff aus dem Weg zweier heranrasender Jäger und schlug brutal einen Gegenkurs ein.

»Verfolgung abbrechen und Angriff auf das Leitschiff beginnen.«

»Was, wenn sie uns einfach vergessen und stattdessen zur *Freedom* fliegen?«, sagte Hearts Lead über den Staffelkanal.

»Sie müssen erst an der *Atlantica* und der Zerstörerstaffel vorbei. Außerdem hat die *Freedom* noch eine Überraschung für sie in petto. Sorgen wir dafür, dass sie sich entscheiden müssen. Ihre Raumschiffe oder unsere.«

Schwarze Flotte
Brücke der *Imperator*
05.18 Uhr, Systemortszeit.

Der CIC trat an Admiral Rommal heran. Die Verlustmeldungen aller Staffeln erreichten nun die Operationszentrale.

»Sir, sie lösen sich mittlerweile aus den ersten Luftkämpfen. Sie sind auf dem Weg zu uns. Wir können zwei weitere Staffeln zur Deckung ausschicken und dennoch den Angriff gegen die republikanische Flotte weiterführen. Unsere Geschütze sollten uns genügend Schutz bieten.«

Admiral Rommal warf einen Blick auf das Datenpad, das ihm der Mann gerade gereicht hatte. Die Situationsanalyse war vernünftig und umfassend und sollte ihnen zu diesem Zeitpunkt des Einsatzes binnen einer Stunde das gewünschte Ergebnis liefern.

Aber Admiral Rommal war ein vorsichtiger Mann.

»Befehlen Sie ihnen zurückzukommen, um unseren Anflug auf die Flotte zu sichern. Wenn wir ihre Jäger jetzt ausschalten können, dann wird es uns viel leichter fallen, die Flotte auszuschalten, wenn der Zeitpunkt gekommen ist.«

Der CIC starrte ihn einige Sekunden lang an. In seinem Blick lag keine Herausforderung. Es war nicht mal wirklich ein Starren. Es schien, dass der Mann einfach in seinem Kopf die Zahlen durchging. Er ließ das gesamte Szenario vor seinem inneren Auge durchlaufen und kontrollierte seine Schlussfolgerungen noch einmal, denn all das war viel zu wichtig, als dass man es einfach den Maschinen überlassen konnte.

Und es war viel zu wichtig, als dass man es einem einzigen Mann überlassen durfte, ihrer aller Schicksal mit nur einem Befehl zu besiegeln.

Schließlich schien er zu einem Entschluss zu kommen, mit dem er leben konnte.

»Wie Sie wünschen, Admiral.«

Siebte Flotte der Republik
Brücke der _Freedom_
Direkt hinter der Frontlinie
05.18 Uhr, Systemortszeit.

»Stellen Sie mich zum Luftchef durch.«

Admiral Landoo wartete die halbe Sekunde, die es dauern musste, bis der Offizier seinen Posten verlassen und sich bei ihr melden konnte. Sie selbst warf erneut einen Blick auf die Informationen aus der Operationszentrale. Sie hatte sich entschlossen, sich an diese Kommandokonsole zu begeben, um den

Verlauf der Schlacht in der Ferne besser beurteilen zu können. Die Tiefenraumsensoren lieferten ihnen eine umfassendere Analyse, und von hier aus ließ sich die Schlacht wesentlich besser kontrollieren.

Die Schlacht ›kontrollieren‹. Das erschien ihr gerade als schlechter Witz. Als ob sich eine Schlacht jemals kontrollieren ließe. Sie schien sich bereits in die übliche Kneipenschlägerei zu verwandeln. In den Luftkämpfen hatten sie ein Drittel ihrer Streitkräfte verloren. Die entscheidende Frage, die in den nächsten Augenblicken beantwortet werden musste, war, für welche Variante des Spiels sich diese neue Flotte entscheiden würde.

Würden sie sie jagen, um ihre hübschen, neuen Raumschiffe zu beschützen?

Oder...

Würden sie sich für den Todesstoß entscheiden und den Kampf gegen die hervorragenden Nahkampfverteidigungsfähigkeiten der Zerstörerstaffel suchen, mit der *Atlantica* und ihrer mächtigen Ionenkanone als Fixpunkt?

»Ops, Admiral«, ertönte die Stimme des Luftchefs.

»Wie lange dauert es, bis wir loslegen können?«

Stille. Sie konnte das Hintergrundrauschen der aktualisierten Daten hören, jetzt, wo sich der Luftkampf hin zu den feindlichen Schlachtschiffen bewegte.

Das sind Leute, ermahnte sie sich, während sie zusah, wie sich die geisterhaften Hologramme plötzlich miteinander verbanden, verschwanden oder den Kurs änderten. *Deine* Leute.

Die niedergemäht werden, um den Gegner in eine Falle zu locken.

Es gibt keine andere Möglichkeit, ermahnte sie sich. Das ist alles neu. Wir mussten auf Nummer sicher gehen. Wir brauchten die Überraschung. Den entscheidenden Vorteil.

»Noch mal fünfzehn Minuten, und ich kann beide Staffeln innerhalb von fünf Minuten losschicken. Oder ich schicke sie nach und nach raus. Ihr Entscheidung, Admiral.«

»Nein. Fahren Sie mit dem Plan fort. Ich will, dass alle auf einmal losgeschickt werden können.«

»Zu Befehl, Ma'am.«

Admiral Landoo wandte sich an ihre Einsatzkoordinatorin. Die Offizierin trug einen Helm, der es ihr erlaubte, die Schlacht in Echtzeit zu sehen. Die Admiralin musste ihre Hand auf die Schulter der Frau legen, um sie auf sich aufmerksam zu machen.

»Ja, Admiral?«

»Wie sieht es mit unserer Sonderzustellung von Tarrago aus?«

»Er bekommt ordentlich Luftsicherung, Ma'am. Wir haben es fast durch die Hauptverteidigungslinien geschafft. Er wird in den nächsten fünfundvierzig Sekunden sein Paket abliefern können.«

Die Admiralin warf einen Blick auf die Lagedarstellung unter ihr. Wenn sie das durchbekamen, dann würden sie vielleicht glimpflich davonkommen. Wenn sie jetzt eins ihrer Raumschiffe ausschalten konnten, dann würde das vielleicht ihren Anmarsch aufhalten.

»Admiral...« Einer der Verbindungsoffiziere zur Kommunikations- und Sensorenstation. »Die *Audacity* ist gerade ins System gesprungen. Ihr Captain meldet, dass sie zum Kampf bereit ist.«

Landoo lehnte sich an das Geländer, das die Lagedarstellung umgab. Um sie herum blinkten Leuchten, Hologramme stellten Echtzeitaktualisierungen dar, und die unzähligen, eintreffenden Meldungen bildeten ein mal lauteres, mal leiseres Hintergrundrauschen. Die Finsternis der Operationszentrale war eine sanft raunende Nachbildung der Schlacht, die sie unermüdlich beobachtete.

Und sie hatten immer noch keinen Weg gefunden, Festung Omikron zu kontaktieren. Entweder waren sie tot, gefangen genommen... oder die Übertragungen wurden blockiert.

»Befehlen Sie ihm, sich der Aufklärungsfregatte innerhalb der Trägergruppe anzuschließen.«

Sie würde ihn später zurechtweisen. Hier und jetzt konnte sie jedes einzelne, ihr zur Verfügung stehende Raumschiff gebrauchen.

Haus der Vernunft
Utopion

Orrin Kaar knabberte an seinen Fingernägeln. Er knabberte nie an seinen Fingernägeln. Er würde sie pflegen und maniküren lassen müssen, um den Schein zu wahren. Doch im Augenblick konnte er nicht anders. Er spuckte ein Bruchstück seines Daumennagels auf den Teppich, während er sich die Holovideo-Übertragung von Admiral Devers anschaute.

Dies war eine große Weltraumschlacht. Mit Abstand die größte seit den Barbarischen Kriegen, daran bestand kein Zweifel. Die Siebte Flotte war aufgetaucht, und sie hatte den Köder nicht geschluckt. Sie griff sowohl Sullus' Schwarze Flotte als auch Devers' Dritte Flotte an. Admiral

Landoo war dem Feind eindeutig unterlegen, und ihre einzige Hoffnung bestand darin, sich zurückzuziehen, bevor ihre Flotte ausgelöscht wurde. Aber sie hätte diese Chance niemals bekommen sollen.

Glücklicherweise unterbrach Admiral Devers die Holo-Aufzeichnung, denn er hatte seine Unterkunft erreicht, wo er Kaars Übertragung entgegennehmen konnte. »Abgeordneter, der Kampf ist hart, und —«

»Warum ist Landoo noch nicht vernichtet?«, blaffte Kaar so laut, dass es in seinen eigenen Ohren klingelte.

»Ich weiß es nicht, Abgeordneter.«

Devers wirkte... viel zu ruhig für einen Mann, der sich eigentlich gerade im direkten Kampf Raumschiff gegen Raumschiff befand. Kaar ermahnte sich, dass der Admiral kein Krieger war. Nicht wirklich. Er war eine politische Marionette. Wenn er sich nur am Rande des Geschehens aufhielt, während andere Menschen starben, dann empfand er vermutlich den Kampf um Leben und Tod nicht so, wie man ihn in solchen Situationen empfinden sollte. Aber die Reaktion des Admirals beunruhigte den Abgeordneten auf eine Art und Weise, für die er im Augenblick noch nicht die richtigen Worte finden konnte.

»Hat sie Ihre Nachrichten nicht erhalten? Hat sie nicht auf Ihre Anweisung reagiert, dass sie ihre Einheiten vor Ihrer Flotte formieren sollte?«

»Sie hat auf keinen Kontaktversuch reagiert, und ich weiß nicht, ob sie meine Nachrichten jemals gesehen hat«, antwortete Devers. »Admiral Rommal glaubt, dass eine einzelne Korvette der Blockade entkommen konnte und sie über die Lage informiert hat. Ich kann sie nicht vom Gegenteil überzeugen, selbst wenn sie auf meine Kontaktaufnahme reagieren würde. Ich — ich bemühe mich auch nicht mehr. Ich weiß nicht, wie ich sonst... Sagen Sie mir, was ich tun soll, Abgeordneter Kaar.«

Eine Korvette. Ein einzelne Korvette konnte doch unmöglich den Unterschied zwischen Sieg und Niederlage ausmachen, oder? Das Kriegsglück...

Kaar beruhigte sich wieder. »Dies ist keine Katastrophe. Dieses Problem kann gelöst werden. Leider gehört Admiral Landoo zu den Hochverrätern, gegen die Sie auf Tarrago vorgegangen sind. Wie wir die Schwarze Flotte erklären, darüber machen wir uns später Gedanken. Es ist absolut unerlässlich, dass Sie kein einziges ihrer Raumschiffe entkommen lassen. Verstehen Sie mich?«

»Ja, Abgeordneter Kaar.«

»Töten Sie sie alle, Silas.«

Kaar beendete die Übertragung in dem Wissen, dass ihr Erfolg auf den Schultern von Sullus' Offizieren lastete, nicht auf seinen eigenen. Admiral Devers war der Lage nicht gewachsen.

**Siebte Flotte der Republik
Erste Staffel, »Gray Wolves«, Ad-Hoc-
Kommandozentrale für Sondereinsätze
Auf dem Weg zur *Terror*
05.21 Uhr, Systemortszeit.**

»Gray Leader, hier Bandit Leader. Bleiben Sie nah an uns dran, wir beginnen mit dem Angriff. Wir schützen Sie beim Zielanflug!«

Commander Luq versuchte das Sternenfeld um ihn herum zu ignorieren. Er befand sich mitten im absoluten Chaos eines schonungslos geführten Kampfs. Diese seltsamen Jäger mit ihren drei Deflektoren umschwärmten die republikanischen Jäger, die über die Rümpfe der gigantischen Schlachtschiffe hinwegrasten, die wiederum auf ihrem Weg zur Siebten Flotte waren. Die Angriffswellen der Tri-Jäger wirkten wie hektisch abgefeuerte Schrotflinten, die den Weltraum zwischen ihnen mit feuerroten Blasterblitzen erfüllten. Deflektoren wurden ausgeschaltet, und sie bekamen ordentlich Schaden ab, aber die Staffeln gaben ihr Bestes und teilten genau so viel aus, wie sie einsteckten.

»Gray Leader, hier Gray Seven, kommen.«

»Hier Gray Seven, kommen.«

Gray Seven flog in einem Lancer, dessen Aufgabe die elektronische Kriegsführung und Lagebeurteilung war, und er besaß die Mittel, die feindliche Zielerfassung zu erschweren und die Sensoren des Gegners zu blockieren. Die Kommandozentrale für Sondereinsätze hatte spontan eine Einsatztruppe zusammengestellt und ihr Gray Seven als Geleitraumschiff zugewiesen, das der Einsatzleiter zur Zielerfassung nutzen konnte.

Neben Gray Seven in dem Lancer zur elektronischen Kampfführung gehörten noch zwei Lancer-Torpedobomber zur Einsatztruppe, Gray Five und Six, die beide rumpfbrechende Torpedos mit hoher Sprengkraft mit sich führten, und zwei weitere Abfangjäger, die als Bewacher dienten. Außerdem begleitete die Staffel Paladin die Ad-Hoc-Einsatztruppe, deren Raumschiffe sich nur dann aus der Formation lösten, um die miesen, kleinen Tri-Jäger auszuschalten, die die Torpedobomber zu ihrem erklärten Ziel gemacht hatten.

»Haben wir immer noch verlässliche Zielerfassungsdaten zu dem möglichen Reaktor, Gray Seven?«

»Sieht alles gut aus, Gray Leader. Wir bestätigen, dass es sich um einen Schildreaktor handelt, der sich in der Nähe dessen befindet, was unserer Ansicht nach die Hauptbrücke oberhalb der Aufbauten ist. Wir bekommen außerdem gute Sensorendaten zu allen Raumschiffen. Sie sind unglaublich. Wir sammeln sie gerade und verschlüsseln sie für die Kommandozentrale.«

»Verstanden«, antwortete Luq in dem Moment, als ein Raumschiff der Staffel Paladin vor ihm explodierte. »Gray Six, Sie folgen mir und Gray Two zum Ziel. Wenn wir scheitern, dann seid ihr dran, Gray Three und Five. Viel Glück und gute Jagd.«

Schwarze Flotte
Brücke der *Terror*
05.25 Uhr, Systemortszeit.

»Captain, wir haben vermeintliche Torpedobomber im Anflug auf unsere Position identifiziert.«

Captain Gulza wischte über das holografische Display, das er gerade benutzte, und rief die markierten feindlichen Ziele auf. Vor allem die Angriffswelle aus Jägern. »Wo?«

Der CIC der *Terror* markierte zwei Torpedobomber innerhalb der Formationen, die sich gerade im Anflug auf die drei Schlachtschiffe befanden.

»Befehlen Sie Commander Jayso, diese Jäger auszuschalten. Höchste Priorität. Informieren Sie auch die Bug-Geschützstellungen. Machen sie es ihnen verdammt schwer, durchzukommen.«

»Wie Sie befehlen, Sir.«

Schwarze Flotte
Drittes Geschwader, Erste Staffel, »Pit Vipers»
05.26 Uhr, Systemortszeit.

Kat Haladis schoss einen weiteren Lancer ab und löste sich schnell aus dem heftigen Luftkampf, während zwei andere Lancer-Abfangjäger ihre Flugrichtung änderten, um sie anzugreifen.

»Viper Lead, neue Aufgabenzuteilung.« Das war der Geschwaderführer. »Du musst diese beiden Bomber ausschalten. Höchste Priorität. Sie haben Torpedos an Bord, also werden sie sehr gut bewacht sein. Bist du bereit, Kat?«

»Angriffsziele erfasst, Sir.«

Kat markierte beide Bomber und schaltete ihre Blasterkanonen auf maximale Feuerkraft. Die Bomber hatten mit Sicherheit leistungsstärkere Deflektoren und waren besser gepanzert. Da musste sie sich durchbeißen, um sie abschießen zu können.

»Viper Four, Viper Five… ihr begleitet mich.«

Orbit über Levenir
Die Galaktischen Kernwelten

Es hatte funktioniert! Es hatte tatsächlich funktioniert!

Cade Thrane lächelte, als er die von Garrett Glover geschickte Nachricht bemerkte. Sie schien auf dieselbe Weise geschickt worden zu sein wie seine eigene, was bedeutete, dass Garrett sich die Nachricht genauer angeschaut und diese Methode als genauso brauchbar beurteilt hatte wie Thrane selbst. Thrane bezweifelte, dass sein Hackerkollege jemals wieder das alte Kommunikationsrelaissystem benutzen würde. *Er* würde das auf keinen Fall tun.

Die Nachricht bestand nur aus Text. Etwas enttäuschend, denn Thrane hätte gerne mit Garrett über das gesprochen, was er bisher gesehen und damit getan hatte. Man hätte sich ja auch gegenseitig auf den neuesten Stand bringen können. Manchmal fühlte man sich schon einsam, wenn man sein Geld mit etwas verdiente, was der Rest der Galaxie nicht einmal ansatzweise verstehen konnte.

Er rief die Nachricht auf:

Cooles Übertragungssystem! Hast du's gebaut?
Ich klaue es übrigens, fyi. Außerdem habe ich
dir ein paar Tipps zur Entschlüsselung geschickt.
Hoffe, sie helfen dir! — Garrett

Thrane öffnete die angehängten Dateien, warf einen Blick auf die Verschlüsselungscodes und las sich Garretts

Kommentare und Hinweise durch wie ein Hungernder, der zum ersten Mal seit Wochen etwas zu essen bekam.

»Ja!«, rief er. »Natürlich! Oh Mann, es ist so offensichtlich, wenn man bedenkt — warum bin ich nicht darauf gekommen? Ja!«

Er würde diesen Code schon bald knacken. Dessen war er sich sicher.

**Siebte Flotte der Republik
Erste Staffel, »Gray Wolves«, Ad-Hoc-
Kommandozentrale für Sondereinsätze
05.27 Uhr, Systemortszeit.**

»Gray Six, aufrücken und mir folgen.«

Commander Luq beschleunigte auf Angriffsgeschwindigkeit und tauchte auf das unter ihm dräuende Schlachtschiff ab. Schweres Geschützfeuer wurde ihnen von allen oberen Decks in wütender Verzweiflung entgegengeschleudert.

OU7 surrte und piepste, dass er zusätzliche Energie auf die Bugdeflektoren umleitete.

Luq fluchte, als ihn einer der Schüsse erwischte und den Backbordantrieb versengte, wodurch er die Blasterkanone auf dieser Seite verlor.

»Fünfzehn Sekunden bis zum Abwurf, Commander«, rief ein offensichtlich aufgewühlter Torpedobomberpilot direkt hinter ihm.

»Durchhalten!«, rief Luq, während er gleichzeitig seine Maschine flog, Schüssen auswich und Schadenskontrollenergien umleitete, um den

Elektrobrand zu löschen, der in seinem Backbordantrieb ausgebrochen war.

Tschickaaa bleeeer!, jubelte OU7 und warnte Luq, dass Tri-Jäger auf ihre Position zu schossen.

»Zehn Sekunden! Haltet sie mir vom Hals!«, warnte der Torpedobomberpilot.

Luq nahm Schub zurück und riss sein Raumschiff hart nach oben, um sich den Schüssen der Tri-Jäger in den Weg zu werfen. Er bekam lautstarke Kollisionswarnungen, während die beiden feindlichen Jäger hektisch auszuweichen versuchten, weil sie einen plötzlichen Frontalangriff nicht erwartete hatten. Er rammte den Schubhebel bis zum Anschlag nach vorn und feuerte mit der ihm verbliebenen Flügelblasterkanone auf den Feind.

OU7 jauchzte vor Freude. Er liebte Nahkämpfe im Weltall.

Schwarze Flotte
Drittes Geschwader, Erste Staffel. »Pit Vipers«
05.29 Uhr, Systemortszeit.

Das war zu knapp, kreischte Kats Verstand, als Viper Four und Viper Five Ausweichmanöver flogen. Aber ihre Miene wirkte entschlossen. Ihre Schultern waren angespannt. Jede Faser ihres Wesens schien sich zum Fadenkreuz vorzubeugen. Ihr gesamter Wille war darauf ausgerichtet, als Erste zu töten.

Das war für Dasto!

All das hier war für ihren großen Bruder. Ihren Helden. Einen Helden, den die Republik mit großer, aber nutzloser Geste weggeworfen hatte. Jetzt würde sie dafür bezahlen. Sie würden *alle* bezahlen, und sie würde sich ganz bestimmt nicht von dem Lancer aus dem Takt bringen lassen, der gerade ihren Angriffsflug behinderte.

Sie ließ ihren Jäger um die Gierachse drehen und behielt den markierten Torpedobomber im Visier, der am Geschützfeuer vorbei über den Rumpf der *Terror* raste.

Es war ganz schön knapp. Ein kurzer Moment, in dem sie sah, wie der winzige Bot auf dem Lancer seine obere Sensoreneinheit drehte und eine Reihe verschiedener Blinkfeuer von sich gab. Er reagierte damit auf ihre wahnsinnige Geschwindigkeit und wie nahe sie an ihnen vorbeiflog.

So nah war sie ihnen.

Bei Höchstgeschwindigkeit.

Aus allen Blasterkanonen feuernd.

Sie musste das arme Ding zu Tode erschreckt haben. Bots hatten in ihrem Herz schon immer einen besonderen Platz eingenommen. Vor langer, langer Zeit hatte sie mal Bot-Doktor werden wollen. Sie waren die Sklaven der Galaxie. In einer Galaxie, die sich wenig Gedanken um die kleinen Dinge machte, brauchten sie jemanden, der sich um sie kümmerte.

Aber das war eine andere Person gewesen. Eine andere Kat Haladis. Eine, deren Existenz einen Tag vor Dastos Tod geendet hatte. Bedeutungslos.

Aber heute...

... heute war nicht dieser Tag.

Heute war sie die glorreiche Rache. Heute war sie der geflügelte Tod.

Sie bog scharf ab und tauchte direkt hinter dem Torpedobomber auf. Dann drosselte sie ihre

Geschwindigkeit, um zum entscheidenden Schlag auszuholen.

**Siebte Flotte der Republik
Erste Staffel, »Gray Wolves«,
Ad-Hoc-Kommandozentrale für Sondereinsätze
05.30 Uhr, Systemortszeit.**

»Zielerfassungsdaten bestätigt, Berechnung bestätigt. Ausführung!«, brüllte Gray Six über die Leitung. Der junge Pilot streckte den Arm aus, um beide Torpedos scharf zu schalten und sie abzufeuern. Danach würde er abdrehen und sich aus der Schlacht verabschieden.

Nur gab es kein ›danach‹.

Kat Haladis feuerte langsamere, aber wesentlich durchschlagskräftigere Schüsse aus ihren überladenen Blasterkanonen ab. Die ersten Schüsse krachten in die verstärkten Heckdeflektoren des Torpedobombers.

Während Warnsignale und Sirenen ertönten, versuchte der Pilot Reserveenergie auf die Heckdeflektoren umzuleiten.

Die nächsten Schüsse des schwarzgrauen Tri-Jägers legten die Deflektoren komplett lahm und verursachten einen Stromstoß im Cockpit. Elektrostatische Entladungen und Stromblitze erhellten das Cockpit, und Gray Six zog seine Hände von den rauchenden Systemen weg.

Dann feuerte Kat mit ihren Blasterkanonen auf seinen ungeschützten Rumpf. Sie brauchte nur drei Treffer, und der gesamte Torpedobomber löste sich direkt oberhalb des Schlachtschiffs *Terror* in seine Einzelteile auf.

Commander Luq eilte zurück zum nächsten Einsatzteam.

»Gray Seven! Haben wir einen Torpedo abfeuern können?«

»Negativ, negativ, Gray Leader. Kein Schuss. Ich bestätige, kein Schuss erfolgt. Wir müssen noch mal über das Ziel fliegen.«

Die Luftkämpfe zwischen den Unmengen an Jägern fanden nun über allen drei Schlachtschiffen statt. Die Lancer und Raptoren töteten und wurden von den grausamen Tri-Jäger-Abfangjägern getötet, während das Kreuzfeuer zahlloser Geschütze umherirrende Raumschiffe erwischte und sie in Staub- und Dampfwolken auflöste.

»Gray Leader, hier Bandit Leader. Wenn Sie nochmal angreifen wollen, dann jetzt. Wir können sie nicht mehr länger beschäftigen —«

Irgendwo da draußen in den Luftkämpfen, irgendwo über den wuchtigen Rümpfen der drei gigantischen Raumschiffe... war Bandit Leader nicht mehr.

»Okay, Staffel Gray... folgt mir«, sagte Gray Leader. Jetzt geht's ums Ganze. Wir gehen mit maximaler Abfanggeschwindigkeit rein.«

»Bei dem Anflugwinkel können wir nicht mehr schnell genug hochziehen, Gray Leader, nicht bei der Geschwindigkeit.«

Gray Two, Five und Seven nahmen Formation zu beiden Seiten ein.

Luq warf einen kurzen Blick auf sein Team und sagte: »Auf Abfanggeschwindigkeit beschleunigen und dranbleiben.« Bevor er den Schubhebel nach vorne drückte, sagte er noch: »Wir gehen da rein, egal, was passiert.«

Schwarze Flotte
Brücke der *Terror*
05.33 Uhr, Systemortszeit.

»Alle Geschütze auf diese Gruppe feuern lassen!«, brüllte Captain Gulza.

Adjutanten und Offiziere beugten sich über ihre Konsolen, während der Befehl übermittelt wurde.

Gulza stand auf, um durch die Fenster der Brücke nach vorn schauen zu können. Er konnte sehen, wie die Torpedoformation weit unter ihnen auf ihren Bug zuraste.

»Viper Lead bestätigt, beide Abfangjäger abgeschossen!«

»Mir sind die verdammten Abfangjäger egal!«, brüllte Gulza. »Dieser Torpedobomber muss sofort erledigt werden!«

»Sir, die Bordschützen können ihm nicht folgen. Sie fliegen zu schnell für unsere kombinierte Feuerleitlösung.«

»Die Geschütze sollen einzeln feuern, sofort.«

Der Torpedobomber feuerte seine Torpedos ab.

»Abgefeuerter Komet!«, rief der CIC der *Terror*. Abgefeuerter Komet war eine Umschreibung für einen Torpedo, der sein Ziel erfasst hatte.

»Gegenmaßnahmen einleiten!«, brüllte Captain Gulza. »Steuermann, bereithalten für —«

Der glühend heiße Torpedo zischte an den Brückenfenstern vorbei. Und Gulza wusste in diesem kurzen Moment, dass sie den Deflektorreaktor anvisiert hatten, der sich oben auf der Brückensektion befand.

Die Explosion hallte entlang des Rumpfs nach und rief in den Aufbauten ein dumpfes Grollen hervor.

»Schadensbericht!«, rief der CIC.

Der zuständige Offizier musste brüllen, um den Lärm zu übertönen: »Sie haben unsere Schildreaktor ausgeschaltet! Wir sind wehrlos!«

Und dann krachte Commander Luq mit seinem viel zu schnellen Lancer in die Decks oberhalb der Brücke. Das war nicht seine Absicht gewesen. Aber Gray Five hatte recht behalten. Sie hatten den Torpedo abwerfen können, aber bei dieser Geschwindigkeit war ein rechtzeitiges Abschwenken nicht mehr möglich gewesen.

Gray Leader raste in die Zielerfassungsrechner oberhalb der Brücke.

Gray Two prallte von den Aufbauten ab und wirbelte hinaus in die Finsternis des Weltraums.

Und Gray Seven rasten mitten in die Brücke hinein.

Dadurch wurden beide Brückendecks schlagartig undicht, und die gesamte Brückenbesatzung der *Terror* wurde getötet.

**Siebte Flotte der Republik
Brücke der *Freedom*
Direkt hinter der Frontlinie
05.34 Uhr, Systemortszeit.**

Sie hörte, wie sie jubelten und pfiffen. Admiral Landoo atmete tief durch und zwang sich, sich wieder auf die Lagedarstellung zu konzentrieren und den Vorteil optimal auszunutzen, den sie gerade erhalten hatten.

Sie hatten es tatsächlich geschafft, eins der Schlachtschiffe zu verwunden.

»Aufklärung! Wie sieht das Ding aus?«

Der Aufklärungsoffizier wandte sich von seiner Konsole ab, um ihr zu berichten. Er rief den holografischen Bildschirm auf, auf den die Admiralin gerade schaute, und deutete auf das geisterhafte Abbild des Raumschiffs, das sie gerade beschädigt hatten. »Wir haben es geschafft, ihnen alle Deflektorenergie zu nehmen. Wir schätzen, dass sie diese nicht problemlos wiederherstellen können, außer sie verfügen über ein hochentwickeltes Reservesystem, das unseres Wissens nach noch keine einzige Navy in der Galaxie entwickelt hat. Anders ausgedrückt... das Raumschiff ist nun direktem Beschuss schutzlos ausgeliefert. Einige unserer Jäger sind in die Aufbauten gekracht, und obwohl wir noch keine genauen Kenntnisse darüber haben, was für Schäden das angerichtet hat, wissen wir, dass das Raumschiff jetzt verwundbar ist. Das ist unsere Chance, wenn wir sie ergreifen wollen, Admiral.«

Admiral Landoo musterte die auf der transparenten Lagedarstellung glühenden Formationen. Admiral Nagu hatte sich mit der Zerstörergruppe der Siebten an den Feind herangepirscht, und war der ersten Jägerwelle mit großem Abstand gefolgt. Direkt jenseits der Jägerwelle hielten die drei gigantischen Schlachtschiffe ihren Kurs bei. Sie waren ohne Zweifel auf dem Weg zur Trägertruppe und hatten anscheinend vor, sich einen Weg durch die Zerstörergruppe zu bahnen, um ihr Ziel zu erreichen.

»Wie lange noch, bis Nagu in Geschützreichweite ist?«

»Fünf Minuten, Admiral.«

Stille.

Alle auf der Brücke hielten den Atem an.

Die Admiralin richtete sich auf und ließ ihren Blick über ihre Brückenbesatzung schweifen. Sie waren alle so jung. Für diese Schlacht nicht bereit. Eine Schlacht, die sich niemand im Lauf all ihrer Jahre an der Republikanischen Führungsakademie jemals hatte vorstellen können.

Die Szenarien, auf die man sie vorbereitet hatte, waren immer nur lokal begrenzte Auseinandersetzungen gewesen.

Möchtegernflotten, die sie mit erdrückender Übermacht niederschlagen würden.

Oder Piraten.

Oder Plünderer.

Selbst auf Schmuggler hatte man sie vorbereitet.

Aber heute hast du ganz andere Karten auf die Hand bekommen, ermahnte sie sich.

Und mit denen musst du jetzt spielen.

**Schwarze Flotte
Brücke der *Imperator*
05.35 Uhr, Systemortszeit.**

»Schadensbericht für die *Terror*.«

Admiral Rommal wartete immer noch. Jedes einzelne Besatzungsmitglied auf der großen, zweistöckigen Brücke der *Imperator* versuchte hektisch, die notwendigen Daten abzurufen — abgesehen von denjenigen, die sich von dem Spektakel der beschädigten *Terror* direkt vor ihren Brückenfenstern nicht lösen konnten und entsetzt starrend stehengeblieben waren. Der starke Kommunikationsverkehr, der den Admiral umgab, hörte sich wie Tausende summende Insekten an, die alle um seine Aufmerksamkeit buhlten.

Rommal trat an die Backbordfenster heran, von wo aus er einen direkten Blick auf die *Terror* hatte. Das Raumschiff hatte die Hälfte seiner Energie verloren, und in der Brückensektion war ein Feuer ausgebrochen. Und um sie herum ging die Schlacht weiter.

Er riss sich zusammen.

Ein Offizier hat sich immer im Griff, flüsterte er lautlos.

In der republikanischen Navy verhielten sich die ernannten Offiziere wie verzogene Prinzen. Aber hier nicht. Bei Rommal nicht. Sein Stab und seine Besatzung gaben ihr Bestes mit dem, was ihnen ihm Chaos der Schlacht zur Verfügung stand. Da drüben auf der *Terror* waren Leute, seine Leute, die entweder tot waren oder im Sterben lagen.

Gib ihnen Zeit, ermahnte er sich.

Und dann war da noch Goth Sullus.

Man wollte ihn niemals... enttäuschen. Was immer er auch war. Das wollte man auf keinen Fall.

Aber das hier war eine Schlacht. Und in einer Schlacht plante man solche Enttäuschungen ein, weil sie so oft dazugehörten. In einer Schlacht wurden Menschen und Ausrüstung vernichtet, und viele Pläne gingen furchtbar schief.

Der Admiral ging alle seine strategischen Entscheidungen durch. Hatte er irgendetwas getan, dass zu den drei direkten Treffern an der Brückensektion der *Terror*, von denen sie im Augenblick ausgehen mussten, geführt hatte?

Nein. Aber dennoch...

»Admiral.« Der CIC meldete sich. »Es sieht schlecht aus, Sir. Die *Terror* hat ihre gesamte Energieversorgung für die externen Deflektoren verloren.«

Bei diesen Worten zuckte Rommal zusammen.

Sie würden die *Terror* zum Schlusslicht ihrer Formation machen und sie mit ihren eigenen Deflektoren beschützen müssen. Sie mussten sie schützen, damit sie sie als Langstrecken-Waffenplattform einsetzen konnten, sobald sie sich in Nahkampfreichweite mit der republikanischen Hauptflotte befanden.

Wo zur Hölle steckte Devers?

»Wie lange —«

Er wollte gerade fragen, wie lange es dauern würde, bis sie ihre Deflektoren wieder aktivieren konnten, aber der CIC unterbrach ihn, weil er noch mehr zu sagen hatte.

»Das ist nicht das Schlimmste, Sir«, warf der CIC ein.

Er beugte sich vor und sprach mit leiser, vertraulicher Stimme. Intuitiv beugte sich Admiral Rommal vor, um ihm zuzuhören.

»Wir haben die gesamte Kommandoebene verloren. Es sieht wohl so aus, als ob ein republikanischer Jäger direkt in die Brücke gekracht ist, nur Sekunden nachdem die Deflektoren ausgefallen waren.«

»Gulza?«, murmelte der Admiral.

»Tot. Alle. Alle sind tot, Sir.«

»Wer hat jetzt den Befehl inne?«

Der CIC rief eine andere Übersicht auf seinem Datenpad auf. »Das wäre dann Commander Vampa. Sie befand sich auf dem Hangardeck, als die Brücke zusammengebrochen ist.«

Admiral Rommal nickte, schürzte die Lippen und versuchte sich an alles zu erinnern, was er über die Offizierin wusste. Nur verfügte jedes ihrer Raumschiffe über zehntausend Besatzungsmitglieder. Es war unmöglich, jeden einzelnen an Bord zu kennen.

»Ihre Akte«, warf der CIC ein, »zeigt, dass sie effizient, aber gnadenlos ist. Man hat sie wegen ethischer Vergehen aus der republikanischen Navy gejagt. Hatte den Befehl über eine Hammerkopfkorvette, die ihr im Kaankar-Nebel unter dem Hintern weggeschossen wurde. Hat den Silberstern für besondere Tapferkeit erhalten.«

»Dann hört sie sich für mich in dieser Situation wie die richtige Offizierin an. Feldbeförderung zum Captain. Sie übernimmt hiermit das Kommando über die *Terror*. Befehlen Sie ihr, Schutz hinter der Flotte zu suchen, bis wir ihre Deflektoren wieder online bekommen.«

Der CIC gab eine Reihe von Befehlen ein und sagte: »Es ist nicht alles schlecht, Sir. Unsere Verlustschätzungen gehen davon aus, dass wir es geschafft haben, etwa achtzig Prozent der Jäger auszuschalten, die der republikanischen Flotte zur Verfügung stehen. Der Träger hat alles auf eine Karte gesetzt. Wir können uns nun wieder aufrüsten und sie mit vollständigem Jägergeleit angreifen. Sie haben nur noch wenig in der Hand, mit dem sie uns abwehren können.«

Immerhin, dachte Admiral Rommal, das war eine gute Nachricht.

**Siebte Flotte der Republik, Trägergruppe
Brücke der *Freedom*
05.38 Uhr, Systemortszeit.**

Der Aufklärungsoffizier wich der Admiralin nicht von der Seite. In Gedanken versuchte er, sie dazu zu bringen, in den nächsten Sekunden eine sehr wichtige Entscheidung zu treffen.

»Zweites Geschwader?«

»Auf dem Deck. In fünf Minuten einsatzbereit.«

Admiral Landoo blickte auf und starrte in die Dunkelheit der Operationszentrale. Schatten bewegten sich zwischen den Bildschirmen und Anzeigen, die tief im Inneren des Trägers verborgen lagen.

Sie hatten ein neues Geschwader mit nach Tarrago gebracht. Einhundert neue Raptoren mit Piloten. Sie hatten die Jäger aus den Hilfsfrachträumen auf Deck schaffen müssen, aber die Deckoffiziere hatten Himmel und Hölle in Bewegung gesetzt, um zwei komplette Trägerstaffeln aus den Frachträumen zu holen und einsatzbereit zu machen. Und die Raptoren waren das Beste, was der Republik zur Verfügung stand.

»Wie viele haben den ersten Angriff überlebt?«

»Es werden weniger als dreißig sicher zurück aufs Deck kommen. Wir wissen nicht, wie viele davon tatsächlich wieder einsatzbereit sind, wenn wir sie neu ausrüsten. Außerdem haben wir Verwundete, aber auch Ersatzpiloten. Also..«

»Befehlen Sie ihnen, über der Gruppe Position zu halten, bis wir das Zweite Geschwader vom Deck haben. Dann rein mit ihnen für die Wiederbewaffnung.«

Sie starrte erneut auf die Lagedarstellung hinab. Die rot glühenden, holografischen Schlachtschiffe kamen näher.

»Beide Staffeln, sofortiger Start. Befehlen Sie Admiral Nagu, auf den Feind vorzurücken und ihn anzugreifen.«

KAPITEL 11

Admiral Landoos Befehl wurde über den Flottenkanal übertragen und ertönte in den Einsatzbesprechungsräumen, Korridoren und Landebuchten in der Nähe von Hangardeck Sechs. Das Dröhnen Hunderter Pilotenstiefel erfüllte die Flure.

Die Piloten der Staffeln Buccaneer und Gunfighter, beide bestehend aus fünfzig Raptoren, hatten in ihren großen Einsatzbesprechungssesseln gesessen und waren die vorhandenen Daten zur feindlichen Flotte durchgegangen, der sie sich gleich stellen würden. Oder nicht. Einige zogen es vor, in die Leere zu starren, und von ihren versteinerten Gesichtern war die Unabwendbarkeit ihrer Lage deutlich abzulesen.

Alle kannten die Verlustmeldungen des ersten Waffengangs. Sie hatten massive Verluste erlitten.

Über achtzig Prozent der ersten Angriffswelle hatten sich in Kondensstreifen verwandelt. Achtzig Prozent eines *Omega*-Angriffs — der sagenhafte Angriff, der alle Angriffe beenden sollte, und der schon immer als nur schlecht verschleierte Drohung der Republik verstanden worden war... zumindest hatte die Flotte sie mit diesem

Grundsatz immer beruhigen wollen. In nur wenigen Augenblicken hatte sich alles verändert.

Man hatte die Piloten in ihren Einsatzbesprechungsräumen eingesperrt, um die Hangare freizuhalten, während ihre Raumschiffe aus der Lagerung geholt und bewaffnet wurden. Die deutlich spürbare Mischung aus Angst und Adrenalin war fast schon greifbar. Diese Piloten waren davon ausgegangen, dass sie einfach nur ihre neuen Posten an Bord des Trägers antreten und ab und zu mal nach Tarrago und gelegentlich Konvoigeleitschutz fliegen würden. Im schlimmsten Fall hätten sie Piraten zu bekämpfen.

Aber jetzt wurden sie in eine offene Weltraumschlacht zwischen Großkampfschiffen geschickt. Ein Großangriff gegen eine feindliche Flotte. Aber würde das ausreichen? Der sagenhafte Omega-Angriff war über dem Ziel zusammengebrochen. Jäger im Gegenwert einer gesamten Flotte... weg. Würde der einfache Großangriff, der aus den Jägern eines einzelnen Trägers bestand, ausreichen?

Die Piloten in diesen Räumen hatten sich selbst in ihren schlimmsten Träumen niemals vorgestellt, jemals in eine so gefährliche Lage zu geraten und schon gar nicht mit so schlechten Überlebenschancen.

Schon gar nicht Atumna Fal.

Sie unterschied sich von den meisten anderen, humanoiden Tennar in einem wichtigen Punkt. Sie gehörte zu dem einen Prozent, deren Haut einen gedeckten Orangeton hatte.

Gerüchten zufolge würden die Sklavenhändler der Gomarii ihr Gewicht in Mithrium aufwiegen, um eine Tennar mit dieser seltensten Hautfarbe kaufen zu können.

Aber Atumna Fal war ein Ensign in der republikanischen Navy, keine Haremsklavin für irgendeinen Kriegsherrn am Rand der Galaxie. Sie war Jägerpilotin.

Sie wischte sich mit ihrem rechten Tentakel ein wenig Schlaf aus einem Auge und gähnte wie eine riesige Raubkatze.

»He, Mädel«, sagte der Pilot im Stuhl neben ihr. »Ich habe den perfekten Weckservice für dich.«

Race Mandu versuchte dauernd sie anzugraben. Und alle anderen Frauen auch. Er schien sich selbst für einen unwiderstehlichen Frauenheld zu halten. Und Race war nicht der Einzige, der das versuchte. Jeder einzelne Raptor-Pilot in der Staffel hatte schon sein Glück bei der kleinen und sehr kurvenreichen Atumna Fal versucht.

Sie verdrehte zwei große und wunderschöne Augen und schlug mit ihrem anderen Tentakel seine Hand weg.

Aber innerlich lächelte sie. Die Aufmerksamkeit war ganz nett. Sie hasste durchschnittliche, republikanische Beta-Männer mit ihrem affektierten Bedürfnis nach sozialer Gerechtigkeit. Die sich dafür entschuldigten, wenn sie eine Frau um ein Date baten. Die sich dafür entschuldigten, wenn sie sie zu küssen versuchten. Die sich dafür entschuldigten, wenn sie sie küssten. Die sich für letzte Nacht entschuldigten. Entschuldigungen, Entschuldigungen, Entschuldigungen.

Sie wollte einen Mann, kein Weichei.

Auch wenn sie sich nicht wirklich für andere Tennar-Männer interessierte — eine Kriegerkaste mit acht Tentakeln im Vergleich zu ihren zwei —, so vermisste sie doch ihr ›Ich Mann, Du Frau!‹-Stammesverhalten in den meerschaumgrünen Tiefen ihrer Heimatwelt in der Nähe der Tempel von Ahm.

Erfreulicherweise hatte sie ihre Karriere als Jägerpilotin mit einem ständigen Nachschub an testosterongesteuerten Alpha-Männchen aus verschiedensten Spezies versorgt. Sie erinnerten sie daran, dass sie eine Frau war. Und zwar eine sehr gefährliche Frau.

»Wir haben gerade den Befehl erhalten, Race. Wir werden in den nächsten drei Minuten zu unserem Raumschiff beordert. Tut mir leid, Flieger. Wird wohl nie was aus uns.«

»Es dauert ja nicht lange«, versicherte ihr Race.

Sie lachte und wies ihn erneut ab.

Und dann kam der endgültige Befehl, sich am Raumschiff zu melden.

»Los, Gunfighters! Hopp, hopp, hopp. Alle Piloten zu ihren Raumschiffen auf Hangardeck Sechs.«

Die Piloten schnappten sich ihre Datenpads und Taschen. Pilotenhelme wurden unter Arme gestopft, als alle zu den Ausgängen rannten.

Race zupfte kurz an Atumnas zarter Schulter, als sie sich gerade schon abwandte. Sein hohlwangiges Gesicht wirkte nun stocknüchtern. Seine hellblauen Augen suchten ihren Blick.

»Sei vorsichtig da draußen, Schwesterchen.«

Sie sah schnell lächelnd zu ihm auf. Sie kannte die Wirkung, die ihr umwerfendes Lächeln auf allen Welten der Republik hatte, perfektioniert noch durch ihre braungoldenen Augen, die sich atemberaubend von ihrer herbstfarbenen Haut absetzten.

»Vergiss es, auf Nummer sicher zu gehen«, kicherte sie über ihre Schulter, als sie sich zum Gang durchkämpfte, weg von ihm und in Richtung ihres Raumschiffs. »Sei der Beste, oder stirb mit den anderen.«

Sie zwinkerte ihm zu und rannte dann in Richtung Vorfeld.

Schwarze Flotte
Ersatz-Kontrollraum der *Terror*
05.42 Uhr, Systemortszeit.

Die frisch ernannte Captain Vampa sah zu, wie die Techniker die meisten der tief im Schlachtschiff verborgenen Ersatz-Kontrollraum-Konsolen hochfuhren. Das Flottenprotokoll besagte, dass dieser Befehlsstand nicht bemannt werden durfte, bevor nicht die Reserve komplett vollzählig war. Jetzt versuchten sie, diesen Raum zum Leben zu erwecken, nachdem die gesamte Hauptbrücke vernichtet worden war.

Die aktuell größte Schwäche dieser Flotte, so dachte sich Vampa, die Arme vor der Brust verschränkt, war ausreichende Besatzungsverfügbarkeit. Natürlich mussten sie mit Verlusten in dieser Schlacht rechnen. Das war ihnen klar gewesen. Aber wenn sie zu viele Leute verloren, dann würden sie die Kontrolle verlieren. Oder wenn man zu viele Verluste von der *wichtigen Art* hatte, lauteten ihre finsteren Gedanken, nachdem sie über die Überwachungskameras die katastrophalen Schäden an der Hauptbrücke gesehen hatte.

Und jetzt hatte sie das Sagen.

Einfach so.

Vor ihrem inneren Auge lächelte sie grausam. Ja, selbst sie wusste, dass sie absolut gnadenlos war. Das Kommando, das ihr in der republikanischen Navy versagt geblieben war, war ihr nun plötzlich in einem furchtbaren Augenblick zuteilgeworden, hier in dieser brandneuen Flotte, die die Galaxie den zitternden Händen der Republik entreißen wollte. Sie empfand dies alles als sehr ironisch. Sie hatten sie gefeuert, und jetzt war sie drauf und dran, sie zu zerstören. Für sie drehte sich dieser ganze Kampf nicht um einen Regimewechel oder eine neue Ordnung. Für sie ging es um Rache und Macht. Absolute Macht und sonst nichts.

Und das kam ihr gerade recht.

Wenn sie diesen Posten behalten wollte, dann war dies der Augenblick, um Admiral Rommal und...

Sein Name lautet Goth Sullus, ermahnte sie eine Stimme. Eine Stimme, der sie erlaubte, zu ihr zu sprechen. Um ihr zu sagen, was ihre moralische Richtschnur war. Eine Stimme, die sie dazu zwingen konnte, die Dinge zu tun, die getan werden musste, selbst wenn das verängstigte Flüchtlingsmädchen, das sie mal gewesen war, diese Dinge nicht tun wollte.

Vampa war aufgefallen, dass jeder in der Flotte an einer Art seltsamen und unausgesprochenen geistigen Blockade litt, wenn sein Name fallen sollte, aber sie zwang sich dazu, den Namen des Manns in Schwarz auszusprechen.

Goth Sullus.

Und wenn sie das Kommando über die *Terror* behalten wollte, dann musste sie sich ihm gegenüber beweisen, jetzt sofort.

Und um *das* zu erreichen, musste sie das Raumschiff in den nächsten Minuten wieder einsatzbereit machen und zurück in die Schlacht führen. Die *Imperator* und die *Revenge* bewegten sich bereits vor sie, um sich dem Angriff der Siebten Flotte zu stellen. Die Aufklärung zeigte gerade, dass über einhundert Jäger der nächsten Generation vom Träger der Siebten abhoben, der sich immer noch hinter den Zerstörern versteckte.

Sie fragte sich, ob Rommal in diesem Augenblick einen Anfall bekam.

Niemand hatte einen zweiten Angriff vom Träger eingeplant. Und die rebellische Dritte Flotte der Republik mit ihrem dummdreisten Admiral war nirgendwo zu sehen.

»Wie sieht es aus mit der Wiederbewaffnung der Staffel?«, fragte sie. Ihr Tonfall machte deutlich, dass sie von der Besatzung verlangte, ihre Aufgaben schneller voranzutreiben, und nicht, dass sie einfach nur einen Statusbericht zur Situation haben wollte.

Ihr erster Offizier hob seinen Kopf von der schiffsinternen Leitung. »Wir sind fast wieder bereit, in fünf Minuten...« Eine Pause folgte.

Sie musterte ihn. Wartend. Wartend darauf, dass er die Worte aussprach. Sie wollte ihn mit ihren grauen Augen dazu bringen, sich ihrem Willen zu beugen.

Sie hoffte, dass er mit ihrer augenscheinlichen, dunklen Schönheit zu kämpfen hatte und nicht mit der Tatsache, dass sie nun sein Captain war. Denn ja, sie war schön. Das wusste sie, denn dies hatte ihre Karriere behindert. Anstelle in ihr eine kompetente Offizierin zu sehen, hatten die republikanischen Navy-Admiräle entweder jemanden gesehen, mit dem sie schlafen wollten, oder jemanden, den sie hassten, weil sie im Gegensatz zu ihnen eine Frau von klassischer Schönheit, umgeben von einer dunklen Aura war. Sie wäre erfolgreicher gewesen, hätte sie wie ein untersetztes Mannweib ausgesehen — das aufgrund seiner Zugehörigkeit zu einer Minderheit oder zugunsten der Diversität befördert worden wäre. Also aus den falschen Gründen.

Aber sie war, was sie war. Eine echte, lebendige Frau, die ihre Schönheit wie einen schweren Hammer nutzte, um allen den Schädel einzuschlagen, die sich ihr in den Weg stellten.

Und sie hatten sie alle, auf ihre eigene Art und Weise, entsprechend bestraft. Sie hatte zugesehen, wie sie an ihr vorbeigezogen waren, mit einem selbstzufriedenen Grinsen im Gesicht, wenn dies passierte. In dem Wissen, dass sie sie besiegt hatten, weil sie einfach dem Herdentrieb folgten und Panik schürten. Talentierte, gut aussehende Frauen brauchten sich gar nicht erst bewerben.

Das würde sie hier auf keinen Fall zulassen. Nicht in dieser brandneuen Flotte. Dies war ihre Chance. Und sie würde sie ergreifen.

»Captain.« Der Mann hatte endlich seine Stimme wiedergefunden.

Sie hielt seinem Blick noch einige Sekunden länger stand, um sicherzustellen, dass er ihren höheren Rang auch anerkannte. Dann hob sie einen Mundwinkel, als kleines Zeichen ihrer Belustigung. Nur damit er überhaupt nicht wusste, wie er mit ihr umgehen sollte.

»Wir brauchen diesen Schutz innerhalb von zwei Minuten online«, rief sie quer durch den Ersatz-Kontrollraum. »Steuermann, beschleunigen auf Höchstgeschwindigkeit. Wir werden diese Schlacht nicht aussitzen.«

Sie bemerkte, wie der Steuermann kurz innehielt und seinen ersten Offizier anstarrte, als ob er um Erlaubnis fragen wolle. Aber sie musste nur kurz ihren Kopf wenden und sie anfunkeln, und schon kehrten beide Männer an ihre Konsolen zurück und nahmen die befohlene Geschwindigkeitsänderung vor.

Das riesige Raumschiff begann unter ihren Stiefeln ein wenig tiefer zu brummen. Sie konnte es hier auf dem Deck spüren und in ihrem Magen.

Vampa wandte sich wieder der Lagedarstellung zu.

Sie spürte, wie der erste Offizier sich an ihre Seite schlich. »Captain, wir...« Er zögerte. Dann schien er seine erstickte Stimme wiederzufinden. »Unsere Deflektoren sind offline. Wir werden völlig schutzlos sein.« Er klang ernsthaft besorgt.

Vampa musterte die republikanische Formation, auf die sich ihre Flotte zubewegte. Der Superzerstörer *Atlantica* bewegte sich zügig auf die *Imperator* und die *Terror* zu. Die anderen Zerstörer verteilten sich um ihn, um mit dem Geschützfeuer auf den Gegner zu beginnen.

Sie beugte sich vor und markierte die *Atlantica* mit einer schnellen Handbewegung.

»Sobald sie sich der *Imperator* entgegenwirft, wird sie ihre Hauptkanonen einsetzen, um sich durch die Deflektoren durchzubeißen. Die Standardzielerfassungsprotokolle der Republik sehen vor, dass das erste erreichbare Ziel mit konzentriertem Geschützfeuer angegriffen wird, bis es seine Deflektoren verliert. Unsere Schlachtschiffe können eine Menge einstecken. Wir haben viel mehr Panzerung und eine viel größere Gesamtmasse als sie. Aber was ist, wenn zwei Schlachtschiffe ohne Deflektoren dastehen?«

Der erste Offizier betrachtete die geisterhaften holografischen Darstellungen der Raumschiffe. In wenigen Augenblicken würden sich beide Raumschiffsgruppen in Schussweite befinden. Und er sagte immer noch nichts. Es war für sie offensichtlich, dass er vorsichtig war. Und das war gut. Er bildete das Gegengewicht zu ihrer Rücksichtslosigkeit.

Sie kannte sich gut genug.

Sie wusste, dass sie jemanden brauchte, der ihre wilderen und wagemutigeren Pläne im Zaum hielt.

»Das könnte ihre KI-Zielerfassungsprotokolle durcheinanderbringen«, sagte Vampa, als ob sie eine Art Unterrichtsstunde zur Schlacht beginnen wollte. »In einer perfekten Welt würden die Kanoniere diese Protokolle aushebeln, und sich darauf konzentrieren, die besten Chancen zu nutzen. Weil sie die Chance sehen, uns auch auszuschalten. Aber was ihnen nicht klar ist, ist, dass sie sich die Chance verbauen, unser Flaggschiff auszuschalten, indem sie ihr Angriffspotential halbieren. Mein Plan lautet daher, sie aus diesem Winkel anzugreifen und ihnen unseren Bug als Ziel zu bieten. Eine kleinere Zielfläche, und unsere Bugpanzerung und die Aufbauten werden unsere internen Schäden minimieren.«

»Damit verschaffen wir der *Imperator* die Zeit, ihre Deflektoren wieder online zu bekommen.«

Sie lächelte ihn verführerisch an.

Das war ein weiterer ihrer Tricks.

Sex.

Der Mann lief hochrot an, als sie ihm mit diesem Lächeln all die Möglichkeiten bot, die ihr zur Verfügung standen. Jetzt gehörte er ihr. Sie sah, wie er schwer schluckte. Aber es war das, was er als Nächstes sagte, das ihn für immer zu ihrem Diener machte. Was sie davon überzeugte, dass sie durch reinen Zufall genau den richtigen Verbündeten für ihr Streben nach Macht gefunden hatte.

»Und wir werden die Helden sein für Rommal und...« Er schien sich dies selbst zuflüstern zu müssen. »*Ihn.*«

Wieder diese Weigerung, den Namen Goth Sullus auszusprechen.

Sie ließ dies unwidersprochen und widmete sich wieder den aufeinander zusteuernden Einheiten in der Lagedarstellung. Sie war wirklich sehr zufrieden mit sich.

»Genau. Befehlen Sie den Geschützen, die *Arongotoa* und die *Victory* zu beschießen, wenn wir längsseits gehen, um ihre Formation zu flankieren. Wenn wir beide ausschalten, dann können wir dem, was von der *Atlantica* noch übrig ist, Breitseiten verpassen. Das ist unser Schlachtplan.«

Der erste Offizier nahm Haltung an. »Ich informiere die Geschützkommandanten, Captain.«

Kein Zögern.

Perfekt.

Und dann machte er sich auf den Weg, und Captain Vampa beugte sich zu all den Einheiten in der holografischen Darstellung hinab und versuchte mit schierer Willenskraft die Schlacht so verlaufen zu lassen, wie sie es sich wünschte.

Sie lächelte in Vorfreude auf das nahende Gemetzel.

Schwarze Flotte
Brücke der *Imperator*
05.55 Uhr, Systemortszeit.

»Wir nähern uns, Admiral. Bug-Geschütze in Reichweite in dreißig Sekunden.«

Totenstille senkte sich auf die Brücke, abgesehen vom dauerhaften, elektronischen Gemurmel der Statusberichte aller Sektions- und Staffelführer der Flotte.

Admiral Rommal trat an das Hauptbrückenfenster heran, das ihm den Blick auf das riesige graue Raumschiff und den weit entfernten, dreieckigen Bug vor ihm ermöglichte. All dies war mit holografischen Darstellungen überlagert. Im Augenblick hatte der CIC die Geschützreichweiten und Geschossflugbahnen hervorgehoben, einschließlich der ständig neu berechneten Trefferchancen. Alles befand sich in ständiger Bewegung. Und dennoch blieb die unermessliche und alles überlagernde Stille des Weltraums unermesslich und überwältigend, jenseits dieser kleinen, unbedeutenden Schlacht. Diesem Mikrokosmos aus Leben und Tod.

Der republikanische Superzerstörer und die sieben Zerstörer näherten sich ihnen langsam. Beide Seiten tänzelten an der imaginären Linie entlang, die die schützende oder zerstörerische Reichweite der Orbitalwaffe darstellte. Denn ungeachtet all der Informationen, die in diesem Augenblick auf beiden Seiten berechnet und verarbeitet wurden, wusste niemand, was auf der Oberfläche des Tarrago-Monds passierte.

Niemand wusste, wer die Kontrolle über die Waffe hatte.

Und doch verfügte diese brandneue Flotte, die im Augenblick einfach nur als die Schwarze Flotte bezeichnet wurde, über die Technologien und vor allem die Überzahl, um in jedem nur erdenklichen Szenario den Sieg davonzutragen. All die Theorien und Wahrscheinlichkeiten, über die sie sich Gedanken gemacht hatten... über die Schlachtpläne, die Ausrüstung, ja, sogar sich selbst... all dies wurde im Schmelztiegel der Schlacht in Echtzeit auf die Probe gestellt.

Die nächste Prüfung war nur noch wenige Sekunden entfernt.

Der Kampf Flotte gegen Flotte. Erst aus der Ferne und schließlich aus nächster Nähe. Die Verluste würden enorm ausfallen. Auf beiden Seiten.

Rommal spürte, dass die Besatzung wartete. Darauf wartete, dass er die Befehle erteilte, um den Kampf wirklich zu beginnen. Als ob das größte Luftkampfduell der republikanischen Geschichte nicht gerade in der letzten Stunde schon stattgefunden hatte. Es war so, als ob die Galaxie nun ein neues, blutiges Spektakel verlangte, das die im Schlachtfeld schwebenden Trümmer noch übertreffen sollte.

Als ob alles von vorn anfangen sollte... noch einmal.

Er ging seine Waffen noch einmal durch.

Zwei Raumschiffe.

Beide mit zwei Haupt-Ionenkanonen ausgestattet.

Vier Antimaterie-Torpedowerfer.

Vierzig schwere Lasergeschütze — zehn am Bug, fünfzehn auf beiden Seiten — und das auf beiden Schiffen.

Sechzig leichte Nahkampfgeschütze — dreißig auf beiden Seiten — und das auf beiden Schiffen.

Die meisten dieser Waffen würden keinen Nutzen haben, bis sich die riesigen Raumschiffe direkt nebeneinander befanden. Und zu diesem Zeitpunkt wären ihre mächtigsten Waffen, die Ionenkanonen und die Torpedos, praktisch schon wieder nutzlos. Aber hier und jetzt... in ihrem Ansturm auf die feindliche Speerspitze... waren sie absolut perfekt.

»Informieren Sie die *Revenge*.«

Stille. Die republikanische Flotte rückte immer drohender ins Blickfeld. Der Superzerstörer ließ alle anderen Raumschiffe in seinem Geschwader zwergenhaft erscheinen.

Und in diesem Augenblick löste sich eine zweite Angriffswelle vom Träger und raste an diesem Geschwader vorbei auf sie zu. Also hatte die Republik sich noch eine Überraschung vorbehalten... und die Chancen im Kampf Jäger gegen Jäger waren wieder ausgeglichen. Aus technischer Sicht betrachtet konnten es die neuen Raptoren der Republik mit den Tri-Jägern der Schwarzen Flotte aufnehmen.

»Zielen Sie auf den Superzerstörer. Feuern Sie, wenn wir bereit sind, Captain.«

Zehn Sekunden später spuckten die beiden riesigen Geschütze unterhalb der Brücke, die aus einer Erhöhung im Rumpf hervorstanden, zwei Hochintensitäts-Salven instabiler Ionenmaterie aus, die zu Plasmakernen mit einer Feuertemperatur von über 3.200° Celsius verdichtet worden waren. Das metallisch klingende, schrille Kreischen der beiden Waffen ließ das Schlachtschiff im Innersten erzittern.

Die Schlacht, die wirkliche Schlacht, hatte begonnen.

Und tief in seinem Herzen wusste Rommal, dass sie sich schon bald von den höflichen Vorstellungen eines Kampfs verabschieden würden, bei dem sie sich aus weiter Ferne mit Wunderwaffen beschossen. Tatsächlich wusste er genau, dass sich dies schon bald zu einem Straßenkampf in der Dunkelheit entwickeln würde, bei dem alle ihre Messer zückten.

Rommal sah zu, wie die beiden Ionenschüsse zwei kleinen Sonnen gleich unbeachtet in die Dunkelheit zwischen den Flotten rasten. Sekunden später gab es einen Blitz, als der erste von *Atlantica*s Bug-Hauptdeflektor abgelenkt wurde. Der zweite schoss ganz knapp an dem langen Raumschiff vorbei.

Eine Sekunde später landete die *Revenge* zwei Treffer am Bug des feindlichen Superzerstörers.

Siebte Flotte der Republik
Brücke der *Atlantica*
06.01 Uhr, Systemortszeit.

»Sie haben geschossen!«, rief jemand in den Sekunden, kurz bevor das Schadenwarnsignal laut zu heulen begann. »Auf Einschlag vorbereiten!«

Nagu fragte sich geistesabwesend, ob diese neue Flotte, wer immer sich da ihnen auch entgegenstellte, eine neue Form der Waffentechnologie entwickelt hatte. Ob sie eine der Tausenden, spannenden, neuen Technologien umgesetzt hatten, für die die Republik so viel Geld ausgegeben und Zeit investiert hatte, nur um sie dann nie in ihren Raumschiffen einzubauen. Es gab so viel wertvolle und zugleich gefährliche Forschung und Entwicklung in Laboren, die sich über die gesamte Galaxie verteilten. Nagu hatte sich immer dafür stark gemacht, diese Forschungsergebnisse in die Realität umzusetzen.

Aber sie hatten es irgendwie immer geschafft, ihn zu ignorieren. Und ›sie‹ bedeutete das Haus der Vernunft.

Er betrachtete die beiden Schüsse, die auf sein Raumschiff zurasten, mit einer Art schweigender Schicksalsergebenheit. In den wenigen Sekunden vor den katastrophalen Schäden dachte er immer noch über die Forschung und Entwicklung nach.

Tja, all das werden wir jetzt herausfinden, dachte er in der lautlosen halben Sekunde vor dem Aufprall.

Mit einem Schlag versagten sämtliche Bugdeflektoren. Dann erwischte sie ein dritter Treffer an der Brückensektion, direkt unter ihnen, und Nagu flog durch die Gegend. Er suchte gerade nach einem Halt, als die Beleuchtung ausfiel. Ein weiterer, heftiger Treffer erwischte sie an den Hecksektionen des länglichen Superzerstörers. Vielleicht die Antriebssektion.

»Beleuchtung!«, brüllte Nagu mitten in das nun ausbrechende Chaos auf der Brücke. Er spürte, wie das Raumschiff unter ihm krängte, und ihm wurde plötzlich klar, dass er wahrscheinlich sterben würde. Alarmsignale heulten auf, und die rote Notbeleuchtung meldete sich flackernd in der Dunkelheit.

»Bugdeflektor offline!«, rief jemand unnötigerweise. *Der taktische Offizier*, dachte er.

Nagu kam mühsam auf die Beine und stolperte zur Schadenskontrolle hinüber. Sie hatten nun wieder Energie. Die Anzeigen machten deutlich, dass sie schweren Schaden genommen hatten. Sie hatten die Burgtorpedos und die Kanonen verloren. Die Antriebssektion hatte einen Hüllenbruch, aber sie hatten immer noch Energie.

»Verdammt«, fluchte Nagu. Sie konnten von vorne nicht mehr feuern.

Er wandte sich an den taktischen Offizier. »Befehlen Sie dem Steuermann hart nach Backbord. Die Seitengeschütze sollen das Feuer erwidern. Feuer frei!«

Einen Augenblick später brüllte ein Sensorentechniker: »Abgefeuerter Komet! Abgefeuerter Komet! Ich habe drei auf dem Display... jetzt vier, auf dem Weg in unsere Formation!«

**Siebte Flotte der Republik
Seitengeschütz-Kommandant, *Atlantica*
06.02 Uhr, Systemortszeit.**

Commander Hu, der sich in der Feuerkontrolle unterhalb des Rückgrats des Superzerstörers befand, drehte sich in seinem Stuhl und ließ den Zielerfassungscomputer herunterfahren. Dann bestimmte er die Entfernung zum Leitschlachtschiff.

»Geschütze bereit machen und auf meinen Befehl auf das ausgesuchte Ziel feuern.«

Um ihn herum erwachte die Geschützbesatzung zum Leben, als sich die schweren Lasergeschütze unten aus dem Rumpf unterhalb des langen Rückgrats herabsenkten und rotierten, bis sie ihre Ziele erfasst hatten. Jedes Geschütz war in einem gedrungenen, flachen Turm von halber Stockwerkhöhe untergebracht, aus dem zwei kurze, runde Geschützrohre herausstanden. Beide Rohre feuerten nun abwechselnd, um das Ziel mit ununterbrochenem Beschuss einzudecken.

Commander Hus Ziel war die sich nähernde *Imperator*. Während die *Atlantica* auf Breitseite abschwenkte, rückten die anderen Zerstörer der Formation weiter vor, mitten in den Mahlstrom des ihnen entgegengeschleuderten Feuers der beiden Schlachtschiffe.

Zwei Torpedos erwischten die *Victory* mittschiffs. Teile ihrer Hüllenpanzerung explodierten in den Weltraum und zogen eine Spur im Kielwasser des Zerstörers, bei dem lebenswichtige Systeme nun ungeschützt frei lagen.

»Schau dir die Größe von dem Ding an«, rief ein anderer der Bordschützen über den Kanal, als ein weiterer Torpedo die *Atlantica* erwischte. Irgendwo weit entfernt war an ihrem Rumpf eine grollende Explosion zu hören. Und obwohl die Deflektoren der *Imperator* dem schweren Geschützfeuer der Staffel standhielten, so kamen doch einige Treffer durch und erwischten sie mittschiffs.

»Zielerfassung beibehalten, Schussfrequenz erhöhen!«, brüllte Hu über den Kanal.

Schwarze Flotte
Brücke der *Imperator*
06.04 Uhr, Systemortszeit.

»Sir«, flüsterte der CIC in die vermeintliche Ruhe auf der Brücke. Jenseits der Fenster zeichnete sich ein fantastisches Feuerwerk ab, als ob es nur für sie gedacht war... eine Show, die man sich anschauen musste, eine Art unwirkliches Entertainment. Ganz abgesehen von all dem Tod und der Zerstörung, die gerade in diesen Raumschiffen vor sich ging. »Captain Vampa mischt sich mit der *Terror* in die Schlacht ein!«

Eine kurze Pause folgte, und Rommal drehte sich um und starrte den Mann an. In seinem scharf geschnittenen Gesicht stand eine deutliche Frage.

Der CIC verstand ihn sofort. »Ihre Deflektoren sind immer noch offline, Sir.«

In wenigen Augenblicken würden sich die Schlachtschiffe in die Reichweite der schweren Geschütze bewegen.

»Sie werden sie in Stücke schießen!«

Der CIC bestätigte dies mit einem ernsten Nicken.

»Befehlen Sie ihr, sich zurückzuhalten und uns Deckung mit ihren Jägern zu geben. Zwei komplette Staffeln sind auf dem Weg zu uns, und unsere Deflektoren versagen langsam. Wir brauchen dringend Nahkampfunterstützung, jetzt, wo diese beiden Staffeln auf uns zufliegen.«

Der CIC nickte und wandte sich ab, um den Befehl an die Brückenbesatzung der *Terror* weiterzugeben.

Siebte Flotte der Republik
Zweite Staffel, »Gunfighters«
06.05 Uhr, Systemortszeit.

Der gesamte Raum um Ensign Atumna Fal herum, der Schlund zwischen den Flotten, war nichts anderes als pures Chaos. Raptoren, die sich plötzlich in Feuerbälle und Rauchspuren verwandelten. Tri-Jäger, die durch diese Explosionen hindurchschossen. Schweres Geschützfeuer von den Schlachtschiffen, jenseits aller Beschreibung.

»Gunfighter Nineteen, du hast dir zwei eingefangen — pass auf.«

Atumna drehte ihren Kopf, um aus ihrem Raptor nach hinten zu blicken, während sie ihr Raumschiff hart zur

Seite und nach oben riss. Rote Blasterblitze zuckten ihr durchs Sternenfeld hinterher.

Sie flog eine geschraubte Linie zur anderen Seite und schüttelte einen ihrer Verfolger ab. Der andere blieb direkt hinter ihr und feuerte mit seiner Blasterkanone auf ihren Heckdeflektor.

Sie drehte erneut eine Schraube, schlug diesmal aber eine andere Richtung ein und verließ die bisherige Kampfebene. Als der Tri-Jäger ihr hinterherjagte, reduzierte Atumna plötzlich ihren Schub, riss ihr Raumschiff nach oben und glitt wieder mitten in die Schlacht — direkt auf zwei weitere Tri-Jäger zu. Sie drückte den Schubhebel wieder brutal nach vorne, um an ihnen vorbeizurasen, und wich nur knapp einem Zusammenprall aus. Der Tri-Jäger, der sie verfolgt hatte, hatte nicht dasselbe Glück. Er krachte in einen der Jäger, an dem sie vorbeigehuscht war, und beide Raumschiffe trudelten in unterschiedliche Richtungen, um dann inmitten der Schlacht zu zerbrechen.

Atumna atmete schwer. Das war knapper, als sich irgendjemand hatte vorstellen können.

»Nicht schlecht, Nineteen«, meldete sich Gunfighter Seven, auch bekannt als Race Mandu. »Folge mir zum Leitschlachtschiff — wir greifen seine Bugdeflektoren an. Volle Kraft voraus, Schwesterchen.«

Sie schloss sich Race an und setzte sich direkt neben seine Steuerbordflügelspitze. Sie stiegen aus dem ellipsenförmigen Schlachtfeld heraus, nur um sich anschließend aus allen Kanonen feuernd auf den dreieckigen, zweigeteilten Bug des Leitschlachtschiffs hinabzustürzen.

»Achte auf das Backbordgeschützfeuer«, meldete sich Gunfighter Lead nüchtern über den Staffelkanal.

Während sie sich dem Bug des ausladenden Raumschiffs schräg näherten, krachte konzentriertes Feuer der Siebten in die ungeheuren Deflektoren des Schlachtschiffs. Die aufgewendeten Energiemengen waren jenseits von Gut und Böse.

Und dann, ganz plötzlich, fielen die Deflektoren des Leitschiffs aus.

»Ihre Deflektoren sind offline!«, jubelte jemand über den Kanal.

»Verstanden«, meldete sich Gunfighter Lead. »*Sofort* auf direkte Zielerfassung wechseln! Gunfighters, ihr geht nacheinander und zu zweit rein. Wir müssen diese Geschütze ausschalten. Seven und Nineteen, ihr kommt mit mir. Wir schnappen uns die Haupt-Ionenkanonen.«

Atumna ließ ihren Jäger zur Seite kippen und folgte ihrem Staffelführer entlang des Rumpfs des großen grauen Raumschiffs.

»Zielerfassung für Backbord-Haupt-Ionenkanone, Nineteen.«

Das war ihr Ziel. Sie würde ihn zuerst feuern lassen, dann kam sie dran.

Sie konnte die riesigen Kanonen bereits in der Ferne auf dem Rumpf erkennen und brachte sich in Position, um sie mit ihren Blasterkanonen anzugreifen. Direkt vor ihr schickte Gunfighter Lead sengendes Blasterfeuer voran, das über die kleineren Strukturen hinwegtanzte, die den Hauptgeschützturm umgaben.

Atumna feuerte als Nächste. Ihre Schüsse schienen gegen das gepanzerte Schlachtschiff nicht viel auszurichten. Sie sah zwar, wie Hüllenpanzerung unter ihr zerschmolz, aber keine plötzlichen, furchtbaren Explosionen. Es gab nichts, womit sie sich brüsten konnten.

Und dann zogen sie ihre Raumschiffe steil nach oben, damit sie nicht in das feindliche Raumschiff krachten. Das Geschützfeuer verfolgte sie bis hoch hinauf in die tobende Schlacht, während weitere Raptoren durch das ausgeschaltete Deflektornetz herbeiflogen und sich für ihre Angriffe auf die Kanonen des Schlachtschiffs bereit machten.

Schwarze Flotte
Ersatz-Kontrollraum der *Terror*
06.09 Uhr, Systemortszeit.

»Langsam, langsam«, setzte Captain Vampa an. »Bringen Sie sie auf Backbord und richten Sie unsere Seitengeschütze aus.«

Der erste Offizier bestätigte die Befehle des Captains und sah zu, wie der Steuermann die Eingaben an der Konsole machte. Hier unten im Ersatz-Kontrollraum war es dunkel, und es fühlte sich fast natürlich an zu flüstern. Vor allem, wenn die von ihnen geplante Täuschung so unglaublich offensichtlich zu sein schien. Sie rückten näher an die feindliche Flotte heran, an ihre Flanke, und konnten gleich ihre Seitengeschütze zum Einsatz bringen... was verheerend wäre. Sie mussten einfach bis zum ersten Schusswechsel unbemerkt bleiben.

»Geschützkommandanten, zielen Sie auf den Superzerstörer. Steuermann, Kurs weiterhin an der feindlichen Flanke vorbei. Bereithalten, um unsere Jäger auszuschicken, sobald sich die *Victory* und *Arongotoa* abwenden, um uns anzugreifen.«

**Siebte Flotte der Republik
Seitengeschütz-Kommandozentrale, *Atlantica*
06.08 Uhr, Systemortszeit.**

»Commander… feindliches Schlachtschiff auf Backbord. Sensoren zeigen, dass seine Deflektoren offline sind!«

In der Kommandozentralenkuppel unterhalb des Rückgrats des Raumschiffs bot sich der Besatzung der Feuerkontrolle der atemberaubende Anblick der Schlacht, die um sie herum tobte. Raptoren verfolgten Tri-Jäger zwischen den Zerstörern des Geschwaders, während andere Raptoren das Leitschlachtschiff umschwärmten.

Eine Salve aus den Ionenkanonen der beiden Schlachtschiffe traf den Rumpf der *Destiny of Purpose* an mehreren Stellen. Ein Treffer durchschlug den hintersten Teil der Antriebssektion direkt vor dem Hauptantrieb. Aber die *Destiny* erwiderte auch weiterhin das Feuer auf das Leitschlachtschiff.

»Wir schaffen das!«, brüllte Hu. »Konzentriertes Feuer laut KI-Protokoll fortsetzen.«

Die *Terror*, die direkt auf den Superzerstörer *Atlantica* zugeflogen war, jetzt aber ihre Seite präsentierte, gab eine furchterregende Breitseite mit ihren Seitengeschützen ab. Der Rumpf der *Atlantica* wurde an mehreren Stellen zerfetzt und verlor Sauerstoff, während weitere Blastertreffer ihre Panzerung erschütterten. Auf der Steuerbordseite gab es im Inneren mehrere Folgeexplosionen, die sich durch die Schotten und Sprengtüren zogen und große Teile der dort stationierten

Besatzung auf der Stelle töteten. Andere kämpften ohne Lebenserhaltungsmaßnahmen um ihr Überleben.

Die Operationszentrale versuchte den Deflektorenschirm verzweifelt umzulenken, um zumindest einen Teil des katastrophalen Trommelfeuers aus dieser neuen Richtung abzufangen, aber die Treffer aus nächster Nähe rissen weitere Brocken der Hüllenpanzerung aus den oberen Decks und begannen, das lange Rückgrat des Raumschiffs zu zerfetzen. Der Hauptantrieb wurde getroffen, und das, was die Zielerfassungscomputer als Fehlschuss aufzeichnen würden, schlug direkt in die nur gering abgeschirmte Kuppel der Feuerkontrolle ein, die unter dem Rückgrat hing, und verdampfte Commander Hu und das Team der Feuerkontrolle auf der Stelle.

Und das war nur der Anfang.

Weitere Salven schweren Geschützfeuers von der *Terror* begannen sich durch lebenswichtige Systeme und die Unterkünfte zu fressen. Hangardeck zwei explodierte, was vier Decks voller wichtiger Systeme in alle Richtungen verteilte.

Aber die *Atlantica* war ein großes Raumschiff. Sie würde noch ein paar Minuten aushalten, was die drei Schlachtschiffe an konzentriertem Feuer auf sie entfesseln konnten.

Da das Leitungsteam der Feuerkontrolle in der Geschützkuppel getötet worden war, übernahm die Zielerfassungs-KI nach vorher festgelegten Protokollen die weitere Vorgehensweise und wies alle Geschütze an, aus optimaler Entfernung auf die nahe *Imperator* zu feuern. Dies war ein fataler Fehler in der Programmierung, denn die Geschütze verpassten so die Chance, der ungeschützten *Terror* vernichtenden Schaden zuzufügen.

Schwarze Flotte
Brücke der *Imperator*
06.13 Uhr, Systemortszeit.

Trotz aller Schwächen der Republik und ihrer Unfähigkeit, moderne und innovative Waffensysteme in ihrer Flotte zu integrieren, so waren doch ihre Cyberkriegs-Kapazitäten hervorragend. Das lag wahrscheinlich am Bedürfnis des Hauses der Vernunft, alle Formen elektronischer Kommunikation zu überwachen, um die Kontrolle über die Bevölkerung zu behalten.

Als mit der ersten Salve vier Torpedos abgefeuert wurden, hatte die elektronische Kriegsführungs-Abteilung der *Atlantica* alle vier hacken können und sie in völlig sinnlose Richtungen gesteuert, weg von der Schlacht.

Das hatte Admiral Rommal bereits erwartet.

Er hatte noch sechsunddreißig weitere Torpedos, und er konnte warten. Er hielt sie zurück, bis sie Schaden an den innen liegenden Systemen des Flaggschiffs anrichten konnten. War das Raumschiff erst mal beschädigt, dann hatten ihre Torpedos wesentlich bessere Erfolgschancen. Vor allem, wenn sie die leistungsstarke elektronische Kriegsführung ausschalten konnten.

Die *Imperator* erbebte merklich.

»Schadensbericht!«, brüllte der CIC, als sich alle festhielten. Es fühlte sich an, als ob das gigantische Raumschiff plötzlich nach Backbord gerutscht wäre.

»Wir hatten eine Explosion im Triebwerksgehäuse Sechs.«

Rommal warf einen Blick auf das Energieverwaltungsdisplay zu seiner Linken. Blinkende Schadensleuchten zeigten ihm den Bereich in der Antriebssektion, der getroffen worden war.

Aber ob es sich um feindlichen Beschuss oder eine Betriebsstörung handelte, wer wusste das schon?

»Wir haben Verluste in der Antriebssektion!«, meldete ein anderer Offizier. Rommal hörte zu, während sein Stab hektisch Schadenskontroll- und medizinische Notfallteams an die Arbeit schickte. Wir sind getroffen, ermahnte er sich, aber wir sind noch nicht aus dem Spiel.

Er wandte sich wieder der holografischen Lagedarstellung zu. Die *Terror*, die sich zu Backbord und vor der Flotte befand, zerlegte gerade die *Atlantica* in ihre Einzelteile mit einer Reihe heftiger Breitseiten aus ihren Seitengeschützen.

Captain Vampa hatte seinen Befehl missachtet... und dennoch schaffte sie es im Alleingang, die Schlacht für die Republik in ein Gemetzel zu verwandeln. Er machte sich eine gedankliche Notiz, sich mit ihr zu beschäftigen, sollte er dies überleben.

Zwei Zerstörer lösten sich nun aus der Formation und wandten sich dem schutzlosen Raumschiff zu.

Rommal ging seine Möglichkeiten durch. Er konnte seine Torpedos auf die *Atlantica* feuern und sie damit wahrscheinlich jetzt aus der Schlacht nehmen. Oder er konnte versuchen, einen oder beide Zerstörer lahmzulegen und dann den langwierigen Nachlade-

und Scharfschaltungsprozess abzuwarten, bis sie neue Torpedos in den Rohren hatten. Das dauerte mindestens drei Minuten.

»Torpedo-Feuerkontrolle, zielen Sie auf die beiden Zerstörer, die sich aus der Formation lösen«, befahl er. »Zwei Salven. Auf jeden eine.«

Siebte Flotte der Republik
Brücke der *Victory*
06.14 Uhr, Systemortszeit.

»Geschützkommandanten melden Feuerbereitschaft, Captain!«

Der Zerstörer hatte seinen Kurs geändert, um das riesige Raumschiff an der Flanke der Flotte anzugreifen. Dass es ungeschützt war und sein Feuer auf das Flaggschiff *Atlantica* konzentrierte, machte ihren Anflug wesentlich einfacher, als sich dem gnadenlosen Dauerfeuer der anderen Schlachtschiffe entgegenzustellen.

Captain Karak wählte Zielkonzentrationen entlang des holografischen Schaubilds des vor ihnen befindlichen Schlachtschiffs. »Hier, hier und... hier«, sagte er zu seinem Feuerkontrolloffizier. »An diesen Stellen scheinen wir bei den anderen Raumschiffen mehr Schäden anzurichten.«

Nicht zum ersten Mal fragte er sich, warum dieses Schlachtschiff nicht auf sein Schiff oder auf die *Arongotoa* feuerte. Beide näherten sich dem Gegner für konzentriertes Feuer aus nächster Nähe. Sie würden ihm katastrophale Schäden zufügen.

»Teilen Sie die Zielerfassungsdaten mit Captain Noss. Feuer frei.«

»Sir!« Einer der Sensorentechniker umging den Stellvertreter des Captains auf der Brücke und wandte sich direkt an ihn. Ein klarer Bruch mit republikanischen Protokollen, aber das kam durchaus vor. »Wir haben vier Objekte, die sich sehr schnell auf uns zu bewegen. Wir können sie nicht verfolgen und auch nicht identifizieren, weil die elektronischen Kriegsführungsysteme der *Atlantica* ausgeschaltet worden sind, aber ich sage, dass sind abgefeuerte Kometen, Sir.«

Der Captain drehte sich zu dem Techniker um. »Können wir sie anvisieren?«

»Wir versuchen es... Sie fliegen wie Torpedos auf uns zu. Schnell und sprunghaft. Ich schlage vor, unsere Deflektoren umzuleiten und mehrere Geschütze zur Nahkampfsicherung zuzuteilen.«

»Negativ. Mr Goma... Sie dürfen auf dieses Schlachtschiff feuern, sobald Sie dazu bereit sind. Angriff mit allen Waffensystemen.«

In diesem Augenblick erschien es Captain Karka vollkommen unmöglich, dass die Flotte ihm nicht komplett den Rücken freihalten würde. Als Navy-Offizier der Republik, hatte er noch nie die Erfahrung gemacht, nicht zur überlegenen Streitmacht im Kampf zu gehören.

Die Geschütze beider Zerstörer eröffneten das Feuer auf ein fast schon perfektes Ziel, als das sich die gesamte Länge des Schlachtschiffs ihnen präsentierte.

Einen Augenblick später hörte er den Sensorentechniker schreien.

»Festhalten —«

Der erste Torpedo krachte problemlos durch die Deflektoren. Das war die besondere Fähigkeit, die kinetische Waffen alter Schule besaßen — Deflektoren hatten ihrem Angriff kaum etwas entgegenzusetzen. Der erste Torpedo durchschlug die Antriebssektion und explodierte an seinem vorbestimmten Ort. Fünf komplette Decks wurden zerfetzt und töteten, was noch von der Antriebssektion übrig war, einschließlich des Energieverwaltungsteams, das sich bemüht hatte, die Reserveenergie abzurufen und den Zerstörer wieder ausreichend zu versorgen.

Alle Deflektoren brachen wegen einer Fehlfunktion in den redundanten Systemen sofort zusammen.

Der nächste Torpedo raste heran, krachte in die Hangardecks auf der Steuerbordseite und durchschlug den Hauptkorridor. Geschütze Neun und Zehn wurden mit einem Mal ausgeschaltet.

Etwa zur selben Zeit fing sich die *Arongotoa* zwei Torpedos in ihrem Antrieb ein. Dieser explodierte auf der gesamten Länge des Schiffsrückgrats, die Antriebssektion verwandelte sich in einen Feuerball und tötete die fünftausend Mann Besatzungsmitglieder in wenigen Sekunden.

Captain Karka sah entsetzt zu, wie sein Schwesterschiff einer Supernova gleich in die Luft flog. Einen Augenblick später erfasste die Druckwelle die *Victory* und ließ sie nach Backbord krängen.

»Steuermann!«, rief er in die plötzliche Dunkelheit auf der Brücke. Das einzige Licht stellten die Brände und Explosionen dar, die sie durch die Fenster sehen konnten. Viele seiner Besatzungsmitglieder schrien oder weinten, und einige von ihnen rannten bereits zu den Rettungskapseln, ohne dass er den Befehl ›Alle Mann von Bord‹ gegeben hatte.

Als ob sie es schon wüssten.

Als ob sie schon wüssten, dass alles verloren war.

Und dann, als sein wachsendes Entsetzen eine ganz neue Dimension erreichte, kamen diese seltsamen, fremden Jäger von den breiten Hangardecks des riesigen feindlichen Schlachtschiffs vor ihm. Ganze Angriffswellen. Mindestens zwei Staffeln, die direkt auf sein sterbendes Raumschiff zuflogen.

Ich bin tot.

»Alle Mann von Bord!«, rief er, als er sich verzweifelt bemühte, von der sich neigenden Brücke wegzukommen und zur Rettungskapsel des Captains zu gelangen, während um ihn herum Konsolen überlastet wurden und explodierten, und lautes Sirenengeheul sie warnte, dass sie gleich dem Vakuum ausgesetzt sein würden.

KAPITEL 12

Der CIC zeigte auf die Stelle, an der sich eben noch die *Victory* und die *Arongotoa* befunden hatten. Mit einer Geste deutete er an, welche Routen der feindlichen Flotte mit ihren überlegenen Jägerstaffeln ins Herz der Trägergruppe offenstanden.

Admiral Landoos Trägergruppe.

Der ganze Stolz der republikanischen Navy.

»Was haben wir noch übrig?«, fragte sie. Die Resignation und die schwindende Hoffnung in ihrer Stimme ließ die Frage eher lebenswichtig erscheinen als strategisch — aber sie meinte die Jäger in beiden Staffeln und die Überlebenden des letzten Angriffs.

Und weil der CIC ein hervorragender Offizier war, wusste er genau, was sie meinte. »Vielleicht... eine vollständige Staffel. Aber sie sind über das gesamte Schlachtfeld verteilt. Wir können sie nicht alle gemäß der Standardflottendoktrin für solche Waffengänge auf ein Ziel konzentrieren.«

»Und Admiral Nagu?«

»Seine verbliebenen Zerstörer stecken ordentlich Prügel ein, aber sie sind noch im Spiel. Die *Atlantica* ist ein großes Raumschiff. Es hat sie ziemlich hart erwischt —

Brände auf mehreren Decks, nur noch ein Hangar übrig, der Antrieb ist tot —, aber sie haben noch Energie und reichlich Waffen.«

Eine laute Explosion irgendwo am Schiffsbug ließ ihn stolpern. Er fing sich schnell wieder und kehrte zur Lagebesprechung zurück. »Wir haben eine Legionärseinheit an Bord. Wir könnten versuchen, dieses Raumschiff zu entern.« Er deutete auf die *Terror*. »Aber ich weiß nicht, wie viel wir damit noch erreichen können, Admiral. Wir sind raus aus der Schlacht. Es gibt für uns keinen klaren Weg zum Sieg.«

Admiral Landoo war zu demselben Schluss gekommen. Sie hatte nur darauf gewartet, dass der Mann ihn aussprechen würde. Und jetzt, da er es getan hatte, senkte sich Schweigen über den Raum.

Einige Sekunden lang starrten alle auf die Lagedarstellung und ihre holografischen Details zu Raumschiffen und Jägergruppen, die sich umschwärmten, um einander zu töten. Vor ihnen, am Rand zur Frontlinie, herrschte Chaos in einem Malstrom der Zerstörung. Sie konnte nur ahnen, was für ein Gemetzel dort stattfand. Und trotzdem kämpften sie weiter. Warteten auf ihre nächste Entscheidung. Warteten darauf, dass sie den Rückzug befahl.

»Wir müssen mit der Evakuierung Tarragos beginnen.«

Sie ließ die Worte in der Stille der Brücke hängen. Die restliche Brückenbesatzung war sprachlos, dass sie sie überhaupt ausgesprochen hatte. Nur das Murmeln der Sensoren und die leisen Gesprächsfetzen über die Einsatzkanäle waren zu hören.

Als sich auf der Brücke niemand bewegte und alle wie in Bernstein gefangen zu warten schienen, sprach sie weiter. »Wir müssen vor allem den Gouverneur und alle leitenden Beamten evakuieren. Und ihre Familien natürlich.«

»Was ist mit den Bürgern? Bedeutende Bürger vor allem«, sagte einer der Leutnante in die folgende Stille. Das war eine faire und berechtigte Frage. Und die Frau war wahrscheinlich eine vom Haus der Vernunft Ernannte. Natürlich... sie kümmerten sich immer zuerst um ihre eigenen Leute.

»Wir haben weder die Mittel noch die Möglichkeiten, zu diesem Zeitpunkt eine planetenweite Evakuierung durchzuführen. Natürlich wird die Republik binnen weniger Tage zurückkehren, mit mehreren Flotten, um diesen Planeten zurückzuerobern. Ich gehe davon aus, dass sie nicht... zu sehr leiden müssen.«

Landoo gehörte zu den wenigen einflussreichen Offizieren der Navy, die wussten, was für eine ungeheuerliche Lüge das war. Was sie ihnen gerade gesagt hatte, gehörte zu einer der größten und mit viel Aufwand verbreiteten Lügen der Republik. Und sie war zugleich eins der am sorgfältigsten gehüteten Geheimnisse.

»Informieren sie die Regierung. Teilen sie ihnen mit, dass sie sich zur Evakuierung vom Dach des Hauptverwaltungssitzes bereithalten sollen. Wir werden die *Audacity* dazu nutzen, um sie dort von der Landeplattform abzuholen. Befehlen sie Nagu, die Stellung so lange wie möglich zu halten, bis wir die Überlebenden eingesammelt haben. Dann sollen alle bereit sein, jederzeit zu springen. Und ich darf hier alle daran erinnern, dass all dies nur unter einer Voraussetzung gilt. Wir dürfen diesen Träger nicht verlieren. Einen solchen Verlust wird die Republik *nicht* akzeptieren.«

**Brücke der Korvette *Audacity*
In Formation mit der republikanischen Trägergruppe.
06.20 Uhr, Systemortszeit.**

Desaix hatte seine Befehle. Nehmen Sie die *Audacity* und holen Sie die Regierungsfuzzis ab.

Er hatte die Admiralin angelogen. Der Großteil seines Raumschiffs war wegen des Umbaus immer noch offline. Aber er würde es nicht zulassen, dass er diese Schlacht verpasste. Den größten Teil seiner Zeit hatte er bei den Tiefenraumsensoren verbracht, um so viel von den Kämpfen an der Front mitzubekommen, wie es ihm von dort aus möglich war. Hier, im Schatten des sich vor ihnen auftürmenden Superträgers, waren die Dinge relativ ruhig geblieben.

Er tippte kurz auf einen Knopf an der nächsten Konsole. »Maschinenraum... wie sieht es mit den Backbord-Schubverlagerern aus? Haben wir eine Übergangslösung gefunden?«

Die Landeplattform auf dem Dach des Hauptverwaltungssitzes zu erreichen, würde unter Beschuss eine knackige Angelegenheit werden. Und ohne diese Backbordschubverlagerer würde es *noch viel* knackiger. Aber welche andere Option hatte die Flotte schon? Sein Raumschiff war das einzige, das diesen Auftrag ausführen konnte.

Dies wäre nicht einmal Teil der Schlacht. Aber jeder hatte seine Pflicht zu erfüllen.

»Wir haben es so gut hinbekommen, wie man es hinbekommen kann«, antwortete der

Leiter des Instandhaltungsteams von den Energieverwaltungsrelais. »Aber garantieren kann ich für nichts. Wenn wir auf Maximalschub gehen, besteht die Möglichkeit, dass sie sich festfressen und wir sie nicht mehr abschalten können. Wir haben einen Teil der Panzerung rund um das System loswerden müssen, also... praktisch jeder Schaden landet schon mal innerhalb des Rumpfs. Und wenn das Ding sich festfrisst, müssen wir das gesamte System ernsthaft kurzschließen, um die Kontrolle zurückzuerlangen. Ehrlich, Sir...« Es folgte eine längere Pause. »Das ist ein absolutes Himmelfahrtskommando. Das sollten Sie verstehen, wirklich, Sir. Ich meine das ernst.«

Desaix machte sich nicht die Mühe, darauf zu antworten. Er ging den schmalen Flur entlang, der zum Flugdeck zurückführte, und kam an Technikern vorbei, die an verschiedenen Konsolen arbeiteten. Einige sahen besorgt zu ihm auf. Keiner sah so aus, als ob sie begeistert von dem wären, was als Nächstes getan werden musste.

Er erreichte das Flugdeck.

Beide Piloten waren mit dem Navigationscomputer beschäftigt, um ihren Anflug auf Tarrago Prime und ihre Flucht berechnen zu lassen.

»Alle Decks melden Abflugbereitschaft?«

Der Co-Pilot drehte sich um und streckte den Daumen nach oben. Er hatte immer noch seine Kopfhörer auf, er schien dem flottenweiten Kommunikationsverkehr zuzuhören. »Jäger sind auf dem Weg zu uns«, sagte er mit geistesabwesendem Blick, als er diese Nachricht weitergab. »Sie haben sich aus der Schlacht gelöst. Sie fliegen zum Träger.«

Na toll, dachte Desaix. *Endlich kommt die Schlacht zu uns, und jetzt schicken sie uns los, irgendwelche Bürokraten zu retten.*

»Dann bringen Sie uns zum Planeten. Informieren Sie den Träger, dass wir abfliegen.«

Die Piloten machten sich an die Arbeit, und binnen weniger Sekunden löste sich die Hammerkopfkorvette vom riesigen Träger und flog hinab nach Tarrago.

In der Ferne rasten diese seltsamen, fremden Jäger, die die Flotte nun als Tri-Jäger bezeichnete, auf den Träger zu, und der Träger schickte das wenige, was er noch als Deckung zum Einsatz bringen konnte, hinaus ins Weltall. Die Nahkampfgeschütze drehten sich in Richtung des herannahenden Feinds.

Schwarze Flotte, Stoßtruppen, Dritte Gruppe
Kesselverks-Flottenwerft
04.25 Uhr, Systemortszeit.

Nach der Hetzjagd durch die morgendlich dunkle Flottenwerft in und zwischen den schlafenden, im Bau befindlichen, riesigen Raumschiffen, war das Feuergefecht nun vorbei. Bombassas Abteilung und der Rest seines Zugs hatten die Kasernen der republikanischen Marineinfanteristen gestürmt, die die Tore der Flottenwerft bewacht hatten. Erst flogen Splittergranaten, dann waren sie Gruppe um Gruppe hinein, unter dem schweren Beschuss einer bemannten N50. Nach wenigen Minuten waren beide Wachtürme erobert, und man zog die Toten hinaus, um sie ordentlich nebeneinander aufzureihen.

Das war der Augenblick, in dem General Nero vor Ort auftauchte.

Bombassa ließ seine Abteilung gerade eine von den N50ern wieder einsatzbereit machen und nach draußen richten, denn der Feind würde auf jeden Fall versuchen, die Flottenwerft zurückzuerobern. Ihre Drohnen bestätigten, dass die Marineinfanteristen sich einige Straßen weiter sammelten, und dass dieser Angriff jeden Moment beginnen konnte. Einer der republikanischen Lancer hatte versucht, als Luftunterstützung einige der Mechs auszuschalten, was ihnen bei einigen auch gelang, aber die Dritte Gruppe mit ihren Luftabwehrtorpedos hatte sie schnell erledigt. Sie hatten nun praktisch keine Luftabwehrwaffen mehr zur Verfügung, aber angeblich kümmerte sich ein Team darum, die örtlichen Verteidigungsstellungen zu hacken, sodass sie bald einige automatisierte Geschütze zu ihrem Schutz aktivieren konnten.

Einer der wenigen, noch verbliebenen Mechs, ein Jäger-Killer-Aufklärungsläufer, trampelte über den breiten Hof vor dem Tor. Der JK-AL würde ihnen einen großen Vorteil verschaffen, dachte Bombassa, wenn die Marineinfanteristen sie angriffen. Es war nur noch eine Stunde bis zur Morgendämmerung, und sie waren dem Zeitplan voraus.

General Nero und sein Führungsstab begutachteten die Schäden.

Bombassa hatte großen Respekt für den Mann. Selbst in der Legion war er ein gefürchteter und legendärer Kampfkommandant gewesen. Aber auch er war mit dem System in Konflikt geraten, und die Gründe waren bis heute unklar. Aber jetzt war er hier. Er war mit seinen Truppen abgesprungen. Weniger wie ein General und mehr wie ein echter Anführer.

»Den Mann muss man bewundern«, sagte Bombassa in seiner leisen, tiefen Stimme. Die Truppler seiner Abteilung reagierten nicht darauf. Sie hatten gelernt, dass Bombassa mehr der stille Typ war. Sie hatten in der Einöde von Tusca in einer Festung eine sechsmonatige Ausbildung absolviert, die sie zu einer schnellen, kompromisslosen Einsatztruppe zusammengeschmiedet hatte. Aber im Gegensatz zu den Legionären hatte man den Stoßtruppen jegliches Alltagsgespräch aus dem Leib geprügelt, und die Prügel stammten von dem fast schon bösartigen Kader aus Ausbildungsoffizieren und traumatisierten Drill Sergeants, die die sadistischen Trainingsübungen überwachten. Gerüchten zufolge waren viele von ihnen tyrallianische Kriegsverbrecher. Unteroffiziere, die an solchen Schlachten wie dem Sayed-Massaker und dem Maraan-Gemetzel teilgenommen hatten.

Als die N50 gesichert und bemannt war, entdeckte Bombassa seinen Lieutenant, der sich neben einigen requirierten Nachschubgleitern mit dem restlichen Führungsstab unterhielt.

»Was meinen Sie, was als Nächstes kommt?«, fragte TAF44.

Bombassa kniete sich hin und legte sein leichtes Blastergewehr auf den Boden. Er schaltete die Nachtsicht an seinem Helm ab, weil die Beleuchtung so nah am Wachturm genügend Licht bot. Instinktiv begann er seine brandneue, aber nun reichlich genutzte Waffe auseinanderzunehmen, um eine Säuberung im Feld durchzuführen.

TAF44 ging auf ein Knie und warf einen Blick gen Horizont, musterte das Tor, die anderen Stoßtruppen und den wahrscheinlichsten Angriffswinkel, aus dem der Feind auf sie zustürmen würde.

Auch das hatte man ihnen eingeprügelt, fast wie bei der Legion. Bei den Stoßtruppen wurde keine freie Minute verschwendet. Selbst wenn man den Eindruck hatte, dass die Männer nur miteinander plauderten.

Bombassa löste den kurzen Lauf aus dem unteren Verschlussgehäuse des Blastergewehrs und legte ihn zur Seite. »Laut Plan erwarten wir einen Gegenangriff«, sagte er leise. »Aber es gab auch Vorkehrungen für Gelegenheitsziele... also besprechen sie das vielleicht gerade.«

Er nahm das untere Verschlussgehäuse zur Hand und holte vorsichtig den Blasterkristall heraus, um ihn sich anzuschauen. Das Head-up-Display seines Helms empfahl ihn, den Kristall zu ersetzen. Ihm war in der kurzen Zeit, die er ihn hier in der Flottenwerft genutzt hatte, ziemlich viel abverlangt worden. Bombassa hatte wahrscheinlich zwanzig Arbeiter erschossen — die Leute von der Nachtschicht, die keine Ahnung hatten, was gerade passierte —, und war dann ganz allein in ein ernstes Feuergefecht mit drei republikanischen Marineinfanteristen geraten, die sich gegen ihn zusammengetan hatten. Sie lagen nun alle irgendwo tot in der Finsternis der Flottenwerft.

Danach hatte es noch ein paar Kämpfe gegeben und schließlich den heftigen Schusswechsel am Tor. Also, dieser Kristall war hinüber.

Er tauschte ihn aus.

»Ist das für Sie immer noch alles in Ordnung, Sergeant?«

Die Frage wurde ganz informell gestellt. Der Mann hatte nur seinen Rang genannt. Diese Art des inoffiziellen Protokolls hatte sich ganz allein entwickelt, und weder die Ausbildungsoffiziere noch die Drill Sergeants schienen sich groß daran zu stören. Oder zumindest hatte es nie eine offizielle Ankündigung oder Strafmaßnahmen gegeben, die sie davon hätte abhalten sollen.

»Was soll denn nicht in Ordnung sein?«, fragte Bombassa vorsichtig. Er wusste es genau. Er wusste, was der andere Truppler ihn eigentlich fragte. Er war sich nur nicht sicher, warum.

Und genau das war das Problem — zumindest für Bombassa. Dieses neue Ding, was immer es auch war, war anders als alles, was sie damals in der Republik gekannt hatten und in der Legion. Natürlich hatten sich alle über die Republik beschwert. Und vielleicht hatte sich das sogar auf die möglichen Chancen auf einen gesellschaftlichen Aufstieg ausgewirkt, die man in Anbetracht der uralten, oftmals unklaren Machtstrukturen der Republik hätte haben können.

Aber diese neue Organisation... die Stoßtruppen und die Flotte. Sie hatten sich nicht bloß für sie entschieden, um die Republik dem Würgegriff des Hauses der Vernunft mit seiner Vetternwirtschaft und all seinen Scharlatanen zu entreißen, die sie nur als Selbstbedienungsladen missbrauchten. Man hatte ihnen etwas Neues versprochen. Etwas, was die Galaxie noch nie zuvor gesehen hatte.

Und was immer dieses *neue Ding* war... es mochte keine Kritik.

Es mochte Einheit. Es mochte Ziele. Es mochte den Erfolg. Und in den wenigen Fällen — und es waren prägnante Fälle gewesen —, die sich seit Beginn ihrer

Ausbildung in den glühend heißen Salzwüsten von Tusca ergeben hatten, war diese eine, schweigend vorgetragene Botschaft laut und deutlich zu allen durchgedrungen.

Dieses neue Ding *mochte keine Kritik.*

Den ersten Fall hatten sie sehr früh erlebt. Noch bevor man ihnen Kennzeichen gegeben hatte. Als sie alle einfach als Rekruten bezeichnet worden waren. »Rekruten.« Er sprach es wie ein Schimpfwort aus.

Einer aus seiner eigenen Truppe hatte eine giftige Nachricht über die harten Trainingsbedingungen verfasst und vor allem die Brutalität eines bestimmten Ausbildungsoffiziers hervorgehoben. Ellersdurf. Ein brutales, bösartiges Schwein, der immer einen flachen Gummistreifen mit sich trug, um damit die Leute zu schlagen.

Innerhalb der ersten beiden Stunden des Morgentrainings hatte man den Übeltäter aus ihren Reihen hervorgezerrt und gnadenlos ausgepeitscht. Ausgepeitscht. Wer hatte jemals von so was gehört? Im Zeitalter einer modernen, galaktischen Republik... wer hatte jemals gehört, dass ein Mann ausgepeitscht wurde? Tatsächlich hatte man ihn fast zu Tode geprügelt. Wer hatte jemals von so was gehört?

Und trotzdem hatten sie es alle gesehen.

Anschließend hatten sie das leblose, blutverschmierte Wesen, dem man die Haut vom Leib geprügelt hatte, weggeschafft, und sie hatten ihn nie wieder in ihren Reihen gesehen.

Es hatte andere Vorfälle gegeben. Nichts war der ständigen Überwachung durch ihre Anführer entgangen, den Gestaltern einer neuen, fantastischen, militärischen Streitmacht. Sie mussten ihre Augen überall gehabt haben. Denn ihnen entging nichts. Nichts blieb unbeachtet, und vor allem blieb nichts ungestraft.

Wenn also TAF44 Bombassa fragte, ob das für ihn ›immer noch alles in Ordnung war‹... *tja, was sollte er wohl darauf antworten,* dachte Bombassa. Er wusste ganz genau, wie er *früher* auf eine schlichte ironische Beschwerde oder Frage eines Soldaten reagiert hätte, wenn es um die da oben und ihre Herangehensweise zur Mission gegangen wäre. Die korrekte Antwort darauf war schon seit undenklichen Zeiten immer dieselbe: Man beschwerte sich lautstark, sorgte aber dann dafür, dass man das gebacken kriegte. Das war schon immer das Schicksal eines Soldaten gewesen. Sich zu beschweren.

Aber nicht hier.

Motivation wurde hier nicht als hoch oder niedrig bewertet. Zumindest hier bei den Stoßtruppen... war es eher wie ein Kult. Ein ehrwürdiger Kult. Der als heilig betrachtet wurde. Und verehrt.

Ohne Frage.

»Für mich ist immer alles in Ordnung, 44«, antwortete Bombassa vernünftigerweise.

Denn das war die kluge Antwort.

Alles andere bedeutete, dass man mit seinem Leben spielte. Denn wer konnte schon sicher sein, ob 44 nicht eine Art Spitzel war? Mitglied einer Art Geheimpolizei, von der niemand wusste, und die man in die Reihen der Stoßtruppen eingeschleust hatte. Eine Gedankenpolizei, die die Gedanken und die Loyalität aller überwachte — damit auch alle hochmotiviert blieben. Um die Mission wie geplant durchzuführen.

Und womöglich war es doch nur die Frage eines Soldaten, der über den Tellerrand hinausschauen wollte und sich fragte, was das alles zu bedeuten hatte. Vielleicht war es nur ein Gespräch in der Dunkelheit nach einer Nacht des Tötens.

Vielleicht musste der Kerl einfach mit dem klarkommen, was sie gerade getan hatten.

Wer wusste das schon?

Der Lieutenant kam auf sie zu. Er ließ seine Faust kreisen, während er etwas in sein Einsatz-Datenpad eingab. Bombassa hatte seine Waffe gereinigt, also brachte er den Lauf wieder ins untere Verschlussgehäuse ein und drehte ihn, bis er mit einem deutlichen Klicken einrastete. Er ließ einen schnellen Systemtest durchlaufen und eilte einen Augenblick später zum Lieutenant.

»Hör mal, großer Mann.« *Großer Mann*, so nannte der Lieutenant, der mal Offizier in der Legion gewesen war, Bombassa. Bombassa mochte den Lieutenant. Er war sich sicher, dass er damals in der Legion bei den Aufklärern gewesen war, und das bedeutete, dass er sein Handwerk beherrschte. »Du musst mit den anderen Unteroffizieren rüber zum Fuhrpark der Flottenwerft und uns drei Fahrzeuge besorgen. Wir haben eine Mission bekommen. Wir sollen versuchen, ein hochrangiges Gelegenheitsziel zu schnappen, bevor die Republik ihn von Tarrago holen kann.«

»Wird erledigt, Sir«, antwortete Bombassa. Das hatte den sadistischen Ausbildungsoffizieren gefallen. Wenn jemand mit dieser Antwort auf ihre Befehle reagierte. Inzwischen war das so etwas wie inoffizielle SVW. Standardvorgehensweise.

»TSZ, großer Mann.«

Es trat eine kurze Pause ein.

»Das sagen wir doch nicht mehr, Sir«, antwortete Bombassa im Spaß. Das hoffte er...im Spaß.

Der Lieutenant lachte. Bombassa war klar, dass diese Mission seinen Offizier richtig begeisterte. Der Typ war ein Killer. Und ein guter Anführer. Also gehörte er natürlich nicht zur Gedankenpolizei, die nicht existierte. Wahrscheinlich. Hoffentlich.

Damit war das erledigt, und die Vorstellung, dass alle Sachen wichtiger waren, als sie zu sein schienen. Und dennoch, für Bombassa war, etwas Neues zu tun... das alles wert. Zumindest vorläufig. Solange er nie wieder nach Kimschana zurück musste. Mochte es verflucht sein.

**Östliches Kanonenrohr
Festung Omikron
05.29 Uhr, Systemortszeit.**

Goth Sullus war wieder auf den Beinen. In seiner Panzerung befand sich ein Loch, wo die Blaster-Schrotflinte ihn aus nächster Nähe erwischt hatte. Ein dünner Blutfaden tröpfelte durch das Loch in der Panzerung und lief ihm an der Hüfte hinab, was auf der Mauerkrone der östlichen Mauer runde Blutspritzer hinterließ.

»Lord Sullus«, sagte einer seiner Elitestoßtruppen, seiner Leibwache. »Wir müssen Sie zurück zum Shuttle bringen, um Sie medizinisch versorgen zu lassen.«

»Nein.« Sullus richtete sich auf. Sein Gesichtsausdruck machte deutlich, dass der Kraftaufwand, sich aufrecht zu halten, enorm war. »Ich werde nicht gehen, bevor wir nicht die Kontrolle über die Orbitalwaffe errungen haben.«

Der Elitestoßtruppler wich einen Schritt zurück. »Jawohl, Sir.«

»Stoßtruppler«, sagte Sullus. »Sie werden mich und meine Leibwache in die Festung begleiten. Wir müssen die Feuerkontrolle im Mondkern erreichen und erobern.«

Exo schluckte schwer. »Jawohl, Sir.«

Stoßtruppen der Schwarzen Flotte, Dritte Gruppe, Kasino-Distrikt, auf dem Weg zur Hauptverwaltung Tarrago Prime
05.30 Uhr, Systemortszeit.

Der Konvoi, dem Bombassa im letzten Nachschubgleiter folgte, wurde aus allen Richtungen heftig beschossen. Am Anfang war alles noch langsam vorangegangen. Drei Gleiter zu besorgen, in denen sie den größten Teil ihren Trupps mitnehmen konnten — drei Stoßtruppler hatten sie beim Sprung in die Landezone verloren —, hatte einige Minuten gedauert, und dann alles zu sortieren und die Männer in die Gleiter zu bekommen, dauerte noch ein paar mehr. Dann waren sie durch das Haupttor los und durch ein wahres Labyrinth aus Nachschublagern gefahren, die die Flottenwerft umgaben.

Die morgendliche Dunkelheit hatte ihnen immerhin noch ein wenig Deckung geboten, aber Bombassa hatte keinen Zweifel daran, dass die Stadtbewohner mittlerweile bemerkt hatten, dass sie angegriffen wurden. Es hatte stadtweite Warnungen gegeben, und Alarmsirenen ertönten in der Morgendämmerung. Ihre Aufklärung hatte gemeldet, dass man Einheiten zusammenrief, um die Flottenwerft zurückzuerobern.

Und als sich ein roter Sonnenaufgang am wolkenlosen Himmel über Tarrago Prime abzeichnete, murmelte irgendein Stoßtruppler über den S-Kanal: »Roter Himmel am Morgen macht dem Seemann Sorgen.«

Bombassa hatte Bücher über das Segeln gelesen. Segeln gehörte zu seinem Ruhestandsplan, irgendwann in ferner Zukunft. Er wusste, was die Redewendung bedeutete. Ein nahender Sturm. Später am Tag. Aber er würde auf jeden Fall kommen.

Der Lieutenant hatte ihnen beim Einrücken in die Gleiter die Befehle erteilt. Ihnen allen eine Datei mit den Missionsparametern auf ihre Head-up-Displays geladen, Kommandos und Zeichen, sowie Echtzeitaktualisierungen über Drohnen während des Einsatzes. Kurz gesagt, ihre Aufgabe lautete, den republikanischen Gouverneur aus dem Hauptverwaltungssitz zu holen. Der Gouverneur, der vermutlich gerade in den Griff bekommen wollte, was in der Dunkelheit vor dem Sonnenaufgang geschehen war.

Nun, als der Morgenschein über die fantastischen Straßen der Unterstadt glitt, erreichte der schwer bewaffnete Konvoi der Legionäre die schmalen Straßen des Kasino-Distrikts. Und dort sahen sie ihre ersten Bürger.

Übernächtigte Spieler, die mit Drinks in den Händen aus den riesigen Kasinos stolperten, blieben stehen, um zuzuschauen, wie die Truppen in ihren requirierten Gleitern vorbeifuhren. Und obwohl diese Truppen den berühmten Legionären ähnlich sahen, waren da doch kleine Unterschiede, die die Zuschauer beunruhigt und angespannt zurückließen.

Später kamen sie an dem noch brennenden Wrack eines Lancers vorbei, der abgeschossen worden war. Er war in einem flachen Winkel heruntergekommen, und offensichtlich hatte der Pilot versucht, den Absturz zu verhindern. Er hatte eine lange Brandspur durch die üppige Vegetation der zentralen Grünanlage gezogen, bevor er schließlich in die Eingangstreppe eines mit tyranischem Marmor verkleideten Glücksspielpalastes gekracht war. Am abgeschossenen Jäger hielten sich noch einige Rettungskräfte auf, und in der Nähe war ein weißes Laken über jemanden drapiert worden. Ob es sich um den Piloten handelte oder einen Passanten, wusste Bombassa nicht.

Nach der Hälfte der Strecke, als sie sich mit hoher Geschwindigkeit auf den Gouverneurssitz zubewegten, wurden sie von republikanischen Marineinfanteristen in einen Hinterhalt gelockt. Der Lieutenant, TAF01, befand sich im vordersten Fahrzeug.

Das Fahrzeug, das sich gerade einen Treffer mit präzisionsgelenkter Munition eingefangen hatte.

Der Kondensstreifen der Rakete kam aus der Dunkelheit eines Kasinos in der Nähe. Einen Augenblick später zuckten Blasterblitze überall durch die Luft, quer über die Straßen, aus allen Richtungen, und zerfetzten ihre requirierten Nachschubgleiter.

Die Stoßtruppen hatten sich mit improvisierter Panzerung eingedeckt, die sie überall auf der Flottenwerft hatten zusammensuchen können. Kleine Hüllenpanzerungsstücke, die mit nur ein paar Schweißnähten gut gepasst hatten, und die sie mit den Schweißbrennern hatten anbringen können, die sie sonst zum Öffnen von Sprengtüren brauchten. Aber jetzt war das vorderste Fahrzeug umgestürzt und qualmte. Tote Stoßtruppler waren auf die cremeweißen Straßen der Stadt geschleudert worden, Blasterblitze prallten an Hindernissen ab und zuckten in die üppige

Formschnitthecke und die Büsche, die plötzlich in Flammen in standen. Genau wie ein Legionär, der gerade aus dem Wrack gekrabbelt war.

»Marsch, Marsch, Marsch!«, brüllte Bombassa den Fahrer an. »Vorwärts! Fahr da durch!«

Das war die Standardvorgehensweise bei Hinterhalten: da rauskommen.

Einige der Stoßtruppler begannen, das Feuer aus der Deckung hinter den Nachschubgleitern zu erwidern. Man konnte nun deutlich erkennen, dass die Marineinfanteristen aus den großen Eingängen der Kasinos auf sie schossen.

Als die Gleiter das umgestürzte Führungsfahrzeug erreichten, befahl Bombassa den Fahrern anzuhalten. Er stieg aus und kroch unter den Repulsoren hindurch, um das brennende Wrack zu erreichen. Einige wenige Überlebende stiegen in die beiden anderen Gleiter — oder man half ihnen —, während die Männer Ziele über den S-Kanal ausriefen.

Sergeant Bombassa entdeckte den Lieutenant. Es hatte ihn zerfetzt, und seine hübsche, neue Panzerung hatte ihm überhaupt nichts genützt.

Der Sergeant schnappte sich das Datenpad des Lieutenant und sein leichtes Blastergewehr, warf sich den Tragegurt über die Schulter, und wich auf dem gesamten, gekrabbelten Weg zum Fahrerhaus des Gleiters Schüssen aus.

»Gib Gas!«, brüllte er den Fahrer wütend an. »Bring uns sofort hier raus!«

Einsatzzentrale
Festung Omikron
05.38 Uhr, Systemortszeit.

Exo fragte sich, über welche Distanz seine L-Frequenz nutzbar wäre. Der Widerstand durch die Legionäre war kaum noch vorhanden. Sich zu ergeben hatte für die Legionäre, die man an der östlichen Mauer zusammengezogen hatte, größeren Sinn ergeben, vor allem weil die überwältigende Flut der Stoßtruppen seinen Worten größeres Gewicht verliehen hatte. Für diejenigen in der Festung Omikron würden seine Worte vermutlich nur nach billiger Propaganda klingen. Was bedeutete, dass heute weitere Legionäre sterben würden.

Exo knirschte mit den Zähnen. *Lass das dann die letzten sein. Lass dies der Ruck sein, den die Legion braucht, um aus ihrem unterwürfigen Schlummer zu erwachen.*

Er wusste nicht, mit wem er da redete. Gott. Dem Universum. Mit jedem, der dies umsetzen konnte. Es war einfach ein Ausdruck seiner zutiefst empfundenen Gefühle. Die sich ganz schnell in Luft auflösten, als sie die Plattform am unteren Ende des Kanonenrohrs der Orbitalwaffe erreichten.

Das Feuergefecht war keine Überraschung. Dies war eine befestigte Stellung, von der sie wussten, dass sie an ihr vorbeimussten, um die Feuerkontrolle in der Mondmitte zu erreichen. Das Herz der Festung Omikron. Als sie aus dem Aufzug am unteren Ende des Kanonenrohrs stiegen und von der Legionärseinheit, die die Brücke zur Feuerkontrolle bewachen sollte, sofort unter Beschuss genommen wurden, waren sie darauf vorbereitet.

Eine bemannte N50 eröffnete gnadenlos das Feuer auf die ersten Stoßtruppler — Sullus' Leibwache —, die die Plattform stürmten. Für eine durchdachte Strategie war kein Platz. Sie würden hier nur mit einem Abnutzungskampf Boden gutmachen. Selbst als die ersten Stoßtruppler fielen, von der N50 mit rauchenden Löchern versehen, hatten ihre Splittergranatenwerfer bereits deutlich gemacht, dass die Granaten unterwegs waren.

Wump! Wump!

Die N50-Besatzung war das direkte Ziel dieser Splittergranaten. Eine traf den Legionärs-Bordschützen am Helm, was sein Visier in dem Sekundenbruchteil vor der Explosion platzen ließ. Die Druckwelle zerfetzte den Legionär. Die zweite Splittergranate prallte an der Wand ab, bevor sie explodierte und Schrapnellsplitter auf die Legionäre schleuderte, die sich hinter den Barrikaden verschanzt hatten.

Weitere Stoßtruppen strömten auf die Plattform und nutzten das Opfer der beiden Leibwachen, um Fuß für die weitere Offensive zu fassen. Es würde trotzdem ein Blutbad werden. Die beiden Seiten tauschen Schüsse aus, und sowohl Legionäre als auch Stoßtruppler fielen ihren Wunden zum Opfer.

Exo erinnerte sich an seinen L-Kanal.

»Hier spricht Command Sergeant Major Gutierrez«, sagte Exo. »Ich kann meine Kameraden von der Legion nur bitten, sich zu ergeben, bevor noch mehr sterben müssen. Die östliche Mauer hat kapituliert, und alle Männer werden menschenwürdig behandelt. Dasselbe wird auch für euch gelten.«

»Fahr zur Hölle, Verräter!«, lautete die Antwort.

Ein verirrter Blasterblitz zuckte auf Exo zu. Er suchte schnell Schutz hinter einer Frachtkiste.

»Sie reden mit ihnen«, sagte Goth Sullus über die S-Frequenz zu Exo.

»Ja, Sir.« Exo fragte sich, woher Sullus das wusste. Er hatte seine L-Kanal-Frequenz niemandem verraten.

»Und sie haben sich entschieden, sich nicht zu ergeben, nehme ich an.«

»Nein, Sir.«

»Nun gut.«

Goth Sullus trat in die vorderste Reihe des Kampfs. Das Blasterfeuer schien sich irgendwie von ihm weg zu bewegen. Als er sich dem ersten Soldaten näherte, machte er nur eine kurze Handbewegung, und der Mann wurde gegen eine Wand geschleudert, über zwei Meter hoch. Dann rutschte sein lebloser Körper wieder herab. Eine Sekunde später explodierte die Luke, die in den Bunker führte, nach innen, und Sullus betrat den Bunker allein.

Weiteres Blasterfeuer ertönte. Aber nicht lange.

Goth Sullus tauchte wieder auf.

Der dünne Blutfaden, der an seiner beschädigten Panzerung hinablief, war immer noch da. Exo war sich sicher, dass er schwer verletzt war. Aber welche... *Kraft* er auch besaß, sie half ihm, den Kampf weiterzuführen.

Sie überquerten die Brücke, die durch eine Reihe von Sprengtüren geschützt wurde. Jede einzelne von ihnen wurde von Sullus' Eliteeinheit mit hochexplosiven Ladungen in die Luft gejagt. Das Gas, das man gegen sie einsetzte, wurde ähnlich leicht bezwungen — ihre Panzerungen filterten es einfach aus der Luft.

Und dann folgten die beiden gigantischen Kriegs-Bots.

Der erste Mann von Sullus' Leibwache starb in einer Salve blendenden Blasterfeuers. Die anderen Männer suchten sich Deckung, während die Kriegs-Bots zu einem vernichtenden Kreuzfeuer ansetzten. Selbst Sullus hatte Deckung gesucht. Gutierrez beobachtete den Mann. Er hielt seinen Kopf gesenkt, als ob er gleich einschlafen würde. Etwas, was Gutierrez schon jede Art von Legionär in nahezu jeder Situation hatte tun sehen, bei Sprüngen aus der oberen Atmosphäre bei niedriger Öffnungshöhe bis hin zu tatsächlichen Artilleriebombardements.

Einer der Kriegs-Bots wurde langsamer, und seine Getriebe und Servosysteme begannen zu rauchen, als ob sie sich weigerten, ihrem eigenen Mechanismus zu gehorchen. Und dann richtete er seine schweren Blasterkanonen auf sein Gegenstück. Sekunden später explodierter dieser Kriegs-Bot.

Sullus trat vor — und im gleichen Augenblick fing sich der blutrünstige Kriegs-Bot wieder. Er wirbelte herum und richtete seine Blaster auf dem Mann in der schwarzen Mark-I-Panzerung.

Sullus bewegte seine Handschuhe in einer blitzschnellen Bewegung voneinander weg, als ob er einen Gegenstand der Länge nach zerreißen wollte. Die wuchtigen, kolbenartigen ›Arme‹ des Kriegs-Bots lösten sich schlagartig von seinem Körper.

Erst begann das Ding zu rauchen, dann fing es an zu brennen.

Die Stoßtruppen rückten weiter vor.

Nach drei weiteren Sprengtüren entdeckten sie die N50er, bei denen allein der Gedanke an sie ausgereicht hatte, Captain Thales zu verängstigen.

Sullus trat schwerfällig in das Schussfeld der N50 und hielt eine Hand hoch, während sich seine Leibwache strategisch hinter ihm verteilte. Der Wirbelsturm der Schüsse aus den schweren Blastersystemen verschwamm vor ihren Augen.

Sullus zwang die Schüsse, von ihm abzuprallen und schadlos in Decke und Wänden zu jagen. Dann ging er weiter vor, direkt in den Salvenhagel, die Hand immer noch nach vorne gestreckt, die Handinnenfläche den Blastern entgegen.

Er schloss sie zu einer Faust, und beide Waffensysteme verstummten sofort.

Sullus stand vor der letzten Sprengtür.

Er atmete nun schwer, und seinen hängenden Schultern zum Trotz hob er die Hände, und die Sprengtür öffnete sich. Zögerlich.

Dahinter warteten die Besatzung der Feuerkontrolle und Thales, ihre Blaster im Anschlag.

Sullus machte eine Armbewegung und schleuderte sie wie Spielzeug durch den Raum. Einige starben an Genickbrüchen. Captain Thales hatte das Gefühl, er wäre von einem vollbeladenen Minengleiter gerammt worden. Als sein Kopf gegen die Wand hinter ihm knallte, verlor er das Bewusstsein. Er hatte mehrere Knochenbrüche.

Und in diesem Augenblick ging Goth Sullus schließlich in die Knie, als ob er das Gefühl hatte, dass es nichts und niemanden mehr gäbe, der sich ihm entgegenstellen würde.

Als ob nicht mehr viel von dem übrig wäre, was er einmal gewesen war.

**Stoßtruppen der Schwarzen Flotte, Dritte
Gruppe, Sammelpunkt für den Angriff auf die
Hauptverwaltung
Tarrago Prime
05.47 Uhr, Systemortszeit.**

»Nightstalker Six, hier TAFO2, kommen«, wiederholte Bombassa erneut über die S-Frequenz. Seit sie den Sammelpunkt erreicht hatten, war der Kontakt zur Einsatzleitung abgebrochen. Sie hatten sich hier mit zwei anderen Einheiten zusammenfinden sollen, die auf anderen Routen durch die Stadt zum Hauptverwaltungssitz unterwegs waren, aber bisher war niemand außer den Überresten des Vierten Zugs aufgetaucht.

Sie hatten die rauchenden und schwer beschädigten Gleiter, die den Hinterhalt überstanden hatten, aufgegeben und waren zu Fuß durch die Gassen geeilt, die sich um die Hauptverwaltung erstreckten. Nun waren sie nur noch zwei Straßenblöcke entfernt, und die Drohnenaufklärung über ihnen lieferte ihnen ein ziemlich gutes Bild, wer oder was den Haupteingang bewachte.

»Nightstalker, hier TAFO2, kommen. Hören Sie mich?«

Immer noch nichts.

Bombassa betrachtete die holografische Simulation des Haupteingangs in seinem Head-up-Display. Zwei Kompanien Marineinfanteristen waren bereit, diese Position mit ihrem Leben zu verteidigen.

Über zweihundert Männer.

Die Überreste des Vierten Zugs beliefen sich auf sechsundzwanzig Stoßtruppler. Republikanische Marineinfanteristen waren keine Legionäre... aber sie waren trotzdem ziemlich hart im Nehmen. Außerdem befanden sich in den umliegenden Straßen zwei leichte Mechs auf Patrouille.

»TAF02...« Die Übertragung kam nur schwer verzerrt und mit Aussetzern bei ihm an. Doch das schrille Heulen von Blasterfeuer im Hintergrund war deutlich zu erkennen. »Nightstalker Six hier. Fahren Sie...« Die Übertragung wurde unterbrochen. Und dann hörte Bombassa in dem jetzt zu hörenden, weißen Rauschen, wie jemand nach einem Sani brüllte. Dann eine Explosion, die wohl praktisch die gesamte Kommunikation ausfallen ließ. Und noch eine Explosion.

Offensichtlich hatte der Versuch, die Flottenwerft zurückzuerobern, nun begonnen.

Dann war eine neue Stimme auf dem Kanal zu hören, herrisch und hart. »TAF02, Statusbericht zu TAF01?«

Bombassa hätte beinahe verraten, dass sein Zugführer tot war. Bei einem Hinterhalt getötet. Aber diese Stimme, wer immer sie auch war, hatte kein Rufzeichen nach Protokoll genannt. Sie wollte lediglich Antworten hören. Und im Grunde einfach nur Informationen.

»Befehl verweigert. Identifizieren Sie sich oder verschwinden Sie aus diesem Kanal!«, befahl Bombassa. Er starrte nach oben und ließ seinen Blick schweifen, um zu sehen, wo sich seine Männer in der Gasse positioniert und wie sie sich verteilt hatten. Eine einzige Splittergranate würde jetzt verdammt viel Schaden anrichten, aber das ließ sich nicht ändern. Sie waren tief in feindlichem Territorium eingekesselt. Und so wie sich das anhörte, lief es für sie nicht mal auf der nächsten sicheren Position gut, auf die sie sich hätten zurückziehen müssen.

Das war nicht das erste Mal, dass sich Bombassa fragte, ob er nicht einen großen Fehler gemacht hatte. Was, wenn das alles schiefging?

Was wäre wenn?

»TAF02, hier Nightstalker-Einsatzleitung. Wiederhole — Statusbericht zu TAF01!«

Bombassa schluckte schwer. Er sprach gerade direkt mit General Nero. Was bedeutete, dass bei ihnen in der Flottenwerft alle ziemlich beschäftigt sein mussten.

»Sir«, meldete sich Bombassa. »01 ist tot. Bei einem Hinterhalt im Einsatz gefallen. Wir haben unser Ziel erreicht, aber nicht in ausreichender Zahl. Wir haben eine Kompanie Marineinfanteristen mit Mech-Unterstützung am Haupteingang vor uns. Bitte um neue Befehle.«

Es folgte eine lange Pause, die mit der Geräuschkulisse eines offenen Kanals gefüllt wurde. Männer schrien sich die Seele aus dem Leib, und das laute Heulen eines brutalen Blastergefechts war zu hören. Bombassa konnte außerdem das schwere Stampfen der bemannten N50 hören.

»Sergeant!« General Nero war wieder in der Leitung. Bombassa konnte ihn vor seinem inneren Auge sehen, wie er unter den Männern umherging, sie um sich versammelte, klare Aufgaben benannte und sie in den Kampf führte. Er war das Gegenteil jedes einzelnen Ernannten, der versucht hatte, ihn und all die anderen Legionäre in den Tod zu führen.

»Wir haben Drohnenaufklärung zu Ihrem Ziel. Bereithalten, wir werden das Ziel weichklopfen. Sobald das beginnt... vorrücken und das Gebäude betreten. Der Geheimdienst bestätigt, dass sich das Ziel im Inneren befindet. Ich muss Sie nicht darin erinnern... die Gefangennahme ist äußerst wichtig für diese Mission. Verstehen Sie mich, TAF02?«

Weiteres Blasterfeuer.

Jemand brüllte nach einem Sani.

»Wird erledigt, Sir.«

KAPITEL 13

Schwarze Flotte, Stoßtruppen, Dritte Gruppe
Kesselverks-Flottenwerft
05.48 Uhr, Systemortszeit.

General Nero schleifte einen verletzten Stoßtruppler mit einer Hand hinter die Barrikade, während er mit dem Blaster in der anderen Hand feuerte.

Sie wurden aus fast allen Richtungen überrannt. Legionäre waren aufgetaucht, um eine Art Gegenschlag durchzuführen.

Und damit ihnen das nicht gelang, mussten sie die Stellung hier am Tor halten, bis die Großkampfschiffe den Orbit erreichen konnten. An dieser Stellung durften sie nicht vorbei. Sie *mussten* hier durchhalten, bis die Flotte nahe genug herankommen konnte, um ihnen zusätzliche Unterstützung zu schicken.

Körperlich größer und muskulös gebaut überragte Nero die anderen Stoßtruppler, die die republikanischen Marineinfanteristen mit jeder Angriffswelle zu töten versucht hatten. Und obwohl seine Stoßtruppen sie zurückgeschlagen hatten, hatten sie Verluste hinnehmen müssen, die sich nicht so leicht ersetzen ließen.

In diesem Augenblick wünschte er sich, er hätte die Männer, die er auf Mission nach Tarrago Prime geschickt hatte, immer noch hier. Die Möglichkeit, mehr aus diesem Tag zu machen, als das, was sie bereits erreicht hatten, wirkte nun wie die überehrgeizigen Fehler, die ihn im Lauf seiner Karriere in der Legion stets verfolgt hatten.

Aber es gab durchaus noch eine Chance. Eine Möglichkeit, dies alles noch zu retten. Wenn sie bloß den nächsten Angriff überstehen konnten.

Jemand warf eine Splittergranate direkt über ihre Barrikade. Nero war ihr näher als jeder andere, und er sah, wie sie neben zwei Stoßtrupplern zum Liegen kam, die auf die Marineinfanteristen feuerten.

Er ließ den sterbenden Mann fallen, den er zu retten versucht hatte und griff nach unten, ein Gebet auf den Lippen, dass das Ding nicht in seinem Gesicht explodierte. Wenn es das tat... tja, das war's dann wohl, nicht wahr? Er spürte das Geschoss in seiner Hand und verdrängte den Gedanken, dass es hier und jetzt explodieren konnte. Er schleuderte es so schnell wie möglich zu demjenigen zurück, der das Ding geworfen hatte.

Er konnte die Explosion in nächster Nähe hören, wich plötzlichem Scharfschützenfeuer aus und suchte wieder Deckung.

Diese Sorte Tag war es also.

»Sorgt dafür, dass die 50 wieder funktioniert!«, brüllte er über den S-Kanal. Verdammt, dachte er, gebt uns wenigstens Deckung.

Er wechselte auf einen privaten Kanal mit einem seiner zuverlässigsten Unteroffiziere. Ein einfacher Infanterist, den er von der Legion kannte, seit seiner Zeit als Captain in irgendeinem Drecksloch, an das sich niemand erinnerte. Er hatte seinen besten Unteroffizier immer auf Schnellwahl, wenn etwas unbedingt erledigt werden musste.

»First Sergeant Indiro!«, blaffte er durch den Äther der S-Frequenz.

»Hier, Sir«, lautete die Antwort.

»In der Nähe Ihrer Position befindet sich eine republikanische Korvette im Trockendock. Sie müssen für mich an Bord dieser Korvette gehen und ihre Nahkampfgeschütze aktivieren. Ich schicke ihnen jetzt die Zielkoordinaten. Feuern Sie die Anti-Torpedo-Täuschkörper ab und befehlen Sie der KI, alles auf das anvisierte Ziel abzufeuern. Das brauche ich in den nächsten zwei Minuten, Sergeant, oder einige Jungs werden getötet werden, wenn sie so etwas Albernes versuchen, wie meinen Befehlen zu gehorchen.«

Es trat eine kurze Pause ein. Eine Pause, die von all dem Gemetzel und dem Chaos des brutalen Feuergefechts überlagert wurde. Während Männer starben und Blaster heulten, während Batteriepacks entlang des gesamten Kampfs am Tor zu Boden krachten. Während Killer mit dem Gedanken nachluden, einfach nur sicherzustellen, dass der andere Typ auf jeden Fall tot war.

Haltet durch, Jungs, dachte er. Jetzt geht's ums Ganze. All das lag in dieser Pause.

»Bin unterwegs, Sir«, antwortete First Sergeant Indiro. »TSZ.«

Schwarze Flotte, Stoßtruppen, Dritte Gruppe
Tarrago Prime
05.52 Uhr, Systemortszeit.

»Warten Sie, TAFO2...« Mehr kam nicht von der Nightstalker-Ersatzleitung.

Das Kreischen von Hitzefackeln zerriss die Luft hoch über ihren Köpfen. Alle Stoßtruppen in der Gasse, die sich versammelt hatten und bereit waren, das Anwesen um den Hauptverwaltungssitz zu stürmen, drehten ihre Helme gen Himmel und sahen zu, wie die wunderschönen, rauchenden Sterne den Morgenhimmel erhellten. Die vielfarbigen Rauchspuren waren aus dem Osten gekommen. Irgendwo aus der Nähe der Flottenwerft. Nun, während sich die Täuschkörper-Hitzefackeln über ihnen hinwegwölbten und ihre plötzliche, rauchige Pracht die Luftschutz- und Notfallsirenen in der Geräuschkulisse der Stadt überlagerte, begannen die abbrennenden Hitzefackeln in ihre Richtung zu fallen. Auf sie hinab. Und auf das Anwesen und die Treppe, die zum großen Haupteingang der Hauptverwaltung führten.

»Oh, Mann...«, flüsterte jemand über die S-Frequenz.

»Bereit machen zum Angriff, Männer«, ermahnte Bombassa jeden über den S-Kanal mit seiner tiefen Flüsterstimme. »Auf Wärmebild wechseln, eng zusammenbleiben. Achtet auf alles und ruft eure Ziele aus. Nächster Sammelpunkt ist die Lobby der Hauptverwaltung. Sichert die Ausgänge und...«

Jetzt regneten noch mehr Täuschkörper wie langsame Blitze auf sie herab. Sie prallten rund um das Gebäude zu Boden und explodierten wie eine Million Feuerwerksraketen, die völlig verrückt spielten.

»*Vorrücken!*«, rief Bombassa. Und... »TSZ!«

Der plötzliche Ansturm trieb die republikanischen Marineinfanteristen, die ihn überlebten, in die zentrale Lobby des Hauptverwaltungssitzes. Die Stoßtruppen eilten durch den Hagelschauer aus Rauch und brennendem Phosphor und überquerten ungehindert die Prachtstraße, die auf das Anwesen führte. Sie rannten die

Treppe hinauf, die zum Innenhof führte, auf dem seltsame und rätselhafte Skulpturen standen, Skulpturen, die früher einmal Diversität und richtiges Denken repräsentiert hatten, aber jetzt noch wesentlich absurder wirkten durch den dahintreibenden Rauch und den Bränden aus allem, was man nicht hatte planen können.

Fünfzig Meter vor ihnen lag der Haupteingang.

Bombassa kam an einem aufgegebenen N50-Nest vorbei. Er warf sich sein leichtes Blastergewehr über die Schulter und löste die Klemmhalterungen der gewaltigen Waffe. Mit einer Hand wuchtete er sie aus der Halterung und schnappte sich das Hochleistungsbatteriepack mit der anderen. Beide waren sehr schwer, aber Bombassa hatte mal mehr gestemmt als jeder andere Legionär der 131sten.

Den Lauf nach vorn gerichtet führte er seine Gruppe in den wabernden Rauch, der den Eingang zur Lobby des riesigen Verwaltungsgebäudes der planetaren Regierung umgab.

Zwei republikanische Marineinfanteristen in voller Kampfpanzerung mit ihren Halbschalenhelmen, die Blastergewehre im Anschlag, sahen ihn zuerst. Ihre Münder öffneten sich vor Verblüffung, während sich ihre Körper gleichzeitig in Schussposition drehten, um ihn mit ihren Blastergewehren anzugreifen.

Ziellos schoss er mit dem schweren Blastergeschütz auf die beiden Marineinfanteristen und beendete ihr Leben. Dann feuerte er auf die hohen Lobbyfenster, die mit Bildsymbolen und Worten, die all ihre Bedeutung verloren hatten, überzogen waren. Er hatte keine Ahnung, ob er damit jemanden traf, aber es sorgte sicherlich dafür, dass sie da hinten die Köpfe unten halten mussten. So konnten seine Männer nah an den Feind ran und ihre Splittergranaten werfen. Wenige Sekunden später schleuderten sie Splitter- und Blendgranaten in die Dunkelheit hinter den Glassplittern.

Gute Jungs, dachte er, während er weiter feuerte und eine Linie aus automatischem Blasterfeuer quer durch die verrauchte Lobby zog.

Dann ließ er die Waffe fallen, nahm sein leichtes Blastergewehr von der Schulter und gab ein Handzeichen gleichzeitig mit der verbalen Bestätigung über die S-Frequenz, dass sie die Lobby durchsuchen sollten.

Gefundene Gegner waren mit Feuerstoß zu erledigen.

Einer Reihe aus geisterhaften Gestalten gleich, die durch die Nebelschwaden eines Morgens wanderten, der niemals zum Tag werden sollte, betraten sie die stille Lobby und erledigten das Töten, das getan werden musste.

Überall auf dem Boden lagen tote Marineinfanteristen. Und auch verwundete Marineinfanteristen. Einige ließen sich auf Verteidigungsstellungen zurückfallen, die tief in der endlosen Bürokratie und den Irrgärten verborgener Macht lagen, die nur die da oben besaßen.

Bombassa sah zu, wie einer seiner Männer auf einen Marineinfanteristen zuging, der über den Boden kroch. Der Stoßtruppler feuerte zuerst, dann rannte er zu dem Marineinfanteristen hinüber und stieß sein leichtes Blastergewehr oben in seinen Rücken. Eine schwarze Diamantklinge bester Qualität schoss unterhalb des kurzen Blasterlaufs hervor, und der Mann rammte sie mit kurzer, entschlossener Bewegung hinein, was seine Professionalität betonte, aber auch eine Form der Gnade darstellte.

Ein Stoßtruppler direkt hinter ihm deckte seinen Kameraden beim Todesstoß. Sie bewegten sich weiter durch den Raum und vollzogen Variationen dieser Szene.

Die nächste Auseinandersetzung kam plötzlich und mit absoluter Brutalität. Nur Sekunden später waren sie hinter riesigen Säulen festgenagelt, die einen Festsaal säumten. Blasterfeuer und Rauch wirbelten durch die Luft, während Marineinfanteristen und Stoßtruppen sich gegenseitig niedermähten. Aber die Stoßtruppen setzten sich am Ende durch. Einer der Gruppenführer flankierte den Gegner mit drei Männern und löschte die letzten Marineinfanteristen aus.

»TAF44, nutzen Sie das Terminal und bestimmen Sie den Aufenthaltsort des Gouverneurs«, befahl Bombassa, als sie am Ende des Saals Verteidigungsstellung angenommen hatten. »Ich muss wissen, wie viele Marineinfanteristen sich noch in diesem Gebäude befinden… wenn Sie das rausfinden können. Gruppenführer, ich muss wissen, ob wir die Aufzüge nutzen können und wie die Treppenhäuser aussehen. Los, los, los, uns läuft die Zeit davon.«

Zwei schmale Flure führten hinter eine Mauer, die sich durch den opulent eingerichteten Saal zog. Die Flagge der Republik war dort oben in den Marmor geprägt worden. Stoßtruppler hielten kurz inne, um ihre Batteriepacks auszutauschen und die Ausrüstung zu kontrollieren, während andere zur Aufklärung ausrückten, welche Wege in die oberen Etagen führten.

Einen Augenblick später hatte TAF44 die Informationen. »Er ist in der Schutzetage der Regierung. Und ich habe keine Ahnung, Sergeant, wie viele Marineinfanteristen da oben rumlaufen, denn sie haben ihren eigenen Kanal… aber es sieht so aus, als ob sie eine allgemeine Evakuierungswarnung an das gesamte Personal im Gebäude ausgegeben haben, und dass sie sich alle zur Landeplattform auf dem neunzigsten

Stockwerk begeben sollen. Eine Hammerkopfkorvette kommt bald, um sie von dort abzuholen.«

Zwei der Aufklärer kehrten von den Aufzügen zurück. Sie waren ausgesperrt. Und eins der Treppenhäuser hatte man zerlegt. In dem anderen herrschte bedrohliche Stille.

»Wie lange, bis die Korvette ankommt?«, grollte Bombassa über die Leitung.

»Neun Minuten. Sie werden zuerst den Gouverneur aufnehmen. Sie haben sicherlich ohne Zweifel einen nur für ihn gedachten Zustieg vorbereitet. Entweder schnappen wir ihn in seiner Schutzetage, oder wir schalten die Korvette aus, aber ich glaube nicht, dass irgendjemand eine Scorpion Luft-Rakete mitgebracht hat.«

Bombassa ging seine Möglichkeiten durch. Sie konnten so viel von dem Gebäude mit Sprengstoff in die Luft jagen, um damit die Landeplattform zu destabilisieren und es damit der Korvette unmöglich machen, ihre Landezone zu erreichen. Oder sie konnten versuchen, einen der Aufzüge zu knacken und in einem von ihnen irgendwie nach oben zu kommen. Aber das hatten natürlich die Marineinfanteristen unter Kontrolle. Wenn die Marineinfanteristen sie dabei beobachteten, dann würden sie ihre Fahrt sicherlich kurz vor dem Ziel schmerzhaft beenden.

Das noch verbliebene Treppenhaus schien die einzige mögliche Option zu sein. Bombassa warf einen Blick auf seine verbliebenen Männer. Das würde ein Gemetzel werden. Aber so lautete nun mal die Mission. Und wer wusste schon welchen Wert dieser Gouverneur in der Endabrechnung hatte?

Das ist definitiv jenseits meiner Gehaltsklasse, dachte Bombassa, als er sein Blastergewehr noch einmal kontrollierte. Mehr aus Gewohnheit, als dass er es hätte tun müssen. Aber so hatte er noch ein wenig Zeit, darüber nachzudenken, ob es eine andere Lösung als die harte Tour gab.

»Wir gehen jeweils zu zweit ins Treppenhaus. Gegenseitige Deckung, Bewegung. Waffen im Anschlag. Werft eine Splittergranate, dann Deckung. Sobald wir sie entdecken, stürmen wir. Schnell. So nah ran wie möglich. Macht es brutal. Wir können sie dazu zwingen, immer weiter zurückzuweichen, wenn wir vorrücken, egal, was passiert.«

Niemand beschwerte sich.

Aber sie wussten alle, dass das ein Himmelfahrtskommando war.

Es waren mittlerweile nur noch zwanzig von ihnen übrig.

Noch sieben Minuten, bis die Korvette an der Landeplattform andocken würde.

Und sie mussten neunzig Stockwerke überwinden.

Wie viele Minuten brauchten sie, um den Gouverneur und so viele hohe Beamten wie nur möglich an Bord zu nehmen? Vielleicht eine Viertelstunde.

Oder würden sie sich einfach das hochrangige Ziel schnappen und abhauen?

»Marsch«, befahl Bombassa.

Brücke der Korvette *Audacity*
Atmosphäre über Tarrago
06.04 Uhr, Systemortszeit.

»Nachricht vom Sekretär des Gouverneurs, Sir. Er sagt, dass feindliche Truppen in das Gebäude eingerückt sind. Wir müssen ihn jetzt da rausholen.«

Desaix hatte alle Mühe, sein Raumschiff zusammenzuhalten. Als sie durch die Atmosphäre flogen, hatten zwei Tri-Jäger sie überrumpelt. Die Geschützzielerfassung hatte gerade den Geist aufgegeben, und sie waren im Endanflug durch dichte Quellwolken auf dem Weg zu ihrem Ziel.

Also hatten die Bordschützen auf optische Zielerfassung wechseln müssen. Und natürlich hatten sich diese miesen, kleinen Tri-Jäger tänzelnd durch die Wolken bewegt, um die Heckdeflektoren der *Audacity* aufs Korn zu nehmen.

»Heckdeflektor-Fehlfunktion, Captain«, verkündete der Co-Pilot. »Wir haben hinten nichts mehr!«

Wie gerufen erzitterte das Raumschiff nach einer Salve schrillen Blasterbeschusses. Der seltsame Tri-Jäger verabschiedete sich mit lautem Aufheulen seines Antriebs, zischte an ihrem Cockpitfenster vorbei und verschwand in einer brodelnden Wolkenmasse, die wie eine hohe goldene Schlucht aussah.

»Wir haben die Repulsoren an der Unterseite verloren. Der Chefingenieur meint, das lässt sich schnell reparieren.«

Tja, das wird uns auch nicht wirklich helfen, dachte Desaix.

»Kurs halten. Geschätzte Ankunftszeit?«

»In fünf Minuten.«

»Sagen Sie den Marineinfanteristen, dass sie bewaffnet und bereit sein sollen, die Plattform zu sichern. Wir nehmen den Gouverneur mit und so viele, wie wir können. Beim ersten Anzeichen von Schwierigkeiten, heißt es Fahrwerk hoch und weg von hier.«

**Schwarze Flotte, Stoßtruppen, Dritte Gruppe
Treppenhaus der Hauptverwaltung
Tarrago Prime
06.05 Uhr, Systemortszeit.**

Die Überreste der Einsatztruppe, die den Gouverneur gefangen nehmen sollte, rannte jedes Stockwerk so schnell und vorbildlich hinauf, wie es ihre Sicherheit erlaubte.

»Sergeant, hier Nightstalker. Korvette gesichtet. Beeilt euch, die Zeit läuft ab!« Wie dringlich es war, musste er nicht aussprechen.

Auf halbem Weg trafen sie auf die ersten Verteidiger.

Ein kleiner Lausch- oder Beobachtungsposten, der kaum daran interessiert zu sein schien, seinen eigentlichen Job zu erledigen. Einer der Marineinfanteristen brüllte tatsächlich zu ihnen herunter, als sich die Stoßtruppen noch fünf Stockwerke entfernt befanden: »Wer seid ihr Leute?«

Bombassa rief den Namen einer alten Einheit, der er mal angehört hatte, in dem Versuch, sie zumindest noch ein paar Meter näher an den Feind heranzubringen, bevor das Töten begann.

Und einer der Marineinfanteristen jubelte tatsächlich vor Freude, dass die Legion da war.

Als sie die restlichen Stockwerke im Treppenhaus zurücklegten, hörten sie, wie sich einer der Marineinfanteristen deswegen bei seinem Befehlshabenden meldete. Eine Sekunde später rief er nach unten: »Stehen bleiben und identifizieren. Parole Türstopper...«

Bombassa wusste, dass sie jetzt auf die entsprechende Antwort warteten. Irgendein unverfängliches Wort, das sie durch die Kontrolle durchließ. Er gab allen das Zeichen, weiter vorzurücken. Für nur eine Minute hatten sie noch einen Vorteil auf ihrer Seite. Unentschlossenheit, Schwung... egal. Nutze ihn, brüllte sich Bombassa lautlos zu, während seine Männer nach oben stürmten.

»Sieg!«, rief Bombassa in dem Wissen, dass jedes Wort, für das er sich entscheiden würde, die falsche Antwort wäre. Aber vielleicht würde es ausreichen, dass sie im Angesicht dieser Unentschlossenheit doch noch ein paar Meter näherkommen konnten, sodass die Verteidiger keine Splittergranate scharfmachten und ihnen auf den Kopf warfen.

Im besten Fall konnten seine Männer sie erledigen, bevor sie ihrem Befehlshabenden einen Lagebericht geben konnten. Im besten Fall.

Blasterfeuer erhellte das Treppenhaus über Bombassa, in dem nur die Notbeleuchtung eingeschaltet war. Einen Augenblick später kam über den S-Kanal die Bestätigung, dass beide Marineinfanteristen ausgeschaltet waren.

Ohne jeden Zweifel würde jetzt der Befehlshabende die Reserve ins Treppenhaus schicken, um dem Gouverneur Zeit zur Flucht zu verschaffen.

»Marsch! Marsch! Marsch!«, rief Bombassa über die Leitung. »Alles auf eine Karte! Das ist unsere einzige Chance.«

Sich schneller zu bewegen, als der Feind reagieren kann.

Zehn Stockwerke weiter warf einer aus dieser Reservetruppe die erste Splittergranate. Sie explodierte und tötete zwei Stoßtruppler. Die anderen rannten mit aller Kraft weiter hinauf und schwitzten unter ihren Helmen, um so nahe wie möglich an ihre Feinde heranzukommen. Über und unter ihnen strömten nun Marineinfanteristen in das Treppenhaus.

Nur wenige Schritte über Bombassa glitt eine Tür zur Seite, und Licht von draußen erhellte den Treppenabsatz. Als der erste Marineinfanterist hindurchkam, der Spitze seines leichten Blastergewehrs folgend, feuerte Bombassa drei Schüsse auf seine Brust ab, und der Marineinfanterist rutschte an der grauen Betonwand herab.

Bombassa war erschöpft, und die Beine wurden ihm schon weich, aber er kämpfte sich die nächsten Stufen hinauf und feuerte in das Portal. Denn sie arbeiteten ganz sicher in Teams. Halte sie auf, dachte er. Und Splittergranaten funktionierten in beide Richtungen. Er löste eine von seinem Gürtel, zog den Stift, warf sie flach in den Korridor jenseits der Tür und sich selbst gegen die Wand.

Sie explodierte.

Marineinfanteristen kamen auf der Treppe unter ihnen heraufgerannt. Als Bombassa nach unten sah, erkannte er, dass die sich zu ihm bewegende Nachhut seines Zugs auf sie feuerte, um sie aufzuhalten. Und über ihm hörte es sich an, als ob sich mehrere Leute wie im Wahn gegenseitig mit Blasterschüssen eindeckten.

Ein Truppler fiel von oben herab und verschwand in den schwach beleuchteten Stockwerken unter ihnen. Bombassa lehnte sich ins Treppenhaus, richtete die Waffe nach oben und schoss. Er erwischte einen Marineinfanteristen, der zusah, wie der Mann hinabstürzte. Mitten ins Kinn.

Bombassa drehte sich um, um einen Blick in den Flur zu werfen, in den er die Splittergranate geworfen hatte. Er rechnete fest damit, dass ein Marineinfanterist mit seinem Gewehr in der Hand und aufgepflanztem Bajonett auf ihn zukommen würde. Aber er sah nur Rauch, Feuer, und tote, sowie sterbende Marineinfanteristen. Er bedeutete der Nachhut, sich zu beeilen, und sie verließen das Stockwerk.

Zwei Stockwerke darüber feuerten Stoßtruppler aus kürzester Entfernung auf Marineinfanteristen, die die Treppe hinuntergerannt kamen. Beide Seiten wussten, dass die Situation zu verwirrend war, um jetzt noch Sprengstoffe einzusetzen. Die Stoßtruppen feuerten von einem Treppenabsatz hinauf zum nächsten. Und die Marineinfanteristen erwiderten das Feuer.

Dies ist die Situation, bei der sich die Unterschiede zeigen, dachte Bombassa.

Für die meisten Teilnehmer an diesem Kampf war dies tatsächlich das härteste Feuergefecht, an dem sie je teilgenommen hatten. Nur die wenigsten Marineinfanteristen hatten wirkliche Kampferfahrung, und wenn ja, dann waren es Schüsse auf ein Ziel in weiter Entfernung, oder Piraten, die ihr Leben zu retten versuchten, indem sie es auf einen Schusswechsel in irgendeinem verranzten Frachter ankommen ließen. Sie hatten noch nie den Nahkampf mit Legionären erlebt.

Oder mit wilden Raubtieren.

Das wäre dasselbe gewesen.

Das eine Prozent des einen Prozents des einen Prozent auf Armeslänge vor sich zu haben, war furchterregend.

Und diese Stoßtruppen hatten als ehemalige Legionäre ihre Ausbildung erhalten in dem Wissen, dass sie eines Tages den Kampf mit der Legion suchen mussten, der sie früher gedient hatten.

Wut. Zorn. Nichts davon spielte eine Rolle in diesem verzweifelten Kampf im Treppenhaus, den niemand jemals für die Geschichtsbücher niederschreiben würde. Diesen ehemaligen Legionären — die alles für etwas Neues aufgegeben hatten, die die Würfel hatten rollen lassen —, musste niemand beibringen, dass nur ein Mann aus einem Kampf lebend herauskommt. Und dass dieser Mann derjenige war, der innerhalb kürzester Zeit dem anderen Mann am meisten Schmerz und Leid beibringen konnte.

Die Ausbildung auf Tusca hatte Formen erreicht, die einige als sadistisch bezeichnet hatten. Warum? Eines Tages würden die Legion und die Stoßtruppen aufeinandertreffen. Eines Tages. Unweigerlich. Es war wie einer dieser schlimmen Sommerstürme, die sich langsam am Horizont abzeichneten. Und die auf dich zukamen. Alle konnten das sehen.

TAF34, einen der Männer unter Bombassas Befehl hatte es bereits erwischt. Mitten auf der Brust. Am oberen, rechten Quadranten der Panzerung. Der Blastertreffer kam wie aus heiterem Himmel. Der Kerl, der ihn getroffen hatte, stand gerade mal drei Meter die Treppe hinauf entfernt.

Aus irgendeinem Grund reagierte TAF34' rechter Arm nicht mehr, der Arm, der sein Blastergewehr hielt. Er konnte mit der Waffe nicht zielen oder den Abzug betätigen, um den Mann zu töten, der ihn erwischt hatte.

Aber das alles war nebensächlich. TAF34 stürmte die Treppe hinauf und rammte dem Marineinfanteristen, der ihn angeschossen hatte, seinen Helm ins Gesicht. Wie ein wilder Bulle, halb verrückt und blind vor Zorn. Nur war TAF34 keines von beiden. Sein Blastergewehr funktionierte nicht. Das war schon okay. Er hatte andere Waffen. Helm in das Gesicht eines Marineinfanteristen gehörte dazu.

Blut spritzte.

Der Marineinfanterist zu seiner Linken setzte seine Schulter wie eine Belagerungsramme gegen ihn ein. Jetzt befand sich TAF34 inmitten eines Haufen Marineinfanteristen. Die dir bei Landgang an jedem Tag der Woche in hunderten von Bars, wo die Haut in Flammen stand und die Drinks eiskalt waren, erklären würden, dass sie Herzensbrecher und Todesbringer waren.

TAF34 zog mit seiner schwachen Hand sein Kampfmesser. Er rammte es unter die Panzerung des Kerls, in die weiche Stelle zwischen Brust und Gürtel. Und zog es dann brutal wieder raus und zur Seite, als ob er eine Schnur durchtrennt hätte, über die er gar nicht nachdachte. Der Mann fiel nach hinten gegen seine

Kameraden und brüllte wie am Spieß, denn er wusste, dass er tot war.

Aber TAF34 war noch nicht fertig.

Einer der Marineinfanteristen beugte sich von den oberen Treppenstufen hinab und versuchte dem wahnsinnigen schwarzlackierten Bullen, der durch ihre vordersten Reihen tobte, seinen Gewehrkolben ins Gesicht zu rammen.

Was wirklich dumm war. Ein Gewehrkolben funktionierte bei Eingeborenen in verschlafenen Nestern, wo es außer Knochenhalsketten, die von Generation zu Generation weitergegeben wurden, keine Panzerung gab. Das war das typische ›wir müssen die Eingeborenen ruhigstellen‹-Denken. Aber der Blastergewehrkolben dieses Marineinfanteristen rutschte einfach an TAF34' Helm ab, und er fiel auf den wütenden Bullen drauf, der ihm sein Kampfmesser in den Leib rammte wie ein Hass-Abhängiger, der sich in eine Überdosis chemischen Vergessens stürzte. Der Marineinfanterist stürzte zu Boden, und sein Leben ergoss sich aus seiner Panzerung auf die Treppenstufen.

Zu diesem Zeitpunkt im Kampf hatte man TAF34 noch zweimal angeschossen. Einmal ins Bein. Einmal in die Brust.

Der Treffer am Bein hatte die Oberschenkelarterie erwischt, und er würde in etwa drei Minuten sterben. Nur war er sich dieser Tatsache nicht einmal bewusst. Nun benutzte er sein Blastergewehr wie einen Streitkolben. Er hob seine Waffe und schlug mit ihr auf jeden Marineinfanterist ein, der sich in seiner Nähe befand.

Andere Stoßtruppler, unter ihnen auch Bombassa, waren ihm in Schildkrötenformation gefolgt und feuerten nun auf alles, was sich nach TAF34' wildem Angriff auf die Reihen der Marineinfanteristen in seiner Nähe befand.

Als TAF34' Blastergewehr auf dem Kopf eines Marineinfanteristen zerbrach, der wie ein Mehlsack zu Boden ging, landete eine Splittergranate von einem Stockwerk über ihnen auf dem Gelände, hüpfte an den verbliebenen Marineinfanteristen vorbei und rollte zu den Stufen, die zu Bombassa und seinen Männern führten. TAF34 trat sie mit seinem funktionierenden Bein weg und spürte dann, wie gleichzeitig sein verwundetes Bein nachgab. Erst in diesem Augenblick wurde ihm klar, wie blutverschmiert die Innenseite seiner Panzerung war, und dass er mit Schmerzmitteln vollgepumpt wurde, als seine Panzerung sein Leben zu retten versuchte.

Die Marineinfanteristen sprangen von der Splittergranate weg, die von der Wand abgeprallt und wieder auf dem Treppenabsatz gelandet war, nur wenige Meter entfernt von dem Ort, wo TAF34 sie weggetreten hatte.

Er rollte sich über sie und hielt sie fest, als sie explodierte.

Die beiden Marineinfanteristen neben ihm starben auch.

Aber warum, und ehrlich, wer war TAF34? Das wusste niemand. Aber er hatte trotzdem seine Gründe. Also kämpften seine neuen Brüder weiter, um sicherzustellen, dass sein Opfer nicht umsonst war.

Brücke der Korvette *Audacity*
Atmosphäre über Tarrago
Anflug auf Hauptverwaltung von Tarrago
06.10 Uhr, Systemortszeit.

Von der winzigen Brücke der Korvette wirkte Tarrago Prime im Morgenschein wie eine Stadt, die von der Republik bombardiert wurde. Einzelne Frachter stiegen hoch zu den aufgewühlten Wolken, Manövriertriebwerke auf Hochtouren, und berechneten die Daten, um so bald wie möglich auf Lichtgeschwindigkeit zu springen. Unter ihnen waren in mehreren Gebäuden Brände ausgebrochen, und in weiten Teilen der Stadt drohte der Rauch, außer Kontrolle zu geraten, während die Rettungsdienste, die bis zur Grenze der Belastbarkeit gefordert waren, darauf zu reagieren versuchten und es nicht konnten.

Überall gab es Aufstände oder Plünderungen. Und in der Flottenwerft tobte immer noch ein großer Kampf. Aber selbst von hier aus und mit dem Blick auf die Schlacht über ihnen wusste Desaix, dass Tarrago verloren war.

Zwei der Zerstörer waren als zerstört gemeldet worden, im Nahkampf gegen die feindlichen Schlachtschiffe. Der Träger versuchte die restlichen Raumschiffe zu decken, sodass sie die Sprungvorbereitungen abschließen und aus dem System fliehen konnten. Sobald der Gouverneur sich an Bord des Trägers befand, würden sie das gesamte System aufgeben — aber bis dahin erkämpften sich das Personal von Navy und Marine Zeit und die Chance, ihr Leben zu retten.

Die *Audacity* dockte an der Landeplattform auf dem Hauptverwaltungssitz an, auch wenn sie nicht wirklich landen konnte, denn sie war für den vorhandenen Platz viel zu groß. Sobald sie festgemacht hatten und der wuchtige Antrieb laut heulend ihre Position beibehielt, und die Repulsoren wie Stammestrommeln schlugen, um die Höhe zu halten, wurde der Gouverneur unter schwerem Schutz hinaus und in der Nähe der Unterkünfte am Schiffsheck an Bord gebracht.

Auf der anderen Seite der Plattform konnte er sehen, wie Leute von den Marineinfanteristen davon abgehalten wurden, diesen Bereich zu betreten. Leute, die hofften, an Bord dieses Raumschiffs zu kommen und von Tarrago Prime fliehen zu können.

Desaix erhielt eine Nachricht über die interne Schiffskommunikation. »Captain, hier spricht Gouverneur Toltai. Ich erteile Ihnen hiermit die Erlaubnis zum sofortigen Abflug. Die Situation ist zu kritisch, um noch eine Sekunde länger zu bleiben.«

Desaix sah zu, wie die Marineinfanteristen versuchten, die Leute zurückzudrängen. Er konnte Kinder sehen. Verängstigt, mit großen Augen, während ihre panischen Eltern die Marineinfanteristen anschrien, sie vorbeizulassen.

»Captain!«, rief der Gouverneur über die Leitung. »Als ein vom Haus der Vernunft ernannter Beamter verlange ich—«

Desaix unterbrach die Verbindung.

»Stellen Sie mich zum Commander der Marineinfanteristen durch!«

Einen Augenblick später hatte er ihn in der Leitung. Als er durch das Cockpitfenster blickte, sah er wie der gepanzerte und bewaffnete Offizier von den nachgebenden Barrikaden zurücktrat, hinter denen sich die Flüchtlinge versammelt hatten.

»Wir können fünfhundert mitnehmen.«

Er sah, wie der Mann sich umdrehte und die Masse aus panischen, verzweifelten Menschen betrachtete.

»Es könnten mehr als das sein, Captain«, antwortete der Soldat. »Ich lasse sie jetzt durch.«

»Bringen Sie auch Ihre Männer an Bord«, fügte Desaix noch hinzu, bevor der Mann das Gespräch beendete.

Auf der anderen Seite der großen, leeren Plattform schüttelte der Marineoffizier den Kopf, nahm Haltung an und salutierte. Dann sprach er mit seinen Männern, die zur Seite traten und die Menge laufen ließen.

Die verzweifelte Menge rannte auf die schwebende *Audacity* zu. Ein Mann, der zu Tode verängstigt zu sein schien, nahm ein kleines Mädchen hoch und hielt sie vor sich. Desaix wusste, dass der Mann sie vor sich her treiben würde, wenn er musste. Er würde sein kleines Mädchen an Bord bringen und ihr Schicksal der Galaxie überlassen.

Das kleine Mädchen hielt eine Wobanki-Puppe in ihren Händen. Ihre Miene war wie erstarrt, fassungslos.

»Chief«, sagte Desaix, als er endlich den Lademeister des unteren Frachtraums erreicht hatte. »Machen sie alles auf. Wir nehmen sie alle mit.«

»Das ist nicht sicher, Sir.«

»Ist mir egal. Bringen Sie alle an Bord. Sie hält das aus.«

Desaix trennte die Verbindung und tätschelte sein Raumschiff. Sie hatte es schon früher ausgehalten. Das würde sie auch diesmal tun.

»Komm schon, altes Mädchen. Ein letztes Mal, für mich.«

**Schwarze Flotte, Stoßtruppen, Dritte Gruppe
Schutzetage, Hauptverwaltungssitz
Tarrago Prime
06.15 Uhr, Systemortszeit.**

Es waren nur noch fünf übrig.

Fünf Männer des Zugs, der sich auf den Weg gemacht hatte, um den Gouverneur gefangen zu nehmen.

Nightstalker Six schickte ihnen immer noch Neuigkeiten. Die Verteidigungslinie am Tor hatte sich auch gegen den letzten Versuch behaupten können, die Männer zurückzudrängen. Jetzt schien es, dass sich die Republik zurückzog oder sich an einigen Orten laut mehreren Berichten sogar schon ergab. Aber es war noch nicht vorbei. Legionäre versuchten, die Flottenwerft in die Luft zu jagen.

Es gab Gerüchte, dass, wenn die Republik noch die Kontrolle über die Orbitalwaffe hatte, sie sie auf die Flottenwerft richten konnte, um diesem neuen Feind die Chance zu nehmen, neue Raumschiffe zu bauen. Und wenn das der Fall war — wenn jemand diese riesige Waffe auf den Planeten abfeuerte —, dann war es aus für jeden auf Tarrago Prime. Das Ding würde einen rauchenden Krater hinterlassen mit einem Durchmesser von über fünfzehn Kilometern.

»Nightstalker-Einsatzleitung bestätigt, dass Ihre Missionspriorität immer noch hoch ist, TAF02«, übermittelte ihm der Kommunikationstechniker.

Bombassa sah zu, wie sich die ihm verbliebenen Männer mit einem Schweißbrenner durch eine Wand kämpften, die in die Schutzetage des Gouverneurs führte. Es gab keine Informationen, ob sich der Gouverneur dort befand oder nicht. Die Drohnenaufklärung zur Korvette war ausgefallen. Die dazu eingeteilte Drohne war von einem der automatischen Nahkampfgeschütze abgeschossen worden.

Der Schnitt durch die Sicherheitswand war beinahe geschafft.

Die anderen Stoßtruppler wichen zurück, packten ihre Ausrüstung wieder ein, und hielten ihre Waffen und Granaten für den Durchbruch bereit.

Bombassa hielt zwei Finger hoch, womit er zwei Blendgranten und dann den Einstieg befahl. Er legte die Reihenfolge fest, wer als Erster hindurchgehen würde. Oder eigentlich, wer ihm als Nächster folgen würde.

Er erhielt bestätigendes Klicken und Nicken.

Der Mann, der sich durch Wand fraß, trat zurück, wartete auf ein Nicken und trat dann gegen das herausgebrannte Teilstück. Als es nach drinnen fiel, wich er zurück, reichte seinen Schweißbrenner an Bombassa weiter und bereitete seine Waffe vor.

Zwei Blendgranaten wurden von zwei anderen Männern hineingeworfen. Ihre Panzerung ging für eine Sekunde offline, um sich gegen die EMP-Nebeneffekte der Granaten zu schützen.

Alles, was sie hören konnten, war das leise Knistern sich zusammenziehenden Metalls, das sich wie zerbrechendes Glas anhörte, und dann schlug ihnen Stille entgegen. Die Panzerungen führten einen Schnellstart durch, während sie sich durch die rauchende Lücke in der Wand quälten und Ziele auf der anderen Seite anvisierten.

Aber da war niemand.

Die Etage war leer.

Sie war aufwändig, fast schon palastartig ausgestattet, und es standen sogar noch Tabletts mit feinen Speisen und Getränken bereit, als hätten die Soldaten eine Botschaftsparty unterbrochen, die inmitten der Polstersofas und herrlich wirkenden Ledersesseln stattgefunden hatte. Spiegelkorridore und reich dekorierte Räume führten in eine Verwaltungszentrale auf der anderen Seite der großen Küche.

Sie bewegten sich in Schildkrötenformation, deckten jeden Winkel, jeden Eingang, jeden toten Punkt ab, bis sie die verschlossene Sprengtür entdeckten, die sich hinter der Großküche befand. Ein kleines Schild wies darauf hin, dass es sich hier um den Nachschub- und Diensteingang handelte, der auf die Landeplattform führte.

Einer der Männer machte sich daran, die Tür zu hacken. Er steckte ein Kabel von seinem Helm ein, und das Display schien sein Head-up-Display mit einer virtuellen Tastatur zu überlagern, die sich neben seinem Handschuh zeigte. Ein Schweißbrenner wäre bei einem solchen Monstrum an Sprengtür völlig nutzlos. Bombassa packte den Schweißbrenner weg und wartete.

Der Stoßtruppler musste ein erstklassiger Hacker sein, denn er hatte die Tür in dreißig Sekunden offen. Jenseits ihrer gewaltigen Ausmaße befand sich eine lange, schlecht beleuchtete Zufahrtsrampe, die zur Plattform über ihnen führte. Sie konnten das laute Heulen der Manövriertriebwerke der Korvette im Leerlauf hören. Und jenseits davon ein Lärm, der sich nach einem Stadion voller Fans anhörte, die gegen eine Niederlage tobten. Es war sogar Blasterfeuer zu hören.

»Wie können wir denn ein Raumschiff ausschalten, Sergeant?«, fragte einer der Männer.

Bombassa schüttelte den Kopf. Er hatte keine Ahnung. Die Mission hatte gelautet, eine Zielperson gefangen zu nehmen. In dem Fall aus seiner Unterkunft. Ein republikanisches Kriegsschiff auszuschalten war nicht Teil der Missionsbeschreibung gewesen.

Aber das inoffizielle Motto der Stoßtruppen lautete nun mal... *Wird erledigt.*

»Es werden Marineinfanteristen die Laderampe des Raumschiffs bewachen. Kümmert euch um die. Das ist das Beste, was wir tun können. Wenn wir an Bord kommen können, dann übernehmen wir es. Wenn wir nicht an Bord gehen können... dann werden wir es zerstören oder Feuerunterstützung von den Schlachtschiffen anfordern, indem wir es mit der Zielerfassung eurer Waffen markieren. Aber wartet damit, bis ich den Befehl dazu gebe. Verstanden?«

Alle bestätigten seine Worte.

»Ihr habt heute gute Arbeit geleistet, Männer.«

Sie gingen koordiniert hinaus. Sie bewegten sich vorwärts und schalteten völlig überraschte Marineinfanteristen aus, die davon ausgegangen waren, dass niemand die Verteidigung im Erdgeschoss hatte überwinden können. Verteidiger, die man zurückgelassen hatte, um dort zu sterben.

Drei Marineinfanteristen starben, bevor die anderen sich um eine ernsthafte Abwehr bemühten. Aber sie konnten sich nirgendwo verstecken. Die Landeplattform war groß und offen, und die letzten Flüchtlinge eilten gerade die Laderampe hinauf. Anders ausgedrückt, entwickelte sich das Feuergefecht zu einem Duell. Wie etwas, was man in einem Western zu sehen bekam, als terranische Ordnungshüter auf einem Dutzend kolonisierter Welten das Einzige waren, was man als Vertreter des Gesetzes hätte bezeichnen können.

Bombassa schaltete ihren Offizier mit einem Treffer in die Brust aus, der ein brennendes Loch in der Panzerung des Manns hinterließ.

Die unterste Frachtraumtür der Korvette begann, sich zu schließen. Der Lärm des Antriebs verwandelte sich in ein ohrenbetäubendes Heulen, während Marineinfanteristen und Stoßtruppen starben.

Es waren noch drei Männer übrig, als die Repulsoren auf volle Hebekraft wechselten und zu einem bombastischen Trommeln ansetzten, das sich im Schädel und in der Panzerung eines jeden Manns auf der Plattform fortpflanzte.

Ein weiterer Stoßtruppler starb.

Bombassa ließ seine Waffe los und begann zu rennen, wobei der Riemen dafür sorgte, dass sie gegen seinen Körper knallte. Er hatte auf einen vollen Sprint beschleunigt, und seine Arme und Beine gaben alles.

Die Korvette bewegte sich langsam von der hohen Landeplattform weg. Schwarze Rauchfäden stiegen gen Himmel, um dort von dräuenden grauen Wolken begrüßt zu werden, die plötzlich zu einem Schauer ansetzten. Die ersten dicken Regentropfen begannen, auf die Plattform zu fallen.

Die Marineinfanteristen feuerten auf ihn, während seine muskulösen Beine alles gaben und seine Hände ihn nach vorne zerrten, so weit sie nur konnten. Und dann ließ er die Plattform hinter sich und überquerte den schmalen Abgrund, der sich gerade zwischen der Plattform und dem abhebenden Raumschiff aufgetan hatte.

Kein Netz.

Kein Seil.

Keine zweite Chance.

Auf einen gegrunztes Stummbefehl magnetisierte seine Panzerung seine Handschuhe, als ob er Freeclimbing betreiben wollte, während die Lücke immer größer wurde.

Ein Handschuh klemmte sich ans Raumschiff, das nun über die Stadtlandschaft hinwegflog, mit heulendem Antrieb und einem Wind, der Bombassa herunterreißen und in die brennende Stadt weit unter ihm schleudern wollte.

Sein Gewehr rutschte ihm weg und fiel hinab in die Schluchten der Stadt. Er hielt sich an einer Stelle fest, die sich irgendwo in der Nähe der großen Antriebssektion am Heck befand. Oder wo er glaubte, dass der Maschinenraum sein müsste. Durch einige Lücken in der Hüllenpanzerung konnte er auf den inneren Rumpf blicken.

Die brennende Stadt wurde nun schnell unter ihm kleiner, obwohl das schwerfällige Raumschiff nur langsam in die Höhe stieg. Republikanische Lancer zischten an ihnen vorbei, während schwarze Tri-Jäger sie jagten und auf ihrem Weg Blasterblitze von sich gaben.

Bombassa wusste jetzt, was er mehr als einen Fall aus der oberen Atmosphäre bei niedriger Öffnungshöhe hasste. Das hier. Er hasste es von ganzem Herzen. Er war ein Wilder. Im Herzen war er ein Wilder, der die Zukunft hasste und sich einfach nur nach dem Land und dem Meer sehnte, wo ein wenig Wind ihm die Segel füllte.

Aber all das verdrängte er an irgendeinen anderen Ort in seinem Verstand, wie er es schon all die Jahre seit seinem Fortgehen von Kimschana verdrängt hatte, und zog den Schweißbrenner von seinem Gürtel. Dann schaltete er ihn ein und sah zu, wie die brennende Flamme aus dem Mischrohr hervorwuchs, dem Schwert eines mythischen und uralten Kriegers gleich. Dann machte er sich an die Außenhülle in der Hoffnung eine Stelle zu finden, die dünn genug und ungepanzert genug war, um sich durchzubrennen.

Er fand die Stelle. An einer großen Platte hatte man die Panzerung abgenommen, vermutlich um an die Backbordmanövriertriebwerke zu gelangen. Er brannte sich durch, und die Platte fiel taumelnd hinab in den grauen Sturm und das silberne Sonnenlicht, während das Raumschiff wohl eine Höhe um die dreitausend Meter erreicht hatte.

Bombassa zog seine Stiefel hoch, indem er sein Bauchmuskulatur anspannte, und schob sie dann durch die Öffnung. Er spürte, wie seine Füße eine Art Ablage ertasteten. Er magnetisierte die Stiefel und krabbelte dann Stück für Stück hinauf.

Nun befand er sich in der Dunkelheit der Außenhülle. Er schaltete auf Restlichtaufhellung und begann, an Rohren und Leitungen entlangzukrabbeln auf der Suche nach einer externen Wartungsluke, die er aufbrechen konnte.

KAPITEL 14

Haus der Vernunft
Utopion

Auf Orrin Kaar wirkte Admiral Devers panisch. Und obwohl es ihn Mühe kostete, sich nicht dem Wunsch hinzugeben, den Admiral für sein Versagen zusammenzustauchen, wusste Kaar, dass dies nicht der richtige Augenblick war. Er musste das angekratzte Selbstbewusstsein des Admirals und seine Empfindlichkeiten beruhigen.

»Ich verliere Raumschiffe!«, rief Devers. »Das ist ein Desaster!«

»Das ist der Preis des Krieges, Admiral«, sagte Kaar sanft. Er hätte nie gedacht, dass Devers der Typ dazu wäre, sich über den Verlust von Männern unter seinem Kommando Gedanken zu machen.

»Ich bin mir nicht sicher, wie lange mein Superzerstörer noch durchhalten kann!«

Ah. Nun zeigte sich wahre Grund für die Sorgen des Admirals.

»Dann kämpfen Sie, Mann!«, rief Kaar. Nicht unfreundlich. Mehr wie ein Trainer, der sein Team motivieren wollte.

Devers schniefte. »Das ist nicht alles. Das republikanische Mordkommando hat die Flottenwerft zerstört. Komplett.«

Kaar stand von seinem Schreibtisch auf. »Was?«

»Ich weiß nicht... Ich weiß nicht, wie sie an der Blockade vorbeigekommen sind, aber sie haben es geschafft. Sullus' Stoßtruppen jagen sie jetzt angeblich, aber ich glaube nicht, dass sie sie erwischen werden.«

Kaar führte seine Fingerspitzen zusammen und drückte sie gegen seinen Nasenrücken. Er stieß einen langen Seufzer aus. »Ohne diese Werft kommen wir kein Stück weiter.«

»Oder es könnte noch schlimmer werden«, sagte Devers. »Wenn man nur ein paar von den anderen Flotten zu einer Armada zusammenführte, könnte man Tarrago zurückerobern.«

»Sie sprechen von etwas, von dem Sie nichts wissen. Es gibt keine anderen Flotten.«

Devers wollte ihm schon widersprechen, überlegte es sich aber anders, als er Kaars ernste Miene sah.

»Zumindest keine Flotten, die der Republik helfen können«, fuhr Kaar fort.

Devers schüttelte den Kopf. »Was soll ich dann tun, Abgeordneter Kaar? Sullus' Flotte angreifen?«

»Nein!«, blaffte Kaar, als ob er einen ungehorsamen Hund zurechtweisen wollte. Zur Hölle mit den Gefühlen des Admirals. »Fahren Sie wie geplant weiter fort. Ich brauche Zeit, um die notwendigen politischen und strategischen Gegenmaßnahmen einzuleiten. Wir sind nicht besiegt. Überhaupt nicht.«

**Schwarze Flotte
Drittes Geschwader, Erste Staffel, »Pit Vipers«
06.31 Uhr, Systemortszeit.**

Lieutenant Kat Haladis, die neue Befehlshaberin der Pit Vipers, legte eine Schraubenrolle hinter einem Lancer hin und eröffnete mit beiden Blasterkanonen das Feuer. Sie landete mehrere Treffer in seinem Antrieb, was große Teil der Hüllenpanzerung zerfetzte und in beiden Triebwerksgehäusen schweren Schaden anrichtete. Statische Elektrizität entlud sich entlang eines der pylonenartigen Triebwerke, und das Schiff explodierte.

Eine Nachricht von der Flotte tauchte auf, als sie gerade mehr Energie auf die Bugdeflektoren gab, weil sie die sich ausbreitende Trümmerwolke ihres letzten Opfers durchflog.

»Viper Lead, Aufgabe höchster Priorität. Neue Mission. Lösen Sie sich von der Flotte und greifen Sie mit ihrer Staffel den Träger an. Wir müssen seinen Sprungcomputer ausschalten, damit er nicht wegkann. Hervorhebung strukturell entscheidender Zieldaten erfolgt jetzt.«

Kat bestätigte die Entgegennahme der Nachricht und ließ ihren Blick über das Schlachtfeld schweifen, um herauszufinden, wo sich die großen Schlachtschiffe befanden, die in den direkten Nahkampf mit den verbliebenen Zerstörern eingetreten waren. Und dahinter, in der Sternenferne, war der wahre Preis zu sehen. Ein republikanischer Träger, der praktisch keine Verteidiger mehr besaß.

»Vipers! Kampf abbrechen, Formation um mich. Wir haben die Mission bekommen, den Träger anzugreifen.«

**Siebte Flotte der Republik
Brücke der *Freedom*
06.33 Uhr, Systemortszeit.**

Sie hatten die Nachricht von der *Emergent* gerade erst erhalten. Die *Atlantica* war erledigt. Admiral Nagu hatte seine Flagge auf die *Emergent* übertragen.

Admiral Landoo bestätigte die Nachricht und wartete. Die *Audacity* sollte jeden Moment eintreffen. Dann konnten sie springen, und jeder, der sich in Sicherheit bringen konnte, war auf sich gestellt. Viel mehr konnten sie wirklich nicht tun. Die Schlacht war verloren. Eine totale Niederlage.

»Wir sollten jetzt los, Admiral«, sagte der CIC. Er stand direkt vor ihr. Aber sie sah ihn nicht. Das Einzige, was sie sah, war die Zerstörung von allem, das sie jemals gekannt hatte.

In ihrem Kopf lief eine Frage in Dauerschleife.

Wie konnte das passieren?

Wie konnte das passieren?

Wie konnte das passieren?

»Generals Toleda auf Tarrago Prime wird kapitulieren, sobald wir gesprungen sind. Er wartet nur auf Ihr Signal.«

Wie konnte das passieren?

»Die *Audacity*?«, murmelte sie.

»Ankunft in fünf Minuten. Sobald sie gelandet ist, und wir den Gouverneur an Bord haben, können wir springen. Soll ich alle Jäger zurückrufen?«

»Was ist mit den Zerstörern?«

»Admiral Nagu wird uns Zeit verschaffen. Die *Atlantica* ist erledigt. Der Reaktorkern steht kurz vor der Explosion. Sie wird wie ein Feuerwerk in die Luft gehen. Die *Emergent* ist die Einzige, die springen kann. Und sie steckt ordentlich Prügel ein. Ganz ehrlich, diese Raumschiffe halten nicht mehr lange durch, Ma'am.«

Die Admiralin starrte voller Entsetzen auf das holografische Display. Jedes der Raumschiffe hatte tausende Besatzungsmitglieder. Und diese waren jetzt entweder tot oder gestrandet. Man würde sie gefangen nehmen. Vielleicht.

Warum hatte die Orbitalwaffe nicht zu ihrer Unterstützung gefeuert?

Und...

Warum hatten die neuen Raptoren nicht ausgereicht?

Und...

Wer war dieser Feind? Wo waren sie hergekommen? Was wollten sie?

Sie schüttelte kurz den Kopf und wich einen Schritt zurück, als ob ihr plötzlich klar würde, wo sie sich befand. Sie sah sich in der schwach beleuchteten Einsatzzentrale mit ihren Computerkonsolen stehen und den Blinkleuchten, die Nachrichten ankündigten. Alles wirkte auf einmal schrecklich. Jedes einzelne dieser Geräte erzählte Geschichten des Todes und der Zerstörung. Techniker saßen vor ihren Stationen und waren dadurch dem Gemetzel und dem Horror der Frontlinien näher als sie es war.

Die Frontlinie, die Nagu für sie hielt, damit sie mit dem Träger fliehen konnten.

Wenn sie den Träger verloren...

»Es wird Zeit zu gehen. Befehlen Sie allen Einheiten den Rückzug. Teilen Sie der Gruppe mit, dass sie sofort springen soll, sobald die *Audacity* im Hangar ist.«

Und dann hörte sie einen der Techniker rufen: »Feindliche Jäger im Anflug.«

Siebte Flotte der Republik
Zweite Staffel, »Gunfighters«
06.34 Uhr, Systemortszeit.

Die Tri-Jäger waren nun den Raptoren zahlenmäßig deutlich überlegen. Der Verlauf der Schlacht hatte sich gewandelt, von Angriffen auf das Leitschlachtschiff zum verzweifelten Versuch, sich die feindlichen Jäger vom Leib zu halten.

Atumna erhielt den Rückzugsbefehl und musste sich das kein zweites Mal sagen lassen. Sie löste sich aus dem Kampf über der *Imperator* und raste zurück in die Deckung der Überbleibsel des Superzerstörers *Atlantica*.

Drei Tri-Jäger verfolgten sie, während die Nahkampfgeschütze der furchterregenden Schlachtschiffe sie und jeden anderen Raptorpiloten aufs Korn nahmen.

Gunfighter Leader forderte alle auf, sofort zum Träger zurückzukehren. Es schien, dass sie jeden Augenblick springen konnten. »Wenn ihr es nicht zurückschafft, dann seid ihr auf euch gestellt«, lauteten seine letzten Worte. Als ob es keine weiteren Ansagen mehr geben würde, bis sie zu Hause waren. Oder eben nicht.

Aber Atumna war viel zu beschäftigt, um den Empfang seiner Nachricht zu bestätigen. Die sie verfolgenden Tri-Jäger hingen ihram Heck und versuchten, auf sie zu feuern. Ein Treffer ließ ihren Heckdeflektor zusammenbrechen, und sie gab ein schreckliches Tennar-Schimpfwort von sich, als sie sich dem Rumpf des brennenden Wracks näherte, das einmal die *Atlantica* gewesen war.

Rettungskapseln verließen das Raumschiff in alle Richtungen. Auf allen Decks brannten unkontrolliert elektrische Feuer und verliehen den skelettartigen Überresten mittlerweile offenliegender Bereiche des Raumschiffs ein inneres Glühen. Ganze Sektionen waren in Rauch gehüllt, von denen zerstörte Hüllenpanzerungsstücke und Rumpfteile abplatzten.

Sie drehte ihren Raptor auf den Bauch und löste sich schnell von der Unterseite des von der Schlacht gezeichneten Rumpfs, ging in einen harten Looping und kehrte über der Antriebssektion wieder zurück. Einer der Reaktoren war explodiert und hatte Teile der Hüllenpanzerung und andere Trümmer wie ein Riesenvulkan ins Weltall geschleudert. Sie war dem zerfallenden Raumschiff so nahe, dass sie Gestalten im Inneren der Hauptreaktorkuppel herumlaufen sehen konnte. Auf dem Weg zu den Rettungskapseln. Hoffte sie.

Einer der sie jagenden Tri-Jäger krachte in den Rumpf, und ein großer Teil der Aufbauten gab unter dem Aufprall nach und löste sich ab. Die beiden anderen Tri-Jäger wechselten den Kurs, um einer Kollision zu entgehen.

»Nervös!«, kicherte sie und flog weiter eng am Rumpf entlang. Das war ihre einzige Hoffnung, sie sich vom Leib zu halten. Sie raste über die Antriebssektion und vorbei an den toten Triebwerken des sterbenden Riesen, der früher die *Atlantica* gewesen war. Sie drückte den Schubhebel bis zum Anschlag nach vorn und schlug den Kurs zum Träger ein.

Und dann explodierte der Superzerstörer, was in diesem Teil des dunklen Weltraums für einen Augenblick alles schlagartig erhellte.

Dieser Kampf war vorbei.

Es war ihr erster gewesen... und sie hatte verloren.

Und in ihren Augen, so entschlossen sie auch war und mit zusammengebissenen Zähnen gekämpft hatte, hätte das in dieser Form nicht passieren dürfen. Atumna Fal hasste es zu verlieren.

Schwarze Flotte
Drittes Geschwader, Erste Staffel, »Pit Vipers«
06.35 Uhr, Systemortszeit.

Die schnellen Tri-Jäger rasten auf den wuchtigen Rumpf des bauchigen, republikanischen Trägers zu. Entlang des gesamten Rumpfs wurde zum Schutz des Trägers das Feuer eröffnet, aber binnen weniger Sekunden waren die eleganten, kleinen Jäger wie Wölfe unter Schafen, feuerten auf die Deflektoren und tänzelten durch die Luft, um den Geschützen zu entgehen.

Kat raste an einem der Geschütze am äußeren Ring des Verteidigungsnetzwerks vorbei und wartete darauf, dass ihr Zielerfassungscomputer den Sprungkontrollknotenpunkt auf dem Träger entdeckte. Innerhalb weniger Sekunden hatte die Zielerfassungssoftware das System erkannt und auf ihrem Cockpitfenster hervorgehoben. Sie raste am Träger entlang und kam an kraftfeldgeschützten Hangardecks vorbei, die ein ätherisches blaues Licht in die Tiefen des Weltalls verströmten.

Blasterfeuer in ihrer Nähe zwang sie, den Angriff abzubrechen.

»Diese Schutzschilde sind noch aktiv, Viper Lead«, teilte jemand aus ihrer Staffel mit. »Wir bereiten uns auf unseren Angriff vor und versuchen uns durchzubeißen. Haltet euch bereit.«

Eine dünne, kleine Fregatte blockierte Kats Fluchtweg. Sie feuerte helles Blasterfeuer quer über ihr Brückendeck. Ein Treffer fand sein Ziel und richtete Schaden an. Dann war sie schon wieder weg und hörte zu, wie ihre Staffel ihre Angriffe gegen die leistungsstarken Deflektoren des Trägers flog.

»Wir haben Viper Seven direkt über dem Ziel verloren. Brechen ab —«, und dann herrschte Stille. Das nächste Paar nahm Formation ein, und Kat stürzte sich mit ihrem Tri-Jäger wieder in den Kampf. Der gegnerische Widerstand mit Jägern erfolgte nur noch spärlich, aber das Geschützfeuer war extrem.

Zu ihrer Linken explodierte ein kleines Geleitschiff. Es war entlang seines Rückgrats zerbrochen. Die Torpedobomber der Flotte waren da. Glühend heiße Blitze heller Energie zuckten quer durch das Weltall auf die Großkampfschiffe zu. Zwei erwischten den Träger und schalteten seinen Bugdeflektorschutz aus.

»Wir sind durch, Viper Lead!«, rief der Commander der Torpedostaffel. »Wir machen uns aus dem Staub!«

Kat riss ihren Tri-Jäger zur Seite und raste den Rumpf eines Nachschubschiffs entlang, um sich auf ihren Angriff auf den Träger vorzubereiten. Viper Four schloss sich ihr an.

»Bin dabei, Viper Leader«, antwortete der Pilot. »Achte auf Oberflächenbeschuss von ihrer Rumpfoberseite. Sie haben richtig heftiges Geschützfeuer am Start.«

»Verstanden, Viper Four, auf Angriffsgeschwindigkeit beschleunigen. Nah dran bleiben. Wir werden nur einmal dran vorbeikommen.«

Siebte Flotte der Republik
Brücke des Trägers *Freedom*
06.36 Uhr, Systemortszeit.

In der Einsatzzentrale herrschte hektische Betriebsamkeit, während Statusberichte eintrafen und die Geschützkommandanten ihre Ziele ausriefen. Die Bomber hatten sich wieder zurückgezogen, aber sie hatten einiges erreicht. Der Träger war nun verwundbar, und die Schlachtschiffe näherten sich ihm. Auf ihrem Weg kamen sie an den zerfallenden Rümpfen der vernichteten Zerstörer vorbei. Sie waren nun praktisch ohne Schutz.

»Die *Audacity* nähert sich ihrem Andockplatz. Wir beginnen jetzt unsere Sprungberechnungen, Admiral!«, rief der CIC.

Admiral Landoo warf einen Blick auf den Status der Jäger, die noch zu ihnen zurückkommen sollten. Nur noch fünfzehn waren auf dem Weg.

Ihre heftigen Verluste waren einfach unvorstellbar.

Eine schwere Explosion erschütterte das Raumschiff, irgendwo im Inneren am Heck.

Schwarze Flotte
Drittes Geschwader, Erste Staffel, »Pit Vipers«
06.36 Uhr, Systemortszeit.

Nach dem Angriff riss Kat ihr Raumschiff hoch. Sie hatten die Sprungkontrolle perfekt erwischt, ordentlich Feuer gemacht, und waren sehr nah an den Rumpf herangeflogen, damit es auch wirklich klappte. Sie hatten die Explosion gesehen, wie Sauerstoff ins Weltall entwich und Teile der Hüllenpanzerung in die Leere geschleudert wurde.

Dann gab sie maximalen Schub und stieg weiter über das ellipsenförmige Schlachtfeld hinaus. Die Blasterblitze der Geschütze waren ihr bei ihrem Angriff verdammt nahe gekommen. Einige Male hatte es so ausgesehen, als ob der gesamte Raum vor ihr nur mit Blasterfeuer erfüllt war. Ihre Deflektoren hatten harte Treffer einstecken müssen, aber sie hatte ihren Kurs beibehalten und angreifen können, obwohl sie ihren Steuerbordstabilisator verloren hatte.

Das war für dich, Dasto.

Es war ihr egal, ob sie sie jetzt erledigten.

Den Träger auszuschalten und sicherzustellen, dass er nun vor der Flotte erobert werden konnte, hatte sich für sie für wie ein endgültiger Abschluss angefühlt. Kein Sieg. Aber eine Ehre für...

Weil Dasto einer der besten gewesen war.

Sie hatten ihn auf Antaar zurückgelassen. Er hatte dafür gesorgt, dass sie ihr Sprungfenster erreichten, als sie in einen harten Kampf gegen die RMK geraten waren.

Er hatte ihnen die Zeit zur Flucht verschafft. Und natürlich hatten sie ihren Eltern eine Medaille gegeben. Sein Befehlshabender war sogar bei ihnen vorbeigekommen, um ihnen zu erzählen, was tatsächlich passiert war. Wie ihr Bruder durch eine Wolke an feindlichen Jägern geflogen war, um dem Träger einen Weg zu bahnen, der unter schwerem Beschuss und von drei RMK-Schlachtkreuzern umgeben gewesen war.

»Und sie haben ihn einfach zurückgelassen? Ihn sterben lassen?«

Das hatte sie gesagt. Als kleines Mädchen, damals, vor langer Zeit. Hatte es in die Stille gebrüllt, die danach kam. Und im Laufe all der Jahre seit diesem Tag.

Den Mann in der Uniform der republikanischen Navy, der gekommen war, um ihren Eltern zu erzählen, was für ein Held ihr Sohn gewesen war, den hatte das Mädchen angebrüllt, das sie mal gewesen war. Hatte gebrüllt im Angesicht der Ungerechtigkeit. Und der Endgültigkeit.

Was der schlimmste Teil war.

Der Mann der Navy hatte das seltsame, kleine Mädchen einfach nur angestarrt, das ihren Bruder heiß und innig verehrt hatte. Denn was konnte er ihr schon sagen? Ja. Sie hatten ihn da draußen sterben lassen. Allein gegen eine Übermacht. Für die Republik.

Später, als ihre Eltern zu sterben begannen und trotzdem umhergingen, als ob sie noch lebten… als sie normal zu sein schienen, obwohl sie längst tot waren… später hatte ihr Vater eines Abends, als sie die Nachrichten geschaut hatten, etwas gesagt. Nur eine einzige Sache. Was dazu führte, dass sie sich hilflos fühlte. Und wütend.

Der Sprecher der Sendung erwähnte einen heldenhaften Tod im Auftrag des Hauses der Vernunft und sagte: »Einige gaben alles.«

Und Kats Vater hatte den Bildschirm abgeschaltet, war aufgestanden und hatte durch zusammengebissene Zähne gemurmelt: »Und einige gar nichts.«

Und das hier — während sie die Schlacht und die Zerstörung und die sichere Niederlage derjenigen, die ihren Bruder umgebracht hatten, verließ —, das war die Rache für alles, was man ihr genommen hatte.

Das war für dich, Dasto.

Und dann begann sie zu atmen.

**Brücke der Korvette *Audacity*
06.38 Uhr, Systemortszeit.**

Die Hammerkopfkorvette *Audacity* geriet unter schweren Beschuss

»Landeerlaubnis für das Hauptdeck«, verkündete die Flugsicherung in dem Augenblick, als einer der Sensorentechniker rief: »Schnelle Objekte im Anflug! Abgefeuerter Komet! Zwei von ihnen folgen uns, Captain.«

Sie waren mitten in die Schlacht geraten. Geleitschiffe versuchten die feindlichen Jäger vom Träger fernzuhalten, und es waren nur noch wenige republikanische Jäger übrig. Aus Desaix' Sicht sah es so aus, als ob sich ihre Situation gerade von schlecht zu katastrophal verändert hatte.

»Steuern Sie uns aufs Hauptdeck und bereiten Sie sich darauf vor, unsere Ladung schnell zu löschen. Wir gehen da wieder raus.«

»Negativ, Captain. Die Operationszentrale des Trägers sagt, wir springen gleich und dass wir uns direkt nach dem Andocken auf den Sprung vorbereiten sollen«, korrigierte ihn der Co-Pilot.

Desaix seufzte. Das war wahrscheinlich das Beste. Die drei riesigen Raumschiffe, die sich von Steuerbord näherten, waren wahrhaft gigantisch und strotzten nur so vor Geschütztürmen. Sie waren tatsächlich die größten Raumschiffe, die er je gesehen hatte.

Wer immer diese Leuten waren... sie waren für Tyrannokalmare bewaffnet gekommen.

Die Korvette tauchte unter dem Schatten der Trägerunterseite hinweg und änderte den Kurs, um den riesigen Hangarzugang unterhalb des Rumpfs zu nutzen, der sonst nur für Geleitschiffe gedacht war. Der Weg war frei, wenn man die ganzen feindlichen Raumschiffe ignorierte, die wie Stechmücken an ihnen vorbeihuschten.

»Äh...«, sagte der Kommunikationsoffizier. »Captain, die *Freedom* hat gerade die Fähigkeit zum Sprung verloren.«

Der Pilot drehte sich um, um die Reaktion des Captains zu sehen. Desaix nickte ihm zu und bedeutete dem Pilot, das Andockmanöver fortzusetzen.

»Wie schlimm ist es?«, fragte Desaix den Kommunikationsoffizier.

»Der Dateningenieur sagt, sie können die Rechenleistung umleiten und die Zielerfassungscomputer nutzen, aber das dauert zwanzig Minuten.«

Desaix sah zu den Schlachtschiffen hinüber, die sich schnell näherten. Er brauchte keinen Navigationscomputer, um ihren Abfangkurs zu berechnen. Die *Freedom* hatte keine zwanzig Minuten.

Er kehrte zu seiner Kommunikationskonsole zurück. »Chief.« Er wartete kurz, bis sich der Lademeister meldete. »Alle müssen in zwei Minuten von Bord sein. Wir gehen wieder raus.«

»Ohhhh...«, stöhnte der Chief.

»Tun Sie's!«

Desaix rannte zur Torpedokontrolle ganz hinten an der Rückseite der Brücke. Das war der einzige Ort, an dem sie diese frisch eingebaute Station hatten unterbringen können. »Brechen Sie die Siegel an den Dingern. Wir werden sie dazu nutzen, der Flotte die Zeit zu verschaffen, hier abzuhauen.«

»Sie haben keine Sprengköpfe, Sir.«

»Ja, aber der Feind weiß das nicht«, antwortete Desaix mit dem Grinsen des geborenen Spielers. Er rannte ins Cockpit zurück.

Siebte Flotte der Republik
Brücke des Trägers *Freedom*
06.42 Uhr, Systemortszeit.

»Admiral, die *Audacity* hat ihre Leinen gelöst. Sie geht wieder raus.«

Landoo wusste genau, was Desaix vorhatte. Sie wusste, dass er der Typ dafür war. Der Typ, der etwas Mutiges versuchte und es schaffte, dass alle dabei umkamen. ›Riskant‹ war etwas, was die republikanische Navy im Allgemeinen kritisch betrachtete.

Nur... welche andere Option hatten sie noch? Wenn der leitende Datenmgenieur innerhalb der nächsten Minuten keine neuen Sprungdaten hinbekam... dann war es das.

Du könntest jetzt kapitulieren, dachte sie. Du könntest die Leben aller retten, indem du kapitulierst und die Waffen streckst. Soweit das noch möglich war.

Denn darum ging es ja jetzt nur noch, oder? Es ging ja nicht mehr um den Sieg. Neun Zehntel dieser Flotte waren vernichtet. Es ging darum, Leben zu retten, bevor es zu spät war.

Sie wandte sich an den CIC.

Er teilte ihr gerade mit, dass die Hauptdeflektoren wieder online waren, aber dass er bezweifelte, dass sie gegen Treffer von den Ionenkanonen der Schlachtschiffe viel ausrichten konnten.

Sie formulierte für sich den Befehl, bevor sie ihn aussprach und spielte mit dem Gedanken der Kapitulation. Es war ganz einfach. *»Teilen Sie ihnen mit, dass wir kapitulieren.«*

Stattdessen sagte sie: »Holen Sie mir Captain Desaix ran.«

Einen Augenblick später nickte ihr der Kommunikationsoffizier von der taktischen Station zu.

»Captain Desaix... was genau haben Sie vor?«

Sie sah über die schiffsinternen Systeme zu, wie sich die *Audacity* von ihrer Andockrampe tief im Inneren des Trägers löste.

»Wir können Ihnen einige zusätzliche Minuten verschaffen, Admiral. Wir haben Torpedos mit mehreren Gefechtsköpfen an Bord. Wir können diese Schlachtschiffe einige Minuten lang beschäftigen, wenn die sich Sorgen machen, dass wir ihnen ein paar Kratzer verpassen. Ich vermute, dass sie ziemlich in Panik geraten werden, sobald wir sie feuern.«

»Das sind experimentelle Waffen, und als ich sie mir das letzte Mal angeschaut habe, fehlten die Gefechtsköpfe,

Captain. Ich bekomme auch die Mitteilungen über Waffenlieferungen.«

Desaix wartete. Wappnete sich. Die *Audacity* hatte den Hangar verlassen.

»Wir sind alles, was Sie noch haben, Admiral. Wir können nicht zulassen, dass der Träger erobert wird. Sie haben den Gouverneur an Bord. Ich schlage daher mit größtem Respekt vor, dass Sie sich so schnell wie möglich aus diesem System davonmachen, Ma'am. Wir springen, sobald wir gefeuert haben.«

Dann wurde die Verbindung unterbrochen. Er hatte sie ausgesperrt. Ja, er war absolut entschlossen, sich und seine Besatzung umbringen zu lassen. Heldenhaft, wenn möglich.

Sie wandte sich an den CIC. »Schauen wir doch mal, ob wir ihm ein paar Jäger zum Schutz mitgeben können. Nur Freiwillige. Wir werden nicht auf sie warten können, wenn wir zum Sprung bereit sind.«

Brücke der Korvette *Audacity*
06.44 Uhr, Systemortszeit.

Nur war das nicht ganz so einfach. Er wusste es, und sie wusste es. Also beendete Desaix das Gespräch mit dem Admiral und konzentrierte sich darauf, das Raumschiff in den Kampf zu führen.

»Kanoniere, schießen sie uns einen Weg durch diese Jäger frei. Wenn wir nah genug an diese Raumschiffe rankommen, können wir sie abfeuern, ohne dass sie unsere Steuerung lahmlegen und abhauen.«

**Siebte Flotte der Republik
Zweite Staffel, »Gunfighters«
06.45 Uhr, Systemortszeit.**

Die Staffel Gunfighter bestand nur noch aus sieben Raptoren.

Was Atumna Fal entdeckte, als sie ihren beschädigten Jäger mühsam in den Schutz der Trägergruppe zurückbrachte, waren mehrere schwer zusammengeschossene Geleitschiffe, eine Korvette, die sich unterhalb des Trägers aus dem Haupthangar löste und mehrere Staffeln Tri-Jäger, die Gelegenheitsziele entlang der gesamten Trägergruppe angriffen.

»Gunfighter, hier Gunfighter Lead. Man hat uns befohlen, unsere Raumschiffe zurückzubringen, damit wir abhauen können. Das Problem ist, dass der Träger noch ein paar Minuten braucht, um den Sprung vorzubereiten. Die Korvette geht raus, um ihm Zeit zu verschaffen. Das ist eine Mission ohne Rückflugticket. Wer dabei sein will, bestätigt mit Klicken. Irgendjemand dabei, der ihnen helfen will, ihre Torpedos loszuwerden, damit der Träger das System sicher verlassen kann?«

Atumna spürte, wie ihr zierlicher Tentakel über ihr Funkgerät spielte. Sie klickte sofort, ohne das geringste Zögern. Es war kein Sieg… aber es war immerhin etwas. Und heute brauchte sie nur etwas.

Es ertönten fünf weitere Klicks.

Auch Gunfighter Lead bestätigte seine Teilnahme. »Folgt mir, Gunfighters… auf geht's.«

Die sieben verbliebenen Raptoren drehten hart bei und formierten sich neu, rasten auf die einsame Korvette zu, um sich den drei drohend wirkenden grauen Schlachtschiffen am stellaren Horizont zu stellen.

Schwarze Flotte
Brücke der *Imperator*
06.46 Uhr, Systemortszeit.

»Sir, der Träger ist nun in Reichweite.«

Rommal wartete. Wartete und musterte die sich ständig verändernde Lagedarstellung. Ihre ursprünglichen Pläne hatten nie die Eroberung des Trägers der republikanischen Siebten Flotte beinhaltet.

Seine Zerstörung... ja.

Aber nun standen sie vor der Chance, ihn zu erobern.

Goth Sullus aber hatte die vollständige Vernichtung aller republikanischen Einheiten gefordert. Das war immer deutlich gewesen.

Aber ihn zu erobern... das würde er doch sicherlich als einen Sieg verstehen?

Einige Erfahrungen der letzten Zeit hatten den Admiral gelehrt, dass es nicht weise war, Goth Sullus den Gehorsam zu verweigern. Er schluckte schwer.

Und warum kam diese Hammerkopfkorvette auf sie zu? Das war doch Selbstmord. Rommal gefiel das überhaupt nicht.

Der erste Offizier schien dies auch zu bemerken. Er räusperte sich vernehmlich. Die Brücken dieser Schlachtschiffe waren allein aufgrund ihrer Größe ein

Hort der Ruhe, ganz im Gegensatz zu den engen, nur für die Schlacht gedachten Brücken der Republik. Hier und in ihrer Nähe kümmerten sich alle ganz geschäftig um ihre Aufgaben, als ob sie... insgeheim Angst hätten. Obwohl sie alle wussten, dass sie heute gesiegt hatten.

Vielleicht, so dachte der Admiral, war Angst etwas Gutes.

Der erste Offizier ergriff das Wort. »Wir haben die Jäger zugeteilt, die sich um die Korvette kümmern. Die Hauptkanonen sind auf den Träger gerichtet. Seine Deflektoren sind offline. Sollen wir schießen, Sir?«

Admiral Rommal nickte einfach. Und dann, um es ganz offiziell abzusegnen, sagte er leise: »Sie dürfen feuern, wenn Sie bereit sind.«

Siebte Flotte der Republik
Zweite Staffel, »Gunfighters«
06.48 Uhr, Systemortszeit.

»Drei von oben, Gunfighter Nineteen! Pass auf dich auf!«

Die Tri-Jäger schossen auf die verbliebenen Raptoren herab wie wild heulende Furien.

Atumna rollte sich von ihrer Flugbahn ab und wich heftigem Blasterbeschuss aus, der sonst ihre Deflektoren in Stücke gerissen hätte.

»Wechsle auf Unterstützungsfeuer«, verkündete sie über den Kanal. »Bleibe nah dran an der Korvette.«

Über den gesamten Staffelkanal wurde klar, dass die letzten Raptorpiloten der Gunfighter-Staffel ihr Bestes gaben, um das größere Raumschiff vor den blitzschnellen Jägern zu beschützen.

»Der Korvetten-Captain sagt, noch dreißig Sekunden zum Sprungfenster, dann sind sie weg. Bleibt dran, Gunfighters«, rief Gunfighter Lead.

Atumnas geschwächte Deflektoren bekamen schwere Treffer ab. Ihre Steuerbordblasterkanone explodierte nach einem direkten Treffer. Alarmsirenen und Systemwarnsignale blinkten panisch, als ihr das Raumschiff mitteilte, dass es an etlichen Stellen katastrophale Schäden erlitten hatte.

Vor ihr raste ein einzelner Tri-Jäger Gunfighter Lead hinterher, entlang des Rumpfs der Korvette, und feuerte auf den Rumpf des Raptors.

Das Raumschiff ihres Staffelführers explodierte in alle Richtungen.

Atumna setzte sich direkt hinter den Tri-Jäger, ungeachtet der drei anderen, die sie verfolgten. Manche Dinge mussten gerächt werden... ungeachtet aller Folgen.

**Schwarze Flotte
Drittes Geschwader, Erste Staffel, »Pit Vipers«
06.49 Uhr, Systemortszeit.**

»Einen weiteren erledigt...«, rief Kat über den Staffelkanal, als ihre Heckdeflektoren bunt zu flackern begannen. Sie hatte einen Raptor hinter sich und zwar verdammt nahe. Sie drehte sich um hundertachtzig Grad und tauchte unterhalb der Korvette hindurch.

Unglaublicherweise folgte ihr der Raptor und feuerte erneut. Diesmal explodierte der Backborddeflektor ihres Tri-Jägers. Sie ließ ihr Steuerruder zurückschnellen, drosselte ihre Geschwindigkeit und schoss nach oben, zurück in die Schlacht.

Über ihr töteten sich Raptoren und Tri-Jäger gegenseitig im Malstrom der Blasterblitze. In dem Malstrom, auf den sie gerade zuflog.

Wussten sie nicht, dass es vorbei war?, fragte sich Kat ungläubig. Wussten sie nicht, dass sie verloren hatten?

Der Raptor hatte sie fast wieder erreicht, und sie konnte ihn unmöglich loswerden. Andere Piloten folgten ihnen und riefen Kat zu, den Kampf abzubrechen und zu verschwinden.

Weitere Treffer ließen ihr Raumschiff erzittern. Warnblinkleuchten meldeten sich und erstarben dann. Etwas in Kats Hinterkopf teilte ihr mit, dass das Raumschiff gerade einen katastrophalen Kurzschluss erlitten hatte. Und dass in den nächsten Augenblicken die Steuerung nicht mehr reagieren würde. In ihr wuchs das Entsetzen. Sie war absolut schutzlos und verwundbar.

Und dann setzte sich ihre Ausbildung durch. Sie griff bereits nach den Hebeln zum Schnellausstieg, als im gesamten Cockpit eine riesige, holografische Projektion drängend warnte, dass die Hüllenintegrität gefährdet war, und die weißen Buchstaben vor ihren Augen zu verschwimmen begannen. SOFORT HERAUSSCHLEUDERN. Das Raumschiff war am Ende.

Sie riss beide Griffe so hart an sich heran wie möglich. Als ob sie sich aus seinem Teich herauszuhieven versuchte, in dem sie schon ihr gesamtes Leben zu ertrinken drohte.

Ihre Rettungskapsel schoss explosionsartig von den Seitendeflektoren und dem Antrieb fort, als Kat ohnmächtig wurde. Das letzte Bild, das sie vor Augen hatte, war der Raptor, der unter ihr entlangzischte, verfolgt von drei Tri-Jägern, die heulend nach der Seele des Piloten lechzten.

Und dann ergab sie sich dem Zwielicht zwischen Leben und Tod.

KAPITEL 15

»Wir haben die Zielerfassung, Captain!«, brüllte der Torpedo-Offizer über die Leitung.

»Schau dir bloß an, wie groß diese Dinger sind. Sie sind gigantisch«, murmelte der Co-Pilot, als sie auf die Schlachtschiffsformation zurasten.

»Kümmert euch nicht um sie«, polterte Desaix. »Schließt die Sprungberechnungen ab. Sobald wir die Dinger abgefeuert und sie ihr Ziel gefunden haben, machen wir uns vom Acker.«

Desaix schlug auf die Sprechtaste der Kommunikationskonsole. Ein Tri-Jäger raste vor ihrem Raumschiff. Hinter der Brücke feuerten die Geschütze auf alles, was sie ins Ziel bekamen. Und um sie herum explodierten die Raptoren, die ihnen Schutz zu bieten versuchten, einer nach dem anderen.

»Feuert sie alle ab, sofort!«

Der Torpedo-Offizier machte sich nicht einmal die Mühe, den Befehl zu bestätigen, bevor er die Startsequenz aktivierte. Alle wussten, wie unglaublich knapp und verzweifelt das alles war. Das Einzige, was sie tun konnten, war zu feuern und sich sofort zu verabschieden.

»Bereit machen zum Sprung«, verkündete Desaix über die schiffsweiten Kommunikationskanäle.

Vom Heck ertönte mehrfach ein lautes *Ka-tschung*, als sich die Abschussluken öffneten, gefolgt von unglücksverheißenden *Ka-dangs*, die klarmachten, dass die frisch installierten Torpedos in die Rohre geglitten waren. Sekunden später schossen die Torpedos los, weg vom Raumschiff, und hinterließen wirbelnde Rauchspuren.

Schwarze Flotte
Brücke der *Imperator*
06.55 Uhr, Systemortszeit.

»Abschuss bevorstehend«, sagte einer der taktischen Offiziere. Er reichte sein Datenpad an den ersten Offizier weiter.

Der erste Offizier trat eilig an Admiral Rommal heran. »Sir... wir haben eine Art Abschuss von dieser Korvette bemerkt.« Er klang ein wenig verwundert, vielleicht sogar belustigt. »Unsere Scans lassen vermuten, dass es sich wahrscheinlich um einen Typ Torpedo handelt, der bisher nicht im Arsenal der Republik zum Einsatz gekommen ist.«

Rommal hob die Augenbrauen. »Wahrscheinlich?«

Der Offizier räusperte sich. Eine ärgerliche Angewohnheit, die der Mann offensichtlich nicht in den Griff kriegen konnte. »Könnte sein, Sir. Es gab einige Geheimdienstinformationen, dass sie Raumschiffvernichter getestet haben, für den Einsatz gegen regionale Piraten-Warlords, die alte Großkampfschiffe auf dem Schwarzmarkt gekauft haben.

Da die Republik kein Interesse an größeren Raumschiffen hat, gab es Gerüchte, dass sie die Hammerkopfkorvetten-Klasse mit einem neuen Waffentyp ausrüsten wollten, mit dem sie auch größere Raumschiffe bezwingen können. Wenn es sich darum handelt, dann... könnte dies eine Bedrohung darstellen.«

»Können wir sie blockieren?«, fragte Rommal.

»Wir versuchen es schon, Sir. Aber solange das sie abfeuernde Raumschiff vor Ort ist, läuft bei ihnen eine Art Quantenverschlüsselung, in die wir uns nicht einhacken können. Wenn es sich um dieses System handelt. Sie sind nicht wie normale Raumschifftorpedos — sie haben mehr Ähnlichkeit mit einer alten Lenkrakete. In dem Augenblick, in dem sie springen, sollten wir kein Problem mehr haben, ihre Signale zu blockieren. Sie wären dann für uns leicht angreifbar.«

Rommal wurde plötzlich klar, dass es in diesem Augenblick eine unbekannte Variable gab. Der Gedanke, dass auch nur einer dieser Torpedos schwere Schäden an seinem Raumschiff anrichtete, reichte aus, um ihn vorsichtig sein zu lassen. Er wollte Goth Sullus dies nicht erklären müssen. Nein. Auf keinen Fall. Er hatte schon mehr als genug zu erklären.

Er, Rommal, war die unbekannte Variable. Seine Vorsicht ließ ihn die Entscheidung treffen zwischen dem, was am besten für ihn war und was am besten für die Operation. Auch wenn er sich dessen bewusst war, so hatte es kaum Einfluss auf seine nächste Entscheidung. Es war fast so, als ob er einfach nicht anders konnte. Als ob eine plötzliche Furcht, die er nie zuvor empfunden hatte, die logischste Entscheidung, die er treffen konnte, einfach ignorierte.

»Zielen Sie mit der Hauptkanone auf die Korvette. Wir kümmern uns zuerst um sie. Dann hacken wir die Torpedos. Zu diesem Zeitpunkt wird der Träger schon völlig hilflos sein.«

»Wie Sie befehlen, Sir.«

Brücke der Korvette *Audacity*
06.58 Uhr, Systemortszeit.

»Sensorenstation hier, Captain. Sie versuchen, sich in unsere Torpedos zu hacken. Wenn wir springen... werden sie das wahrscheinlich schaffen.«

Dann schrie der Pilot: »Sie feuern auf uns!«

Die riesigen Ionenkanonen des Leitschlachtschiffs hatten das Feuer auf die winzige Korvette eröffnet. Wurden sie getroffen, dann war es das mit Sicherheit.

»Ausweichmanöver!«, brüllte Desaix. »Bereithalten, uns mit einem Sprung hier wegzubringen!«

Die brennende Scheibe aus Energie, die der erste Ionenschuss darstellte, verpasste die Korvette nur ganz knapp.

»Ich kann nicht springen und gleichzeitig die Zielerfassung aufrechterhalten«, erinnerte ihn der Sensorentechniker.

»Wie viele Sekunden, bis sie dem Feind richtig einheizen?«

»Schwer zu sagen. Das sind intelligente Torpedos, solange sie mit uns kommunizieren. Basierend auf unseren Daten denken sie ganz allein. Sie versuchen, den besten Angriffswinkel und den korrekten Abstand zu berechnen, um auf die Gefechtskopfphase umzuschalten.«

Und das, obwohl sie keine Gefechtsköpfe hatten, dachte Desaix finster.

»Können wir das aushebeln?«

»Negativ. Jetzt nicht mehr. Sie nutzen unsere Telemetriedaten für den Angriff. Ich sage es noch mal… wenn wir springen, sind sie leichte Beute, Captain.«

Desaix wandte sich ab und starrte die Brücke entlang. Alle warteten darauf, dass er den Befehl zum Sprung erteilte. Hinter ihm wurden die riesigen Schlachtschiffe im Cockpitfenster immer größer.

Antriebssektion der Korvette *Audacity*
06.59 Uhr, Systemortszeit.

Bombassa hatte gewartet. Als er es schließlich geschafft hatte, durch eine der Wartungsluken zwischen innerem und äußerem Rumpf zu gelangen, war er irgendwo in den Besatzungsunterkünften rausgekommen. Er hatte sich schnell seiner Panzerung entledigt und sich eine Navy-Uniform angezogen, die ihm kaum passte.

Als Unteroffizier der Legion hatte er Kurse belegt, bei denen es um Flucht- und Ausweichmanöver ging, und er war der Ansicht, dass die Ausbildung, die er in dem vier Wochen langen Kurs auf Skerith erhalten hatte, ihn wahrscheinlich auf diese Situation gut vorbereitet hatte.

Die Mission war immer noch erreichbar, soweit er das beurteilen konnte. Den Gouverneur zu finden und ihn gefangen zu nehmen. Er hatte seine Dienstwaffe — eine

Blasterpistole mit Stupsnase, die ordentlich Schaden anrichtete — und den Schweißbrenner.

Nachdem er in einer kleinen Feldapotheke, die gerade nicht genutzt wurde, eine Notfallmedizintasche entdeckt hatte, stopfte er beide Waffen in die Tasche und bewegte sich auf die Hauptkorridore hinaus. Alle Flure waren voller Flüchtlinge, und er konnte das Heulen der Luftkämpfe zwischen den Jägern und die Schüsse der Großkampfschiffe im ganzen Rumpf hören. All dies vermischte sich noch mit vorbeifliegenden Tri-Jägern — und dem seltenen, aber lauten, hohlen *BUUUUUM* explodierender Raumschiffe.

Konzentrier dich auf die Mission, ermahnte er sich, als er weiterging und Angst vor dem Tod durch Dekompression hatte, weil der Rumpf jeden Augenblick durchlöchert werden konnte.

Auf einem kleinen Schiff wie diesem kannten sich die meisten Leute. Wenn er nach dem Gouverneur fragte, würde er nur erreichen, dass Alarmglocken schrillten. Also kam das nicht in Frage.

Aber Bombassa war schon früher auf Hammerkopfkorvetten mitgeflogen. Vor langer Zeit, als er noch einfacher Soldat gewesen war, hatte man ihn dem diplomatischen Dienst zugeteilt. Er wusste, dass es für die Würdenträger zum Bug hin besondere Quartiere gab, direkt unter dem Brückendeck.

Bombassa blieb in einem der Hauptkorridore direkt unterhalb des Schiffsrückgrats kurz stehen, um zuzuhören, wie eins der Besatzungsmitglieder verkündete, dass die Korvette gleich im Träger andocken würde, und dass alle Nichtbesatzungsmitglieder das Raumschiff durch eine Reihe ausgewiesener Ausgänge zu verlassen hatten. Die Stimme betonte außerdem, dass es eine ausführliche Sicherheitsüberprüfung auf dem Hangardeck des Trägers geben würde, damit die Sicherheit aller garantiert werden konnte.

In Anbetracht der Tatsache, dass Bombassa nicht einmal die simpelsten, republikanischen Akkreditierungen besaß — man hatte sie während der Ausbildung auf Tusca alles zerstören lassen, was auf ihr früheres Dasein hätte hinweisen können — war seine einzige Möglichkeit, an Bord zu bleiben.

Er hörte, wie die kräftigen Halterungen des Trägers ober- und unterhalb des Rumpfs zugriffen. Der Maschinenraum wäre wahrscheinlich der sicherste und dunkelste Ort, um sich zu verstecken.

Er begann, sich seinen Weg durch die drängenden Mengen zu bahnen, als diese sich zu den verschiedenen Backbordluken begaben. Nach einiger Zeit gelangte er ans Heck, wo er sich schnell voranbewegen konnte, bis ihn zwei Marineinfanteristen aufhielten — sie gehörten zum Sicherheitskontingent, das jedes republikanische Raumschiff mit sich führte. Sie befanden sich in einem Nebenflur, der sich auf Deck fünfzehn an den Steuerbordlagerräumen entlangzog.

In der Regel kümmerten sie sich nicht um die Besatzung, sondern blieben unter sich. Das war besser für die Sicherheit an Bord. Was bedeutete, dass sie nicht sofort nachvollziehen konnten, ob er zur Besatzung gehörte oder nicht. Also versuchte es Bombassa mit einem Bluff, um an ihnen vorbeizukommen.

»Wir haben unten im Maschinenraum ein Strahlungsleck. Ich bin auf dem Weg, um ein paar Verbrennungen zu behandeln. Ich muss los, Jungs.«

Ihre Mienen machten deutlich, dass er einige Alarmglocken zum Schrillen gebracht hatte. Zum

Einen trug er keine Uniform, die für das medizinische Personal der Navy üblich war — er trug die Brauntöne eines Deckoffiziers. Und zum anderen stach ein Typ wie Bombassa aus jeder... Menge hervor. Die Marineinfanteristen hätten einen riesigen, dunkelhäutigen Giganten, der sie um einiges überragte, irgendwann während ihrer sechsmonatigen Dienstzeit an Bord kennengelernt. Sein Aussehen eignete sich nicht für Unauffälligkeit.

»Wir sollten das melden«, sagte einer der Marineinfanteristen zum anderen.

Der Fehler, den die beiden Marineinfanteristen machten, war, dass sie ihre Waffen nicht in Anschlag brachten, als ihnen klar wurde, dass sie hier vielleicht ein Problem hatten.

Bombassa rammte dem ersten Marineinfanteristen seine Faust mit einer rechten Geraden direkt gegen das Kinn. Ein Vorschlaghammer hätte nichts Besseres leisten können. Aber wie sie immer in der Legion gesagt hatten... man spielt nur, um zu gewinnen. Der Kopf des Typen zuckte nach hinten, und Bombassa spürte durch seine Faust ein furchtbares Knacken.

Er fragte sich geistesabwesend, ob er dem Mann direkt das Genick gebrochen hatte.

Der zweite Marineinfanterist zuckte wie eine Schlange zurück und riss sein Blastergewehr hoch, um ihn anzugreifen. Bombassa nutzte den Schwung seines Schlags und drehte sich und seinen wuchtigen Körper zu einem Roundhouse-Kick, wobei er dem anderen Kerl mit voller Wucht seinen harten Stiefel gegen den Schädel trat.

Nun waren beide Marineinfanteristen am Boden und rührten sich nicht mehr.

Er brach beiden das Genick und schleifte dann ihre Leichen hinter einige Transportkisten. Er ließ auch ihre Waffen zurück, denn sie wären in seinen Händen weitere Alarmglocken wert gewesen. Seine verborgene Blasterpistole würde ohnehin mehr als ausreichen. Dann warf er sich die Sanitätstasche über die Schulter, die er bei dem Kampf hatte fallen lassen und ging weiter den Flur entlang in Richtung Maschinenraum. Mittlerweile war das Raumschiff wieder unterwegs, und Bombassa hatte das dumme Gefühl, dass, wenn es diesem gelang, aus der Schlacht zu springen, er selbst vermutlich hingerichtet würde.

Unglücksverheißende *Ka-tschungs* und *Ka-dangs* ertönten über ihm.

Ihm standen nun zwei Optionen zur Verfügung. Erstens... er konnte nach einer Rettungskapsel suchen, mit ihr ins Schlachtfeld springen und irgendwie die Sprungbatterien deaktivieren, bevor sich das Ding entschied, ihn zum nächstgelegenen, der Republik freundlich gesonnenen Raumhafen zu bringen. Oder zweitens... er könnte dem Raumschiff die Fähigkeit nehmen, mit ihm in feindliches Gebiet zu springen.

Seine Entscheidung lautete, den Maschinenraum zu stürmen.

Bombassa hatte keine Ahnung, wie man dort irgendetwas deaktivierte.

Abgesehen davon, darauf zu schießen.

Er legte die Sanitätstasche ab und zückte seine Blasterpistole. Dann zog er auch den Schweißbrenner hervor. Auf alles schießen, auf jeden schießen. Den Schneidbrenner durch alle lebenswichtigen Systeme ziehen.

Am Ende musste er irgendetwas zerstören.

Schwarze Flotte
Brücke der *Imperator*
06.00 Uhr, Systemortszeit.

Admiral Rommal sah die Raketen und die Korvette in holografischer Echtzeit. Entlang des gesamten, riesigen Schlachtschiffs dröhnten und tobten die Ionenkanonen, während die Korvette immer wieder Schüssen auswich und ihnen entkam. Mittlerweile schossen zwölf Raketen auf sie zu.

»Alle Geschütztürme, feuert auf diese Raketen! Hier kommt nichts durch!«, brüllte er quer durch die Brücke. Er hatte noch nie gebrüllt. Er war noch nie so verzweifelt gewesen. Aber das war alles viel zu knapp.

Und dann musste er mit Entsetzen feststellen, dass sich aus diesen zwölf Torpedos plötzlich... noch viel mehr lösten.

Die Sensorenstation war eine einzige, laute Alarmsirene. Jenseits der riesigen Brückenfenster füllte sich der Raum mit Torpedos und Rauchspuren.

»Die Torpedos müssen eine Art Mehrfach-Gefechtskopf-system besitzen!«, rief der erste Offizier.

Die Erklärung hörte sich für Rommal unglaublich banal an. Und sie kam zu spät.

Ja, wir sind tot, dachte er. »Steuerbord-Ausweichmanöver. Seitengeschütze, volles Abwehr-feuer!«

Manövrierwarnungen ertönten im gesamten Raumschiff, als es sich langsam auf die Seite legte. Jenseits der großen Brückenfenster sah man, wie sich die *Terror* und die *Revenge* wie in Zeitlupe bewegten, um ihre furchterregenden Breitseitengeschütze in Position zu bringen, auch wenn jeglicher Abwehrversuch zu spät kommen würde.

»Sechsundneunzig... nein, achtundneunzig Geschosse auf dem Weg zu unserer Position, Admiral«, verkündete irgendein panischer Sensorentechniker.

Entlang des gesamten Schlachtschiffs feuerte jedes verfügbare Geschütz, um einen Wall aus Blasterblitzen zu erschaffen, der die vielen Rauchspuren, die sich auf das Schiff zubewegten, auslöschen sollte.

»Hundert!«

**Brücke der Korvette *Audacity*
06.01 Uhr, Systemortszeit.**

»Sie haben sich aufgeteilt! Wir können hier weg, Captain!«, brüllte der Torpedo-Offizier

»Sprung, sofort!«, befahl Desaix, als ein weiterer Ionenschuss an ihrem Rumpf vorbeiflog. Er musste ihnen unglaublich nah gekommen sein, denn der Deflekor auf dieser Seite brach einfach bei dem Versuch zusammen, die indirekte Energie zu absorbieren, die von der brodelnden Energiemenge dieses Beinahetreffers ausgegangen war.

»Wir sind gleich weg, Captain. Eine Sekunde...«

Der Pilot streckte die Hand aus und schob die Sprunghebel nach vorn.

Nichts.

»Captain!« Der Kommunikationsoffizier. »Der Träger *Freedom* bedankt sich für die Unterstützung. Sie sind bereit zum Sprung.«

»Ich bekomme im gesamten Maschinenraum Systemfehlfunktionen. Was ist da hinten los?«, rief der Co-Pilot. Er warf sein Datenpad zu Boden und sprang hoch, um den Hauptschalter umzulegen, sodass er die Sprungkontrolle mithilfe des Back-up-Systems durchführen konnte.

Die umgelegten Hebel brachten keine Änderung. Es passierte nichts. Dann wandte er sich Desaix zu. »Wir kommen nicht mehr weg!«

Der Ausdruck des Entsetzens im Gesicht des Manns wirkte noch schockierender in Anbetracht des Ausblicks durch die Brückenfenster. Die Torpedos ohne ihre Gefechtsköpfe krachten gerade harmlos gegen die Deflektoren der bedrohlich wirkenden Schlachtschiffe. Und die Schlachtschiffe kehrten bereits auf ihren alten Kurs zurück. Um das Feuer wieder auf die gestrandete Korvette zu richten.

»Sir«, ertönte die Stimme des Kommunikationsoffiziers über die Brückenlautsprecher. »Nachricht aus dem Maschinenraum über die interne Schiffskommunikation.«

Desaix, der im Stuhl des Piloten saß, lockerte seine Fäuste. »Lassen Sie hören.«

Ein Moment des Schweigens folgte.

Dann ertönte eine unbekannte Stimme. Eine dunkle, kräftige Stimme. Und obwohl der Tonfall angenehm war... sie sollte bald die Stimme von unzähligen Albträumen sein, die Desaix im Geangenenlager haben würde.

»Hier spricht Sergeant Okindo Bombassa von der Dritten Gruppe. Ich habe die Energie an Bord ihres Raumschiffs deaktiviert. Ergeben Sie sich und übermitteln Sie der Flotte ihre Kapitulation, bevor sie uns alle vernichten.«

**Dritte Flotte der Republik
Superzerstörer Rontaar
Auf dem Weg nach Tarrago
06.09 Uhr, Systemortszeit.**

Admiral Devers lächelte, als die Besatzung Gefechtsbereitschaft herstellte. Er fand, dass er das Spiel blendend gespielt hatte. Er hatte Panik vorgetäuscht. Seinem Mitverschwörer den Eindruck vermittelt, er hätte die ganze Zeit schon an der Schlacht teilgenommen. Er war der Informationsflaschenhals, und der Mann hatte alles geschluckt, was Devers die Möglichkeit geboten hatte, die beste Entscheidung für *seine eigene* Zukunft zu treffen. Er hatte abgewartet, um zu sehen, wer gewinnen würde. Er hatte dem Idioten Kaar falsche Berichte geliefert. Und jetzt, wo Goth Sullus sich deutlich als Gewinner abzeichnete — was bis zu diesem Zeitpunkt niemand mit Sicherheit hatte vorhersagen können —, würde er sich einmischen und den Träger für sich in Anspruch nehmen.

Es war an der Zeit, das Bündnis noch enger schmieden und ein wenig Ruhm einzuheimsen.

In nur wenigen Augenblicken würde sein Raumschiff und der Rest der Dritten Flotte direkt hinter Landoos Träger auftauchen.

Das würde Goth Sullus gefallen.

Und Kaar brauchte niemand mehr.

Siebte Flotte der Republik, Trägergruppe
Brücke der *Freedom*
06.08 Uhr, Systemortszeit.

Admiral Landoo sah, wie Devers' Flotte direkt hinter sie sprang. Zuerst dachte sie, sie wären alle gerettet. Dass die Dritte endlich in die Schlacht eingreifen würde. Aber der Kommunikationsoffizier hatte bereits eine Nachricht erhalten, in der sie zur Kapitulation aufgefordert wurde. Von Devers persönlich. Sie wurde auf allen Kommunikationskonsolen abgespielt.

Der Verräter, dachte sie verbittert. Das erklärte einiges.

Und dann nickte der CIC ihr zu und deutete auf den Systembildschirm. Die Umprogrammierung der Sprungberechnung war fertig.

»Admiral, wir sind so weit.«

Ohne zu zögern rief sie: »Sprung, sofort!«

Siebte Flotte der Republik
Zweite Staffel, »Gunfighters«
06.09 Uhr, Systemortszeit.

Vielleicht war sie die einzige Überlebende ihrer Staffel. Sie hatte nicht die geringste Ahnung. Sie war so lange bei der Korvette geblieben, wie sie konnte. Als die großen Raumschiffe damit begannen, mit ihren Hauptkanonen zu feuern, hatten sich die feindlichen Tri-Jäger verabschiedet.

Sie sah, wie die Torpedos von der Korvette abgefeuert wurden, dann floh auch sie. Die Schlachtschiffe kamen nun schnell heran.

Wenige Augenblicke später sprang die Trägergruppe vom Schlachtfeld weg. Sie würden die Chance bekommen, an einem anderen Tag weiterzukämpfen.

Aber zu diesem Zeitpunkt hatte sie schon alle Hände voll zu tun, dass ihr Jäger nicht um sie herum auseinanderfiel, inmitten der unendlichen schwarzen Einsamkeit eines vom Feind besetzten Raums.

Also flog sie nach Tarrago Prime.

Alarmglocken und Systemfehlfunktionsleuchten konkurrierten um ihre Aufmerksamkeit, während sie in die Atmosphäre eintauchte. Ihr Raumschiff erbebte schwer.

In der Ferne konnte sie die Hauptstadt sehen. Sie brannte. Seltsame Landungsschiffe und Angriffstransporter fielen durch Sturmwolken herab. Ein privates Raumschiff versuchte abzuheben und zu entfliehen. Tri-Jäger folgten ihm und schossen es ab.

In ihrem Cockpit wurde alles nur noch schlimmer. Die Hydraulik hatte sich verabschiedet, und die Steuerung hatte die Kommunikation mit ihrem Head-up-Display praktisch eingestellt.

Dann verabschiedete sich Triebwerk eins. Über der tropisch-grünen Küste südlich der Hauptstadt brannte das zweite Triebwerk durch.

Jetzt war ihr Raumschiff nur noch ein Gleitflugzeug, wenn man es denn so nennen sollte. Ein Gleitflugzeug, das über einem riesigen, dunklen Ozean hinwegflog.

Sie hielt den Sidestick fest und tat, was sie konnte. Aber ihre Geschwindigkeit war zu groß, und sie prallte auf dem Wasser auf. Teile des Raumschiffs brachen ab, aber die verstärkte Kuppel und das Cockpit blieben heil. Ihr Helm krachte gegen die Kontrollelemente und platzte entzwei.

Sie musste die Kuppel öffnen. Das Raumschiff versank bereits schnell im tosenden Meer. Hohe Wellentäler wurden durch plötzliche Wellen ersetzt, die über das hinwegbrandeten, was von dem beschädigten und in seine Einzelteile zerlegten Raumschiff noch übrig war.

Sie war benommen, aber bei Sinnen, und erinnerte sich daran, wie man die Kuppel von Hand öffnete. Sie griff nach unten und begann zu kurbeln. Sofort strömte Meerwasser herein und überflutete alles. Sie legte den Stromhauptschalter um, während das Raumschiff unter die Wasseroberfläche glitt und der schäumende Ozean über ihr zusammenschlug. Sie kurbelte weiter und sah hinauf, wo die Meeresoberfläche sich langsam von ihr entfernte.

Es sah aus wie Silber. Wie Quecksilber. Bewegt und wunderschön.

Und es brachte ihrer Seele einen Art Frieden.

Diese Vision gehörte zu den ersten Eindrücken in dem Tagtraum, den sie ihr Leben nannte.

Denn immerhin war sie eine Tennar. Eine Amphibie, die auf einer Welt aus Wasser lebte.

Der vom Kampf gezeichnete, republikanische Jäger ergab sich dem Sog der Tiefen, als sein ohnehin geringer Auftrieb überwunden war, und schwebte hinab in die fernen, sandigen Tiefen einer fremden Welt. Das sich ständig wechselnde Grün des Wassers und die dunklen Tiefen riefen nach ihr.

Und Atumna Fal löste sich mit einem Tritt aus ihrem Sicherheitsgut, zog ihren Fliegeranzug aus und schwamm hinaus in die blauen Schatten des Ozeans.

EPILOG

Östliches Kanonenrohr
Festung Omikron

Goth Sullus stützte sich schwer auf Exo, als die beiden Männer aus dem Kommandozentrum der Festung Omikron herauskamen. Die umgebaute MK1-Panzerung war unglaublich schwer, und Exo musste kämpfen, um ihr Gewicht mitzutragen, während sie an den Stoßtruppen vorbeigingen, die die Kriegsgefangenen bewachten. Einige der Legionäre, das wusste Exo, würden sich wehren. Sie würden es als ihre Pflicht gegenüber der Legion ansehen, die Flucht zu versuchen und bei jeder sich bietenden Gelegenheit für Schwierigkeiten zu sorgen. Er hoffte, dass noch mehr erkennen würden, dass hier gerade eine neue Legion entsatnd. Hoffte, dass die Schwarze Flotte die Legion und ihre Legionäre übernehmen würde. Ob mit oder ohne Goth Sullus.

Obwohl sich Sullus vor seinen Augen als bester Krieger aller Zeiten erwiesen hatte, das musste Exo eingestehen. Er war verwundet worden, ein Treffer in der Brust, und was er dann in den Tunneln getan hatte... das aber übernatürlich. Es gab kein anderes Wort dafür. Exo schauderte es bei dem Gedanken, dass es ein so mächtiges Wesen im Universum geben sollte. Die Existenz dieses Manns machte ihm Angst, und er fing zum ersten Mal an zu verstehen, warum manche Leute nicht wagten, seinen Namen auszusprechen.

Aber Exo würde sich dieser Angst nicht ergeben.

»Bring mich zu meinem Shuttle«, flüsterte Sullus, und etwas in Exos Verstand wusste genau, wo er suchen musste. Als ob man ihm ein Bild gezeichnet hätte, obwohl er von der östlichen Mauer vor seinem Sprung hinab auf den Mond kaum etwas gesehen hatte.

Ein Stück entfernt gab es eine republikanische Landeplattform. Ein Ort, an dem Nachschubshuttles landeten, um Munition und Lebensmittel zu liefern oder Legionäre abzuholen, die Urlaub hatten oder einen neuen Posten antraten. Jetzt war sie leer, abgesehen von einem ausgebrannten Repulsorschlepper. Die Sorte, mit der man Starfighter und andere schwere Fahrzeuge durch die Gegend bewegte, wenn die Strecke einfach zu kurz war, um einen Piloten zu rufen und alle Checklisten durchzugehen.

Exo wünschte sich, er könnte Sullus in den kaputten Schlepper legen und mit ihm zum Shuttle *fahren*, das ihn am Ende der Landeplattform erwartete. Seine Knie drohten bei jedem beschwerlichen Schritt nachzugeben.

Kein anderer Stoßtruppler versuchte, ihm zu helfen. Ob es nun aus Furcht oder Ehrfurcht geschah, ihren Anführer zu sehen, konnte Exo nicht erraten. Er überlegte kurz, einem der starrenden Stoßtruppler den Befehl zu erteilen, ihm zu helfen, aber irgendwie hatte er das Gefühl, dass eine solche Ansage unter seinem Niveau war. Und sie wäre ganz sicher unter Sullus' Niveau.

Über ihnen setzte ein Shuttle der Elixir-Klasse langsam zur Landung an. Es handelte sich um ein republikanisches Modell, wahrscheinlich von der Dritten Flotte. Exo hatte sich sagen lassen, dass sie gemeutert hatte und zu ihnen übergelaufen war. Zwei Staffeln Raptoren rasten als Geleitschutz vorbei. Sie schienen nicht die geringsten Kampfspuren aufzuweisen, als ob sie nur eine zeremonielle Funktion besäßen. Die Sorte, die man nur für Luft-Shows aus dem Hangar holte, um die Bevölkerung zu bespaßen.

»Die Ankunft des Helden«, sagte Sullus. Seine Stimme klang verbittert und sauer.

Exo wusste, dass es besser war, seine Klappe zu halten.

Das Shuttle setzte zur eleganten Landung zwischen Exo und Sullus' Shuttle an. Die Bugrampe wurde gesenkt, und weiße Gaswolken schossen hervor, die sich mit der Atmosphäre des Monds von Tarrago vermischten.

Wer war das? Admiral Rommal? Einer der Generäle?

Sullus richtete sich auf und begann aus eigenen Kräften zu gehen. Langsam. Er ließ Exo allein zurück, der ihm einfach nur hinterhergaffte. Wo fand der Mann nur diese Kraft?

Aus dem Inneren des Shuttles trat ein Mann heraus, der die weiße Kleidung eines republikanischen Admirals trug. Er schritt entschlossen die Rampe hinab. Seine wadenhohen schwarzen Stiefel schillerten, und sein weißer Umhang wehte im Wind.

Exo kniff die Augen zusammen. Konnte das sein? Er stellte die Auflösung an seinem Visier ein.

Es war Devers.

»Hurensohn von einem Ernannten«, sagte Exo und begann langsam sein Blastergewehr anzuheben, in der Hoffnung, dass es niemand bemerkte. Dass niemand auf die Idee kam, er hätte vor, Goth Sullus in den Rücken zu schießen. Er würde diesen Ernannten abknallen, bevor Devers diesen Stoßtruppen das antun konnte, was er den Legionären auf Kublar angetan hatte. Und so vielen anderen Legionären danach.

»Lord Goth Sullus«, sagte Devers und verbeugte sich formvollendet. »Nun, da die Orbitalwaffe erobert ist, sind meine Streitkräfte auf dem Mond gelandet, um die verbliebenen drei Mauern zu sichern. Ich habe dem Rest meiner Flotte den Befehl gegeben, ins System zu springen, um weiteren Schaden an Admiral Landoos Siebter zu verursachen. Die Verluste der Dritten Flotte waren... minimal. Ich hoffe, Sie erweisen mir die Ehre, meinen Schlachtplan zu kommentieren. Ich glaube, Sie werden meine Änderungen —«

Sullus ging einfach an dem Admiral vorbei und ignorierte ihn.

Devers stand da, und auf seinem stolzen Gesicht stand Ärger: Er hatte die Zunge von innen gegen seine Lippe gedrückt. Er drehte sich nicht um, sondern sah weiter nach vorn, während er mit Sullus sprach, der an ihm vorbeigegangen war. »Ich muss Sie daran erinnern, Lord Sullus, dass wir eine Partnerschaft haben. Sie müssen meine Leistungen in dieser Schlacht anerkennen!«

Exos Blastergewehr war fast bereit. Langsam. Fast hoch genug. Er würde nicht aus der Hüfte schießen. Er wusste nicht, ob er mehr als einen Treffer landen konnte. Ein Doppelschuss.

Goth Sullus blieb stehen und sah über seine Schulter zurück. Er hielt eine Hand hoch... und ballte sie dann zur Faust.

Devers' Kopf beugte sich plötzlich so weit zur Seite, dass er fast neunzig Grad hinab zur Schulter klappte. Ein grausiges Knacken ertönte in der Luft des Monds von Tarrago, und Exo sah, wie die zerbrochenen Wirbel des Admirals von innen gegen seinen Hals drückten, wie ein makabrer Kropf.

Der Admiral stand reglos da und blieb trotz allem aufrecht stehen — vielleicht durch die Kräfte von Goth Sullus. Exo wusste es nicht.

»Ihre Leistungen sind hiermit anerkannt«, brachte Sullus mühsam hervor.

Admiral Devers krachte mit dem Gesicht auf die Landeplattform und starb.

Schwarze Flotte
Brücke der *Imperator*
09.28 Uhr, Systemortszeit.

Die Schlacht von Tarrago war vorbei.

Admiral Rommal befahl der Flotte, sich nah an den Mond von Tarrago zu begeben. Jetzt, da die Orbitalwaffe unter ihrer Kontrolle war, waren sie innerhalb ihrer Reichweite sicher. Eine Schande, dass sie sie nicht rechtzeitig hatten einsatzbereit machen können, um die Überreste der Siebten Flotte auszulöschen. Aber nun gehörte sie der Schwarzen Flotte, und das musste reichen.

Er sah zu, wie Goth Sullus' Shuttle die gesicherte Landeplattform inmitten der rauchenden Ruine von Festung Omikron verließ. Einen Augenblick später vermeldete ein Kommunikationsoffizier eine Shuttle-Anfrage.

»Machen Sie sich bereit, Shuttle One zu empfangen.«

Alle wussten, dass dies die Kennzeichnung für Goth Sullus' persönliches Shuttle war. Er kehrte auf sein Raumschiff zurück.

Rommal warf einen Blick zum Kommunikationsoffizier. »Geschätzte Ankunftszeit?«

Der Mann deutete fünf Minuten an.

»Entsenden Sie ein Bataillon unserer besten Stoßtruppen, um ihn auf dem Haupthangardeck zu begrüßen.«

Der Offizier sah zu ihm auf und sah dabei ziemlich verunsichert aus. Was genau hatte das zu bedeuten?

»Sofort!«, rief Rommal.

Crodus kam von der anderen Seite der Brücke herüber. »Was haben Sie vor, Rommal?«

Einige Sekunden lang betrachtete der Flottenadmiral die verschiedenen Aufnahmen. Republikanische Offiziere und Marineinfanteristen, die man aus ihren Stellungen auf dem Mond von Tarrago und Tarrago Prime herausmarschieren ließ. Unter der Aufsicht von Stoßtruppen. Er sah zu, wie ein Artillerie-Captain von Sanitätern auf eine Bahre gehoben wurde. Das kam über die Aufnahmen vom Tarrago-Mond. Im Stützpunkt. Tief im Inneren.

Er wusste, dass das Schicksal des Manns unsicher war, im Idealfall. Und das galt für alle, die man gefangen genommen hatte.

Genau wie die Korvette, die man mit dem Traktorstrahl hereingeholt hatte. Eine Korvette, die von einem einzelnen Sergeant der Stoßtruppen ausgeschaltet worden war. Er hatte sich die Videos der Besatzung angesehen, die von ihren Raumschiffen getrieben wurden, die Hände in der Luft, von den besten Stoßtruppen der Zweiten Division. Der Captain der Korvette wirkte überhaupt nicht begeistert.

Goth Sullus würde sicherlich den heldenhaften Sergeant kennenlernen wollen, der im Alleingang ein Großkampfschiff erobert hatte.

»Was haben Sie vor, Rommal?«, wiederholte Admiral Crodus seine Frage.

Heute hatte es Helden gegeben. Selbst Vampa, auf ihre mutige und rücksichtslose Weise, hatte die Chance genutzt, ihre Flanke zu schützen, unter größtem persönlichem Risiko. Goth Sullus würde sie als die Heldin anerkennen, die sie war. Ebenso wie er andere anerkennen würde. Den Stoßtruppler auf jeden Fall.

Nur, wie wird er mich beurteilen?

Er wandte sich an Crodus.

»Wir haben gewonnen«, erinnerte ihn Crodus. Wahrscheinlich, weil sich eine angewiderte Miene auf Rommals Gesicht gelegt hatte. Der Ausdruck des befehlshabenden Offiziers. Der Ausdruck, der deutlich machte, dass man niemals wirklich gewann — man verlor einfach nicht so viele Leute wie beim letzten Mal. Der Ausdruck, der sagte, dass er nur die Fehler im Lauf der Operation sah, nicht die Siege. Egal, auf welcher Seite man sich befand, als Anführer würde man immer diese Miene aufsetzen.

Das war eine Tatsache, die so alt war wie die Kriegsführung selbst.

»Wir haben den Träger weder erobert noch zerstört«, sagte Rommal. »Er ist entkommen. Wir haben die Orbitalwaffe nicht rechtzeitig ausgeschaltet, und Ihre Spione haben anscheinend ziemlich wenig erreicht beim Ausschalten ihres Frühwarnsystems und uns auch nicht die Kontrolle über die Waffe verschafft. Wir haben auch noch die Flottenwerft verloren. Ich möchte Sie kurz daran erinnern, dass dies der eigentliche Grund für diese Operation war.«

Rommal ließ das einen Augenblick für sich stehen. Er beobachtete, wie sich Crodus' Maske des ständigen Beobachters veränderte, als ihm einiges klar wurde.

Als er verstand, dass die eigene Position vielleicht nicht so sicher war, wie er gedacht hatte.

Sein Admiralskollege schluckte schwer. »Und«, setzte Crodus langsam an, »was haben Sie mit all den Stoßtruppen vor, wenn sein Shuttle ankommt?«

Als ob es andere Überlebenschancen gäbe.

Admiral Rommal musterte den Mann und wurde sich bewusst, dass es andere Möglichkeiten gab, als das, was er sich gerade überlegte.

Dann sagte er nur ein Wort und ging in Richtung der Landebucht.

»Überleben.«

Orbit über Levenir
Die Galaktischen Kernwelten

Cade Thrane war übel. Er hatte sich lange Strecken der mittlerweile entschlüsselten Nachrichten mit wachsendem Entsetzen angehört.

Abgeordneter Orrin Kaar.

Admiral Silas Devers.

Das waren Säulen der Republik. Die Besten, die die Galaxie zu bieten hatte. Und es schien, dass sie sich mit jemandem namens Goth Sullus verbündet hatten, um die Regierung zu stürzen.

Thrane durchsuchte das Holoweb nach Hinweisen auf Sullus, um herauszufinden, ob er irgendeinen Zusammenhang herstellen konnte. Aber da war nichts. Und schon bald bekam Thrane Angst, dass jemand ihn beobachten könnte, trotz all seiner Verschlüsselungen. Nach Leuten suchte, die vielleicht ihre Nasen in Sachen reinsteckten, wo sie nicht hingehörten.

Er beendete die Suche.

Aber das änderte nichts an dem unguten Gefühl in seinem Magen. Die Verschlüsselung zu knacken hatte ihn mit geradezu euphorischer Freude erfüllt. Als er herausgefunden hatte, was sich in Pandoras Kiste befand, kannte er nur noch Todesangst. Diese Information war eine Last. Was sollte er tun? An wen sollte er sich wenden?

Thrane musterte die verblichenen Stoffe der früher mal angesagtesten Möbel. Das Innere seiner Luxusjacht hatte seine Pracht verloren. Nichts glänzte mehr. Aber diese Information... diese Information könnte ihm ein komplett neues Leben kaufen. Eine prächtig glänzende Luxusjacht, frisch vom Montageband. Individuell entworfen. Er konnte auf einer der Kernwelten leben. Urlaub, wo immer er auch hinwollte. Dauerhaft.

Und alles, was er tun musste, war, die Aufnahmen an die Sorte Person zu verkaufen, die genau das Falsche damit tun würde. An den Anführer eines Syndikats oder einen Piraten. Jemand, der seine Kontakte dazu nutzen würde, die Beteiligten an diesen Aufnahmen zu erpressen, und ihnen mehr Geld abzupressen als das Vermögen, mit dem sie sie Thrane abgekauft hatten.

»Ich bin ein schlauer Kerl«, ermahnte sich Thrane. »Ich könnte Kaar selbst erpressen. Ich könnte sein eigenes Kommunikationssystem nutzen, um ihn wissen zu lassen, was ich weiß...«

Nein. Dies war ein Mann, der bereit war, die Ressourcen der Republik gegen das Militär der Republik einzusetzen. Er würde keine Skrupel haben, ein Mordkommando zu entsenden und Thranes Leben zu beenden. War das nicht genau das, womit er Aldo Kimer bezahlt hatte, als der für ihn die Relaisstationen auf Tarrago heruntergefahren hatte? Thrane würde darauf wetten, dass Kaar sich nicht vorstellen konnte, dass jemand anderes von diesem kleinen Geheimnis erfuhr. Das war der beste Beweis dafür, dass — abgesehen von in der Dunkelheit geflüsterten Worten — es keine sicheren Kommunikationskanäle gab. Zumindest das hatte Thrane mit seiner Leistung bewiesen.

Er konnte damit eine Menge Geld verdienen. Aber was hatte er davon, wenn die Republik zusammenbrach? Die Republik war ganz sicher nicht perfekt, aber Revolutionen brachten nur Unsicherheit. Millionen Credits könnten ihm bis ans Lebensende reichen, oder sie könnten mit Müh und Not für nur einen einzigen Monat reichen. Wer konnte das schon sagen? Und was war seine Pflicht? Konnte die Weitergabe dieser Informationen an die richtigen Leute Leben retten? Die Galaxie retten?

Thrane drehte die Lautstärke an seiner Stereoanlage hoch. Er ließ sich von der wütenden Musik ablenken. Damit er denken konnte.

Wen kannte er? Wer könnte ihm vielleicht helfen?

Der Name Garrett Glover tauchte nun schon das zweite Mal an diesem Tag in seinem Kopf auf. Er hatte Garrett nur einen Teil der Verschlüsselung geschickt, der gerade mal ausreichte, damit er sich mit ihr vertraut machen konnte. Und vielleicht würde der andere Hacker sie demnächst entschlüsseln. Wenn er das nicht schon getan hatte. So gut war Garrett. Was bedeutete, dass auch er wusste, wer an dieser Sache beteiligt war.

Vielleicht... vielleicht konnte ihm sein alter Freund einen Rat geben. Vielleicht wüsste er ja, was zu tun war.

Thrane schickte Garrett eine Nachricht und war überrascht, wie schnell der andere Mann antwortete.

»He«, sagte Garrett. »Habe mir schon gedacht, dass du anrufen würdest. Hast du die Nachricht entschlüsselt?«

»Vor etwa einer Stunde«, antwortete Thrane. »Und du?«

»Ein klein bisschen früher. Das ist eine große Sache, Cade.«

»Ich weiß. Und da ist noch viel mehr als das, was ich dir gezeigt habe. Das ist... Zeug, die reden vom Ende der Welt, Mann.«

»Schickst du es mir?«

Thrane zögerte. »Warum? Willst du versuchen, es zu verkaufen? Ich... ich würde einen Anteil wollen.«

»Nein«, antwortete Garrett. »Ich habe ein paar Leute kennengelernt. Legionäre. Das sind die Guten, Mann. Die müssen erfahren, was los ist.«

Alles an die Legion übergeben? Einfach so?

War das die richtige Entscheidung?

Würde Thrane es bedauern, diese im Leben einmalige Chance, richtig Geld zu verdienen, ziehen zu lassen? Würde er lange genug leben, um all die Credits zu genießen, wenn er es täte?

»Okay«, sagte Thrane, und die Entscheidung führte dazu, dass er sich direkt wohler fühlte. »Ich schicke dir jetzt das komplette Archiv. Danach wird nichts mehr dasselbe sein, Garrett.«

»Ich weiß«, antwortete der Hacker.

Haus der Vernunft
Utopion

Orrin Kaar saß ernüchtert in seinem Büro. Admiral Devers war tot. Nicht in der Schlacht gefallen, auch wenn Kaar das dem Sicherheitsrat so vermitteln würde. Man würde Devers als Märtyrer für Kaars hohe Ziele in Erinnerung behalten, das war sicher. Aber so war das nicht gewesen. Was Kaar von Devers' Stellvertreter erfahren hatte, war, dass man den Admiral ohne viel Federlesens wegen Befehlsverweigerung vor ein Kriegsgericht gestellt hatte. Um anschließend von Sullus persönlich hingerichtet zu werden.

So viel zu dem Thema, dass sie gleichberechtigt waren.

Aber das bedeutete nicht, dass Sullus herrschen würde. Der größte Preis von allen, die Republik selbst, würde Orrin Kaar gehören. Nun musste er nur noch Sullus daran erinnern. Ihm in deutlichen Worten klarmachen, dass Sullus ihn brauchte... wenn er mehr als diesen teuer erkauften Sieg auf Tarrago erreichen wollte.

Ein schwarz gekleideter Kommunikationsoffizier erschien im Holostream.

»Halten Sie sich bereit für... ihn«, sagte der Offizier. In seiner Stimme lag Furcht, in seiner Miene auch.

Gut. Dass Sullus diesen Anruf entgegennahm, bedeutete, dass der Anführer dieses Aufstands die Rolle anerkannte, die Orrin Kaar darin spielte. Natürlich hatte Sullus die Ressourcen und auch alles andere, um allein eine Armee aufzubauen — als Kaar Sullus' Aktivitäten bemerkt hatte, war er schon mittendrin —, aber selbst

Sullus musste eingestehen, dass sein Aufstieg auf die galaktische Bühne ohne Kaars Hilfe nicht so schnell hätte vonstattengehen können.

Goth Sullus tauchte vor Kaar auf. Er trug eine Kampfpanzerung, die an die frühesten Legionärs-Designs erinnerte. Nur aktualisiert. Neuer. Besser.

Doch Sullus schien Schwierigkeiten zu haben, aufrecht zu stehen. Er war verletzt. Seine Stimme verriet, welch große Schmerzen er litt. »Sie dürfen sprechen, Abgeordneter.«

Sie dürfen sprechen. Kaar biss sich auf die Zunge bei einem so dreisten Kommentar. »So wie ich gehört habe, haben sie eins meiner nützlichsten, politischen Werkzeuge ohne viel Federlesens hingerichtet.«

Sullus fauchte drohend. »Meine Entscheidungen stehen nicht zur Debatte.«

»Nichts dergleichen hatte ich im Sinn«, sagte Kaar, und seine diplomatischen Fähigkeiten erlaubten es ihm, sich von diesem Fehltritt zu erholen. »Ich bitte um Entschuldigung. Admiral Devers war kein fähiger Kommandant, aber er war eine unbezahlbare Galionsfigur. Es hat Jahre gedauert, ihn als vertrauenswürdigen Vertreter des republikanischen Militärs aufzubauen. Er hätte unzählige Menschen für unsere Sache gewinnen können, ohne dass ein einzelner Schuss hätte fallen müssen. Ich bezweifle nicht im Geringsten, dass wir erfolgreich sein werden« — Kaar betonte an dieser Stelle, dass es eine gemeinsame Operation war —, »aber nun werden wir einen wesentlich höheren Tribut an Menschenleben zahlen müssen. Ich befürchte, dass Ihr Krieg gegen die Republik nun eher bewaffnete Konflikte benötigen wird, als dass wir mit List vorgehen könnten. Die Republik muss nun mit Waffengewalt erobert werden.«

»Dann soll es so sein.«

Der Übermut dieses Manns wird sein Untergang sein, dachte Kaar. »Eine schwierige Aufgabe, meinen Sie nicht auch, wenn die Flottenwerft, auf die wir uns verlassen hatten, von einem republikanischen Mordkommando vernichtet wurde...«

Sullus zeigte keine emotionale Regung, sprach aber auch nicht.

Ah, dachte Kaar bei sich. Das hat er also nicht gewusst.

»Lord Sullus«, sagte Kaar und versuchte damit, einen vernünftigen Titel zu etablieren, »ich bin nicht hier, um Admiral Devers zu loben oder die Strategien des heutigen Tages in Zweifel zu ziehen, sondern unsere ... Unstimmigkeiten zu klären. Nun, ich kann die Legion von meinem Platz im Sicherheitsrat aus kontrollieren. Ich kann die Siebte Flotte in eine Falle locken. Ich kann den Weg bereiten... wenn Sie die Mittel haben. Worauf Sie nun nicht mehr hoffen können, in Anbetracht der zerstören Flottenwerft. Aber... es gibt noch eine Möglichkeit, uns eine Flotte zu besorgen, die das in den Staub treten kann, was noch von den republikanischen Streitkräften übrig ist.«

»Sprechen Sie«, forderte Sullus ihn auf.

»Sagen Sie mir, Lord Sullus: Haben Sie je von der Deluvia gehört?«

Schwarze Flotte
Haupthangar der *Imperator*
09.33 Uhr, Systemortszeit.

Shuttle One landete auf der glänzenden Landezone des riesigen Hangardecks. An den äußeren Rändern des großen, offenen Bereichs, luden andere Shuttles die Verwundeten und die geretteten Piloten der Schlacht aus. Aber in seiner Mitte stand ein Bataillon der besten Stoßtruppen in Habachtstellung, um einen angemessenen Empfang zu bieten.

Während Admiral Rommal zusah, wie das Shuttle sanft auf dem Deck landete, und zuhörte, wie die Repulsoren trommelten und dann langsam verstummten, dachte er, dass selbst wenn er ein schreckliches Schicksal durch die Hände ihres geheimnisvollen Anführer erleiden sollte... so hatte Crodus doch recht. Sie hatten etwas erreicht. Sie hatten etwas gewonnen. Tarrago gehörte ihnen. Der Planet gehörte nicht mehr zu der heruntergekommenen Republik, die sich wenig um ihre Krieger kümmerte oder ihre Eheleute, die in ihren Armen starben oder unter Tausend anderen in irgendeinem drittklassigen Krankenhaus lagen und verreckten.

Er erinnerte sich an sie.

Erinnerte sich, wie stolz sie auf ihn gewesen war, als er die Karriereleiter der republikanischen Navy erklomm. Und er erinnerte sich auch, wie hilflos er sich gefühlt hatte, als sie starb. Wie machtlos er sich gefühlt hatte, den Tod nur einer einzigen Person zu verhindern. Der die medizinische Betreuung versagt worden war, die ihr Leben hätte retten können. Versagt, weil er praktisch keine Verbindungen zum Haus der Vernunft besaß.

Der ein Leben versagt blieb, das sie hätte leben können.

Aber in diesem Moment, als sich die Shuttlerampe langsam auf das glänzende Deck des Hangars senkte, erinnerte er sich, dass sie immer stolz auf ihn gewesen war. Dass er sich immer von seiner besten Seite gezeigt hatte. Dass sie stolz auf seine Uniform und sein Auftreten gewesen war. Als ob all das ihr gehörte. Ein Ding, das sie besaß.

Sie war immer stolz auf ihn gewesen. Stolz auf ihren Mann.

Er hatte gesehen, was Crodus' Miene auf der Brücke angedeutet hatte. Es gab viele Wege, wie man überleben konnte. Er hatte Berichte erhalten, dass Goth Sullus bei der Eroberung von Festung Omikron möglicherweise schwer verwundet worden war. Und hier stand ein Bataillon Stoßtruppler, die ihrem Admiral gehorchen würden, wenn auch aus keinem anderen Grund, als dass er sie in Tötungsmaschinen verwandelt hatte.

Wenn es jemals eine Chance aufs Überleben gab... dann war es vielleicht das.

Aber sie hatten hier etwas erreicht.

Sie hatten etwas Neues gewonnen.

Was?, fragte er sich. *Was hatten sie wirklich erreicht?*

Der Anfang von etwas wirklich Großem. Etwas Größerem als die Kleinlichkeit der Republik. Eine Galaktische Republik, die nichts anderes war als ein Club für die Eliten, damit sie von der Arbeit der neunundneunzig anderen Prozent der Galaxie leben konnten. Die Mitglieder *dieses* Clubs starben nie an Krankheiten, die behandelt werden konnten. *Sie* wurden nie bei Beförderungen übergangen. *Sie* bekamen immer alles.

Und mussten sich nie unbedeutend und machtlos fühlen.

Und sie war immer so stolz auf ihn gewesen.

Goth Sullus tauchte oben an der Rampe auf. Er stützte sich auf den Arm eines Stoßtrupplers.

Es ging ums Überleben.

Und den Anfang von etwas Besserem, vielleicht. Etwas, das größer war als die Republik. Etwas Prachtvolleres. Etwas vielfach Herrlicheres. Etwas Besseres als ein Haus der Vernunft, das wenig mehr war als eine anonyme Mafia, die von endlos weltverbessernden Streithähnen geführt wurde. Etwas, was von einem großen Mann geführt wurde. Einem wohlwollenden Diktator mit der Macht, die Sachen in Ordnung zu bringen. Der die harten Entscheidungen traf, wenn sie getroffen werden mussten.

Und am Ende stand... ein Imperium für sie alle. Vielleicht war es einfach das.

Admiral Rommal atmete tief Luft ein, um den Befehl zu geben, der alles verändern würde. Den Befehl, der entweder sein Überleben sichern... oder ihm den Tod bringen würde.

Jeder Admiral musste auch ein Spieler sein. Ein Spieler, der überzeugt war, an diesem Tag zu gewinnen. Ein Spieler, der bereit war, mit dem Leben anderer zu bezahlen. Und manchmal... auch mit dem eigenen.

Sie hatten hier und heute etwas erschaffen, das größer war als sie selbst. Tarrago war nur der Anfang von dem, was noch sein sollte. Und hoffentlich... wäre es besser als das, von dem sich die Republik immer erträumt hatte, dass sie es irgendwann sein würde.

Zeit, die Würfel rollen zu lassen, dachte er.

Rommal ergriff das Wort. »Seid gegrüßt... Imperator.«

Und dann ging er auf die Knie und senkte in Ehrerbietung sein Haupt vor dem zukünftigen Herr über die Galaxie.

Die Autoren im Portrait

Jason Anspach und Nick Cole sind zwei Autoren von der US-Westküste, die sich zusammengetan haben, um ihre Science-Fiction-Reihe »Galaxy's Edge« zu schreiben.

Jason Anspach ist ein Bestsellerautor, der mit seiner Frau und seiner ganz eigenen siebenköpfigen (kein Tippfehler!) Legionärstruppe in Puyallup, Washington, lebt. Er wuchs in einer Militärfamilie auf (Go Army!), verbrachte seine prägenden Jahre in der Nähe der Joint Base Lewis-McChord und ist in mehreren gemeinnützigen Organisationen für Kriegsveteranen aktiv. Jason geht gerne wandern und campen im wunderschönen Pazifischen Nordwesten. Im Armdrücken ist er gegen seine ganze Familie ungeschlagen. Er ist stolz auf sein deutsches Erbe, denn sein 14. Urgroßvater, Johannes Anspach, wanderte um 1716 von Steinbach im Taunus in den deutschsprachigen Teil von Pennsylvania aus. Jasons Mutter ist in Deutschland geboren und aufgewachsen, namentlich in Hanau, wo Jasons Großmutter und ihre Familie, die Kupferschmidts, lebten.

Nick Cole ist ein mit dem Dragon Award ausgezeichneter Schriftsteller, der vor allem für »The Old Man and the Wasteland«, »CTRL ALT Revolt!« und die »Wyrd Saga« bekannt ist. Nachdem er in der US Army gedient hatte, zog

Nick nach Hollywood, um eine Karriere als Schauspieler und Autor einzuschlagen. Dort wohnt er mit seiner Frau, einer professionellen Opernsängerin, südlich von Los Angeles, Kalifornien.

www.ingramcontent.com/pod-product-compliance
Lightning Source LLC
Chambersburg PA
CBHW070237200726
48293CB00005B/1663